● 首都师范大学文学院　主编

唳天学术

LI TIAN XUE SHU

12

學苑出版社

图书在版编目（CIP）数据

唳天学术．12辑/首都师范大学文学院编．—北京：学苑出版社，2017.11
ISBN 978－7－5077－5381－3

Ⅰ.①唳…　Ⅱ.①首…　Ⅲ.①文学理论－文集 ②语言学－文集
Ⅳ.①I0－53 ②H0－53

中国版本图书馆CIP数据核字（2017）第294854号

出 版 人： 孟　白
责任编辑： 洪文雄
编　　辑： 张佳乐
出版发行： 学苑出版社
社　　址： 北京市丰台区南方庄2号院1号楼
邮政编码： 100079
网　　址： www.book001.com
电子邮箱： xueyuanpress@163.com
销售电话： 010－67601101（销售部）67603091（总编室）
印 刷 厂： 北京京华虎彩印刷有限公司
开本尺寸： 787×1092　1/16
印　　张： 15.25
字　　数： 366千字
版　　次： 2018年1月北京第1版
印　　次： 2018年1月北京第1次印刷
定　　价： 48.00元

前　言

《唤天学术》是由首都师范大学文学院主编，以首师大文学院学科研究方向为主要内容，以在校博士和硕士研究生为基本作者队伍，面向青年读者的学术性辑刊。

作为主办单位的首都师范大学文学院，已有50多年的历史。现有六个专业，分别是汉语言文学（师范）、汉语言文学（非师范）、秘书学、戏剧影视文学、文化产业管理、汉语国际教育，并有中国语言文学一级学科博士学位授予权。拥有一个国家级重点学科，三个北京市重点学科，还拥有中国语言文学博士后流动站。此外，还设有教育部重点文科研究基地——中国诗歌研究中心。首都师范大学文学院目前已形成了比较完整的学科群体、开放性的学术氛围和良好的学术传统，涌现出一批在国内外学术界有较高声望的学者，以及在学术界有一定影响的中青年学术骨干，与此同时，研究生教育也有了长足的发展，研究生质量得到稳步的提高。

为检阅我院研究生的学术成果，为鼓励和引导同学们积极投身科学研究，为加强与兄弟院校及学术界的交流，并希望通过我院同学们的一得之见，推进相关学科的发展与建设，我们特创办《唤天学术》辑刊，每年出版。作者队伍以首都师范大学文学院的博士研究生和硕士研究生为主，今后我们也将适当选发兄弟院校研究生的优秀论文。

本刊之所以命名为“唤天学术”，是因为首都师范大学文学院原有的学生社团多是以“唤天”为名，包括唤天剧社、唤天文学社、唤天诗社等。“唤天”二字本是指仙鹤、鸿雁等鸣禽在辽阔的天空中自由地鸣叫，我们用它来作为这本学术辑刊的名字，意在为同学们的科学研究提供一个广阔的境域，同时也是为了强调一种学术自由的精神。

波兰天文学家哥白尼在公布他的日心说的时候，曾在扉页上引用了阿尔齐诺斯的一句名言：“一个人要做一个哲学家，必须有自由的精神。”其实不只是做一个哲学家，做一个语言文学研究者，也一样要有自由的精神。有了自由的精神，才可能有健全的、独立的人格，才敢于敞开自己的心扉，不怕世俗的嘲笑和冷眼，在任何情况下都敢于说真话，不去欺世盗名，不去迎合流俗，不去装神弄鬼。有了自由的精神，才能超越传统的认识，摆脱狭隘的思维方式的拘囿，让思维在广阔的时间和空间中流动，才能调动自己意识和潜意识中的积累，才能有卓尔不群的发现。

《唤天学术》强调自由的精神，同时强调严谨的学风和严格的学术规范。为使我们培养的研究生适应国家对高层次人才的需要，为强化他们独立的科研能力，我们注重加强学术环境的营造，聘请国内外著名学者多人来院讲学，让学生打开眼界。我们还制订了研究生课程规划和有关毕业论文写作的措施，对开题报告、论文指导以及论文答辩等环节都提出了比较严格而又切实可行的要求，以不断提高我院研究生的培养质量，这将会从根本上保证《唳天学术》的学术水准。

“晴空一鹤排云上，便引诗情到碧霄。”科学研究是最富于独创性的精神劳动，愿年轻学子的心灵毫无拘束地在广阔的宇宙中自由遨游，《唳天学术》将成为你们腾飞的踏脚石。

吴思敬

目　录

·中国古代文学·

·中国现当代文学·

·汉语言文字学、语言学及应用语言学·

·汉语国际教育·

·文艺学·

·比较文学与世界文学·

·文化产业、影视文学·

·课程与教学论·

·中国古代文学·

《文心雕龙·物色》编次问题研究

杨方舟

摘　要：自近代以来，《文心雕龙》的《物色》篇因包含大量的写作技巧描写而《序志》篇中片段文字没有提及的缘故，其编次问题在学术界一直聚讼纷纭。本文通过分析《物色》篇的文章内容，尝试还原刘勰创作此文时的心理；并联系上下文，说明《物色》位于《时序》之后的合理性，以及《序志》略过《物色》不提的原因。以此证明当前《物色》篇的编次不存在问题。

关键词：《物色》；编次；心理；《序志》

《文心雕龙》一书共有五十篇文章，除《序志》一篇是为遵循旧制而放于篇末的自序之外，其余四十九篇可分为四个部分。自《原道》至《辩骚》五篇为第一部分，刘勰在《序志》中称之为“文之枢纽”，认为它们是一切文章写作指导的总原则；自《明诗》至《书记》二十篇为第二部分，这一部分分别论述了诗歌、辞赋、颂赞、诏策等三十多种文学体裁；自《神思》至《总术》十九篇是为第三部分，这一部分属于创作论的内容，其中《神思》至《镕裁》主要论述文章的体制风格，《声律》至《指瑕》着重论修辞等写作技巧；而最后《物色》与《时序》《才略》《知音》《程器》四篇为第四部分，为杂论性文章。今本《文心雕龙》将《物色》列为第四十六篇，在《时序》之后。

自近代以来，越来越多的学者对《物色》篇的编次提出异议。这些异议可大致上归纳为三类，三类观点互有交叉。

第一类认为应将《物色》篇置于第三部分的论述写作技巧的诸篇文章当中。范文澜先生最早对这一编次安排提出异议。范文澜《文心雕龙注》其《物色》篇题注说：“本篇当移在《附会篇》之下，《总术篇》之上。盖物色犹言声色，即《声律篇》以下诸篇之总名，与附会篇相对而统于《总术篇》，今在卷十之首，疑有误也。”刘永济先生《文心雕龙校释》说：“按此篇宜在《炼字》篇后，皆论修辞之事也。今本乃浅人改编，盖误认《时序》为时令，故以《物色》相次。”

第二类认为《物色》不应位于第四部分，而具体位置不能断定。王利器先生《文心雕龙校正》在肯定范文澜先生的怀疑后，接着说道：“《序志》篇云：‘崇替于《时序》，褒贬于《才略》，怊怅于《知音》，耿介于《程器》；长怀《序志》，以驭群篇。’彦和自道其篇次如此；《物色》正不在《时序》《才略》间。惟此篇由何处错入，则不敢决言之耳。”

第三类则认为《物色》不该位于《时序》之后。张立斋先生《文心雕龙考异》说："《序志》篇载，自'崇替于《时序》'以下，言《才略》、言《知音》、言《程器》、言《序志》，共五篇，每卷五篇，而《物色》篇不在内。而《时序》在九卷五篇中，是《物色》篇之位，当移出十卷以外，而《时序》当移入十卷之中也，故《时序》篇依彦和自序次第当无可疑。惟据《总术》篇云'多少之非惑，何妍媸之能制'，及'按部整伍，以待情会'四句，意既秉总术之旨，还须物色之也。是《物色》之必继《总术》以发之也。故《物色》篇当在《总术》篇之下为宜。且以两篇次序紧接，易致颠倒，若远移于《总术》之上或非也。范氏之疑则是，而位置似不可从。"

从上文可以看出，形成《物色》篇位置问题的原因在于三个方面：对"物色"一词的理解，对《物色》文章内容的分析，以及《序志》篇。本文从这三个方面入手来论证今本《文心雕龙·物色》的编次正确与否。

一、《物色》解题

"物色"一词，最早见于《礼记·月令·仲秋之月》："是月也，乃命祝宰循行牺牲，视全具，案刍豢，瞻肥瘠，察物色，必比类量大小，视长短皆中度者，备当上帝其飨。"疏云："察物色者，騂黝之别也。"此时"物色"可作牲畜的毛色讲。后来，"物色"又发展为指物的形状或人的气貌。《后汉书·逸民传·严光》一文写道："及光武即位，乃变姓名，隐身不见。帝思其贤，乃令以物色访之。"注曰："以其形貌求之也。"其中"按一定的条件进行挑选"的含义，至今仍为"物色"一词所保留。

发展到南北朝时期，"物色"一词普遍出现，南北朝诗歌中多有提及"物色"。如颜延年《秋胡诗》："日暮行采归，物色桑榆时。"谢朓《出下馆》："物色盈怀抱，方驾娱耳目。"任昉《奉和登景阳山》："物色感神游，升高怅有阅。"南朝萧统编纂《文选》，辞赋中列出"物色"一块，其中收录宋玉的《风赋》，潘岳的《秋兴赋》，谢惠连的《雪赋》以及谢庄的《月赋》四篇文章。李善为《文选》作注，解释"物色"时写道"四时所观之物色而为之赋""有物有文曰色，风虽无正色，然亦有声"。足见这一时期，"物色"这一术语指代的是自然万物及其声色状貌。

范文澜先生根据李善的注解，认为《声律》以下诸篇所讲内容也是"声色"，《物色》篇所述的内容就是《声律》及以下诸篇内容的总和。据此理解，那么《物色》篇的位置就应位于《附会》之下，《总术》之上。显然，这个解释不成立。《物色》的"声色"是指自然万物，而《声律》及以下诸篇的"声色"则是指文章的声调色彩，二者指代对象不同，故范说不成立。这一点，王运熙先生在《〈物色〉篇在〈文心雕龙〉中的位置问题》一文中已明确提出。

换个角度，从文章的取题来说，《物色》也与第三部分的文章大不相同。如《神思》《声律》等等，都是从写作方法的角度着眼的，而"物色"却是指激发创作冲动的因素和文学描写的对象。[5]38

二、内容解析

《物色》篇最令人质疑的地方，是文中大段大段地论述写作技巧。这一部分占了三分之二的篇幅，刘永济、张立斋等先生就是据此对它的编次提出的怀疑。这一类异议普遍认为，《物色》篇主旨就是论述自然景物描写的修辞技巧，属于创作论范围，因而与当前的版本不相符合。然而仔细分析文章来看，《物色》篇的内容绝不仅仅是对写作技巧的论述。它描写的是一个从“见物”到“感物”再到“情以物迁，辞以情发”，最终实现“以少总多，情貌无遗”的完整的“物色论”内容。

“物色之动，心亦摇焉”，《物色》开篇一句说明春夏秋冬四季自然景物的变换，能够引发人的情思。自然界的变化为什么能够引发人们的创作欲望？刘勰认为，季节变化尚能对动物作息产生深刻的影响，何况四季景物更替各有各的特色，又怎会不使聪慧、清明的人类产生共鸣呢？这一部分说的是自然万物为人们所见，它们的变换、生长能自然而然地引发人们的情思，是在强调外物的“迁情”作用。它有个前提条件，就是得有这样的外物存在。后文刘勰以屈原为例，说道：“然屈平所以能洞监风骚之情者，抑亦江山之助乎？”骆鸿凯先生解释说：“此言物色之有助于文思也。彼灵均之赋，隐深意于山河，寄遥情于木末，烟雨致其绵渺，风云托其幽遐，所谓得助江山，诚如刘说。他若灵均山水，开诗家之新境，柳州八记，称记体之擅场，并皆得自穷幽揽胜之功，假于风物湖山之助。林峦多态，任才士之品题，川岳无私，呈宝藏于文苑。所谓取不尽而用不竭者，其此之谓乎？”可见文人要描摹“物色”，首先得有的一步就是“江山之助”，这是进行创作前提。

人受外物触动而萌生情感，情感经过加工转变为文辞宣扬而出。钟嵘《诗品》中写道：“气之动物，物之感人，故摇荡性情，形诸舞咏。”《物色》：“岁有其物，物有其容；情以物迁，辞以情发。”同样的观点，也可见于《文心雕龙》其他篇目的文章当中。《明诗》篇云：“人禀七情，应物斯感，感物吟志，莫非自然。”《神思》：“登山则情满于山，观海则意溢于海。”《体性》：“夫情动而言形，理发而文见。”从见物到“感物”有一个思维的过程。《物色》篇中用“入兴贵闲”这一术语来指代这个思维过程。《入兴》《比兴》篇：“兴者，起也……起情者，依微以拟议。起情，故兴体以立。……兴则环譬以托讽。”“闲”是一种心理状态。《文心雕龙校释》：“闲者，《神思》篇所谓虚静也，虚静之极，自生明妙。”骆鸿凯：“刘氏《神思》篇云：陶均文思，贵在虚静……此虽为一切文言，而写景尤要。”“入兴贵闲者，盖以四序之中，万象森罗，触于耳而寓于目者，所在皆是，苟非置其心于翛然闲旷之域，诚恐当前好景，容易失之也。”在这种心境的指导下，创作者才能对被外物兴起的情思进行加工。

加工之后，就是构思阶段。“是以诗人感物，联类不穷；流连万象之际，沉吟视听之区。写气图貌，既随物以宛转；属采附声，亦与心而徘徊。”詹锳先生解释这一段文字：“诗人受到外物的感染时，会引起无穷的类似联系。当他在各种自然现象之间流连徘徊的时候，他是随着景物的变化而委曲宛转地写出它们的神态相貌的。当他在耳闻目见的声色之中沉吟的时候，他所运用的藻采和音调，是和他的心情动荡一致的。这是说一方面要恰切地描绘出景物的感性形象，一方面也要表达出作者对景物的感受。”这是将外物与创作者自身的情感合二为一的过程，是“心物交融”的过程。到这一步，《物色》篇的内容都是在论说创作前期的准备工作。

从“故灼灼状桃花之鲜”到“抑亦江山之助乎”，近三分之二的篇幅，洋洋洒洒、从古至今、正反举例，刘勰极尽所能地论述了如何进行“物色”创作：推崇以《诗经》为例的“以少总多”的创作方法，反对汉魏以来辞赋家“丽淫繁句”的写作方式；批判近代文人创作“文贵形似”的弊病，强调抓住物色的要点，并提出“善于适要”“晓会通”的应对方法，是写景创作能够做到“物色尽而情有余”。

综上所述，《物色》篇叙述的绝不仅仅是“写作技巧”。它是一个以“心物交融”为核心，以“江山之助”“情以物迁”为前提，以“辞以情发”为结果，以“以少总多，情貌无遗”为目的的一个完整过程。

刘勰在《序志》中写道：“夫‘文心’者，言为文之用心也。”“用心”一词，《文赋》：“余每观才士之所作，窃有以得其用心。”李善注为：“用心，言士用心于文。”这里将“用心”理解为“用功”。《文心雕龙校释》：“按《文赋》：‘余每观才士之所作，窃有以得其用心。’章学诚云：‘古人论文，惟论文辞而已。自刘勰氏出，本陆机之说，而昌论“文心”。’”刘勰借用陆机的“文心”二字，而含义与之不同。刘勰的“用心”更接近于指一种文章创作时的思维过程。

> 作家临文写作时的心理活动，当然包括原则的遵循、方法的运用、态度的端正、灵感的触动、构思的经营、想象的驰骋、意象的形成、风貌的呈现、修辞的选择、技巧的借鉴，乃至关系到与客观时事的盛衰、写作主题的修养、客观批评的标准等种种问题。[6]94

纵观《文心雕龙》五十篇文章，除二十篇专论文学体裁之外，所述内容确实不外乎这几个方面。那么《物色》篇所写自然也是这样的一种心理活动。以此观之，《物色》篇的重点内容应该是“心物交融”。但是文章的篇幅大部分聚集在“辞以情发”上，这也是刘永济、张立斋等先生提出疑问的原因。

心理活动，是人们或动物在进行语言、行为、表情等活动前所进行的思维。心理活动是一个难以进行指导的对象。而在诸多板块当中，如何“情以辞发”也就是如何用文字来描述创作者的思想，甚至做到“以少总多，情貌无遗”，是一个更易于接受指导和训练的对象。唐代杜甫《奉赠韦左丞丈二十二韵》：“读书破万卷，下笔如有神”说的就是这个道理。所以刘勰将众多笔墨聚集在“写作技巧”。但这与“《物色》篇就是在讲写作技巧”是截然不同的观念。那么依据这一观点对《物色》篇编次问题提出的意见都是不成立的。

其次，作家的创作行为离不开时代背景的影响。南北朝时期“山水文学”盛行，《时序》篇云：“自中朝贵玄，江左称盛，因谈馀气，流成文体。是以世极迍邅，而辞意夷泰，诗必柱下之旨归，赋乃漆园之义疏。”刘勰作《物色》篇，谈论创作者应当如何摹山画水，自然免不了想到当前文学描摹山水时的弊病。古时的文学作品未有这类弊病，呈现出何种面貌，他须做出描写；当代的文学弊病从何而来，他须作出解释；而如何避开这类弊病，从而达到他所推崇的文学境界，他又须提供参考。这是一个连贯而流畅的思维过程。刘勰将他的这种思维过程诉诸笔端，而后人看来则是一种“头轻脚重”的面貌。这是主观意愿和客观面貌之间的差距。

再次，从写作的对象来看，《物色》篇论述的是文学与自然景物的关系。它包括自然对人的影响、人的心理活动以及如何写好景物三个方面。因此《物色》与前文所说第三部分的文章并不在同一层面上。一方面，《物色》论说的范围比那几篇文章要广，甚至可以说那几篇文章是从《物色》篇的内容里挑选了某个环节，加以放大并进行叙述；另一方面，《物色》篇有其限定条件，即文章只叙述“文学与自然景物”的关系。如此一来，它的论说范围又较其他文章显得狭窄。

此外，关于《文心雕龙》五十篇文章，刘勰自己的分类是“盖《文心》之作也，本乎道，师乎圣，体乎经，酌乎纬，变乎骚；文之枢纽，亦云极矣。若乃论文叙笔，则囿别区分；原始以表末，释名以章义，选文以定篇，敷理以举统。上篇以上，纲领明矣。至于割情析采，笼圈条贯，摛神性，图风势，苞会通，阅声字，崇替于《时序》，褒贬于《才略》，怊怅于《知音》，耿介于《程器》，长怀《序志》，以驭群篇。”文章依据“文之枢纽”“论文叙笔”“剖情析采”分为三个部分，最后五篇为一个部分。而从“创作论”“鉴赏论”的角度来划分，则是现代文学的观念。现代文学中的文学理论、文学史、文学批评史等理念产生于20世纪初，是受西方文论和美学影响的结果，以现代文学的理论来划分古人作品，并不科学。同样的，《文心雕龙》是一部体大思精、逻辑缜密的理论作品，而今人以当代学术研究的严谨性去衡量古人的作品，则未免牵强。

三、《序志》解疑

《序志》一文不曾提及，是《物色》篇编次产生疑问的另一个重要原因。“崇替于《时序》，褒贬于《才略》，怊怅于《知音》，耿介于《程器》。”《时序》以下五篇文章，刘勰唯独漏掉《物色》一篇不提。

王运熙先生的《〈物色〉篇在〈文心雕龙〉中的位置问题》一文中解释：“《文心雕龙》篇目很多，《序志》中不能备列。”上文“割情析采”以下，“摛神性，图风势，苞会通，阅声字”，第三部分文章也并未一一列举。《文心》一书除《序志》外有四十九篇文章，若是尽数写出，则既没有必要性又显得冗长，所以挑选几篇即可。《时序》论述文学与时代的关系，《才略》论述历代重要作家的才能，《知音》论述文学批评和鉴赏，《程器》论述士人的品德和才能。一个时代的文学是由一个时代的文人所创造，所以可以说这四篇文章，都讲论述的对象限定在文学和人物之间。只不过各自从不同的角度，强调人本身对文学发展产生的影响。《物色》虽然逃不脱“文人”“文学”这两枚因素，但是更为重要的，是文学和自然的关系。论述范围略有超脱，强加进去反倒显得格格不入。

而从语境来看，在《时序》中论述文章与时代的兴衰，《才略》中褒贬历代作家，《知音》中寄托惆怅之情，《程器》中发出不平的感慨，《序志》中书写远大的抱负。刘勰在作此句时，包含着一定的慨叹、寄托之情。《物色》一篇，与此不合。

此外，目前可见最早版本的《文心雕龙》，为元至正十五年（1355）嘉禾本，此版本中《物色》篇编次与现今通行本无异。

四、小结

《物色》篇是一个以“心物交融”为核心，以“江山之助”“情以物迁”为前提，以“辞以情发”为结果，以“以少总多，情貌无遗”为目的的一个完整过程。“写作技巧”占篇幅甚多，但并不等于它就是《物色》所讲的最主要内容。而《序志》不提，既没有必要又不合语境。因而，从内容上对《物色》篇的编次发出的置疑都不成立。

《时序》一篇论述时代和文学，是为纵向；《物色》一篇论述自然和文学，是为横向。且前者论述社会环境，后者论述自然环境，两者是为姊妹篇。《物色》列于《时序》之后，合情合理，而版本上更未有今本错误的依据。

所以总结来说，《物色》篇的今本编次正确无误。

参考文献

[1] 刘勰，詹锳义证．文心雕龙义证［M］．上海：上海古籍出版社，1989.

[2] 刘勰，王运熙、周锋译注．文心雕龙［M］．上海：上海古籍出版社，1998.

[3] 郭院林．从内容看《文心雕龙·物色》主旨与编次［J］．兰州学刊，2006（11）.

[4] 张新赞．“情以物迁，辞以情发”——对《文心雕龙·物色篇》的三点思考［J］．中国文化研究，2014 年冬之卷．

[5] 刘晟．《文心雕龙·物色》意旨及次第新解［J］．临沂师专学报，1996（1）.

[6] 黄霖．《文心雕龙》：中国第一部写作心理学论著［J］．河北学刊，2009（1）.

[7] 张少康．《文心雕龙》的物色论——刘勰论文学创作的主观与客观［J］．北京大学学报（哲学社会科学版），1985（5）.

[8] 王元化，释《物色篇》心物交融说——关于创作活动中的主客关系，文心雕龙创作论［M］．上海：上海古籍出版社，1979.

[9] 王运熙，《物色》篇在《文心雕龙》中的位置问题［J］．文史哲，1983（2）.

[10]《文心雕龙·物色篇》试释——当时新品种“山水文学”写作经验的总结［J］．文学遗产，1982（2）.

[11] 涂光社，《文心雕龙·物色》发微［J］．《古代文学理论研究》，1986（6）.

[12] 萧统，李善注．文选［M］．上海：上海古籍出版社，1986.

（杨方舟　首都师范大学 2015 级硕士生　指导教师：刘航）

《诗经》作者“自述其名”情况考

亓　晴

摘　要：《诗经》中的《节南山》《巷伯》《崧高》《烝民》《閟宫》等篇目并非作者“自述其名”之作，《诗经》中也并没有叙事主体自我意识强化的现象。《诗经》作为仪式乐歌集，要求泯灭诗中个人色彩，而将之变成群体情感记忆。所以《诗经》并不注重记录作者，仅有的几篇也不过是客观叙述的需要。《诗经》时代并非作者彰显其自我意识的时代。

关键词：《诗经》；“自述其名”；自我意识

《诗经》中的《节南山》《巷伯》《崧高》《烝民》《閟宫》等篇目一直以来被认为于诗中注明了作者，而目前学界对于这种情况的认识也大都倾向于为作者“自述其名”。部分学者甚至认为这种作者“自述其名”的方式体现了《诗经》中叙事主体自我意识的强化。然而笔者认为《诗经》中某些篇目为作者“自述其名”之说尚需再辨，《诗经》时代并非作者彰显自我的时代，也并没有叙事主体自我意识强化的现象，故不揣浅陋，试辨之如下。

一、《鲁颂·閟宫》作者情况考

《诗经》中被认为注明作者的篇目有《小雅·节南山》《小雅·巷伯》《大雅·崧高》《大雅·烝民》《鲁颂·閟宫》五篇，而其中《鲁颂·閟宫》是否为注明作者之作则有较大争议。《閟宫》卒章曰：“徂来之松，新甫之柏，是断是度，是寻是尺。松桷有舄，路寝孔硕。新庙奕奕，奚斯所作。孔曼且硕，万民是若。”[1]2100多有学者认为“奚斯所作”即表明诗之作者为奚斯，然而，亦有不少学者认为“奚斯所作”指奚斯作庙，目前学界对此尚未有定论。我们要考察《诗经》中是否有“自述其名”之现象，主要的考察对象便是标明作者之名的诸篇，故对于《閟宫》一篇是否标明作者这一问题尚需一辨。

考诸典籍，对《鲁颂·閟宫》中“奚斯所作”指奚斯作诗还是作庙这一问题之不同见解，可追溯到汉代古今文诗说之争。《毛传》曰：“新庙，闵公庙也。有大夫公子奚斯者，作是庙也。”《郑笺》云：“奚斯作者，教护属功课章程也。”[1]2100《孔疏》亦从其说。此后学者取毛氏“作庙”之说者众多，如苏辙《诗集传》：“奚斯，公子子鱼也。曼，修广也。僖公上为神之所福，内为国人之所安，外为邻国之所怀，于是修旧起废，治其宫室寝庙以顺万民之望。”[2]489-490朱熹《诗集传》：“新庙，僖公所修之庙。奚斯，公子鱼也。作者，教护属功课章程也。”[3]242此外，李樗黄櫄《毛诗集解》、范处义《诗补传》、王质《诗总闻》、杨简《慈湖诗传》、洪迈《容斋随笔》、姚际恒《诗经通论》、方玉润《诗经原始》及至今人高亨《诗经今注》、马持盈《诗经今注今译》等皆以“奚斯所作”为“作庙”。而以“奚斯所作”为“作诗”者亦为数不少，如马瑞辰《毛诗传笺通释》、王先谦《诗三家义集疏》、陈奂《诗毛氏传疏》、魏源《诗古微》、程俊英，蒋见元《诗经注析》、陈子展《诗经直解》等。“作诗”说目前所能考知的最早出处为《韩诗》，《韩诗》已佚，只有引述文献留存，其中最为持“奚斯作诗”说者所重的有如下几条：班固《两都赋序》曰“奚斯颂鲁”，王延寿《鲁灵光殿赋序》曰“奚斯颂僖”，《后汉书·曹褒传》曰“昔奚斯颂鲁”。《文选·两都赋序》“奚斯颂鲁”，李善注曰：“《韩诗·鲁颂》曰：‘新庙奕奕，奚斯所作。’薛君曰：‘奚斯，鲁公子也。言其新庙奕奕然盛。是诗公子奚斯所作也。’”[4]3《文选·鲁灵光殿赋序》“奚斯颂僖”，李注与《两都赋序》同。《后汉书·曹褒传》“昔奚斯颂鲁”，注曰：“《韩诗》曰‘新庙奕奕，奚斯所作’，薛君传云‘是诗公子奚斯所作也’。”[5]1204与《文选》李注同。以上三家关于“奚斯所作”为“作诗”之说皆出于《韩诗》，后人亦多以此为“奚斯作诗”之确据。

清人马瑞辰《毛诗传笺通释》：

> 班固《两都赋序》“奚斯颂鲁”，……王延寿《灵光殿赋》“奚斯颂僖”，《后汉书·曹褒传》“昔奚斯颂鲁”，其说均本《韩诗》，以“奚斯所作”为作颂，与《节南山》“家父作诵”，《巷伯》“寺人孟子，作为此诗”《崧高》《烝民》并言“吉甫作诵”，皆于篇终见意，文法相类。此诗不言“作颂”者，以言“作颂”则与韵不相协也。“奚斯所作”当属下“孔曼且硕”读之，不当属上“新庙奕奕”读。[6]1155-1156

王先谦《诗三家义集疏》：

> “奚斯所作”者，言“作诗”，非言“作庙”。王延寿《鲁灵光殿赋》云：“奚斯颂僖，歌其露寝。”《文选·两都赋序》李注引《韩诗·鲁颂》曰：“‘新庙奕奕，奚斯所作。’薛君曰：‘奚斯，鲁公子也。言其新庙奕奕然盛。是诗公子奚斯所作也。’”……孔广森云：“三家谓诗为奚斯所作者，是也。此与‘吉甫作颂，其诗孔硕’，文义正同。诗之章句未有长于此篇者，故以‘曼’言之。毛谓奚斯作庙，则‘孔硕’、‘且硕’词意窘复矣。”[7]1088

此两家可以代表持“奚斯所作”为“作诗”者之基本观点，我们便以两家之说为基础来看。总结两家观点，其认为“奚斯所作”为“作诗”理由有以下几点：一、《韩诗·鲁颂》之说；二、《閟宫》“奚斯所作”与《节南山》“家父作诵”，《巷伯》“寺人孟子，作为此诗”，《崧高》《烝民》“吉甫作诵”，文法相类，都是篇末见意；三、“奚斯所作”当与“孔曼且硕”连读，不当与“新庙奕奕”连读；四、若以“奚斯所作”为“作庙”，则“路寝孔硕”之“孔硕”与“孔曼且硕”之“且硕”词义重复。关于第一点《韩诗》之说，并不必多辨，因为其与《毛诗》认为“奚斯所作”为“作庙”一样，皆为一家之言，不足偏信。第二点是比较有力的一点，然而其不当之处也很明显。首先，《节南山》《巷伯》《崧高》《烝民》四篇都明确表明了“作诗”“作诵”，而《閟宫》只有“作”，从而导致理解出现分歧，单从这一点便不能说《閟宫》与其他四诗“文法相类”。当然，马瑞辰对此也有解释，他认为之所以只说“所作”而不说“作颂”是因为“与韵不相协”。马氏所说当是指“路寝孔硕”“奚斯所作”“万民是若”三句皆协韵，若改为“奚斯作颂”则与前后“韵不相协”，然而《閟宫》并非严格协韵之作，第七章“保有凫绎，遂荒徐宅。至于海邦，淮夷蛮貊。及彼南夷，莫不率从。莫敢不诺，鲁侯是若”便并不完全协韵。而且解决协韵问题对诗之作者来说并不困难，比如将“奚斯所作”改为“奚斯颂作”，则既可解决歧义问题又不会影响协韵，那么作诗者为何宁愿用可能产生歧义的“所作”也不用表意明确的“颂作”之类呢？唯一的可能就是作诗者本来之表意是明确的，只是被后人误解出了歧义。从文本来看，“新庙奕奕，奚斯所作”，最直观的理解就是“所作”为“新庙”。而且，《大雅·绵》有句曰“作庙翼翼”，正与“新庙奕奕，奚斯所作”相类。然而因“奚斯所作”下句为“孔曼且硕”，而“孔曼且硕”又被解为形容诗篇之句，故而马瑞辰等人认为“奚斯所作”当与“孔曼且硕”连读，而不当与“新庙奕奕”连读。然而这实在是对“孔曼且硕”的误读。“孔曼且硕”，王先谦引孔广森言曰：“此与‘吉甫作颂，其诗孔硕’，文义正同。诗之章句未有长于此篇者，故以‘曼’言之。”而《閟宫》“孔曼且硕”前尚有“路寝孔硕”，足见“孔硕”一词不为“诗”之专用。“曼”，解诗者皆取其“长”意，然而“长”也并不是形容诗章之专用，屋宇连绵亦可为“长”。所以，“孔曼且硕”并不能定为形容诗篇之句，自然也不能单与“奚斯所作”连读。事实上，综观《閟宫》卒章，整章大部分篇幅都在描述建筑之事，无一字提及诗颂，“所作”也只能就建筑言之。“徂来之松，新甫之柏，是断是度，是寻是尺。松桷有舄，路寝孔硕。新庙奕奕，奚斯所作。孔曼且硕，万民是若。”“所作”指代的不仅有“新庙”，还包括“路寝”，甚至也包括前面的“是断是度，是寻是尺”等一系列工作。而奚斯负责这一系列的建筑工作，也正符合郑玄“奚斯作者，教护属功课章程也”及孔氏颖达“奚斯为之主帅，教令工匠，监护其事，属付功役，课其章程而已”的说法。总之，“奚斯所作”指的是建筑工程而非诗篇可以确定无疑。最后，关于“路寝孔硕”之“孔硕”与“孔曼且硕”之“且硕”词义重复的问题，“孔硕”专就“路寝”而言，与“有舄”相对应，指的是路寝的高大，而“孔曼且硕”则就前文所有建筑而言，既包括“新庙”也包括“路寝”，两组建筑很有可能相距不远，形成一片连绵雄伟的建筑群，连绵高大的殿宇确实是“孔曼且硕”，虽同为“硕”字，而其形容范围并不同，故而不能算作重复。

至此，我们已经对持“作诗”说者的几个代表性论据进行了考辨，综合各方面证据来看，“奚斯所作”指的是奚斯监工作庙，并不能说明奚斯为《閟宫》作者。

二、《节南山》等作者“自述其名”情况考

《閟宫》之“奚斯所作”既然并非指《閟宫》一诗为奚斯所作，那么“奚斯所作”自然也就与作者“自述其名”无涉，接下来我们继续讨论《小雅·节南山》《小雅·巷伯》《大雅·崧高》《大雅·烝民》四篇之作者“自述其名”的问题。为便于考察，现将各篇相关部分摘录于下：

《小雅·节南山》：“家父作诵，以究王讻。式讹尔心，以畜万邦。”[1]1013－1014

《小雅·巷伯》：“寺人孟子，作为此诗。凡百君子，敬而听之。”[1]1104

《大雅·崧高》：“吉甫作诵，其诗孔硕，其风肆好，以赠申伯。”[1]1780

《大雅·烝民》：“吉甫作诵，穆如清风。仲山甫永怀，以慰其心。”[1]1792

其中“家父”“孟子”“吉甫”即被认为是作者“自述其名”。关于“自述其名”，邵炳军先生在其文章中作了如下说明：“就承担叙事话语的行为主体而言，叙述者在卒章采用‘自述其名’的方式，就是将‘公开的叙述者’之‘我’，直接转换成‘真实作者’本人，以全知型主观‘讲述’方式来进行叙事。”[8]138然而“全知型主观‘讲述’方式”似乎是有些问题的，“全知型”在叙事学上一般是第三方叙事才能达到的视角，而第三方叙事又必然是客观的，“全知型”与“主观”难以并存。而且从上述四首诗之卒章来看，无论“家父作诵，以究王讻。式讹尔心，以畜万邦”“寺人孟子，作为此诗。凡百君子，敬而听之”还是“吉甫作诵，其诗孔硕，其风肆好，以赠申伯”“吉甫作诵，穆如清风。仲山甫永怀，以慰其心”，都更像是从第三者的角度进行叙述，而非邵先生所说“真实作者”的“主观”讲述。那么上述几首诗到底是不是作者“自述其名”之作呢？

《小雅·节南山》之“家父作诵，以究王讻”，《笺》云：“大夫家父作此诗而为王诵也，以穷极王之政所以致多讼之本意。”《疏》曰：“作诗刺王而自称字者，诗人之情，其道不一，或微加讽喻，或指斥愆咎，或隐匿姓名，或自显官字，期于申写下情，冀上改悟而已。此家父尽忠竭诚，不惮诛罚，故自载字焉。‘寺人孟子’亦此类也。”[1]1014邵炳军先生因此而认为《巷伯》《节南山》为“‘刺人者’不讳其名”：“孟子的《巷伯》与家父的《节南山》皆为在卒章采用‘自述其名’署名方式的怨刺诗，皆敢公然不讳其名，无所忌惮，明白地表露出叙事主体的叙事意图。……故宋欧阳修《诗本义》卷七评之曰：‘诗三百五篇，惟“寺人孟子”，自著其名。’”[8]139然而欧阳修却并不认同作者自述其名之说：“作《诗序》者见其卒章有‘家父作诵’之言遂以为此诗家父所作，此其失也……岂有作诗之人极斥其君臣过恶，极陈其乱亡之状而自道其名字，又显言我究穷王之致乱之由？与不敢戏谈之义顿乖，此不近人情之甚者。……案《诗》三百五篇惟寺人孟子自著其名，而《崧高》《烝民》所谓‘吉甫作诵’者皆非吉甫自作之诗。夫所谓诵者岂得以为诗乎？训诂未尝以诵为诗也。《诗》云‘诵言如醉’，盖诵前言而已，然则作《节南山》诗者不知何人也，家父为作诗者所述尔。”[9]欧阳修不仅不认为“家父作诵”为家父“自述其名”，甚至认为“吉甫作诵”也并非指吉甫作诗，他所认为的“自著其名”者只有《巷伯》一篇而已。欧阳公认为直斥君臣过恶又自道其名是不近人情，这是以后世君臣之则推测前人，不足深据，然而他所谓“作诵不等于作诗”之说却可谓得之。《崧高》曰“吉甫作诵，其诗孔硕，其风肆好”，此“诵”被分从“诗”和“风”两方面进行形容，可见“诵”不等同于“诗”明矣。而“诵”中既包含“风”，则必与表演有关，由此可以推测“作诵”更大可能是吟诵一诗而非创作一诗。《诗》中“作诵”频频出现，而《巷伯》中却说“寺人孟子，作为此诗”，并不为“作为此诵”，亦可证“诗”“诵”有别。由此来看，“家父作诵”只能表明家父诵诗，却不能表明其作诗。既然并不能明确该诗为家父所作，又何来“自述其名”之说？

退一步讲，即使“家父作诵”所诵之诗确实为“家父”本人所作，那也不是“自述其名”。这需要从称谓上来看。王琪《上古汉语称谓研究》对“父”和“甫”有详细解释：

> “甫”为“父”的分化字。据考证，古代铜器一律有“父”作为男子美称。后代典籍则兼用“甫”。《诗经》提到的周宣王时大臣尹吉甫和仲山甫，在金文里皆作“父”；“尼父”是对孔子的尊称，以后也有写作“尼甫”的，如《仪礼·士冠礼》：

> “曰伯某甫。”郑玄注：“甫是丈夫之美称。孔子为尼甫。”……《说文·用部》：“甫，男子美称也。从用、父，父亦声。”[10]88-89

袁庭栋《古人称谓》亦认为：“‘甫’与‘夫’‘父’通，在古代只能是对男子的美称，从不用作自称之词。”可见，“家父”是对字“家”之人的尊称，正与尊称孔子为“尼父”同类。此外，古人自称很少称字。袁庭栋《古人称谓》：“因为名原来是长辈所称，是一个人对自己的自称，同辈人之间相称多称字，不称名，故而名就逐步成为只有长辈对晚辈、上级对下级之称，有点卑称的含义在内。同辈之间，一般多称字，晚辈称长辈、下级称上级，就更是只能称字，不能称名，字就有尊称的含义在内。”[11]89杜云辉《〈左传〉对人的称谓及其特点》：“人出生不久就有名，长大以后才取字。……名主要用于自称，字主要用于对称或他称。如僖二十五年经书‘卫侯燬灭邢’，春秋三传皆以为卫与邢为同姓国，故责卫侯而书其名。称字则有尊意，如杨伯峻注僖公三年‘公子友’：‘杜注云“称字者，贵之”’。”[12]称字为贵，于字后加“父”更是对有身份有地位者的敬称。《左传·隐公元年》：“三月，公及邾仪父盟于蔑，邾子克也。未王命，故不书爵。曰仪父，贵之也。”[13]9以称“仪父”为贵，亦可为一证。由此来看，“家父”只能是别人对字“家”之人的敬称，而绝不会是其自称。所以，“家父作诵”无论从哪个角度看，都不会是作者“自述其名”。同理，《崧高》与《烝民》之“吉甫作诵”也不是“吉甫”自述其名。

关于《巷伯》，邵文曰：“‘寺人孟子，作为此诗’，即自述其名，自称其字；‘凡百君子，敬而听之’，即自谓创作动机。”首先，我们上文已述，古人并不自称其字；其次，作为“寺人”的作者也不会让“百君子”对自己之作“敬而听之”。事实上，《巷伯》之“寺人孟子，作为此诗”被认为是作者自述其名，可追溯至郑玄对《毛传》之误解。《巷伯》“寺人孟子，作为此诗”，《传》曰：“寺人而曰孟子者，罪已定矣，而将践刑，作此诗也。”《笺》云：“孟子起而为此诗，欲使众在位者慎而知之。既言‘寺人’，复自著‘孟子’者，自伤将去此官也。”《疏》曰：“毛解自云孟子之意，《笺》又解自言寺人之意，由自伤将去此官，故举官言之。”[1]1104按《传》之“寺人而曰孟子者……作此诗也”用现代汉语来表达即“寺人中名为孟子的那个人……作了这首诗”，只是客观陈述孟子作诗而已，并未表达任何孟子自述其名之意，郑玄对此理解有误，故而强加解释“既言‘寺人’，复自著‘孟子’”的原因为“自伤将去此官”，实在是无由之说，而孔颖达则顺承郑氏之误，坐定“寺人孟子”为作者“自言”，可谓谬之甚矣。由此可见，《巷伯》亦不过客观陈述孟子作诗这一事实而已，并非作者自述其名。

三、《诗经》并未彰显作者“自我意识”

既然《小雅·节南山》《小雅·巷伯》《大雅·崧高》《大雅·烝民》都不是作者自述其名，那么“家父作诵”“寺人孟子，作为此诗”“吉甫作诵”这种直接指出“作诵”“作诗”者名号的叙述该如何理解呢？《诗经》又是否彰显作者“自我意识”呢？

邵炳军先生认为：“韵文中叙事主体在卒章采用‘自述其名’的署名方式，与散文叙事文本署名的早期形态密切相关。”[8]140而他在文中列举的“散文叙事文本署名的早期形态”主要是《尚书》《逸周书》中频频出现的“帝曰”“王曰”“舜曰”“周公曰”“王若曰”等，甚至认为“在散文中‘自述其名’方式起源于虞舜时代”。然而，“帝曰”“王曰”“舜曰”“周公曰”“王若曰”这些是“自述其名”吗？显然并不是。这只是史官记录发言者的语言时所加之称呼而已。如《尚书·尧典》：“帝曰：‘畴咨若时？登庸。’放齐曰：‘胤子朱启明。’帝曰：‘吁！嚚讼，可乎？’帝曰：‘畴咨若予采？’驩兜曰：‘都！共工方鸠僝功。’”[14]51这段话里的“帝曰”“放齐曰”“驩兜曰”，并非作者“自述其名”，或者“真实作者的署名”，这段话只是史官记录的尧与大臣之间的对话，尧、放齐、驩兜只是语言的发出者，记下他们的名字只是客观记录对话的必然要求，我们并不能说《尧典》的作者是尧、放齐、驩兜等人。再看《泰誓》，其开篇为“惟十有三年春，大会于孟津。王曰：……”[14]400，“王曰”之后的内容当然为武王所作誓师之言，可以说那一部分的作者是武王，然而，就《泰誓》这篇记录武王誓师情况的史官文字来说，其作者却不能归为武王。同样的例子还有很多，不再一一列举。要之，先秦文献中的“某某曰”并不是作者“自述其名”。而这种“某某曰”的记录方式对于我们理解《诗经》中“某某作颂”“某某作诗”的情况其实很具有启发意义。

史志文献中的“某某曰”正可以表明《诗经》中直接指出“作诵”“作诗”者名号的叙述实际为客观陈述的标志，如《崧高》卒章“申伯之德，柔惠且直。揉此万邦，闻于四国。吉甫作诵，其诗孔硕，其风肆好，以赠申伯”并非作者自述作诗之旨、自评其诗，而是客观陈述：申伯德行高尚，所以吉甫作诵以赠之。同样《烝民》“吉甫作诵，穆如清风。仲山甫永怀，以慰其心”亦只是陈述：吉甫作诵为仲山甫送行，希望仲山甫可以永远怀记，以宽慰其心。这种于卒章表明作诗之意的在《诗经》中还有多篇，如《小雅·四牡》：“驾彼四骆，载骤骎骎。岂不怀归？是用作歌，将母来谂。”[1]800《小雅·何人斯》：“为鬼为蜮，则不可得。有靦面目，视人罔极。作此好歌，以极反侧。”[1]1097《小雅·四月》：“山有蕨薇，隰有杞桋。君子作歌，维以告哀。”[1]1139《大雅·卷阿》：“君子之车，既庶且多。君子之马，既闲且驰。矢诗不多，维以遂歌。”[1]1648-1649《大雅·桑柔》：“民之未戾，职盗为寇。凉曰不可，覆背善詈。虽曰匪予，既作尔歌。”[1]1740……这些与《节南山》等篇类似，都是客观描述作歌之事，只是没有出现具体人名而已。然而这些没有出现具体人名的“作歌”之说，与有人名者在诗意表达上达到的效果并无太大区别。《诗经》作为一部仪式乐歌集是被乐官进行过严格整理与改造的，我们本文所讨论的各篇，所谓的“自述其名”实则恰恰表露了乐官改造诗作的痕迹。如《巷伯》：“寺人孟子，作为此诗。凡百君子，敬而听之。”《崧高》：“吉甫作诵，其诗孔硕，其风肆好，以赠申伯。”这分明是乐官在整理完孟子之诗吉甫之诵的内容后，加上的对作诗作诵一事的记录与评价。未出现具体人名的各篇当然也是同样的情况。前文所引《尚书·泰誓》“惟十有三年春，大会于孟津。王曰：……”同样是史官在记录誓言文字之前对作誓一事的简单说明。

既然《诗》中《节南山》《巷伯》《崧高》《烝民》诸篇并非作者“自述其名”之作，那么自然也并未彰显叙述主体的“自我意识”。作为仪式乐歌，《诗》中某篇之“作诵”“作诗”“作歌”者是具体的“吉甫”还是笼统的“君子”，都不是被关注的重点。《诗经》时代并不注重作者，《诗》中的绝大多数篇目，无论是抒发群体性情感的颂诗，还是偏重于个人情感的《小雅》《国风》，其抒情主人公都是具有一定象征意义的、类型化的、泛化的“我”，代表着具有类似情感体验的一类人。《诗经》作为仪式乐歌集，其本身就要求泯灭诗中个人色彩，将其广而化之，变成群体情感记忆。所以《诗经》并不注重记录作者，仅有的几篇也不过是客观叙述的需要。

《诗经》时代，并不是作者彰显其自我意识的时代。

参考文献

[1] 毛亨传，郑玄笺，孔颖达疏. 毛诗注疏 [M]. 上海：上海古籍出版社，2013.

[2] 中国诗经学会. 诗经要籍集成 [M]. 北京：学苑出版社，2002.

[3] 朱熹. 诗集传 [M]. 北京：中华书局，1958.

[4] 萧统. 文选 [M]. 上海：上海古籍出版社，1986.

[5] 范晔. 后汉书 [M]. 北京：中华书局，1965.

[6] 马瑞辰. 毛诗传笺通释 [M]. 北京：中华书局，1989.

[7] 王先谦. 诗三家义集疏 [M]. 北京：中华书局，1987.

[8] 邵炳军. 从《诗经》"自述其名"方式演进看叙事主体意识的强化——以《崧高》《烝民》《巷伯》《节南山》《閟宫》为中心 [J]. 苏州：苏州大学学报（哲学社会科学版），2015（4）.

[9] 欧阳修. 诗本义 [M]. 上海：上海涵芬楼影印宋刊本.

[10] 王琪. 上古汉语称谓研究 [D]. 杭州：浙江大学博士学位论文，2005.

[11] 袁庭栋. 古人称谓 [M]. 济南：山东画报出版社，2007.

[12] 杜云辉.《左传》对人的称谓及其特点 [J]. 南昌：华东交通大学学报. 2011（4）.

[13] 杨伯峻注. 春秋左传注（修订本）[M]. 北京：中华书局，1990.

[14] 孔安国传，孔颖达正义. 尚书正义 [M]. 上海：上海古籍出版社，2007.

（亓晴　首都师范大学 2014 级博士生　指导教师：赵敏俐）

读者对李渔小说的影响

赵佳颖

摘　要：生活于明末清初的李渔，是我国古代著名的戏曲家、小说家，他的小说在清初已十分畅销。在李渔“卖赋糊口”的小说创作中，读者对其小说有着重要的影响，这体现在人物设置、情节安排、语言风格、编排成书等各个方面，通过探寻读者对李渔小说的影响，我们不仅可以发现李渔小说的一系列特点以及这些特点的成因，还能够从李渔与读者的互动中，生动地了解到明清之际商人、文人、官员的社会处境、精神面貌，这些对于我们了解明清之际的文化形态及社会语境有着重要作用。

关键词：李渔小说；读者；小说内容；情节结构；成书编排

生活于明末清初之际的李渔，是我国古代著名的戏曲家、小说家，一生著述颇丰。作为一代词客，他的作品在清初即已妇孺皆知。李一贞在《柬李笠翁》中提到李渔的《无声戏》时称：“国门纸贵，信然！信然！”李渔的作品在清初极为畅销，以致翻板不绝，他甚至因此由杭州搬往江宁，他在《与赵声伯文学》中提到此事：“弟之移家秣陵也，只因拙刻作祟，翻板者多。”李渔的作品究竟有何独特之处，以致如此受欢迎呢？

美国文学理论家艾布拉姆斯曾提出过著名的文学四要素的观点，即文学作为一种艺术活动，是由作品、作家、世界、读者四个要素组成的[1]。以往学者多关注李渔自身的经历以及李渔所处的社会环境对其作品的影响，即作家、世界因素对作品的影响，而对读者因素关注较少，而李渔的小说作为当时的一种“畅销文学”，其小说的特点及整体风貌自然与读者因素有着千丝万缕的联系，因而笔者此篇论文即从读者入手，试图对李渔的小说做出更为全面、客观的分析。①

李渔在小说及戏曲的创作过程中是有明确的读者（观众）意识的，这一点他在《闲情偶寄》中多有论及：“著书惟供覆瓿之用，虽多亦奚以为”“传奇不比文章，文章做与读书人看，故不怪其深，戏文做与读书人与不读书人同看，又与不读书之妇人小儿同看，故贵浅不贵深。使文章之设，亦为与读书人、不读书人及妇人小儿同看，则古来圣贤所作之经传，亦只浅而不深，如今世之为小说矣”“三尺童子观演此剧，皆能了了于心，便便

① 文中提及的“小说”主要指李渔创作的拟话本小说；“读者”皆为直接读者，即直接阅读小说文本的人，说话一类的听众不计入本文的读者范围。

于口，以其始终无二事，贯串只一人也”。

那么，李渔小说的读者有哪些？这些读者对李渔小说的创作又产生了怎样的影响呢？

一、李渔小说读者群

据单锦珩先生考证，李渔出生于万历三十九年（1611），卒于康熙十九年（1680），其戏曲、小说创作活动主要集中在杭州、金陵两地，时间主要在顺治七年（1650）至康熙十九年（1680）之间。① 这一时期，适逢白话小说的繁荣发展期，“据不完全统计，此期（清顺治十五年（1658）至康熙三十九年（1700））新出现的白话小说约 140 余部，超过以前历代白话小说数的总和，几占我国古代白话小说的四分之一。”[2]

与小说出版的繁华场面相应的，明清时期白话小说的读者群也日益庞大，单锦珩先生在《李渔传》中提到：“到杭州以后，他亲眼看到这座复苏的都市里，从豪绅士大夫到一般市民对戏剧、小说有着浓厚的兴趣，他完全可以在这方面大显身手，干一番惊人的事业。于是他开始了‘卖赋糊口’的专业创作生活，迈出了走向成功的第一步。”[3] 由此可见，上至豪绅士大夫下至一般市民，都在李渔小说、戏曲的目标受众范围内。

李渔的小说读者与戏曲观众范围虽大致相同，但仍有所区别。较戏曲而言，李渔小说的读者范围可能较小，主要有以下两点原因：

首先，作为案头阅读的拟话本或传奇小说，与戏曲表演或“说话”艺术的口头表达不同，它主要靠文字讲述故事、传情达意，这就对读者的受教育程度至少是识字水平有了一定的要求。虽然“明末社会识字率有所提高，出现了新的识字阶层，如小商人等。”[4] 并且也有“市井粗解识字之徒，手携一册”[5] 这样的记载，但将李渔的小说大致翻阅一遍发现，单是其小说中的用字、用词“粗解识字之徒”能否看懂就颇值得怀疑。诚然，明清之际已经有了一批“粗解识字”的读者，但是他们的读物应为带音注、释义一类的书籍，如“万历十九年（1519）的万卷楼刊本《三国志通俗演义》就通过圈点，音注，释义，考证，补注等工作来帮助读者理解文本。”[6] 李渔的小说虽有插图和评点，但尚未发现带音注、释义、考证、补注一类的刻本。

其次，读者想要阅读小说，还要受到小说价格的制约：

> 日本内阁文库藏《新镌陈眉公先生评点春秋列国志传》，明万历乙卯（1615）姑苏龚绍山刊行，扉页正中底下有一方木戳，上写“每部纹价壹两”。本书虽云陈继儒评点，实为余邵鱼本的翻刻。[7]
>
> 内阁文库藏《新刻钟伯敬先生批评封神演义》（百回本），孙楷第先生云“此亦万历末年所刊，或竟在昌启时”，封面书名下方有“每部定价纹银贰两”。[8]

潘建国先生曾将小说售价与当时的物价及官员的月俸作比较，发现“万历时期的米价，平均约为每石七钱二分七厘，这样，一本《封神演义》约值米 2.75 石，竟相当于一名知县月俸的三分之一强。”[9]

如此看来明代中前期的小说售价还是较高的，虽然明末清初随着商品经济的发展以及刻书业的繁荣，图书价格有所下降，但袁逸先生将书价与当时的物价作比较后发现：“在

① 参见《李渔全集》，杭州：浙江古籍出版社，1991 年版，第十九卷《李渔年谱》。

和州州衙当差的为子、皂隶、伞轿夫等每年工资均为 6 两银，相当于 48 斤米价或 10 册书价。这点微薄收入仅够其本人勉强糊口，无力顾及家小。至于买书，对他们来说无异于白日做梦”“政府官员的购书当不成问题”[10]。

由此看来，明清之际小说的直接购买者和阅读者主要应为商贾、官宦子弟、富家子弟及部分家境较为殷实的知识分子等有一定经济实力且有阅读需求及能力者。

但明清之际人们想要阅读小说，还可以租赁或是传抄，这样就比购买刊刻本图书便宜许多。而且在实际的买卖活动中，有些书商可能用粗劣的纸张或泥活字印刷来降低成本，这些因素都使得图书的价钱要比理论上低，这样，明清之际白话小说的读者群便比理论上更为扩大一些，清贫文人或是有一定阅读需求的小商小贩也可以成为白话小说的读者。

再结合李渔的具体实际来看，石鲸《柬李笠翁》中有这样一段文字：“《怜香》《风筝》诸大刻，弟坐卧其中旬日矣。丹铅匝密，评赞如鳞，每食必藉以下酒。昨者偶失堤防，竟为贪人攫去，不啻婴儿失乳。敢向左右，再乞数册，以塞无厌之求。得则秘枕，虽同寓诸子垂涎，不使入帐也。”[11]25 由此可见，作为读者的石鲸与李渔是有交往的，而且不仅石鲸一人喜读李渔传奇，与其同寓的诸子也喜读李渔的传奇。那么石鲸为何人？与他同宿的诸子又为何人呢？据单锦珩先生考证，石鲸为顺治十五年（1658）进士，而李渔的《怜香》《风筝》大概作于顺治八、九年，由此可推知石鲸阅读李渔传奇之时应为其备考之时，而同寓诸子也应为同时准备考试的士子了。因而，李渔的小说读者中应包括当时的文人，考取功名者与未考取功名者应该都有。

并且据胡应麟《少室山房笔丛》：

> 凡燕中书肆，多在大明门之右及礼部门之外及拱宸门之西，每会试举子，则书肆列于场前。
>
> 凡武林书肆多在镇海楼之外，及涌金门之内，及弼教坊、清河坊，皆四达衢也。省试则间徒于贡院前。
>
> 凡金陵书肆多在三山街及大学前，凡姑苏书肆多在阊门内外及吴县前，书多精整，然率其地梓也。[12]

可见，晚明时期的书肆无不以文人作为其重要销售对象。

综合以上资料来看，笔者认为，文人、官宦子弟应为李渔小说最重要的读者群，再有其他富家子弟、商贩等有一定阅读需求及能力者也应为李渔小说的读者。

二、读者对李渔小说创作的影响

（一）读者身份对小说的影响

前文已经论及，李渔小说读者包括文人、官宦子弟、富家子弟、商贩等，而且李渔的小说创作是带有明显的商业性质的，李渔是靠卖文而养家糊口的，因而为了满足读者的需求，读者的身份往往会对小说产生影响。

首先，读者身份对李渔小说影响体现在人物设置上。以李渔的话本小说为例，我们可以看到在《十二楼》《连城璧》（《无声戏》）两部小说集收录的 30 篇小说中，其中有 26 篇都以上述诸类人或其家属为主人公。如《合影楼》写两位缙绅屠观察和官提举，二人虽是僚婿，却性情相反，管是“古板执拗”，屠是“跌宕豪华”，彼此不合，但两家儿女却彼此相爱的故事；《拂云楼》写青年秀士裴名远通过望远镜巧设计谋娶妻纳妾的始末；《妻妾败纲常梅香完节操》写秀才马麟之妻罗氏、妾莫氏立志守节，后马麟如外出未归，有人误传其已死，于是妻妾二人相继改嫁，只有婢女碧莲孤身抚养马麟如之子；《美妇同遭花烛冤村郎偏享温柔福》写五官四肢皆有残疾的丑财主娶美妻艳妾的故事……此处不再一一列举。其余四篇，虽不是直接以上述目标读者为主人公，但在行文过程中无不涉及。《归正楼》虽以一谲智大盗为主人公，但在故事展开过程中多处写到其怎样出奇谋向富户、当铺以及官宦人家行骗；《闻过楼》以一隐士顾呆叟为主人公，但这个隐士恰恰也是一个饱读诗书的贤人，而且在小说中多写当时的官宦向他求助；《乞儿行好事皇帝做媒人》虽以一乞丐为主人公展开故事，但其间涉及到官宦抢占民女、皇帝亲自问案的情节；《落祸坑智完节操借仇口巧播声名》虽以一普通民女耿二娘为主人公，但将其置于明清之际动乱的大背景下，写其为李自成部所掳，前后施展七计，保全贞节。最终也有对其回到家中，成为巨富的描写。可见，在李渔的话本小说中，没有一篇是脱离其目标读者的。

其次，读者身份对李渔小说的影响体现在小说的情节设置上。以《合影楼》为例，由于家庭的原因导致相爱的青年男女无法结成连理的情节设置可以为多种，如门不当户不对、两家为世仇、两家父亲政见不合……为何李渔的这篇小说偏要将其设置为一个“道学先生”，一个“风流才子”呢？这不单单与当时的文化思潮相关，更与李渔的目标读者相关。明清之际道学、心学争论激烈，但也只有文人对其最为在意，倘若李渔仅仅是为普通的市民阶层写心，那么或许这桩姻缘的阻力就不是“道学先生”和“风流才子”，而是门户不当或嫌贫爱富了。再如《重义奔丧奴仆好贪财殒命子孙愚》写富商单龙溪有子单玉、孙遗生，二人为争夺家产互相械斗而死，只有奴仆百顺将龙溪厚葬，以继子自称，逢时扫墓，遇忌修斋。如果李渔的小说是写给生活不能自给的贫苦百姓看的，他会写富商子嗣争夺财产的故事吗？

第三，读者身份对李渔小说的影响体现在“人情物理”的表现上。单锦珩先生曾在《李渔传》中提及李渔的小说“含有真实地表现生活的合理主张，即反映活生生的社会现实，特别是芸芸众生的生活，他们的欲望和需求、喜怒哀乐等等。也就是现代术语所说的人民性。”

关于这一点，李渔在《闲情偶寄·剂冷热》中也有详细的论述：“予谓传奇无冷热，只怕不合人情。如其离合悲欢，皆为人情所必至，能使人哭，能使人笑，能使人怒发冲冠，能使人惊魂欲绝，即使鼓板不动，场上寂然，而观者叫绝之声，反能震天动地。”李渔将目标读者设置为小说的主人公，着重表现他们的喜怒哀乐、悲欢离合。如《重义奔丧奴仆好贪财殒命子孙愚》中写富商单龙溪的子孙为争夺遗产竟然弃垂死的父亲（祖父）于不顾，自己一心只想着提前回家去挖父亲（祖父）埋在地下的金子。反而是单龙溪的仆人有情有义，不贪图他的钱财，将他厚葬，从而表现出在金钱面前亲情的扭曲。李渔在开篇的“入话”部分写道：

> 若有了家业，无论亲生之子，生前奉事殷勤，死后追思哀切；就是别人的骨血，承继来的，也都看银子面上，生前一样温衾扇枕，死后一般戴孝披麻，却像人的儿子，尽可以不必亲生。若还家业凋零，老景萧索，无论螟蛉之子，孝意不诚，丧容欠威；就是自己的骨髓，流出来结成的血块，也都冷面承欢，愁容进食。

明清之际，随着商品经济的发展，原有的儒家伦理规范受到冲击，多少人开始唯钱是尊，崇尚金钱第一，就连骨肉亲情都比不上手中的金钱来得实在。李渔的这段话道出了多少在金钱中挣扎之人的悲凉晚景，又戳中了多少不肖子弟的心思。因而李渔想要通过这篇小说告诫读者“凡为子孙者，看了这回小说，都要激发孝心，道为奴仆的，尚且如此，岂可人而不如奴仆乎？有家业传与子孙，子孙未必尽孝；没家业传与子孙，子孙未必不孝。凡为父祖者，看了这回小说，都要冷淡财心，道他们因有家业，所以如此为人，何必苦挣家业。”这也算是李渔为世人开的一剂药方了。

再如《闻过楼》写隐士顾呆叟，一心只想隐居过清闲生活，但城中的仕宦官员却再三设计圈套“请”他出山，留在城中为自己建言献计、出谋划策。孙楷第先生认为此篇为李渔的自寓。[13]诚然，《闻过楼》是李渔自述心事的一篇，但在此我们恐怕也不能忽略，李渔的心事也是诸多由明入清之文人的心事，李渔为自己写心，也是在为这些文人写心。

明清易代，文人士大夫的生活遭到剧烈的冲击，国破家亡，文人优越的人格尊受到严重打击，平静的内心世界被扰乱了，人生价值观、节义观也面临着一次严峻的考验。许多文人土大大在“主辱臣死，固其分也”的信念下，以身殉国。即使选择生存下来的士大夫也不再愿意与新朝合作，他们放弃了出仕的道路，而选择出家、游幕、经商或归隐山林。如：魏禧隐居故乡翠微峰，康熙十七年（1678），诏举博学鸿词，以疾措辞；徐枋“前二十年不入城市，后二十年不出户庭”[14]；李天植“二十七年不见人”[15]；张岱在明亡后“披发入山，戒戒为野人，故旧见之，如毒药猛兽，愕窒不敢与接。”[16]但隐居避世便失去了原有的经济来源，生活没有了保证，这就使本来就因战乱而贫困的日子更加雪上加霜。在小说中，顾呆叟在山中的种种不幸遭遇是有人为请他出山而故意为之，在现实生活中，恐怕就是不可挽回的天灾人祸了。这些文人不愿意与新朝合作，但又苦于贫困，所以自然会希望与己交好的仕宦乡绅能够帮自己一把，作为旧朝遗老，他们失去了在社会政治、文化、舆论等方面的影响，但依旧希望能“恬澹寡营，与朋友交能以切磋自效。”希望自己的朋友能够“处富贵而不骄、闻忠言而善纳”。与李渔有着相同遭遇的旧朝文人，看到李渔的这篇小说自然也会心有戚戚。

李渔的小说，往往根据目标读者设置主人公，讲述的都是目标读者的家常日用之事，书写的都是目标读者遇到的问题，表达的都是读者心中的喜怒哀乐，因而李渔的小说容易让读者产生亲近感，易观易入，引起共鸣。

（二）读者阅读心理对小说的影响

明清之际，小说读者的阅读心理具有明显的娱乐性。据咸丰元年（1851）古月老人撰《荡寇志序》：“耐庵之有《水浒传》也，盛行海隅，上而冠盖儒林，固无不寓目赏心，领其旨趣；下而贩夫皂隶，亦居然口讲手画，矜为见闻。”[17]胡应麟《少室山房笔丛》：“至于大雅君子心知其妄而口竞传之，旦斥其非而落引用之，犹之淫声丽色，恶之而弗能好也。”卧读生《才子如意缘序》：“袖出《如意缘》一集，能使阅者掩卷而思，开卷而笑”[18]。

明清之际读者娱乐性的阅读心理也影响了李渔的小说创作，他在《闲情偶寄》中提到：

> 然近日人情喜读闲书，畏听庄论，有心劝世者正告则不足，旁引曲譬则有余。
>
> 予训儿辈尝云：“场中作文，有倒骗主司人入彀以之法：开卷之初，当以奇句夺目，使之一见而惊，不敢弃去，此一法也；终篇之际，当以媚语摄魂，使之执卷留连，若难遽别，此一法也。”收场一出，即勾魂摄魄之具，使人看过数日，而犹觉声

音在耳、情形在目者，全亏此出撒娇，作“临去秋波那一转”也。[19]20

因而在李渔的小说中，往往存在诸多吸引读者注意力的因素，这些因素激发了读者的好奇心，满足了读者娱乐性的阅读需求。

1. 回目标新立异

李渔的小说集《十二楼》中，李渔别出心裁地用楼阁名称作为小说的篇名，十二篇小说涉及十二座楼阁，每座楼阁又与故事中人物命运和情节展开息息相关，读来新巧别致。从开篇题目便引起读者的好奇心：为什么这篇小说要以楼命名？这座楼与小说故事又有何关联？从而激发读者的阅读兴趣。再如李渔的另一部小说集《连城璧合集》，以各卷分别以子、丑、寅、卯、辰、巳、午、未、申、酉、戌、亥“地支”之名为目，让人感觉新鲜有趣。

2. 情节新奇难测

王勇在《通俗文学理论》中提到：

> 读者总是按照以往的阅读经验和生活中所掌握的现实人生经验来预先假设所接触的具体文本的意思，一个句子、一个段落可以激活、唤醒读者的相应心理图式，使他产生对意思的预测，但是接下来的文本可能会推翻这个预测，从而迫使读者继续阅读以建立新的预测……“通俗文学”阅读活动中的心理图式，一方面在确定文本的含义，另一方面也会使读者按照经验做出判断，并往往误入歧途，与文本之间构成某种程度的紧张关系。其结果就是人们常说的“情理之中，意料之外”。这也正是“通俗文学”阅读过程吸引人的秘密。[20]247－248

王勇先生对“通俗文学”阅读过程的揭秘放在李渔的小说阅读过程中也同样适用。这一点李渔在《闲情偶寄》也有明确的表述：“戏法无真假，戏文无工拙，只是使人想不到、猜不着，便是好戏法、好戏文。”

李渔擅长在故事中设置“背谬”来激发读者的好奇心。如《三与楼》开篇绝句和律诗写一高人卖楼别产，照常理来讲变卖房产本为一件让人难过的事，可在《三与楼》中，李渔却将其写成一件快事并且行诸歌咏。这本身的背谬就足以让读者继续读下去，寻找原因。再如《归正楼》也是如此，“善有善报，恶有恶报”是人们普遍认同的观念，但李渔在这篇小说中偏要说“恶人回头，更为上帝所宠，得福最易”，本为过街老鼠人人喊打的大盗，李渔却在开篇时说：“远近之人把他无穷的恶迹倒做了美谈”。这种种与人们日常思想观念、生活经验相背谬的描述，使得李渔的小说能够做到在日常生活的描写中见奇特、见新意。

李渔不仅擅长运用“背谬”来激发读者的好奇心，也善于设置悬念，更善于打破读者的种种预测。如《归正楼》写一个谲智大盗贝去戎，此人之父本就以“偷摸治生”，到了他，竟要把暗偷变成明骗，父亲不放心，因而想要考考他：“我如今立在楼上，你若骗得下来就见手段。”读到这里，读者不禁也会想怎样把人从楼上骗下来。骗他楼上失火、金银被盗或家人生病等都是常人容易想到的点子，当然这些点子李渔都没有采用，而是让贝去戎对父亲说：“若在楼下，还骗得上去。立在上面，如何骗得下来？”他竟是这样在父亲以为还未开始之时就行骗成功了。读至此处，实在让人拍案叫绝。这也就难怪杜濬评此篇小说时提到：“无想不造峰巅，无语不臻堂奥，我不知笠翁一副心胸，何故玲珑至此！”

王勇先生认为："在'通俗文学'阅读活动中，读者的目的是获得阅读过程中的快感，这种快感并非由对文本蕴含的深层意蕴的沉思产生的，而是由文本的前后文之间的张力的构成与消解产生的。"[20]253

李渔的小说正是通过设置背谬、悬念并打破读者的猜测来不断塑造阅读过程中的"张力"，让读者惊奇、感叹，从而产生阅读的快感，以致达到让人欲罢不能的效果。

3. 大团圆的喜剧结局

李渔在《风筝误》中说："惟我填词不卖愁，一夫不笑是吾忧；举世尽成弥勒佛，度人秃笔始堪投。""一夫不笑是吾忧"不仅仅体现在李渔的传奇戏剧中，也体现在他的拟话本小说中。

由于李渔对"一夫不笑是吾忧"的追求，使得他的小说均以喜剧结局。并且李渔小说中的喜剧结局又与别人不同。他在《闲情偶记》中说："骨肉团聚，不过欢笑一场，以此收锣罢鼓、有何趣味？水穷山尽之处，偏宜突起波澜，或先惊而后喜，或始疑而终信，或喜极信极而反致惊疑，务使一折之中，七情俱备，始为到底不懈之笔，愈远愈大之才，所谓有团圆之趣者也。"

如《生我楼》中写财主尹厚只有一子却不幸走失，年迈之际想到无人继承家业，无人养老送终，竟生出"插标卖身作父"的想法，后来真的有一少年买他作父，且对他颇为孝顺，文至此处已可以称得上是团圆结局了。可李渔并不从此作罢，而是让这养子在与尹厚返家的途中因去寻已订婚的妻子而两相走散。养子寻妻未果却赎买了一个白发苍苍的老太太，后又在老太太的帮助下找到了自己的妻子。这才想起要去寻自己的养父。但尹厚卖身为父之际为试探养子的心性而隐瞒了自己的真实情况，所以竟无处寻找。无奈只得跟老妇人回家。最终没想到这老妇人竟是尹厚的妻子，而这养子竟是他们的亲生儿子。如此一波三折，波澜频起，才最终完成团圆结局。李渔不但用大团圆的喜剧结局给读者以慰藉，更让读者在这团圆中体会到扣人心弦之趣。

（三）读者阅读水平对小说的影响

李渔的小说受众既有受过良好教育甚至考取功名的读书人，又有普通的平民商贩，所以李渔对雅、俗问题颇为关注，关于这一点，他在《闲情偶记》中也多次提及：

> 使文章之设，亦为与读书人、不读书人及妇人小儿同看，则古来圣贤所作之经传，亦只浅而不深，如今世之为小说矣。
>
> 科浑之妙，在于近俗，而所忌者，又在于太俗。不俗则类腐儒之谈，太俗即非文人之笔。
>
> 插科打诨，填词之末技也，然欲雅俗同欢，智愚共赏，则当全在此处留神。[19]17

由此可见，李渔一直在追求一种雅俗共赏的艺术境界，这种创作追求同样在其小说中多有体现。

第一，语言方面。李渔小说中的语言，既有出于诗书、含蓄蕴藉的语言，又有出于口头、活泼通俗的语言。《合影楼》中，玉娟、珍生在传递诗书之际的语言就极雅致，如玉娟向珍生表明心迹的话语："既删《郑》《卫》，当续《周南》。愿深寤寐之求，勿惜参差之采。此身有属，之死靡他。倘背厥天，有如皎日。"引用《诗经》中的典故，将自己对珍生的一片心意坚定、决绝地表达出来，既震撼人心、典雅含蓄，又符合玉娟小姐的身份。这也正合着李渔在《闲情偶寄》中的论述："亦偶有用着成语之处、点出旧事之时，妙在倍手拈来，无心巧合，竟似古人寻我，并非我觅古人。”《诗经》中的典故在这里运用得自然而恰到好处，毫无斧凿痕。还是在《合影楼》中，当珍生得知路公说媒未果，“千乌龟，万老贼，骂个不了。”再如“说不出的，才是真苦。挠不着的，才是真痛。”这样的话语又是极通俗的口头俗语了。此等俗语，就如李渔戏曲中的科诨，活泼热闹，起到“雅俗同欢，智愚共赏”的重要作用。

再如《贞女守贞来异谤》中写秀才马既闲的朋友骗他说自己与其妻、婢通奸，“正与尊嫂在绸缪之际，不想有个盛婢走进房来，不言不语，立在旁边，却像有个临渊羡鱼之意，就如今日主人邀宾，小弟与兄走来闯席，主人岂有不纳之理？若还不纳，就要招起怪来，今日这席酒决不能够欢然而散了，只得也拉他入坐，吃了一杯残酒。”杜濬在此处的眉批中写道：“极村的话说得极文，极俗的话说得极雅，极不像的话又说得极像。真名手，真绝技。”[21]诚然，在李渔的小说中有许多枕席之间的描写，而且多半也并无真情，只图娱乐，无论是艺术成就还是思想性都不高，杜濬此处的评语也未免有过誉之嫌，但较粗俗露骨的床笫之欢描写，李渔这种“如讲最亵之话虑人触耳者，则借他事喻之”的方法也算是将之雅化了。

第二，结构方面。李渔在《闲情偶寄》中说：“三尺童子观演此剧，皆能了了于心，便便于口。”为此，他提出“立主脑”“减头绪”等方法让剧情简明易懂。而这些手法，在李渔的小说也多有体现。如《受人欺无心落局连鬼骗有故倾家》一篇，可以说是只为王竺生一人而设，而王竺生一人又只为到小山家赌博受骗一事，其余父母病死、家产为人所夺、小山生意冷落、竺生父亲的鬼魂回来索债、小山和赢钱去的乡绅接连死尽等情节皆由此生。脉络清晰，一线到底，降低了阅读难度，即使文化不高之人也能读懂。

但李渔毕竟是文人，他也有诸多的文人读者，因而，李渔在追求结构简洁、明了的同时，又追求结构的严谨完整。他在《闲情偶寄》中说：

> 编戏有如缝衣，其初则以完全者剪碎，其后又以剪碎者凑成。剪碎易，凑成难，凑成之工，全在针线紧密。一节偶疏，全篇之破绽出矣。每编一折，必须前顾数折，后顾数折。顾前者，欲其照映，顾后者，便于埋伏。照映埋伏，不止照映一人、埋伏一事，凡是此剧中有名之人、关涉之事、与前此后此所说之话，节节俱要想到，宁使想到而不用，勿使有用而忽之。[19]10

纵观李渔的小说，往往能够做到逻辑严密，有伏笔、有照应，前后连贯，很少疏漏。如《萃雅楼》中写权汝修与金、刘二君有后庭之好，“虽是平民，却像有职分的一般，次次与贵人同坐”“面庞生得可爱”等便是为后来严老爷想要霸占权汝修埋的伏笔，到后来金、刘二人去严老爷府上“领价”，严老爷迟迟不发，又是对前文的回应。再到后来，严老爷设计让沙太监将权汝修净身，既是对前文的进一步发展又为之后权汝修进严府搜罗证据想要报仇埋下了伏笔。

（四）读者的阅读体验对小说的影响

明清之际白话小说的创作和刊刻、售卖都体现出明显的商业化特点，读者对小说的影响不仅体现在小说文本、创作过程中，也体现在小说的成书、编排上。

为了让读者获得更好的阅读体验，李渔的小说也在刊刻成书上下了许多功夫。浙江古籍出版社出版的《李渔全集》中，第八卷和第九卷收录了李渔的小说作品，其中收入《无声戏》以日本尊经阁文库所藏《无声戏》刻本（十二回）为底本，书前配有插图。再有据《李渔全集》:“《连城璧》原书并无插图，现用十二幅插图系由《无声戏合集》移植。”消闲居本《十二楼》也配有精图十二幅。“此消闲居本刊刻极精，正文每半页九行，每行十九字，篇后有杜濬评，有眉批有夹批，并有精刻插图十二页。”在小说中附上插图，有利于提高阅读的趣味性，符合当时读者的娱乐性需求。

明清之际出版的小说大多带有评点，如金圣叹评《水浒》，毛宗岗父子评点《三国演义》，王渔洋、何体正评《聊斋志异》……蔡亚萍在《读者与明清通俗小说创作、传播的关系研究》中指出：“与未经评点的小说作品相比，小说经过评点之后通常更受读者欢迎，加快了传播速度，扩大了传播范围。”

晚清王韬光绪十四年（1888）撰《水浒传序》指出：“《水浒传》一书，世传出施耐庵手，其殆有寓意存其间乎，抑将以自寄慨唱也？其书初犹未甚知名，自经金圣叹品评，置之第五才子之列，而名乃大噪。”[22]晚清觚庵《觚庵漫笔》认为：“《三国演义》一书，其能普及于社会者，不仅文字之力。余谓得力于毛氏之批评，能使读者不致如猪八戒之吃人参果，囫囵吞下，绝未注意于篇法章法句法。”[23]

评点在李渔的小说中也多有运用。《无声戏》前有伪斋主人的序，回后有杜濬的评。《连城璧》《十二楼》前都有杜濬的序，回后有杜濬的评。如《归正楼》后杜濬的评仿佛直接与意欲写小说的读者对话，告诫他们说“今之作者，无论少此心胸，即有此心胸，亦不能有此口与手，读《十二楼》以后，都请搁笔可也。”还有的评论是站在读者的角度上，仿佛替读者说话，如《生我楼》后“观者至此，都谓‘捉出破绽来’，将施责备矣。”再如《人宿妓穷鬼诉嫖冤》回后评语道：“有人怪这回小说把青楼女子忒煞骂得尽情，使天下人见了，每一个敢做嫖客，绝此辈衣食之门，也未免伤于阴德，我独曰不然。若果使天下人见了，没一个敢做嫖客，那些青楼女子没有事做，个个都去做良家之妇了。这种阴德更无自量。”这些评语或是有和读者对话、互动的性质，或是对小说内容、构思、情节、主旨做出分析，对读者理解、评价小说起到了一定的引导作用，提高了读者的阅读体验，更有利于小说的传播。

为了更好地满足读者的阅读需求，明清之际小说合刊的现象也很普遍。如：

> 崇祯时期，建阳熊飞雄飞馆合刻《三国》《水浒》，雄飞馆主人在《英雄谱》卷首的识语中声称：“语有之：‘四美具，二难并。言璧之贵合也。《三国》《水浒》一传，智勇忠义，迭出不穷，而两刻不合，购者恨之。本馆上下其驷，判合其圭。回各为图，括画家之妙染；图各为论，搜翰苑之大乘。较雠精工，楮墨致洁。诚耳目之奇玩，军国之秘宝也。识者珍之！雄飞馆主人识。”[24]

在李渔作品的出版过程中也有这样的情况存在，如《一家言全集》弁言中提到：“但所著皆各成一册，购取者见先生之一班，即欲窥先生之全体……每至坊间，咸以先生全集为询。故特取先生之杂著，合成一书……”[25]李渔的小说由于在当时广受欢迎，更是存在多次复刻、合刻的情况。据浙江古籍出版社《李渔全集》第八卷点校说明：

> 《无声戏》为李渔第一次移家杭州时所做，当时是分初集、二集两次梓行的，时间大约在顺治十三年前后……李渔移家南京之后，在友人杜濬的帮助下，刻印了《无声戏合集》，时间大致在顺治末、康熙初。这是《无声戏》一、二集的合刻本……数年之后，李渔又将《无声戏合集》改刻为《连城璧合集》，并将合集未收一集的五篇小说和新写的一篇集成《连城璧外编》，复刻于《连城璧全集》之后……

除此之外，李渔小说的版本情况也颇为驳杂，据单锦珩先生考证，李渔的小说有尊经阁藏本《无声戏小说》，马隅卿藏顺治原刻本《无声戏合集》，三近堂梓行顺治写刻本《无声戏合选》，日本伊藤漱平收藏、清乾嘉间福建泉州一带坊刻袖珍本，日本江户时代冈田白驹藏《连城璧》抄本，清康熙写刻本《连城璧十二集外编六卷》，消闲居精刊本《十二楼》，英秀堂刻本《觉世名言一名十二楼》……[11]350

正是读者旺盛的阅读需求，才使得李渔的小说先后经过多番抄阅、复刻、合刊，从而才有如此多的版本流传于世。

三、小结

综上所述，李渔的小说读者包括文人、官宦子弟、富家子弟、商贩等有一定阅读需求及能力者。他们对李渔小说的影响可谓体现在方方面面，从小说人物的设置、情节结构的安排到人情物理的表现、雅俗共赏的语言风格乃至到最后的成书编排，读者的需求始终贯穿期间，并对李渔小说的创作产生了直接的影响。通过探寻读者对李渔小说的影响，我们不仅可以发现李渔小说的一系列特点以及这些特点的成因，还能够从李渔与读者的互动中，生动地了解到明清之际商人、文人、官员的社会处境、精神面貌，这些对于我们了解明清之际的文化形态及社会语境有着重要作用。

参考文献

[1]（美）艾布拉姆斯（Abrams，M. H.）．镜与灯——浪漫主义文论及批评传统［M］．北京：北京大学出版社，1989.

[2] 许振东．17 世纪白话小说的创作与传播——以苏州地区为中心的研究［M］．北京：中国社会科学出版社，2005.

[3] 单锦珩．李渔传［M］．成都：四川文艺出版社，1986.

[4]（日）大木康．明末江南的出版文化［M］．上海：上海古籍出版社，2014.

[5] 王利器．元明清三代禁毁小说戏曲史料［M］．上海：上海古籍出版社，1981.

[6] 谭帆．古代小说评点简论［M］．太原：山西人民出版社，2005.

[7] 王古鲁．王古鲁日本访书记［M］．福州：海峡文艺出版社，1986.

[8] 潘建国．明清时期通俗小说的读者与传播方式［N］．复旦学报：社会科学版，2001（1）.

[9] 同上

[10] 袁逸．清代书籍价格考——中国历代书价考之三（上）［J］．编辑之友，1993（4）.

[11]（清）李渔．李渔全集［M］．杭州：浙江古籍出版社，1991.

[12]（明）胡应麟．少室山房笔丛［M］．上海：上海书店出版社，2009.

[13]（清）李渔著，杜濬评，杜维沫校点．十二楼．北京：人民文学出版社，1999.

[14]（明）徐枋．居易堂集［M］．上海：华东师范大学出版社，2009.

[15] 李冬英．明清风气与李渔小说创作［M］．太原：山西人民出版社，2008.

[16]（明）张岱．张岱诗文集［M］．上海：上海古籍出版社，2014.

[17]（清）俞万春著，戴鸿森校点．荡寇志［M］．北京：人民文学出版社，1981.

[18] 丁锡根．中国历代小说序跋集［M］．北京：人民文学出版社，1996.

[19]（清）李渔．李渔全集［M］．杭州：浙江古籍出版社，1991.

[20] 王勇．通俗文学理论［M］．北京：知识出版社，2004.

［21］（清）李渔．李渔全集［M］．杭州：浙江古籍出版社，1991.
［22］朱一玄、刘毓忱．水浒传资料汇编［M］．天津：南开大学出版社，2002.
［23］黄霖，韩同文选注．中国历代小说论著选（下）［M］．南昌：江西人民出版社，1985.
［24］程国斌．明代小说读者与通俗小说刊刻之关系阐析［J］．文艺研究，2007（7）.
［25］（清）李渔．李渔全集［M］．杭州：浙江古籍出版社，1991.

（赵佳颖　首都师范大学2014级硕士生　指导教师：张庆民）

·中国现当代文学·

“理知”与“清明”的作家论
——从沈从文《论闻一多的〈死水〉》说开去

许敏霏

摘　要：沈从文1930年代的作家论创作，以有别于一般文学史家的独到眼光与坚守艺术本位的审美立场，对诸多作家及其作品进行论析。本文尝试以《论闻一多的〈死水〉》为核心文本，考察沈从文的作家论风格兼及其新诗观，辨析沈从文在新诗发展初期的诗学主张与理论构想。

关键词：作家论；新诗；本体；静穆

一、从《论闻一多的〈死水〉》看沈从文的作家论

在沈从文1930年代所写的诸多作家论中，《论闻一多的〈死水〉》一篇是颇值得注意的。此篇载1930年4月10日《新月》第3卷第2期，虽未收入1934年版《沫沫集》，但与其中大多数作品都缘于讲稿相同，写作此篇之时，沈从文任教于吴淞中国公学，授“新文学研究”课程。因授课需要所带来的史家意识的“干扰”，以及刻意保持中立、客观意见的可能性，沈从文这一阶段的作家论创作更易采取“非私人”的态度，既将对评论对象个体化的真实体悟纳入其中，也要尽力采用历史性的反思视角，因此也就更易显露他作为批评家的评论能力与独异风格，突显主体性的文学立场与研究姿态，而接近其文学主张的内核。同时，《论闻一多的〈死水〉》是其作家论中较早对新诗进行探讨的一篇。沈从文极为看重闻一多的新诗创作，在1935年对新诗进行总结性回顾的文章《新诗的旧账——并介绍〈诗刊〉》一文中，他对新诗社会根基渐稳后有卓越贡献的四位诗人——郭沫若、朱湘、徐志摩、闻一多给予了不尽相同的评价。在沈从文看来，郭沫若对新诗的建设主要在于其气魄以及宏阔的篇幅体式，朱湘则努力于抒情风格和古典词调，徐志摩为“总其大成”者，而谈到闻一多时，沈氏有如此论断：

> 其中有一个作者，火气比较少，感情比较静，写作中最先能节制文字，把握语言，组织篇章，在毫不儿戏的韵、调子、境界上作诗，态度的认真处使新诗成为一种严肃的事情，对以后作者有极好影响，这个人是闻一多。

在静谧的情思与简省的写作方式之外，沈从文亦指出闻一多的早期诗歌有着“毫不儿戏”的态度，肯定其诗作对于新诗散漫的音节及其背后游戏态度的规约作用与重要的方向

性意义。暂且不论其是否属于新月派之一员，擅长于诗化小说、散文，也从事新诗创作的沈从文，灌入诗的直感而熔铸成形的文学史写作——这篇更具独立性的闻一多专论《论闻一多的〈死水〉》，无疑是用以考察沈从文诗学观念的重要对象，其中暗含沈氏对于中国新诗发展、建构最初的理论设想。

作为一种风格评论，沈从文批评闻一多诗集《死水》的基本思路是基于整体特征的印象式把握之上，在朦胧诗意的文字中，铺展直觉式的诗感，以极具概括性的诗性话语，精准地捕捉到诗作的审美特质，而用词方面又带有一丝抽象的疏离：

> 以清明的眼，对一切人生景物凝眸，不为爱欲所眩目，不为污秽所恶心，同时，也不为尘俗卑猥的一片生活厌烦而有所逃遁；永远是那么看，那么透明的看，细小处，幽僻处，在诗人的眼中，皆闪耀一种光明。作品上，以一个“老成懂事”的风度，为人所注意，是闻一多先生的《死水》。[1]146

闻一多的诗歌气质中正平和，既将目光投注于社会人生，又不失对日常细微事物的体察探看，抒情而不失于滥情，表现着生的愉悦与光明。沈从文的评论文字所携带的诗意风格，并未使他沉浸于自身创作的审美可能性之中，而是以更贴合的方式对闻一多诗歌中庸平和的情感态度，着意于在细节中发现人生之美，又对社会人生的实际问题有所衡量与关注等方面，作了精准的揭示。这显示了沈从文把握他者创作风格的独到能力。沈从文无意于将评论文字当作刻板的研究文章来写，对具体诗作的引用也缺乏具备合理性的意义阐释，而只是将诗作直接呈现于读者眼前，其用意在于促使读者通过自身的阅读去直观感悟、体会诗作内在的精神气质以及内蕴在绵密思绪中的情感力量。缺少细读式的诗作解读，又带有感悟式的、纲领式的、前行式的诗歌想象，表明沈从文更为注重读者的体会以及接受能力。所以，沈从文对闻一多的诗作有一句态度模糊的诟病：“与读者平常鉴赏能力远离”，在对评论对象作价值判断之时，沈氏同样注重文学的接受问题。

在直感式、印象式的评论方式之外，沈从文的作家论也并不缺少理性缜密的思考，不缺少作为一个评论家所应具备的文学史眼光以及将研究对象放置在文学事件、文学潮流中去把握其历史位置、创作得失的能力。1920 年代，社会将对新诗的全部赞赏目光几乎都投注于徐志摩一人身上，徐志摩浪漫的气质以及其诗作对爱情的反复吟唱，使得他成为青年人争相追捧的对象。在徐氏的掩盖之下，沈从文可谓极早地发现了闻一多在新诗潮流中的理论先导/建设作用：“《死水》一集，在文字和组织上所达到的纯粹，那摆脱《草莽集》为词所支配的气息，而另外重新为中国建立一种新诗完整风格的成就，实较之国内任何诗人皆多。”[1]147沈从文于此指明闻一多诗体建设的三大重要意义：第一，注重诗歌的结构形式；第二，摆脱旧词调即古典诗体的窠臼，建立白话新诗；第三，反对欧化，倡导诗歌的民族性。沈从文在这里绝不是泛泛而谈，必要具备文学史家的眼光，才能得出如此结论。其背后，有对 20 年代诗歌状况的切实把握，而非只限于对个人文学风格的感悟评说。只是，他更善于以诗意的文字来表达对于文学创作的观念与看法。

沈从文的作家论写作并不假借西方僵化的理论概念，也未从古典诗学的批评术语中刻意寻找批评的方式，而是基于其独特的文学天分与嗅感而对其时的文学创作做出某些回应，得出某些论断。虽说有缺乏合法性与学理性的倾向，但其自成一体的评论风格使批评文字也具备了基于创作本体的审美性。他首先注重作品的文学价值，拥护文学的独立性以及个人化的文学色彩，而具有独立自足的美学品格，强调文学并不依附其他任何而存在，维护文学的本体地位。正如其对于闻一多兼同朱湘诗集的判断："两本诗皆稍稍离开了那时代所定下的条件，以另一态度出现，皆以非常寂寞的样子产生，存在。"[1]147在此，沈从文对时代以及政治所采取的回避态度是明显的，但这并非意味着沈氏排斥文学作品对时代、政治诸问题的揭示，而指其不应妨碍诗歌创作的艺术特性，更重要的是，这其中内含着他的文学审美理想，即一种"寂寞"的美学品格/形态。这种美学形态的核心即是对艺术本体的追求，衷情于"平静的情绪"以及纯粹的能于技艺上达到的高峰，追求文学作品纯粹的艺术性。沈从文将文学看作一个有机的生命体，作品必要注入作家的真实情感以及技艺的锤炼才称其为文学，他要求文学的技艺的精湛以及恒久价值。然而，他并非一个唯美主义者，文学创作虽可稍偏离于时代，保持自身的审美自足，然而却不可陷入形式主义的窠臼，必须对人生和人类情感发生意义："在将来某一时节，诗歌的兴味有所转向，使读者，以诗为'人生与自然的另一解释'文字，使诗效率在'给读者学成安详的领会人生'，使诗的真价在'由于诗所启示于人的智慧与性灵'，则《死水》当成为一本更不能使人忘记的诗！"[1]148偏离时代的文学创作并不意味文学理应失去其社会功能，它必须含有更深层次的生命意义、庄重的道德感，以及高于个体的文明与精神追求。

二、沈从文对于新诗的批评及构想

无异于沈从文的小说与散文创作，他的作家论显然也服膺于其整体风格的诗化特征。无论从注重审美性的角度去反观，还是从他对评论对象的价值判断去审视，都可看出沈从文和谐、静穆的美学理想以及抒情的风致在其作家论中的浑然一体。尽管并无明确论述，但可以说，沈从文的作家论，是关乎其文学观念、文学主张的诗性表述，这必然在某种程度上渗露出他的审美理想。具体于《论闻一多的〈死水〉》，沈从文以诗歌的本质精神去体味闻一多的诗歌创作，其中自然寄予着他的诗歌理想以及关乎新诗诗体建构的种种可能。

新诗出现初期，诗体体式、风格等都尚未定型，文白之争与古今之辨尚未完全落幕，新诗坛可资谈论的创作寥寥无几，大多数作品算不上经典之作。联系沈从文对闻一多在新诗诗体建设意义上的看重，沈氏对闻一多的论断将无疑具有纠正新诗格局过分散乱、章法全无定型且失于精神、内容建设的重要意义。正如温儒敏所说，"沈从文重点选评五四时期的作家，意在总结历史经验，发扬传统，纠正他所认为的不良的创作风气。"[2]沈从文对闻一多诗集《死水》的讨论包含了两方面内容：一方面是批判新诗现状的混乱与谬误处，艺术标准的杂乱无章；另一方面则是先破后立，通过对新诗谬误处的批判来提出新诗发展、构建的可能。

沈从文对于新诗的批评是通过新诗的接受与传播问题提出的，尤以年青人为新诗的阅读对象。他首先谈及年青人对于"诗"的判断："这样或那样，使诗必须成立于一个概念上，是'单纯'与'糊涂'。"[1]146后又论及新诗建立初期两位重要诗人郭沫若与徐志摩："所要的诗歌，有两种，一则大力叫号作直觉的否认，一则以热情为女人而赞美。"[1]147前者是郭沫若，而后者是徐志摩。显然，沈从文不满于这样的新诗创作。或许是出于个人旨趣，他所驳斥的首先是"诗"这一概念的真正内涵，"诗"所应包容其内的决不仅止于歌颂/诅咒自然与人生，或情绪热烈/舒缓的二极悖反，更不能疏忽于技艺的"天真"与表现的单纯。对峙的诗歌姿态在沈从文这里得到了严肃的批驳，从诗歌本体出发的新诗理想形态也得以由此建立。在此，还要再次提及沈从文对闻一多诗集的这一评价：“《死水》一集，在文字和组织上所达到的纯粹，那摆脱《草莽集》为词所支配的气息，而另外重新为中国建立一种新诗完整风格的成就，实较之国内任何诗人皆多。”[1]147对于新诗发展建构的可能及方向，沈从文一方面强调挣脱古典诗词的旧气息以及体式挣扎，从诗歌本体角度出发要求文字与组织的纯粹，另一方面又倡导一种新诗体的建立，以规范新诗格局。这就使得他不得不审视、思考新诗的体式问题：“作者所长是想象驰骋于一切事物上，由各样不相关的事物，以韵作为联结的绳索，使诗成为发光的锦绮。”“作者是提倡格律的一个人。一篇诗，成就于精练的修辞上，是作者的主张。”[1]150沈从文重视诗歌中修辞、音韵、格律、语言的精妙，可谓具有和闻一多同道的提倡新诗格律化的某种倾向。格律具有诗之为诗的重要意义，更为重要的是，除去成为结构诗体使其不至于太过散漫的一种方式，格律还是约束情感的有效手段，使其不失于毫无节制的呐喊或草率的抒情。格律既与生命内在的韵律相和，也与沈从文和谐、静穆的美学理想取得了相当的一致性。从美学角度出发，沈从文的诗歌构想具有儒家所倡导的中庸的美学境界：“作者的诗无热情，但也不缺少那由于两性纠纷所引起的抑郁。不过这抑郁，由作者诗中所表现时，是仍然能保持到那冷静而少动摇的恍惚的情形的。”[1]150但更为内在的是，和平静穆的美学气质概源于沈从文将诗歌当作艺术本体去看待，追求生命的永恒价值。

> 作者是画家，使《死水》集中具备刚劲的朴素线条的美丽。同样在画中，必需的色的错综的美，《死水》诗中也不缺少。作者是用一个画家的观察，去注意一切事物的外表，又用一个画家的手腕，在那些俨然具不同颜色的文字上，使诗的生命充溢的。[1]148

一切诗歌外在的技法，不仅在于增进诗歌的艺术表现力与形式美感，使其蕴有更多的美学可能性和诗意展开的空间，更重要的是其目的在于“使诗的生命充溢”，使诗达到艺术的高度，彰显诗歌的艺术本体。诗歌的内容与形式、精神与形体是两相调和的，诗人个人的意趣和生命内在能够在诗歌中得到充分展现，形成高度统一。

沈从文的诗歌理想亦与其京派的文学主张相一致。然而，如果我们从历史的角度、更为外部的角度去审视沈从文的诗学观念以及新诗构想，沈从文的论断更多是从整体的风格出发，从新旧脱胎出发，去建立一个渐趋完善的新诗体。当然，在倡导东方美感之外（这种借鉴更多是来源于语言的修辞以及古典诗学意境的构筑），沈从文更注重人生存在的价值，生命本质的内在关联，显示出他之于艺术本体孜孜不倦的探求。

参考文献

[1] 沈从文．论闻一多的《死水》[M]．沈从文文集：第11卷．广州：花城出版社，1984.
[2] 温儒敏．中国现代文学批评史教程［M］．北京：北京大学出版社，1993.
[3] 沈从文．沈从文文集：第12卷［M］．广州：花城出版社，1984.
[4] 刘洪涛，杨瑞仁．沈从文研究资料［C］．天津：天津人民出版社，2006.
[5]［美］金介甫．沈从文传［M］．北京：国际文化出版公司，2005.
[6] 温儒敏等．中国现当代文学学科概要［M］．北京：北京大学出版社，2005.
[7] 闻一多．闻一多选集：第一卷［M］．成都：四川文艺出版社，1987.
[8] 王光明．现代汉诗的百年演变［M］．石家庄：河北人民出版社，2003.
[9] 沈用大．中国新诗史 1918－1949［M］．福州：福建人民出版社，2006.

[10] 潘颂德．中国现代新诗理论批评史［M］．上海：学林出版社，2002.

[11] 郭娅妮．抽象的抒情——论三十年代沈从文的“作家论”［J］．重庆社会科学，2006（2）．

[12] 谢丽．回到文学自身：中国现代作家论批评的新视角：以沈从文20世纪30年代的作家论为例［J］．山西大学学报（哲学社会科学版），2008（6）．

[13] 张洁宇．作为诗人的沈从文：兼议新诗研究的视野问题［J］．新诗评论，2013（1）．

（许敏霏　首都师范大学2014级硕士生　指导教师：孙晓娅）

从《中国新文学大系（1917—1927）·诗集》看文学史家视野中的新诗

李秀荣

摘　要：《中国新文学大系（1917—1927）·诗集》是朱自清编纂的一部新诗集，收录了中国现代诗歌四百余首。作为《中国新文学大系（1917—1927）》的重要组成部分，诗集严格按照统一的起讫年限、编选目的进行编纂。除了收录四百余首新诗以外，《诗集》还包括朱自清撰写的导言、编选凡例、编选用诗集及期刊目录、选诗杂记、诗话五部分。本文试图结合朱自清1929年编写的《中国新文学研究纲要》，阐释朱自清以文学史家的视野对现代新诗发展的审视与评价。

关键词：中国新文学大系；朱自清；新诗

新文学诞生后，文学史家的著述层出不穷。第一个十年中有胡适的《五十年来中国之文学》、梁实秋《现代中国文学之浪漫的趋势》、周作人《中国新文学源流》等，进入1928年以后，甚至出现了文学史写作的热潮。这些新文学家们在中国文学史的背景下处理新文学的问题，形成了一个文学史建构与对话的空间。1935年由良友图书印刷公司的编辑赵家璧先生主持并出版的《中国新文学大系》十集是对“新文学的总检阅”。“《大系》为第一个十年的新文学留下了珍贵的文献资料，也留下了作为‘过来人’的先驱者所带有的自我审视特点的评论。其各集的‘导言’所具有的文学史研究眼光和方法，对后来的文学史写作有不可替代的巨大影响。”① 朱自清先生编选的《诗集》以文学史家的视野观照新诗，努力勾勒出新诗第一个十年走过的痕迹。编选者的性情和关注的重点在对新诗线索的梳理中可略见端倪。

一、历史视野

作为中国现代文学的一种重要文体的中国的新诗，诞生于1917年的“五四”新文化运动的高潮中。白话的新诗由胡适率先提倡，突破文言旧体诗而自立，成了“五四”文学革命的先导。朱自清在《大系·导言》中首先肯定了胡适的诗论对尝试期诗歌的贡献。胡

---

① 温儒敏 李宪瑜 贺桂梅 姜涛等：《中国现当代文学学科概要》，北京：北京大学出版社，2005年版，第36页。

适的《谈新诗》① 副标题为“八年来一件大事”，发表于1919年《星期评论》“双十节纪念号”。“双十纪念号”是特为纪念武昌起义刊发的专号，在这样一个具有政治纪念意义的刊物上胡适发表《谈新诗》，并称其为“一件大事”，可见在当时对新诗的探讨不仅具有文学价值，还带有深刻的社会意义。新诗的出现绝不仅仅是文学界的革命，而且是作为社会革命的一部分参与着时代的革新。当年10月20日廖仲恺在给胡适的信里，谈及到《星期评论》双十节纪念号刊载的《谈新诗》一文，可见此文在当时产生了一定的影响。“新诗”这一概念出自《谈新诗》，在此之前多称“白话诗”。之后“新诗”这一概念被纷纷采用，如宗白华的《新诗略谈》、康白情的《新诗底我见》等。朱自清说“新诗运动从诗体解放下手。”所谓“诗体解放”，胡适在《〈尝试集〉自序》中这样解释，“若要做真正的白话诗，若要充分采用白话的字，白话的文法和白话的自然音节，非做长短不一的白话诗不可。这种主张，可叫做‘诗体的大解放’……把从前一切束缚自由的枷锁镣铐，一切打破；有什么话，说什么话，话怎么说，就怎么说。”② 胡适所倡导的“诗体解放”是以白话为突破口的，他对诗歌形式的改革不仅关乎诗的革命，而且关系到白话能不能冲破诗这一最后的壁垒，进而确立白话文学的合法地位。朱自清说“《谈新诗》切实指出解放后的路子，彷徨着的自然都走上去。”③

《谈新诗》所指出的这条“作诗如作文”的路子也被后人所诟病，穆木天《谭诗》中说“中国的新诗运动，我以为胡适是最大的罪人。”《谭诗》发表于1926年3月16日的《创造月刊》，朱自清《诗话》中评价穆木天时引用的恰是《谭诗》一文，可见朱自清关注到了这篇文章，但却不甚同意穆木天的观点。因而在《导言》中也未谈及穆木天《谭诗》中的新诗主张。朱自清肯定了胡适新诗理论探索的功绩，正如他在《选诗杂记》中所表明的“我们要看看我们启蒙时期的诗人努力的痕迹。”朱自清并未把新诗发展中出现的问题归结到胡适“作诗如作文”的主张上。在《新诗》中朱自清说“要知道提倡的人本只说‘诗体大解放’，并不曾说容易；提倡白话文，虽有人说是容易作，但那只是因时立说，并不是它的真价值。一般人先存了个容易的观念，加以轻于尝试的心思，于是粗制滥造，日出不穷。新诗自然愈来愈滥了。但这也是过渡时代不可免的现象。”④ 但朱自清对胡适诗歌的评价不高，但却不苛责，认为是时代不可避免的现象。在《纲要》中，评价胡适的《尝试集》时，大量摘引胡先骕的批评。在这里，朱自清并未因胡先骕是学衡派的人物，就对他的观点置之不理。可见他虽秉持历史进化论的观点，却不偏狭的以新否定旧。但遗憾的是在《诗话》中却只谈及朱湘对胡适诗歌的批评，自己却不置一词。朱自清甚是小心谨慎，批评之语皆引他人之言，自己的观点便也包藏其中了。比较而言，王哲甫在《中国新文学运动史》中对胡适的评价则更为明晰“我们要研究中国的新诗，不得不先提到胡适。胡氏在新诗的创作上并不算是成功，他虽然曾一度努力于新诗的创作，但非失之于太文，即失之于太质，这大约是因为他的才性不近乎诗的缘故，但他在新诗坛上实地试验，为提倡新诗的急先锋，其功绩不可谓不大。”⑤ 王哲甫一方面肯定了胡适在新诗

① 胡适：《谈新诗》，《星期评论》“双十节纪念号”，1919年10月。

② 胡适：《〈尝试集〉自序》，《尝试集》，北京：人民文学出版社，1984年版，第7页。

③ 朱自清：《中国新文学大系·诗集》，上海：良友图书公司，1935年版。

④ 朱自清：《朱自清全集 第4卷 散文篇》，南京：江苏教育出版社，1990年版。

⑤ 王哲甫：《中国新文学运动史》，上海：上海书店出版社，1933年版。

史中的开创地位，以及他积极的新诗实践，但另一方面也指出了胡适新诗创作的贫乏。

如果说胡适是以白话为突破口为自由诗开辟了通道，那郭沫若则是通过对西方自由诗的移植来构建他的诗学体系的。1920 年在致宗白华的信中提出了“自然流露说”，认为诗不宜“矫揉造作”，并引亚里士多德的“诗是模仿自然的东西”，认为诗的创造贵在自然流露。这一方面是他对新诗形式的一种探索，认为诗不必拘泥于外在的形式，另一方面也体现出他认为诗歌应该表现人的内心，“用我们的言辞表示我们的生趣”。朱自清在《大系·导言》中评价道“他的诗有两样新东西，都是我们传统里没有的：——不但诗里没有——泛神论，与二十世纪的动的和反抗的精神。”郭沫若诗论的直觉说、内在韵律说、自然流露及自我表现等都统一在他的生命诗学中。“诗的创造贵在自然流露”与“诗不是‘做’出来的，只是‘写’出来的”所强调的都是创作主体生命的自由释放，他认为自然的诗歌抒写就应该自然到可以倾听生命之泉的琮铮，可以感受“命泉中流出来的 Strain，心琴上弹出来 Melody，生底颤动，灵底喊叫……”① 郭沫若的《女神》开创一代新风，想象和情感得到解放，是浪漫主义的胜利。但朱自清秉持史家的客观笔风，既肯定了郭沫若的成就，又关注到了郭诗存在的弊病。在《诗集·诗话》中引朱湘对《女神》和《星空》的批评，“一是西字的插入，一就是单调的结构。而这两种倾向都是不好的。”在《纲要》中列出了郭诗的“单调的表现”和“‘自然流泻’与生硬的字句韵脚”。这些批评自然是为展现郭诗评价的历史全貌，但多少也合著者之意。朱自清在《选诗杂记》中称自己多引他人之文的原因是“自己对于诗学判断力还不足”，这显然是一句自谦之语，“但仅就现存的这份《纲要》来看，无论就章节体例的安排，或作家作品的取舍，都可以概略地看出他对中国现代文学发展的观点和评价”“显示了一个‘五四’新文学运动的参加者和早期作家对新文学发展的关心和研究”②。朱自清的导言只写了五千多字，而诗话部分多为引用，作为历史事件的参与者却不凭主观写史，这种态度实在难能可贵。

朱自清虽然看到了第一个十年新诗创作的不成熟，但依然以开拓者的角度肯定新诗探索的理论功绩。在当时，对新诗持批判态度的不在少数。闻一多、穆木天、陈梦家等新诗实践者也发表过新诗成就不高的观点。鲁迅先生在 20 世纪 30 年代会见美国记者斯诺时也说，中国的现代白话新诗“没有什么可以称道的。都属于创新试验之作。”及至九十年代，郑敏在《世纪末的回顾：汉语语言变革与中国新诗创作》中依然指出“胡、陈这种从零度开始用汉字白话文写诗的论调，为白话文的发展带来很大的障碍。使它虽是一次成功的政治运动，在文化上却因拒绝古典文学传统，使白话与古典文学相对抗，而自我饥饿，自我贫乏。”③ 朱自清作为新文化人，一方面面对的是中国旧体诗词的高大权威，刘纳在《嬗变》中指出：“实际上，至 1912—1919 年间，‘新派诗’与旧派诗界限已经弥合。梁启超不再提‘诗界革命’正与遗老相唱和”。在这一时期，“古典诗歌这个‘仅此一脉’的‘国粹’有了一次最后的繁荣。诗人如云，诗作如雨，其气象、其水准，足以殿两千年的中国诗史”。④ 另一方面面对的是缺少本体土壤的新诗。他要在这两难之地为新诗合法

① 郭沫若：《论诗三札》，《文艺论集》，北京：人民文学出版社，1979 年版。

② 王瑶：《先驱者的足迹———朱自清先生遗稿〈中国新文学研究纲要〉》，《文艺论丛 14》，上海：上海文艺出版社，1982 年版。

③ 郑敏：《世纪末的回顾：汉语语言变革与中国新诗创作》，《文学评论》，1993（3）。

④ 刘纳：《嬗变》，北京：中国社会科学出版社，1998 年版，第 209 页。

性、新诗历史进步性证明。

二、形式建构

《中国新文学大系（1917—1927）·诗集》中对新诗形式探索的关注实是新诗诞生伊始形式问题争论不休的一个写照。新诗阵营内部，对新诗形式的理解各执一词，自由体和格律体此起彼伏。新诗的音乐性、对传统音韵的取法，以及新诗汲取外来资源、欧化与融合的过程，使得新诗的具体形式始终扑朔迷离。朱自清在《大系·导言》中对新诗形式的问题也颇为关注。

（一）新诗韵律

对新诗形式的探讨从新诗发生伊始便备受关注。胡适的“作诗如作文”、郭沫若的“自然流露说”为自由诗的迅速繁衍开辟了理论前提。《中国新文学大系（1917—1927）·诗集》作为一本历史参与者写史的著作，对韵律的探讨显示着启蒙时期诗人从传统音韵的土壤中为新诗寻求立足之地，重建新诗的音乐性，沟通新旧诗体之间的内在脉络，力避新诗散文化的倾向。

朱自清在《纲要》中列举了“新韵律运动”发展的八次尝试：胡适说；刘复说；陆志韦说；赵元任《国音新诗韵》；俞平伯说；《晨报诗镌》的主张；陈勺水的“有律现代诗”；杨振声说。在《大系·导言》中重点提到了刘复“破坏旧韵，重造新韵”“增多诗体”的主张，赵元任的《国音新诗韵》，陆志韦的诗歌实践以及闻一多等人的格律诗的创作。赵元任的《国音新诗韵》将刘复的“破坏旧韵，重造新韵”的构想付诸实践，他企图从文类的角度出发明确地指出：“诗的所以为诗，单就形式上论，有两种特征，诗与散文不同的地方：一、诗句里的用字有节律，要使得字字的轻重，快慢，和声调的高，扬，起，降，促，念得顺当；二、诗句和诗句的呼应起来有‘押韵’的关系。”① 这是补救当时白话诗散文化的一剂良药。“新诗韵”使用的前提是要有一套完备的国音字母，“学习国音字母本不在诗韵的范围以内，但要做准确的韵音的分辨，不得不用些韵母的符号。”胡适编写的《建设理论集·导言》中对王照的字母运动、赵元任、钱玄同等的“国语罗马字的拼音法式”等注音文字运动进行了介绍。这一运动在后世已逐渐不被提及，但在当时的影响却不可小觑。朱自清在《唱新诗等等》中认为“新诗若有了乐曲的基础，必易入人，必能普及，而它本身的艺术上，也必得着不少的修正和帮助。”② 而且认为赵元任先生的唱诗增加了新诗的价值。在《论中国新诗的出路》中又进一步提出“读诗的方法最为当务之急，新诗音节或格律的完成与公认，一半要靠那些会读的人。”③ 朱自清看重唱诗、读诗，将其视为新诗发展的出路。在《纲要》中将“读诗与唱诗”单独列为一节。视其为一种独立于韵律探索的新诗尝试。而赵元任先生虽致力于对新诗韵律的探求，但却不把唱诗看成一种必要的新诗推广行为。在《新诗歌集序》中他区分了“吟”与“唱”，将新诗与旧诗的区别分别开来，同时区分了“诗”与“歌”，使新诗不为音乐限制。唱诗

---

① 赵元任：《国音新诗韵》，上海：商务印书馆，1923 年版。

② 朱自清：《朱自清全集 第 4 卷 散文篇》，南京：江苏教育出版社，1990 年版。

③ 朱自清：《朱自清全集 第 4 卷 散文篇》，南京：江苏教育出版社，1990 年版。

和读诗也不失为新诗大众化的一种方式，抗战时期的朗诵诗便是对其的实践。但正如朱自清在《论朗诵诗》中所说："战前已经有诗歌朗诵，目的在乎试验新诗或白话诗的音节，看看新诗是否有它自己的音节，不因袭旧诗而却又和白话散文不同的音节，并且看看新诗的音节怎样才算是好。""抗战以来的朗诵运动起于迫切的实际需要——需要宣传，需要教育广大的群众。"① 这是两次不同质的尝试，一次为了艺术，一次为了政治。但《国音新诗韵》的出版"正赶上新诗正要中衰的时候，又书中举例，与其说是诗，不如说是幽默；所以没有引起多少注意。"② 这一时期陆志韦试验新诗体例，想要创造新格律的尝试也"被人忽略过去"。

之后有较大影响的格律运动就数闻一多和徐志摩等"要把创格的新诗当一件认真事情做"（《诗刊弁言》）。闻一多、徐志摩等诗人于1926年创办《晨报·诗镌》从理论到创作实践提倡现代格律诗。特别是闻一多在《诗的格律》中明确提出了新诗要具备"音乐的美（音节）、绘画的美（词藻）和建筑的美（节的匀称和句的均齐）"，并且写出有很高艺术水平的诗作，在当时新诗创作中产生了很大的影响。新诗由打破旧诗的格律又进入重建自己新的格律。

细看《诗集》中收诗的数量，格律诗的代表闻一多29首，徐志摩26首，朱湘10首，刘复8首，陆志韦7首；自由体诗创作的主要诗人，胡适9首，郭沫若25首，周作人9首。自由与格律在新诗发展过程中此起彼伏，其中对格律体诗的稍稍倚重则可认为是对新诗发展过程中过分自由化、散文化的纠偏。

（二）欧化与融合

欧化是新诗第一个十年中诗论家和诗人共同存在的问题。朱自清撰写的《大系·导言》对第一个十年里新诗人们取法的外国资源进行了梳理。他谈新诗的发生，虽从黄宗宪等倡导的"诗界革命"谈起，但他认为这场革命只"在观念上，不在方法上"对新诗产生了影响，认为"最大的影响是外国的影响"。他引梁实秋在《浪漫的与古典的》中所提出的胡适的《文学改良刍议》是受了美国印象主义的影响。胡适诗中的"乐观主义"也是外来的，旧诗中极为罕见。就连他倡导的"自然音节和诗可无韵的说法，似乎也是外国自由诗的影响。"周氏兄弟走的是欧化的一路。小诗一方面受了周作人翻译的日本的短歌和俳句的启迪，另一方面还有泰戈尔小诗的影响。白采的长诗《羸疾者的爱》是由于"他读了尼采的翻译"。郭沫若的泛神论和反抗的精神也是我们的文明里没有的。闻一多、徐志摩、陈西滢"不但在试验英国诗体，艺术上也大半模仿近代英国诗"。李金发、王独清、穆木天、冯乃超、戴望舒则取法法国象征派。如此看来，新诗的发生史也是一部外来诗歌的影响和接受史。朱自清看重时代因素对文学进程的影响。在他1929年编写的《中国新文学研究纲要》在总论中单列一章来谈"'外国的影响'与现在的分野"。包括"美国的影响""俄国与日本的影响""北欧东欧文学的影响""德国文学的影响""英美文学的影响"五个部分。这囊括了《诗集·导言》中所列举的外国资源。而且《纲要》中还附有一张表格，清晰地展现了第一个十年出现的社团与外国思想的联系。这对于认识新文学与外国文学的关系有重要的价值。

20世纪初的新诗欧化是白话汉语向西方诗学语言借鉴的一次尝试。朱自清在《大系

---

① 朱自清：《新诗杂话》，北京：生活·读书·新知三联书店，1984年版。

② 朱自清：《中国新文学大系·诗集》，上海：良友图书公司，1935年版。

·导言》中对新诗欧化的外来资源进行了梳理，新诗早期不同的流派与其接受的外来影响直接相关。朱自清在《导言》中未提及对于新诗欧化的看法，只是将其作为一种文学现象呈现出来。欧化是多方面的，既是从语言形式角度也是从思维表达层面对白话诗的改造。闻一多曾高调评价了郭沫若的《女神》，在《〈女神〉之地方色彩》中通过与时人的欧化倾向比较，肯定了“《女神》不独形式十分欧化，而且精神也十分欧化的了。女神当然在一般人的眼光里要算新诗进化期中已臻成熟的作品了。”但闻一多对时人“欧化的狂癖”“把新诗做成完全的西文诗”持批驳的态度。“现在的新诗有的是‘德谟克拉西’，有的是泰果尔，亚坡罗，有的是‘心弦’‘洗礼’等洋名词。但是，我们的中国在哪里？我们四千年的华胄在哪里？哪里是我们的大江，黄河，昆仑，洞庭，西子？又哪里是我们的《三百篇》，《楚骚》，李，杜，苏，陆？”① 闻一多以一种世界文学眼光，想要创造融合“本土诗”和“外洋诗”的中国新诗。他提出欧化的理想目标，“我总以为新诗径直是‘新’的，不但新于中国固有的诗，而且新于西方固有的诗；换言之，他不要做纯粹的本地诗，但还要保存本地的色彩，他不要做纯粹的外洋诗，但又要尽量地吸收外洋诗的长处：他要做中西艺术结婚后产生的宁馨儿。”新诗欧化不是一个单方向的拿来过程，同时也是一个融合的过程，即将不同地理空间的艺术经验混合在一起创造一种新的艺术形式。闻一多跳出诗歌非新即旧的思维模式，对格律的倡导、对地方色彩的关注都是其尝试在传统诗歌的坚实基础上创作新诗的有益尝试。新诗草创期的诗人们因袭着旧时代的诗美理想，又力图以西方的诗歌经验打破旧诗一统天下的格局，为新诗开辟出一条明媚之路。

三、审美倾向

朱自清在《大系·导言》中写道：“另一个理想是平民化，当时只俞平伯氏坚持，他‘要恢复诗的共和国’；康白情氏和周启明氏都说诗是贵族的。诗到底怕是贵族的。”② 这句话提出了一个新诗发展的关键问题，即诗歌的平民化与贵族化的倾向问题，也表明了朱自清对于贵族化诗歌创作的倾心。新诗发轫之初，陈独秀在《文学革命论》中直指贵族文学，要求“推倒雕琢的、阿谀的贵族文学，建设平易的、抒情的国民文学”。周作人发表《人的文学》：“用这人道主义为本，对于人生诸问题，加以记录研究的文学，便谓之人的文学”。在此基础上发表《平民文学》，具体提出“平民文学”与“贵族文学”的概念。周作人认为，“平民的文学正与贵族的文学相反。但这两样名词，也不可十分拘泥。我们说贵族的平民的，非说这种是专做给贵族或平民看，专讲贵族或平民看的，或是贵族或平民自己做的，不过说文学的精神的区别，指它普遍与否，真挚与否的区别”。③ 周作人提倡的平民文学并非着眼于阶级的差别，而是关注“普遍”与“真挚”这两个特点。其目的是将平民提升到人的高度。俞平伯在《诗底进化的还原论》中认为“能深刻的感多数人向善的诗歌”是好的诗歌，“深信诗不但是在第一意义底下是平民的，即在第二意义底下也应当是平民的。”这种平民化的诗歌倡导指向的是“善的诗歌”，这与诗歌的社会功能牵连在一起。也有许多诗人认为诗是贵族的。康白情在《新诗底我见》中明确指出：作

① 郭沫若：《〈女神〉之地方色彩》，1946年6月10日《创造周报》第5号。

② 朱自清：《中国新文学大系·诗集》，上海：良友图书公司，1935年版。

③ 周作人：《平民文学》，《每周评论》第5号。

诗一靠“天才”，二靠“知识”。周作人在1922年发表《贵族的和平民的》一文，对《平民文学》作出进一步阐释和修正，为新诗贵族化予以争辩，“关于文艺上贵族的与平民的精神这个问题，已经有许多人讨论过，大都以为平民的最好，贵族的是全坏的。我自己以前也是这样想，现在却觉得有点怀疑。变动而相连续的文艺，是否可以这样截然的划分；或者拿来代表一时代的趋势，未尝不可，但是可以这样显然的判出优劣么？我想这不免有点不妥，因为我们离开了实际的社会问题，只就文艺上说，贵族的与平民的精神，都是人的表现，不能指定谁是谁非，正如规律的普遍的古典精神与自由的特殊的传奇精神，虽似相反而实并存，没有消灭的时候。”① 周作人辩证地思考了关于文学的平民与贵族的问题。

新诗的平民化与贵族化问题不仅是文学史的倾向问题，而且是诗歌文本话语问题。五四白话诗歌初期对新体诗的尝试多吸取旧词曲、民间歌谣的艺术形式。胡适在《谈新诗》中也谈到时人所作新诗“带有词或曲的意味音节”，称之为“一半词一半曲的过渡时代”。刘复在新诗创作中大量实验民间歌谣的形体。这都是新诗平民化的一个起点。平民化的诗歌采取的是现实话语，视角为外视角，诗歌文本与外在现实相契合。贵族化的诗歌不仅注意语词的精细雕琢，采取的视角是内视角，关注的多是心理话语。

朱自清认为“诗到底怕是贵族的”。在选诗中未选取带有人道主义倾向的胡适的《人力车夫》，刘半农《相隔一层纸》《学徒苦》，沈尹默的《人力车夫》等作品，而在《分类白话诗选》中这几首诗全部入选。在《选诗杂记》中朱自清明确提到得益于《分类白话诗选》，而在《诗集》中却完全摒弃这类写实的诗歌，所选的诗歌大多是为艺术的，很少平民化的创作。1925年“五卅”运动之后，很多诗人，以创造社诗人为代表转入了革命诗歌的创作。朱自清在《大系·导言》中对革命诗歌只字未提，一方面是由于革命诗歌在第一个十年只是起步期，成就和影响范围不及自由诗派、格律诗派、象征诗派；另一方面也体现出革命诗歌与朱自清贵族化的诗歌标准相背离。

朱自清在《大系·导言》中将这十年的诗坛分为三派：“自由诗派，格律诗派，象征诗派”。这三派的区别主要在于对新诗表现形式的各具特色的探求。以胡适、郭沫若为代表的自由诗派追求诗的自由表达，即“写诗”；以闻一多、徐志摩为旗帜的格律诗派企图在外在形式上弥补新诗过于散漫的弊病，即“做诗”；以李金发、穆木天、戴望舒等人为代表的象征诗派吸收法国象征派的理论，追求新诗的朦胧性、神秘性。朱自清对这十年的新诗流派做了系统、全面的梳理。朱自清在诗歌选取上极其谨慎、小心，企图勾勒出诗歌潮流递变的线索。所收录的59家诗基本囊括第一个十年的重要诗人。被选9首以上的有：闻一多29首，徐志摩26首，郭沫若25首，李金发19首，俞平伯17首，冰心18首，刘大白14首，汪静之14首，康白情13首，朱自清12首，何植三12首，冯至11首，潘漠华11首，徐玉诺10首，朱湘10首，篷子10首，胡适9首，周作人9首，刘复8首，冯乃超9首。除此之外，收录3首鲁迅的诗歌。《新诗年选》中收录了鲁迅的一首《他》（收录时使用笔名“唐俟”），在《分类白话诗选》中收录了五首鲁迅的诗歌《他们的花园》《梦》《爱之神》《桃花》《人与时》（收录时使用笔名“唐俟”）。据《鲁迅诗歌注》所收录的鲁迅新诗共有7首。以上所选诗歌皆为新诗，民歌体诗和旧体诗都未选入。还收入了著名学者如赵景深、郑振铎、郭绍虞、刘延陵的诗歌各一两首。但朱自清编选的《诗集》小心有余，大胆不足。与胡适、鲁迅、周作人等撰写的上万字的导言相比，《诗集·

① 周作人：《贵族的和平民的》，《自己的园地》，2011年版。

导言》略显单薄，缺少具体的论述。但相较之前的任何一本选集，《大系·诗集》都无愧是一本集大成之作，在文学史上具有开拓性的意义。

参考文献

[1] 张若英．中国新文学运动史资料·序记［M］．上海：上海光明书局，1934.

[2] 刘纳．嬗变——辛亥革命时期至五四时期的中国文学［M］．北京：中国人民大学出版社，2010 .

[3] 赵家璧．话说《中国新文学大系》，编辑忆旧［M］．北京：三联书店，1984.

[4] 胡适．谈新诗［J］．《星期评论》“双十节纪念号”，1919（10）．

[5] 梅光迪．评提倡新文化者［J］，学衡，1922（1）．

[6] 郭沫若．郭沫若全集·文学编（第 15 卷）［M］．郭沫若著作出版委员会编，北京：人民文学出版社，1982.

[7] 朱自清．中国新文学研究纲要，文艺论丛 14［M］．上海：上海文艺出版社，1982.

[8] 俞平伯．诗底进化的还原论［J］．《诗》月刊一卷一号，1922（1）．

[9] 周作人．贵族的和平民的［J］．《自己的园地》，1922（2）．

[10] 许德邻编．分类白话诗选［M］．北京：人民文学出版社 ，1988.

[11] 北社编．新诗年选［M］．上海：亚东图书馆 ，1929.

[12] 鲁迅著、周振甫注．鲁迅诗歌注［M］．南京：江苏教育出版社，2006.

（李秀荣　首都师范大学 2014 级硕士生　指导教师：孙晓娅）

·汉语言文字学、语言学及应用语言学·

李渔《怜香伴》用韵研究兼及其戏曲音韵理论的实践

任文博

摘　要： 李渔是明末清初文学家、戏曲家。他汲取了前人的理论成果，联系戏曲创作的实践，并结合自身的创作经验，建立了一套完整的戏曲理论体系。《怜香伴》是李渔所作的第一部传奇。本文旨在通过对《怜香伴》曲词用韵的全面考察，结合《闲情偶寄》中关于戏曲音韵理论的阐述，从而总结出《怜香伴》的用韵情况与特色，并分析李渔的戏曲音韵理论在该剧本创作活动中的实践情况。

关键词： 李渔；《怜香伴》；用韵；《闲情偶寄》；戏曲音韵理论

李渔（1611－1680），初名仙侣，后改名渔，字谪凡，号笠翁。生于江苏如皋，籍贯浙江兰溪。明末清初文学家、戏曲家。他重视戏曲文学，曾说："填词非末技，乃与史传诗文同流而异派者也。"[4]2 李渔汲取了前人的理论成果，联系戏曲创作的实践，并结合自身的创作经验，建立了一套完整的戏曲理论体系，收录于其著作《闲情偶寄》中，其理论的深度和广度都达到了中国古典戏曲理论的高峰。其家设戏班，至各地演出，从而积累了丰富的戏曲创作、演出经验。李渔的戏曲理论以其家班的舞台演出实践为基础，极富特色，且对舞台演出有很强的指导意义。

《怜香伴》又名《美人香》，是李渔传奇集《笠翁十种曲》中的一篇，写成于清顺治八年（1651），是李渔所作的第一部传奇。由于其主题比较特殊，所以现有的研究都是从文学、史学及文献学的角度展开的：或考察剧本版本及校点情况，或研究其曲词、宾白的文学特征，或探讨作品蕴含的美学意义与文化精神，或还原剧本文本背后的历史风貌。然而，从音韵角度对《怜香伴》加以研究的文章至今仍是空白。作为李渔传奇剧本创作实践的开拓者，《怜香伴》具有一定的代表意义。本文旨在通过对《怜香伴》曲词用韵的全面考察，结合《闲情偶寄》中关于戏曲音韵理论的阐述，从而总结出《怜香伴》的用韵情况与特色，并分析李渔的戏曲音韵理论在该剧本创作活动中的实践情况。

一、考察对象及研究方法

本文采用的《怜香伴》为浙江古籍出版社 1990 年出版的《李渔全集》（第四卷）中收录的版本。经统计，《怜香伴》一剧分为 36 出，共有 273 支曲子，47 首上、下场诗，6 首词。笔者认为，上下场诗的用韵更多遵循的是传统的诗韵；而词的数量很少，且与整出曲韵不同，经常出现换韵的现象，与作者李渔的创作理念是不相符的。因此在研究过程中，我们只把这 273 支曲子作为考察对象，把每一支曲子作为一个基本用韵单位。在具体的操作上，不考察曲子的宫调、只归纳曲词的押韵情况。先按照曲牌查看曲谱，考察其该入韵处是否入韵。由于作者在戏曲创作中的用韵比较灵活，可能不完全遵循曲谱，笔者在不能确定该字是否入韵时，就用“前腔”来印证。关于“前腔”，李渔有过专门的论述。《闲情偶寄·词曲部·音律第三》“合韵易重”篇云：“兹请先言‘合前’之故。同一牌名而为数曲者，止于首支列名。其后在南曲则曰‘前腔’，在北曲则曰‘幺篇’，犹诗题之有其二、其三、其四也，末后有数语，有前后各别者，有前后相同，不复另作，名为‘合前’者。”[4]35由此可知，“前腔”就是沿用前面一支曲子的曲牌；相同的曲牌，入韵情况理应相同，因而能够帮助考察是否入韵。

下面举“第十三出·谄笑”中【过曲·驻云飞】为例来具体加以说明：

> 【过曲·驻云飞】那见有待聘蛾眉，直到临时办嫁衣。纵把铅华遮，也欠天然美。嗏！季女莫愁饥，止忧无备。倘若是才行兼优，磊落遭时弃，俺自当适馆传餐改敝缁。
>
> 【前腔】志饱囊饥，心上遥天足不梯。司马霜裘敝，季子貂裘碎。嗏！河润莫教迟，枯鱼待水。倘若是雨露微沾，得赴风云会，那时节烧尾难忘此日雷。
>
> 【前腔】甘雨相随，才见儿童竹马骑。蝗已邻封避，犬不花村吠。嗏！万口不胜碑，略书其最。遍叩高阍，手执公呈递，乞把吴公第一题。
>
> 【前腔】一见魂飞，偷把嫦娥仰面窥。入耳芳声媚，喷鼻脂香腻。嗏！纱帽作良媒，衣冠佳婿。分明是铜雀春深，锁着乔公女，你不嫁周郎嫁阿谁？
>
> **（《怜香伴·第十三出·谄笑》）**

通过对该曲牌的考察我们可以得知，【过曲·驻云飞】应押韵字分别为“眉衣遮美饥备弃缁”，不能确定“遮”是否入韵。而接下来的三支曲子押韵字分别为：【前腔】饥梯敝碎迟水会雷、【前腔】随骑避吠碑最递题、【前腔】飞窥媚腻媒婿女谁。通过联系和比较，我们认为“遮”字也应该是入韵的，具体的用韵特点留待后文加以解释。

二、《怜香伴》十二韵部及讨论

李渔在《闲情偶寄·词曲部·音律第三》“恪守词韵”开篇提到：“一出用一韵到底，半字不容出入，此为定格。旧曲韵杂，出入无常者，因其法制未备，原无成格可守，不足怪也。”[4]28也就是说，李渔提倡作曲时每出的韵字都要来自于相同的韵部，不赞成中途换韵。这一点除了形成李渔戏曲创作音韵上的一大特点之外，客观上也便于研究中的统计和归纳。

通过对《怜香伴》曲词韵脚字的系联和比较，我们将其用韵归纳为 12 部。其中阴声韵 7 部，分别为：支微、鱼模、皆来、萧豪、歌戈、家麻、尤侯；阳声韵 5 部，分别为：江阳、东钟、庚青、真文、寒天。入声韵均已与阴声韵通押、不再单独使用，因此也不独立为部。现将十二韵部分述如下：

（一）阴声韵

1. 支微部

本部韵字来自于《广韵》支（举平以赅上去，下同）脂之微齐灰祭废诸韵，泰韵的一部分，入声质昔锡职缉德等韵。基本上对应的是《中原音韵》的支思、齐微二韵。韵字在全剧中分布最广，出现在剧本的第二、六、十三、二十三、二十五、三十、三十二和三十五出，共 54 支曲子。

在这 54 支曲子中，有的是只押《中原音韵》齐微韵的，如第二出【解醒歌】气仪醉推催移其随杯（前腔）备随醉帏饥兮杯迟亏。这样的曲子占大多数。有的是只押《中原音韵》支思韵的，如第三十二出【南吕过曲・秋夜月】儿是字士私私，这样的曲子只有 1 支。还有的是《中原音韵》支思、齐微混押的，如第三十五出【中衮第五】启死妻子悲闺随，这样的曲子占一小部分。所以，通过对韵脚的系联和比较，我们将《怜香伴》中的这一韵部命名为“支微部”，而不像《中原音韵》中分立为支思、齐微两部。

还有 7 支曲子有特殊的韵脚出现（例外韵脚字下划横线，下同），分别是：第十三出的【过曲・驻云飞】眉衣遮美饥备弃缁（前腔）飞窥媚腻媒婿女谁。第二十三出的【过曲・桂枝香】蕊悴霁缕缕脆碎池随，第二十五出的【南吕过曲・香柳娘】（前腔）迷迷记举围围衣弃挥挥机地，【双调・浆水令】仪礼飞娱力靡气第眉，第三十五出的【歇拍】启遇慈篚墀私，【煞尾】时女笄离稀配奇体。这些特殊的韵脚字，“女举”为中古鱼韵三等开口，“缕娱遇”为中古虞韵三等合口，“遮”为中古麻韵三等开口，“池”为中古歌韵一等开口。以上权且算作例外情况。

2. 鱼模部

本部韵脚字来自于《广韵》鱼虞模三韵和入声屋烛韵。基本上对应的是《中原音韵》的鱼模韵。分布在剧本的第二十七出，共有 13 支曲子。

在这 13 支曲子中，有 3 支曲子有特殊的韵脚出现，分别是：【过曲・罗江怨】殂尘徒舒侣逋逋曲，【一剪梅】驹虚虚趋仪雎，【豆叶黄】裾负夫殂。这些特殊的韵脚字，“尘”为中古真韵三等开口，“仪”为中古支韵三等开口，“负”为中古尤韵三等开口。但是，其实“负”字到《中原音韵》时期就已经归入了鱼模韵，所以真正意义上的例外字只有前两个。

这里我们看到，前文探讨支微部时，其中就有鱼模韵字的混入；而现在的鱼模部中又混入了支微韵字，不得不引起我们的注意。

3. 皆来部

本部韵脚字来自于《广韵》皆咍韵和佳韵、泰韵的一部分，基本上对应的是《中原音韵》的皆来韵。分布在剧本的第十五出，共 7 支曲子。

在这 7 支曲子中，有 2 支曲子有特殊的韵脚出现，分别是：【双调引子・谒金门】债碍外块，【锁南枝】（前腔）乖才衰大侪外。这些特殊的韵脚字，“块”为中古灰韵一等合口，“衰”有两读，分别为中古支韵或脂韵三等合口。这两个字，“块”字到《中原音韵》时期也已经被归入皆来韵，“衰”字有一读也在《中原音韵》的皆来韵中，且词义正与句意相符。所以这两字都不属于例外，都是符合规律的押韵。

4. 萧豪部

本部韵脚字来自于《广韵》萧宵肴豪四韵及入声觉药铎等韵，基本上对应的是《中原音韵》的萧豪韵。分布也比较广泛，出现在第四、七、十一、十四、十六和二十八出，共 33 支曲子。这 33 支曲子中没有特殊的韵脚出现，都是比较合规律的押韵。

5. 歌戈部

本部韵脚字来自于《广韵》的歌戈二韵及入声末韵。基本上对应的是《中原音韵》的歌戈韵。韵字较少，只在剧本的第十九出中出现，共 11 支曲子。

在这 11 支曲子中，有 2 支曲子有特殊的韵脚出现，分别是【扑灯蛾】多播过公破何，【尾声】大何波。这两个特殊的韵脚字，“公”为中古东韵一等开口，“大”有两读，分别为哥韵一等开口和泰韵一等开口。到了《中原音韵》时期，“大”字分别出现于皆来、家麻和歌戈韵。所以根据上下文意思，如果取其入歌戈韵的情况，则属规律押韵，唯一例外的则只有“公”字了。

6. 家麻部

本部韵脚字来自于《广韵》的麻韵、佳韵的一部分及入声狎韵。基本上对应的是《中原音韵》的家麻韵，剧本中只有第二十四出用此韵，并且只有 4 支曲子。

虽然曲子的数量很少，但是呈现出的音韵现象还是比较丰富的。首先我们看下面两支曲子：【中吕引子·菊花新】花他华嫁，【南吕过曲·琐窗寒】他牙夸罢匣芽嗟涯。“他”字属中古歌韵一等开口，即便是到了《中原音韵》时期，仍然被归入歌戈韵中。但到了李渔的曲子里，“他”字已经与广大麻韵字通押，应为［a］音而不是［o］音了。这种现象应该是实际语音在其创作中的反映。

还有一个问题，这一出中所有麻韵字都是二等，只有前文提到的【南吕过曲·琐窗寒】中的“嗟”字为麻韵三等。在《中原音韵》中，“嗟”字也被归入车遮韵，而并不属于家麻韵。前文已经提到，根据“前腔”理论，这个位置应是入韵的。但至于这属于韵脚的例外现象，还是在李渔的体系中麻韵二三等都入家麻韵，因为现有的材料比较少，我们还不能加以定论，还需要同时考察其他作品才能确定。

7. 尤侯部

本部韵脚字来自于《广韵》的尤侯幽三韵，构成比较简单。基本上对应的是《中原音韵》的尤侯韵。分布也比较广泛，出现在第二十一、二十二、三十一和三十四出，共 27 支曲子。这 27 支曲子中没有特殊的韵脚出现，虽然第三十一【祝英台·第二换头】【祝英台·第三换头】两支曲中的“否、剖”二字都是多音字，但起码有一读是在尤侯韵之内的，也都算作是合规律的押韵。

（二）阳声韵

1. 江阳部

本部韵脚字来自于《广韵》的江阳唐三韵，韵尾为后鼻音［ŋ］。基本上对应的是《中原音韵》的江阳韵。分布比较广泛，出现在剧本的第五、十、十二、三十三和三十六出，共 48 支曲子。这 48 支曲子押韵比较整齐，中没有特殊的韵脚出现，虽然也有部分字是多音字，但起码有一读是在《广韵》的江阳唐之内，也都算作是合规律的押韵。

2. 东钟部

本部韵脚字来自于《广韵》的东冬钟三韵和庚耕登韵的一部分，韵尾为后鼻音［ŋ］。基本上对应的是《中原音韵》的东钟韵。分布在剧本的第二十和二十九出，共 21 支曲子。

在这 21 支曲子中，有 8 支曲子需要注意，分别是第二十出【过曲·胜如花】（前腔）凶恐送涌封通风猛送终终、【不是路】匆冲讽同踪风恐重横横（前腔）匆朋控冲兄戎哄共用用，【中吕·泣颜回】（前腔）蓬风空红丛种荣（前腔）容凶瞳横功梦烘，【正宫·催拍】（前腔）轰通荣荣空中，【中吕过曲·驻马泣】（前腔）烘棚龙工用容、（前腔）重容鹏风缝中、（前腔）宏容瞳公梦东。之所以把这几支曲子单独讨论，是因为上面涉及的韵字“横猛朋兄轰荣宏棚鹏”等，这些字本来是中古庚耕登韵字，但是到了《中原音韵》时期，这些字已经被归入东钟韵中。所以就曲韵来看，这一部的押韵也是颇为规律的。

3. 庚青部

本部韵脚字来自于《广韵》的庚耕清青蒸登侵七韵，韵尾为后鼻音［ŋ］。基本上对应的是《中原音韵》的庚青韵。分布于剧本的第四、八和二十六出，共21支曲子。

这里，我们要特别指出3支曲子，分别是第四出的【太师围醉】（前腔）病翎苓能声庆境林、【三学士】梗寻声整停和第二十六出的【海棠春】病枕症。这3支曲子中的“林寻枕”三个韵字都是中古的侵韵字，《中原音韵》属侵寻韵。而李渔在作品中将其与庚青韵通押，似乎不合常规，但是，作者本身有自己的道理。《闲情偶寄·词曲部·音律第三》有云：“侵寻、监咸、廉纤三韵，同属闭口之音，而侵寻一韵，较之监咸、廉纤，独觉稍异。每止收音处，侵寻闭口而其音犹带清亮，而监咸、廉纤二韵则微有不同。”[4]32 正因为侵寻韵这一特点，李渔的处理才显得与众不同，这可以看成是作者语音在作品中的反映。

另外，还有几支曲子有特殊的押韵字出现，分别是第四出的【三学士】（前腔）近停丁赠承，第八出的【双调过曲·玉胞肚】等行星名分、【月上海棠】睁困惊敬颈命，第二十六出的【海棠春】（前腔）尽杏境、【正宫过曲·玉芙蓉】（前腔）文聘能并英敬颖升、（前腔）勤磬停硬行并等衡。其中，“尽”为真韵三等开口，“分文”为中古文韵三等合口，“近”为中古欣韵三等开口，“困”为中古魂韵一等合口，在《中原音韵》中也都属于真文韵。我们认为这些韵字本应出现在下文的真文部中，这里属于例外的混入字。

4. 真文部

本部韵脚字来自于《广韵》的真谆臻文魂痕欣七韵，韵尾为前鼻音［n］。基本上对应的是《中原音韵》的真文韵。在剧本中，第三和十八出用此韵，共17支曲子。

在这17支曲子中，有多支曲子有特殊的韵脚出现，分别是第三出的【双调引子·金珑璁】轸尘巾肯云坤、【雁过声换头】庭训绅损埙人忖韵斤、【玉芙蓉】衬尘印因性身、【小桃红】忖境近隐杳氛、【朱奴儿】境群门纭身顿，第十八出的【黄龙衮】（前腔）魂魂困稳顿命。这些特殊的韵脚中，“肯”虽为中古登韵一等开口，但在《中原音韵》中属真文韵，仍可算作合规律的押韵。“境杳庭性命”分别来自中古庚清青韵，《中原音韵》也将其归入庚青韵中。而且，“境”字在上文庚青韵中已经出现过几次，这里系联法就出现了局限性。所以我们利用音韵地位的比较，综合考察曲牌的押韵现象，不通过此字的系联将两个韵合并，而认为这几字是例外的混入。至于来源于中古元韵的“埙”字，则更是例外之中的例外了。

以上我们将庚青、真文两部的混入作为例外处理，是因为在众多的押韵字中，这种混押的概率非常低。但这也提示给我们一个现象，综合考察李渔的作品，如果这种混押的比率达到了我们不能忽视的数量，就必须探讨其后蕴藏的规律了。

5. 寒天部

本部韵脚字来自于《广韵》中的元寒桓删山仙先七韵和凡韵一部分，韵尾为前鼻音［n］。基本上对应的是《中原音韵》的寒山、桓欢、先天三韵。剧本中只有第九和十七两出用此韵，共17支曲子。

在这17支曲子中，有的是只押《中原音韵》寒山韵的，如第九出【过曲·啄木儿】

顽赧般叹盼难。这样的曲子也多出现在第九出。有的是只押《中原音韵》先天韵的，如第十七出【江儿水】牵浅孬转愿边片，这样的曲子也多出现在第十七出。还有的是《中原音韵》寒山、先天混押的，如第九出【归朝欢】韩晚山范荐面弹，也有的是先天、桓欢混押的，如第十七出【五供养犯】（前腔）遣煎缘管怨边茜。所以，通过对韵脚的系联和比较，尤其是第九出【归朝欢】韩晚山范荐面弹以及第十七出【孝顺歌】（前腔）船传娟面然冤怨怜中“面”字的系联，我们认为在《怜香伴》中，《中原音韵》的寒山、桓欢、先天三韵应统一合并一个韵部，这里我们将其命名为寒天部。

还有3支曲子有特殊的韵脚出现，分别是第九出的【黄钟引子·西地锦】眼班范坛和【归朝欢】韩晚山范荐面弹、第十七出的【五供养犯】（前腔）遣煎缘管怨边茜。首先说“范”字，这是一个中古凡韵字，韵尾本是闭口的鼻音［m］，到了《中原音韵》时期将其归入寒山韵；再说“茜”字，《中原音韵》将其归入廉纤韵，而其在《广韵》中则是先韵字。对于这二字读音的取舍，李渔的押韵都能够选取对自己有利的解释，所以我们也认为是规则的。

由于《怜香伴》一剧中押韵的字数有限，上述韵部的整理分析只是建立在剧本中1695个韵脚的基础上的。在此，笔者认为，虽然《怜香伴》一剧的用韵暂时得出的结果为十二韵部，但是李渔的戏曲用韵应该不仅仅限于以上所提及的十二个韵部，还有一个韵部在《怜香伴》剧本中并没有体现。这里暂将这一韵部命名为廉监部，应包括《广韵》中的收前鼻音［m］韵尾的诸韵，对应的应该是中原音韵的监咸、廉纤两韵。之所以得出这样的一个韵部，一是因为在上述对曲子用韵的分析中，并没有出现广韵中的有些阳声韵部（如侵覃谈盐添咸衔严）；二是因为“廉监宜避”是《闲情偶寄·词曲部·音律第三》中一条重要的理论原则。由此我们暂且将廉监部独立列为一部。

除此之外，广韵中的有些入声韵部（如陌麦薛月黠鎋合曷盍葉帖洽业乏）并没有出现在《怜香伴》剧本中。之所以出现这一现象，与李渔坚持“少填入韵”的做法是分不开的。李渔在戏曲创作中坚持“廉监宜避”“少填入韵”的做法，对戏剧作品的作用我们暂不讨论。单就对曲词的用韵研究来说，这一理论指导则确实给我们的研究造成了一定的困扰。所以对这些韵部的归属并不能单纯由该剧本得以判断，必须综合考察李渔的其他戏剧创作之后才能做一定论。

三、《怜香伴》的用韵与李渔的戏曲音韵理论

在《闲情偶寄·词曲部·音律第三》这一部分中，李渔将自己在戏曲音韵方面的主张分为九条并进行阐述。他认为作曲首先要“恪守词韵”“凛遵曲谱”，曲文只有在“合谱”“合韵”的条件下才有资格进一步论及才华的高低。他根据自己的体会和经验又提出一些具体的看法，比如要求写作者在选用韵字的时候要做到“鱼模当分”“廉监宜避”，并提醒广大作者要注意“拗句难好”“合韵易重”的问题，指导他们要“慎用上声”“少填入韵”“别解务头”等。下面，我们就用《怜香伴》曲文中的几个例子来具体分析李渔的戏曲音韵理论与其戏曲创作实践的一致与分歧。

（一）鱼模当分

李渔认为，作于元代的《中原音韵》记载的语音已经与明末清初南方语音有较大的差别，不适合指导曲词写作时的韵字选择。因此，他根据南方当时的语音特点，提出了“鱼

模当分”的主张：“倘有词学专家，欲其文字与声音媲美者，当令鱼自鱼而模自模，两不相混，斯为极妥。”[4]28但是，从他的作品中体现出的情况来看，其理论与实践却是有差距的。

我们来看下面两段摘自第二十七出的曲词：

【嘉庆子】我和你逼真一见浑似故，不是那套语初交旧不如。愿把腹心相许。何手足敢相殊，何骨肉敢相逾？

【玉交枝】都是我将伊耽误，俏身躯全不似初。骤然一见教人怖，喜如今渐觉神苏。你这容颜已写成闺怨图，不须更把衷肠诉。幸相逢把愁眉共舒，幸相逢把愁眉共舒。

（《怜香伴·第二十七出·惊遇》）

这两段曲词押韵字中古音韵地位如下表：

韵字	音韵地位	鱼/模	韵字	音韵地位	鱼/模
故	见母暮韵一等开口	模	误	疑母暮韵一等开口	模
如	日母鱼韵三等开口	鱼	初	初母鱼韵三等开口	鱼
许	晓母语韵三等开口	鱼	怖	滂母暮韵一等开口	模
殊	常母虞韵三等合口	虞	苏	心母模韵一等开口	模
逾	以母虞韵三等合口	虞	图	定母模韵一等开口	模
			诉	心母暮韵一等开口	模
			舒	书母鱼韵三等开口	鱼

由以上可见，李渔在写作曲文时还是将二韵混押，并未做到自己要求的“鱼模当分”。当然，《怜香伴》作为李渔的第一部传奇作品，成文时间要早于《闲情偶寄》中的戏曲音韵理论。我们不排除这种情况是由于作品写成时间较早而理论形成时间较晚而造成的。但我们可以说，至少在《怜香伴》创作的这一时期，李渔的创作实践和后期形成的理论还是有一定的差距的。

（二）廉监宜避

在前文对《怜香伴》用韵研究的最后我们提到，李渔在整个剧本中没有一出戏是用廉监韵的，全剧只有第十七出的【五供养犯】（前腔）遣煎缘管怨边茜中有一个《中原音韵》廉纤韵的“茜”字，而其在《广韵》中则是先韵字，我们在上文的归部中也将其归入了李渔的寒天部。

前文我们已经提到，李渔从自身语音角度出发，认识到了监咸、廉纤二韵（廉监韵）的与众不同。这在《闲情偶寄》中已经有过相关论述，前文也已引用，此处不缀。所以李渔认为，在作曲的过程中，必须要谨慎规避。“此二韵者，以作急板小曲则可，若填悠扬大套之词，则宜避之。”[4]32接着他又举《西厢记》的创作为例，认为“亦惟才大如天之王实甫能用，以第二人作《西厢》，即不敢用此险韵矣”。他认为初学者作曲如误用此韵，后果是比较严重的。“初学填词者不知，每于一折开手处，误用此韵，致累全篇无好句；又有作不终篇，弃去此韵而另作者，失计妨时”[4]32，所以一定要做到“用韵不可不择”[4]32。因此，李渔在自己的“初学”之作中，对待廉监韵，不仅做到了当避则避，甚至是能免则免。

（三）合韵易重

李渔认识到在曲词的创作中，“合前”处的韵脚最易犯重，即所谓“合韵易重”。笔者认为，这个观点仅仅是李渔发现的问题，其实他并没有给出解决的方法，并且在自己的作品中也时有此类情况出现。

下面我们来看下面摘自第二十出的几支曲子：

【过曲·胜如花】我忙飞锡，蹑去踪，只说阳关祖送。费尽俺菩萨低眉，怎当他金刚面孔，更难当那虎狼阘从。我隔人天纱幮一重，他诉衷肠愁眉两峰，缄口啼红，把西施心捧。引得我婆心也痛。眼睁睁消息难通，眼睁睁消息难通！

【前腔】你传来信，忒煞凶，我还说将人吓恐。若果然一霎分飞，眼见得两家断送，止不住泪涛汹涌，这不是免浮沉的原书一封，分明是摄生魂的灵符一通。纵使乘风，挂轻帆去猛，少不得一灵追送。待黄泉我命先终，待黄泉我命先终！

【不是路】归去匆匆，忍耻包羞怒气冲。愁讥讽，比那季子还家更不同。怪来踪，为甚的科头来坐长松下，莫不是道遇龙山落帽风？真惶恐，你下机相问我羞偏重。祸遭奇横，祸遭奇横！

【前腔】排难匆匆，披发缨冠为友朋。怎奈无门控，空馀怒发把冠冲。问吾兄：为甚的闭门早不关休戚，到如今袖手徐来喑祸戎？非虚哄，灾危若不欣相共，要这至交何用，至交何用！

（《怜香伴·第二十出·议迁》）

考察以上曲词中的韵字，【过曲·胜如花】踪送孔从重峰红捧痛通通，【前腔】凶恐送涌封通风猛送终终，【不是路】匆冲讽同踪风恐重横横，【前腔】匆朋控冲兄戎哄共用用。我们可以看到，在沿用前一曲牌的同时，韵脚犯重的现象还是很多的。

再如第三十三出中的南北合套：

【南普天乐】捧皇纶，开仙仗，驾天风，凌鲸浪。艨艟泛，艨艟泛，渤宇汪洋，护轻帆蜿绕龙翔。呀！把天朝拜仰，恩波似水长。看取遐荒鳞介，都变冠裳。

【北朝天子】摆翚旌羽幢，控珠鞍彩缰，踏沙堤歌舞迎天仗，倾都士女，慕中华景光。喜孜孜争凝望，锦帆儿远张，绣旗儿高扬。淼茫淼茫淼淼茫！汉仙槎，钧天奏响，钧天奏响。小番家都欢畅，小番家都欢畅！

【南普天乐】五云开，披青嶂，六龙浮，依彤仗。芳洲近，芳洲近，堞雉微茫，正诗成笑傲沧江！呀！把天朝拜仰，恩波似水长。看取遐荒鳞介，都变冠裳。

（《怜香伴·第三十三出·出使》）

其中的两支南曲有一半的韵脚字都是相同的。由于这种情况几乎无法避免，李渔在其戏曲理论中不得不避重就轻，将其称为“小病”，又提出词意与人的相合与否才是更需要注意的问题。这一问题已经超出了本文的研究范围，有待从事研究戏曲批评的学者继续发掘。

（四）少填入韵

李渔意识到了南北语音存在差别，认为“入声韵脚，宜于北不宜于南”[4]37，向广大作者提出了“少填入韵”这一建议。统观《怜香伴》全剧，《广韵》中“陌麦薛月黠鎋合曷盍叶帖洽业乏”诸入声韵字都没有出现，只有少量入声韵如“药铎觉末昔锡职德”的少量韵字。所以我们认为李渔在创作中是尽量坚持着“少填入韵”这一原则的。

但具体到单只的曲词，情况又有不同。例如第二十八出的20个韵字中，入声字就有6个，可以说是占据了比较大的比例。但稍稍检视内容，又觉得这些韵字用的也都恰当。这恰恰又印证了李渔在此节的末尾所言："入声韵脚宜北不宜南之论，盖为初学者设，久于经道而得三昧者，则左之右之，无不宜之矣。"[4]37也许李渔经过长年的钻研体悟，即使是"初学"之作，已经成为其所谓的"经道而得三昧者"，那么入声韵字的使用是多是少、频率如何，都不能妨碍其作品成为传唱四海的名剧了。

综上所述，我们总结了《怜香伴》的用韵情况和十二韵部，发现其有自身的特点；而就该剧看来，李渔的戏曲创作实践与其戏曲音韵理论稍有分歧，但更多的是一致。由于笔者的戏曲理论知识尚浅，所采用的资料也比较有限，有些问题的研究有待于更进一步深入。乖谬之处，还望方家指正。

附录：各出诗词曲及韵脚字数目统计表

说明：曲子按曲牌计，每出现1次记为1支，曲牌后出现"前腔"1次则另记为1支。韵脚按出现次数计，每出现一次记为1，重复出现则重复计数。表中显示为韵脚的个数，并非押韵字的字数。

序号	出名	所押曲韵	曲数	韵脚个数
01	破题	——	0	0
02	婚始	支微	6	42
03	僦居	真文	9	52
04	斋访	庚青	5	30
05	神引	江阳	9	59
06	香咏	支微	12	78
07	闺和	萧豪	6	40
08	贿荐	庚青	4	22
09	毡集	寒天	7	36
10	盟谑	江阳	11	84
11	请封	萧豪	8	48
12	狂喜	江阳	10	63
13	谄笑	支微	5	38
14	倩媒	萧豪	8	53
15	逢怒	皆来	7	33
16	鞅望	萧豪	7	59
17	謟发	寒天	10	66
18	惊飓	真文	8	40
19	冤褫	歌戈	11	50
20	议迁	东钟	15	107
21	缄愁	尤侯	10	59
22	书空	尤侯	2	16
23	随车	支微	6	34
24	拷婢	家麻	4	23

续表

序号	出名	所押曲韵	曲数	韵脚个数
25	闻试	支微	8	79
26	女校	庚青	12	67
27	惊遇	鱼模	13	69
28	帘阻	萧豪	4	20
29	搜挟	东钟	6	27
30	强媒	支微	6	34
31	赐姻	尤侯	9	49
32	觊美	支微	3	16
33	出使	江阳	8	66
34	矢贞	尤侯	6	25
35	并封	支微	8	53
36	欢聚	江阳	10	37
合计	——	——	273	1695

参考文献

［1］陈彭年等．宋本广韵［M］．北京：中国书店，1984.

［2］杜爱英．“临川四梦”用韵考［J］．古汉语研究．2001（1）.

［3］李渔．李渔全集（第四卷）［M］．杭州：浙江古籍出版社，1990.

［4］李渔．闲情偶寄［M］．单锦珩校点．杭州：浙江古籍出版社，1985.

［5］王奕清等．康熙曲谱［M］．长沙：岳麓书社，2000.

［6］张玉来、耿军．中原音韵校本［M］．北京：中华书局，2013.

（任文博　首都师范大学2013级博士生　指导教师：冯蒸）

信阳方言“子”尾词研究

刘　敏

摘　要： 信阳地区位于淮河上游、大别山北麓，东邻安徽，南接湖北，左扼两淮，右控汉河，处在鄂豫皖三省的交界处，素有“三省通衢”之称，正是这独特的地理位置使得信阳方言呈现出中原官话、江淮官话和西南官话相交融的过渡性特点，因此，比较具有研究价值。本文将从很常见的“子”尾词这一角度来揭示具有地方特色的信阳方言“子”尾词的构成特征及意义：由名词、动词、量词、形容词加上“子”尾后构成的一般“子”尾词的构成及意义；分析信阳方言中诸如“雪子子”“李子子子”等加双/三“子”等特殊“子”尾词的构成及意义；最后再简单介绍一下信阳方言“子”尾的语法功能。

关键词： 信阳方言；“子”尾词；构成特征；意义；语法功能

一、一般“子”尾词

（一）名词 + “子”尾

名词加上“子”尾构成的“子”尾词在信阳方言中又有两种情况：

一种是读为信阳话的阴平调①，即［tsŋ213］，这时候有实在的意义，如：

A 莲子 瓜子 松子 谷子……

B 学子 童子 质子 独生子 天子 孝子 败家子……

A、B 两组的“子”都有实际意义，如：A 组中的“子”表示的是植物的种子的意思，B 组中的“子”则表示的是后代的意思，这里重点讨论的是“子”尾词，所以有表种子或后代的实际意义的“子”不是本文讨论的对象；

另一种就是笔者要研究的“子”尾词，具体情况如下：

1. 单音节名词性语素 + 子：

单音节成词语素 + 子：

旗子 棋子 刀子 稻子 厂子 场子 杯子 麦子 褂子 裤子 帽子 轿子 茧子 虫子 盆子 袜子 箱子 席子

上面的例子指的都是单音节成词语素加上“子”尾后构成的名词性词语，构成之后的词语的整体意思和这个词的词干语素基本上没有区别，而且，这些词根语素也可以单说，意思不会发生变化。

单音节不成词语素 + 子：

A 桔子 桌子 椅子 胰子 胡子 瓠子 缎子 饺子 筷子 婶子 麸子 斧子 面子 栗子
B 车子 腰子 果子 票子 嘴子 方子 肚［tou^{213}］子

在上面的例子中，A 和 B 都是单音节不成词语素加上“子”尾后构成的新的“子”尾词，其中，A 组词不能单说，只能在后面加上“子”才能成词，否则只能算一个不成词语素。B 组的词根语素虽然有的可以单说，但是单说的意思和加上“子”尾构成的“子”尾词相差很大：车子（自行车）——车（专指轿车，不再有自行车的意思）；腰子（指动物尤其是猪的肾脏）——腰（专指人的“腰”这一身体部位）；果子（面粉做出的糕点的统称）——果（不成词语素）；票子（指纸币）——票（印的或写的凭证，票据）；嘴子（指物体突出的部分）——嘴（指“嘴”这一身体部位）；方子（特指药方子）；肚［tou^{213}］子（指动物的胃。这里的“肚”应读为信阳方言的阴平调，调值为 213）——肚（指人的腹部）。以上的情况说明“子”尾有区别词义的作用，B 组中词根单独时是一个意思，而加上“子”尾之后表达的是另一个意思。

2. 多音节名词性语素 + 子

多音节成词语素 + 子：

鱼篓子 菜篓子 菜篮子 菜铲子 门帘子 窗户子 窗帘子 新娘子 酱油子 丝瓜子 伤疤子 嘴巴子 嘴皮子 搓衣板子 牙刷子 面条子 面叶子 面片子 红芋片子（油炸的红薯片）红芋秧子 红芋藤子 窟窿眼子 提兜子 刀把［pA^{42}］子 豆芽子 眼眶子

在上面的例子中，“子”尾也具有区分词义的作用，如“嘴巴子”在信阳方言中指的是别人吃剩下的食物，不再有“嘴巴”这一词根本来的意思了；“嘴皮子”不再指嘴，而是指耍赖皮，或者是嘴唇由于干裂而在表面所结的一层薄皮。

多音节不成词语素 + 子：

脸蛋子 鼻梁子 脚板子 门对子 命根子 耳巴子 灰搓子 雨点子 手棚子（手指甲）脚棚子（脚指甲）手棚盖子（手指甲）冰冰渣子（这里也是用词缀“子”来形容小块儿的冰块儿，用来表达小义）凌冰溜子（屋檐或者树上吊的条状冰锥子，上宽下尖的条状）露水珠子 山包子（指的是小土丘或者小丘陵，就是山上凸起的部分）石头娃子（更加生动形象地表达比一般的石头更小的小石头）［k^hie^{53}］蟆（蛤蟆）兜子（小蝌蚪）手顶子（做针线活儿时手上戴的顶针）

上面的例子在信阳方言中不加“子”是不能单说的，但是有些在普通话中却可以单独使用，如“脸蛋（儿）”“鼻梁”“脚板”等，这些词在信阳方言中只能在其后加上“子”之后才能单说。

（二）动词 + “子”尾

A 凿子 推子 钳子 锯子 滚子 锉子 剪子 梳子 钩子 拍子 扇子 夹子 钉子 弯子 挑子 担子 摆子 抽子（抽屉）撑子（撑衣架）盘子 起子
B 骗子 拖子（骗子合伙人）拐子 飙子（忽悠人，说话不算话）
C 串子（把东西串在一起）捣子（吃东西；玩耍；找东西）
D 盂子（动物的血凝固后做成的食物）包子

上面的例子中，A 组多表示某种器具或物品，这类的情况比较多；B 组多用来表示某一种人，一般专指干坏事儿的人，这类词的数量比较有限；C 组比较特殊，一般情况下，“子”尾词多是名词性成分，但是这一组的单音节动词加上“子”尾构成的“子”尾词是动词性的，表示的是一种动作行为，这说明“子”尾词也有非名词性的特例，只是这类的例子较少；D 组表示的是一种食品，数量更是有限。

此外，动宾结构加“子”尾时，意思会有所不同，也就是说“子”尾具有区别词义的功能，如：出门（外出办事）——出门子（女子出嫁）；垫底（在下面垫上东西）——垫底子（最后一名）；磨嘴皮（说话）——磨嘴皮子（说的话都是废话）；砸饭碗（砸碎吃饭的碗）——砸饭碗子（失业）；抠门（用手抠门缝儿）——抠门子（小心眼儿，小气）。通过比较，我们可以发现，动宾结构本身表达的是一种比较客观的描写，但是加上“子”尾后，大部分表达的都是一种让人不太满意或者贬义的情感。

（三）量词＋“子”尾

1. **物量词＋子：**

（一）家子（两）口子（一）牙子（切的块状儿的食物，如：西瓜）（一）摞子（几）本子（几）片子（几）叶子（几）条子（一）嘟噜子（一串的意思，如：葡萄）（一）筐子（一）篮子（一）兜子（一）勺子（一）碟子（几）根子（几）份子（一）圈子（一）缸子（一）吊子（一）瓶子（一）袋子（几）格子（几）段子

信阳话的量词加“子”尾中，量词重读时，有“满”“过量”“多”的意思，而且加上“子”的数量结构前面还可以再用“满满”或者“整整”来修饰，这时候表达的数量更加充足，如：

a 他在介嗨儿（近指，相当于普通话里的“这儿”）买了一（大）兜苹果；
b 他在介嗨儿买了整整一（大）兜子苹果。
a 乜嗨儿（中指）剩了一勺饭；
b 乜嗨儿剩了整整一勺子饭。
a 那嗨儿（远指，相当于普通话里的“那儿”）有一碟瓜子；
b 那嗨儿有满满一碟子瓜子。

此外，“子”尾还可以附在数词和重叠量词构成的数量词组后面，不过，第二个量词一般情况下会变调，变成信阳方言中的阴平调（调值为 213），表达“小”或者“少”的意思，说明“子”尾具有减势的功能，而且可以在第一个量词前加“小”等表小的形容词来表达“更小”或“更少”的意思。如：一（小）点点子、一（小）粒粒子、一（小）页页子、一（小）丢丢子、一（细）丝丝子、一（小）捆捆子、一（小）丁丁子、一（小）滴滴子，可以看到，这里的量词本身也都是比较细或者比较小的单数概念，如：点、粒、丝、滴等。

2. **动量词＋子：**

（拍）几下子（跑）一回子（走）两趟子（刮）几阵子（抽）一鞭子（动）几刀子

其中，“下子”前面用“一”来具体化时，意思稍微有点儿复杂，“一下子”既可以指一次或一记（如：他爸打他一下子）；也可以用来表短促的时间段，形容做事麻利（如：小王一下子把那条疯狗给杀了）；还可以用来表示较长的时间段（如：嗯[②]先看，俺

们一替一下子）。动量词加“子”尾的情况比较少，不过，郭辉（2007）认为，这种动量词前大都可以加“几、多”来表示程度的加深或者频率的加大等，但是在动量词和“子”尾不同时出现的情况下则不能加，如：

a 他走老回子咾了/他走大回子咾了　　b ＊他走老回咾了/＊他走大回咾了

a 他吃多回子咾了/他吃大回子咾了　　b ＊他吃多回咾了/＊他吃大回咾了

a 我打好几下子咾了　　b ＊我打好几下咾了

但是，在信阳方言中，动量词和“子”尾不同时出现的情况下也可以加诸如“大”“多”等词，如：

a 他今个儿拍球拍几下子来；

b 他今个儿拍球拍几下来。

a 嗯介[③]次（这次）手术动几刀子来？

b 嗯介次手术动几刀来？

在信阳方言中，两个句子中的 a 和 b 两种表达都可以，而且二者意思基本相同，细微的差别就是 a 句中带“子”尾的表达比较口语化一些。

（四）形容词 + “子”尾

1. 形容词指人的生理特征，这时多含有一种不尊重别人的意味。

胖子 瘦子 瞎子 聋子 疯子 秃子 呆子 傻子 瘸子 跛子 驼子（驼背的人）赖子（耍赖皮的人）痞子 拐子 蛮子 侉子 结巴子（含有贬义的意味，指的是那些口齿不伶俐、说话磕巴的人，也就是身体残疾的人）瘊子（身上长得小肉瘤，不疼不痒）麻子（脸上长的斑点或长斑的人）大脖子（因身体内缺碘导致的脖子粗大的病症）挫罢子（个子比较矮的人）高个子 歪嘴子（嘴歪的人）哑巴子

2. 人的乳名或者是狗、猫等动物的名字，含有亲昵义。

小顺子 二柱子 小玲子 小李子 小唐子 黑子 黄子 小莲子 黄皮狼子（黄鼠狼）老哇子（乌鸦）黑鸭子（鸳鸯）

3. 指事物，个别的指人。

乱子 辣子 单子 豁子（扎）猛子（抽）冷子（钻）空子（卖）关子 尖子（精英，成绩突出的人群）油子（圆滑的人）瘪子（指不饱满或者没有果实）混子（不务正业的人或滥竽充数的）方子（做棺材时用的木料）红子（成块儿的红布）

二、特殊“子”尾词

信阳方言中存在双“子”尾和三“子”尾来表小义或更小义的现象，具体情况如下：

（一）～子子

两个“子”连用，第二个“子”读轻声，用来表示小的粒状物。

A 菜子子 西瓜子子 苹果子子 南瓜子子 方瓜子子 丝瓜子子 香瓜子子 葡萄子子 石榴子子 辣椒子子 芝麻子子 葵花子子

B 石子子 沙子子 棋子子 稻子子 麦子子

C 雪子子 弹子子 面子子 眼子子 盐子子 枪子子 算盘子子 眼睛子子 溜溜子子 糖子子 凌子子 鸡冠子子/鸡顶子子

上面的例子中，A 组的结构为：（词根 + 子） + 子，其中第一个“子”应读为信阳语音系统的上声，35 调，即［tsɳ³⁵］，第二个“子”轻声，而且，通过 A 组的例子可以发现第一个“子”是有实际意义的，本应写作“籽”，也就是“子”的本义果实、种子的意思，但是，随着“子”的虚化以及信阳方言很少使用“籽”这个字，所以，人们习惯性地用“子”代替“籽”并延续到现在。这里 A 组的词根其实是可以单独做句法成分的，其后加上表果实、种子的“子”尾后表示词根本身的种子或者果实，不能表小称，（词根 + 子）整体再加上“子”缀表示的是该事物本身的核儿，而且能表小义。菜籽子：信阳一般称种菜的种子为“菜籽子”或者“菜籽儿”，而基本上不说“菜籽”，这时候“子”缀和“儿”缀都表示小义，指的是小的颗粒状的东西；鱼子子：一般情况下特指鲫鱼肚子里的鱼子，用（词根 + 子）这一整体再加“子”的形式来表示小义，更加生动形象地描述出了描写对象比一般的小还要小的更小义；辣椒子子：指的是辣椒剥开之后的中间的白白的比较小的圆形的辣椒籽儿，也是用来表示颗粒状的东西的小义；西瓜子子：西瓜瓤里的西瓜子，也是用整体加上“子”的形式来表达比一般的瓜子还要小的更小义。总之，A 组中第一个“子”有实际意义，第二个“子”为没有实际意义的词缀。

从外形上看，A、B 两组的结构很相似，即：都是“（词根 + 子） + 子”的结构，但是二者的第一个“子”有很大的差异。B 组第一个“子”应读为信阳方言阴平，213 调，即［tsɳ²¹³］，第二个“子”和 A 组一样，也是轻声。这一组的词根本身不能单说，所以需要在后面加上一个“子”才能构成一个能单独做句法成分的名词，这时候的“子”应理解为介于实词“子”的本义果实、种子和虚化了的只表语法意义的词缀“子”之间的一种意思，也就是半虚化的状态，不能表小义或者更小义，只有在（词根 + 子）这个整体之后再加上一个“子”尾才能表小称。沙子子：“沙子”指的只是一堆沙子中的任何一个，但是整体后面再加“子”这一词尾，就特指一堆沙子中更小的颗粒状那一个或者一部分，而不是一堆中的所有，也就是“子”尾表达的是一种更小的意思。可以看出 B 组的第一个“子”是一种半虚化的状态，也就是处在虚化的过程中，但是还没有完全虚化，第二个“子”同 A 组一样，词缀表小义。

C 组的外形和 B 组更为相似，但是二者差距较大，C 组的构成形式为：词根 + 子子，其中第一个“子”应读为信阳方言的上声，35 调，即［tsɳ³⁵］，第二个“子”轻声，在信阳方言中不能单说“雪子”“盐子”等，也就是 C 组里的词根加上“子”是不能成词的，而且 C 组的词都表示的是小的颗粒状的圆形的东西，因此，“子”尾双重叠表达颗粒物的更小义。雪子子：表刚开始下雪时的固态的小雪粒儿的状态；凌子子：米粒状的雪，也是双重叠来表达更小或者最小义；眼子子：特指人的眼珠子正中心的那一点，相当于一个球的球心的位置，也是表更小义；盐子子：既可以指小粒儿的食盐，也可以用来形容更小的盐粒儿状的雪粒儿；弹子子：玩弹弓的时候用来射出去的小颗粒儿；面子子：用面粉和水做的更细更小粒儿的面食，一般用清水煮沸即可食用；溜溜子子：小孩子玩儿的比较小的圆形的颗粒状的东西；枪子子：小的颗粒状的子弹；算盘子子：算盘上的小算珠子；鸡冠子子/鸡顶子子：芡实，因为芡实长在形状很像鸡冠的花顶上，所以当地人多称其为“鸡冠子子/鸡顶子子”。

通过比较可以看出，C 组变成词根加上“子”缀双重叠的构成形式了，由 A 到 B 再到 C，也就是第一个“子”由实词到半虚化再到完全虚化的整个过程，第二个“子”都是用来表小义或更小义的词缀。

（二）~子子子：

橘子子子 杏子子子 瓠子子子 李子子子 桃子子子 柚子子子 橙子子子 柿子子子

上面的例子中，除了“瓠子”属于蔬菜类，其余的都是水果类。其中，第一个和第三个“子”都读轻声，第二个“子”应读为信阳方言的上声，即：［$tsɿ^{35}$］。例子中三个“子”连用的结构应该为：（词根 + 子） + 子子，词根不能单说，其后加上“子”之后构成了可以单独做句法成分的名词性结构，（词根 + 子）只是构成了一个能单说的词，这时候不能表小义，整体的后面再加上“子”尾双重叠才能用来表示（词根 + 子）这一水果的核儿，而且兼表更小义。其实三个“子”连用的构词和两个“子”连用中 C 组的结构很相似，只不过 C 组的词根能单说，所以是（词根 + 子子）的结构；而三个“子”连用里的词根是不能单独做句法成分的，得在词根后加上一个没有实际意义的词缀使它能够单说，然后才能像 C 组那样后面再加“子”尾双重叠来表小义。总之都是能单说的词根（不能单说的先变成可以单说的）后面加上“子”尾双重叠，整体再表小义或者更小义。

三、“子”尾的语法功能

（一）表小称意义及情感褒贬

在信阳方言中，表小义是“子”尾最基本也是最主要的语法功能，在本文的第二部分特殊“子”尾词中表现得尤为明显。此外，在一般“子”尾词中表小义也是“子”尾的主要作用，如，鼻尖：指鼻子的下端——鼻尖子：指鼻尖最下端正中间的那一点。

不仅仅如此，“子”尾在表小义的同时还可以兼表情感褒贬。在人的乳名后加“子”除了表小义外，还可以兼表喜欢、亲昵义，如：小玲子；在部分名词后加“子”后除了表小义外，也兼表贬义，如：心眼子；在称谓具体事物的名词后面先加上一个实语素，整体再加“子”尾，除了表小义外，还用来使词根所表示的事物特征更加鲜明，词义具有比喻色彩，如：泥巴狗子，泥鳅常藏在泥中，身体表面有粘液，不太容易被人捉住，机灵如狗，所以称小的泥鳅为“泥巴狗子”。

（二）成词作用

词根不能单独成词的，加上“子”尾之后才能成词，单独做句法成分，前面介绍过的单/多音节不成词语素加“子”基本上都是“子”尾成词的情况，如：桔子、桌子、门对子、命根子等；即使在前面加上其他成分，“子”尾同样也不能去掉，如：扣子——布扣子。

（三）区别词义

信阳方言中，有一部分词根加“子”尾后意思完全不同的现象，这时“子”尾具有区别词义的功能，尤其量词、动词、形容词后加“子”更倾向于改变词义，如：口（量词）——口子（裂开的地方）；出门（外出办事）——出门子（女子出嫁）；尖（锋利的部分）——尖子（精英，成绩突出的人群）等。

（四）改变词性

无论是在信阳方言中还是在普通话中，“子”尾都有使部分动词、量词、形容词名词化的功能，如：叉（动词）——叉子（名词），而且“子”尾名词对词根本身的基本含义影响不大；个（量词）——个子（名词，指人的身高），量词加“子”后变为用以指称具体事物的名词；尖（形容词，锋利的部分）——尖子（名词，精英），形容词性词根加上“子”后也是变成与词根有密切联系的名词。由此可见，“子”尾有将部分动词、量词、形容词转变为名词的功能。

注释

① 信阳方言中有阴阳上去四个调类，但是调值和普通话差距很大，即，阴平：213；阳平：53；上声：35；去声：42。

② 嗯［ən⁵³］：信阳方言的第二人称代词，相当于普通话中的“你”。

③ 介：信阳方言的指示代词，表近指，相当于普通话里的“这”。信阳方言的指示代词三分，近指：介；中指：乜（取近指“介”的韵母、远指“那”的声母）；远指：那。

①、②、③的观点均来自《信阳地区志》。

参考文献

［1］安华林．信阳方言特殊的语法现象论略［J］．信阳师范学院学报（哲学社会科学版），1999（4）．

［2］郭辉．皖北濉溪方言的“子”尾词［J］．方言，2007（3）．

［3］黄雪贞．永定（下洋）方言形容词的子尾［J］．方言，1982（3）．

［4］乐玲华．阜阳地区方言“子尾词”的初步考察［J］．阜阳师范学院学报（社会科学版），1985（1）．

［5］李如龙．汉语方言的比较研究［M］．北京：商务印书馆，2001.

［6］刘海章．湖北荆门话中的“V人子”［J］．语文研究，1989（1）．

［7］刘纶鑫．江西上犹社溪方言的“子”尾［J］．中国语文，1991（2）．

［8］吕叔湘主编．现代汉语八百词（增订本）［M］．北京：商务印书馆，1999.

［9］潘晓旭．商丘方言的“子”尾［J］．和田师范专科学校学报（汉文综合版），2006（3）．

［10］乔全生．山西方言“子尾”研究［J］．山西大学学报（哲社版），1995（3）．

［11］王健．江苏睢宁话中动词、形容词的“子”尾［M］．哈尔滨：黑龙江人民出版社，2004.

［12］汪如东．江苏海安方言的“子”尾词［J］．方言，2012（4）．

［13］王希哲．昔阳话的子变韵和长元音［J］．语文研究，1997（2）．

［14］辛菊．翼城方言的子尾［J］．语文研究，1999（1）．

［15］信阳地区地方史编纂委员会．信阳地区志［M］．北京：三联书店，1992.

［16］熊正辉．南昌方言的“子”尾［J］．方言，1979（3）．

［17］杨永成．合肥方言的“子”尾词和“头”尾词［J］．合肥学院学报（社会科学版），2012（4）.

［18］尹百利．河南罗山方言的“子”尾［J］．语言学研究，2013（2）．

［19］张启焕，陈天福，程仪．河南方言研究［M］．郑州：河南大学出版社，1993.

［20］中国社会科学院，澳大利亚人文科学社．中国语言地图集［M］．（香港）朗文出版（远东）有限公司，1987.

［21］周政．陕南平利方言的“子”尾词［J］．语文研究，2007（3）．

（刘敏　首都师范大学2014级硕士生　指导教师：汪大昌）

殷墟甲骨文动词研究的回顾暨展望

张亚南

摘　要：甲骨文是研究上古汉语非常珍贵的语料，但囿于材料的限制以及研究的不足，目前依然有许多的未识字，而关于甲骨文文意的理解则更是仁者见仁智者见智。众所周知，动词是句子的核心，因此全面深入地研究甲骨文动词无疑对理解文意有很大的帮助。但遗憾的是目前并没有专门的文章对甲骨文动词研究进行系统地梳理。本文旨在归纳殷墟甲骨文动词的研究现状，同时指出目前研究的不足，以期为后人提供一些参考。整理发现，目前殷墟甲骨文动词研究集中体现在三方面：第一、从词汇的角度研究甲骨文动词；第二、从语法的角度研究甲骨文动词；第三、花东卜辞中的动词研究。尽管目前关于殷墟甲骨文动词的研究已取得了很大成就，但依然有很多领域值得我们进一步探讨。

关键词：甲骨文；动词；语法；词汇；专题

一

甲骨文自1899年发现至今，已有一百多年的时间，它是研究上古汉语非常珍贵的语料。胡厚宣先生根据实物估计国内外总共收藏甲骨约为十五万片①。裘锡圭先生统计甲骨文全部字数1，500，000字，其中不重复的单字4378个②。而到目前为止，学者们能识得的甲骨文，于省吾先生在《甲骨文字释林》中认为还不到三分之一，其中不乏一些常用字之不识者③。因此在准确疏通甲骨文文意方面仍有一段非常远的路要走。而根据语言学理论，动词是句子结构的核心，吕叔湘先生更有如下著名论断：

“动词是句子的中心、核心、重心，别的成分都跟它挂钩，被它吸住。”④

因此研究甲骨文动词，无疑对我们理解甲骨文文意有很大的帮助，尤其是对研究上古

① 胡厚宣：《八十五年来甲骨文材料之再统计》，《史学月刊》1984年第五期；《90年来甲骨资料的新情况》，《中国文物报》1989年9月1日。

② 参见《裘锡圭学术文集》第一卷，复旦大学出版社2012年版，第387页；李宗焜《甲骨文字编》上册，扉页，北京：中华书局2012年版。

③ 于省吾：《甲骨文字释林．序》，北京：中华书局，1979.

④ 吕叔湘：句型和动词学术讨论会开幕词，《句型和动词》p. 1，北京：语文出版社，1987.

汉语。本文旨在归纳殷墟甲骨文动词的研究现状，以期展现殷墟甲骨文动词研究的概貌，为后人研究提供一些参考。

二

经本人详尽收罗材料并加以整理，发现殷墟甲骨文动词的研究主要集中表现在三方面。

（一）从词汇的角度研究殷墟甲骨文动词

1. 散见于全面研究词汇的著作中

关于词汇的全面研究，首要指出的就是王绍新的《甲骨刻辞时代的词汇》（1982），该书可以说是最早地系统研究甲骨文词汇的专著。该书从词义的角度研究词汇，比如反映渔猎行为的词有渔、狩、逐、禽等，反映农事劳作类的词有采、穑、舂、艺等。书中还探讨了双音词、同义词、反义词等，同时指出大部分同义词是动词。

向熹的《从甲骨文看商代词汇》（见《简明汉语史》）对动词也有所涉猎，文中指出甲骨文中已认识的动词有300个，有关于农业生产的、关于畜牧渔猎的、关于战争的、关于日常生活的、关于人行为的、关于存在变化的等等，并各自加以举例说明。

关于从词汇学角度研究甲骨文动词，还需要提到赵诚先生的《甲骨文简明词典：卜辞分类读本》，该书专门列动词一章进行研究。但由于它是一本适合初学者使用的读本式的词典，只做到了逐词解释并举例，因此很多问题都未能深入。（见表2-1）

表2-1 散见于全面研究词汇的著作中

散见于全面研究词汇的著作中			
主要著作	《甲骨刻辞时代的词汇》	《从甲骨文看商代词汇》	《甲骨文简明词典：卜辞分类读本》
特点	缺乏理论框架	论述不够全面	适合初学者
共同点	主要从词义的角度分类并进行释义； 停止在静态的词义研究，对动词的研究未能深入		

2. 动词词汇专题研究

陈年福的《甲骨文动词词汇研究》，首先统计了甲骨文动词的数量，字头为511个（其中异体104个，存疑97个，实际描写310个），动词的词目数量有317个。同时陈年福把甲骨文动词按词义分为行为、生活、生产、军事、休咎、天象、祭祀、占卜八类。又将行为动词分为存现、能愿、运动、取予、动作、视听、言语使令、心理八小类；将生活动词分为饮食、盥洗、住休、疾梦、生育婚娶五小类；将生产动词分为农事、田牧、工事三小类；将军事动词分为征集、监伺、行军、征伐、侵扰、防御、擒获、伤害、刑法九小类。然后分别对各个类别加以数量统计。此外，陈年福还探讨了单义词、多义词、同义词、反义词等，考察了动词的组合关系和聚合关系，分析了同字异词和同词异字等复杂现象。（见表2-2）

表 2－2　陈年福《甲骨文动词词汇研究》

陈年福《甲骨文动词词汇研究》			
	一级分类	二级分类	动词词目举例
动词	行为动词（111）	1 存现类（8）	见、出、设、丧、兴、在、有、亡
		2 能愿类（3）	异、克、可
		3 运动类（41）	及、从、立、去、走、逆、既、宜、止、步、涉、之、
		4 取予类（14）	以、取、共、爰、将、羞、得、穑、畀、受、易、
		5 动作类（23）	并、保、载、合、会、左、振、祟、为、習、密、弹、
		6 视听类（10）	目、直、省、见、监、望、听、闻、雚、鸣
		7 言语、使令类（6）	令、曰、告、言、史、乎
		8 心理类（6）	畏、每、子、疑、匄、气
	生活动词（25）	1 饮食类（5）	飨、酒、饮、食
		2 盥洗类（4）	濡、浴、盥、沫
		3 住休类（5）	休、寝、宿、官
		4 疾梦类（4）	死、疒、梦
		5 生育、婚娶类（7）	孕、乳、育、子、取、生、冥
	生产动词（30）	1 农事类（9）	屎、圣、黍、粟
		2 田牧类（16）	围、逐、芻、焚、牧、陷、获、渔、田、射、擒、网、
		3 工事类（5）	宅、铸、宁、工、乍
	军事动词（64）	1 征集类（3）	比、共
		2 监伺类（3）	目、见、望
		3 行军类（16）	以、及、步、涉、出、启
		4 征伐类（11）	正、途、圍、敦、伐、射
		5 侵扰类（8）	出、来、启、至、凡
		6 防御类（6）	御、爰、捍、易、戍
		7 擒获类（7）	俘、获、执、擒、降
		8 伤害类（6）	震、丧、雉、败
		9 附、刑法类（4）	刖、讯、劓、
	休咎动词（16）		若、吉、咎、灾、震、宓
	天象动词（13）		晕、雨、雹、雪、霾、雷、水
	祭祀动词（108）		企、競、舞、卩、祝、即
	贞卜动词（3）		占、贞、卜

（二）从语法的角度研究殷墟甲骨文动词

1. 散见于全面语法研究的著作中

早在 1953 年出版的管燮初先生的《殷墟甲骨刻辞的语法研究》中就已涉及到了甲骨文动词。该书从词类和句法两方面进行研究，将词类分为十二种：名词、代词、数词、时地词（时间词和地位词）、动词、系词等，其中动词分为内动词、外动词、关系内动词三小类。由于当时材料和研究成果的有限，有些结论有待商榷，但其开创之功不容抹煞。

陈梦家先生在1956年出版的《殷墟卜辞综述》一书中设“文法”一章进一步全面研究甲骨文语法，也涉及到了甲骨文动词。他将动词分为内动词和外动词两类，他指出动词可以是单个的，也可以是几个字组成的，动词所带的宾语可以是一个短语，但又不限于一个宾语，其中祭祀动词又分为三种等等。

李曦的《殷墟卜辞语法》（1988）在第三编词法中，将词类分为名词、代词、数词、量词、动词、形容词、副词、介词、连词、助词、语气词十一种。他认为可定为动词和可能是动词的有729个，占单词总量的18.5%。而这些动词又可以分为及物和不及物两大类，其中及物有352个占动词总量的48%，不及物有377个占动词总量的52%。

张玉金的《甲骨文语法学》（2001）将甲骨文词类分为名词、动词、形容词、数词、量词、代词、副词、感叹词、介词、连词、语气词11种。其中动词有及物、不及物两大类，又分为行为、心理、存现、趋向、能愿五小类，从配价理论上研究有一价、二价、三价和四价。此外，书中还探讨了动词的语法特征和特殊用法。（见表2－3）

表2－3　散见于全面语法研究的著作中

<table>
<tr><th colspan="3">散见于全面语法研究的著作中</th></tr>
<tr><th>主要著作</th><th>词类</th><th>动词分类</th></tr>
<tr><td>《殷墟甲骨刻辞的语法研究》</td><td>12</td><td>内动词、外动词、关系内动词、</td></tr>
<tr><td>《殷墟卜辞综述》</td><td>9</td><td>内动词、外动词</td></tr>
<tr><td>《殷墟卜辞语法》</td><td>11</td><td>及物动词、不及物动词</td></tr>
<tr><td rowspan="3">《甲骨文语法学》</td><td rowspan="3">11</td><td>行为动词、心理动词、存现动词、趋向动词、能愿动词、</td></tr>
<tr><td>及物动词、不及物动词</td></tr>
<tr><td>一价动词、二价动词、三价动词、四价动词</td></tr>
</table>

2. 动词语法专题研究

赵诚先生的《甲骨文动词探索（一）》《甲骨文动词探索（二）》《甲骨文动词探索（三）》（收录在1991《古代文字音韵论文集》）分别从词义、被动词、动词和名词的关系三个角度系统地研究了甲骨文的动词。他在《甲骨文动词探索（一）》中将动词分为行为动词、存在动词和祭祀动词，然后从词义的角度归纳出行为动词具有词义外延较广的明显特点，并指出大体上有词义内部存在着对立性、词义内部存在着多层次性、词义的笼统性、词义延伸具有较多的自由性等四种情况。

郑继娥的硕士论文《甲骨文动词语法研究》（1996）从语法的角度全面研究甲骨文动词，她将动词分为及物动词和不及物动词两大类分别进行语法研究。其中，及物动词分为体宾、谓宾和能愿、体谓宾三类动词，而体宾动词又根据所带宾语的多少分为单宾动词、双宾动词、三宾动词三小类，单宾动词和双宾动词下面又有更细致地划分；不及物动词主要从有无补语的角度分为了有补动词和无补动词两类，而有补动词又分为了带处所补语动词和带对象补语动词两小类。该论文在细致划分的层级体系下深入研究了动词的语法特点，此外，她还把动词构成谓语的结构格式分为了五类，同时探讨了动词与句子成分的关系。而她的博士论文《殷墟甲骨卜辞祭祀动词的语法结构及其语义结构》（2004）则根据语法结构和语义分析相结合的原则，运用功能和语义学原理，首先确定了祭祀动词的数量并加以分类，然后对它的动宾结构、前面的状语、后面的补语作了分类研究，同时从语义结构上分析了祭祀动词与论元的关系，此外还对祭祀卜辞中多谓语动词作了研究。

沈林的《甲骨文动词断代研究》（1998）通过划分甲骨文动词分期存现的类型以及统计各期存现的词目，系统地研究了动词在各期存现的情况。然后还对每一个动词的词汇和语法作了断代比较研究。

喻遂生的《甲骨文动词和介词的为动用法》（2002）从甲骨文三宾语句说起详细探讨了甲骨文动词尤其是祭祀动词的为动用法，纠正了以往认识的误区。

贾燕子的硕士论文《甲骨文祭祀动词句型研究》（2003）运用转换生成语法的基本原理，具体分析了转换衍生的过程和类型，同时进行定量研究和分期研究，并归纳出各期的句法特征。此后，贾燕子又相继完成了《甲骨文单祭祀动词句型定量研究》（2006）、《甲骨文单祭祀动词句型断代研究》（2006）、《甲骨文多祭祀动词句定量研究》（2006）等文章详细描述了祭祀动词句的句型结构、句法成分、句型变换手段以及与断代的关系等。

郭凤花的《甲骨文谓宾动词研究》（2003）重新审定甲骨文动词，归纳出甲骨文谓宾动词的句法功能及其分类，然后按照类别分别进行研究。

此后，甲骨文动词专题研究越来越精细，出现了《甲骨文祭祀动词专题研究》《甲骨文位移动词研究》《甲骨文田猎动词研究》《甲骨文心理动词研究》《甲骨文情谊心理动词研究》《甲骨文运动动词“来、往”研究》《甲骨文攻击类动词研究》《甲骨文非祭祀动词句型研究》《甲骨文取予类动词研究》《甲骨文非祭祀动词配价研究》等文章。（见表2－4）

表2－4　动词语法专题研究

<table>
<tr><td colspan="3">动词一级</td><td colspan="2">动词二级</td><td colspan="2">动词三、四级</td></tr>
<tr><td>主要著作</td><td colspan="2">分类</td><td rowspan="10">主要著作</td><td rowspan="10">《甲骨文谓宾动词研究》《甲骨文非祭祀动词句型研究》《甲骨文非祭祀动词配价研究》</td><td rowspan="10">主要著作</td><td rowspan="9">《甲骨文祭祀动词句型研究》
《甲骨文位移动词研究》
《甲骨文田猎动词研究》
《甲骨文心理动词研究》
《甲骨文情谊心理动词研究》</td></tr>
<tr><td rowspan="3">《甲骨文动词探索（一）》</td><td colspan="2">1 行为动词、</td></tr>
<tr><td colspan="2">2 存在动词、</td></tr>
<tr><td colspan="2">3 祭祀动词</td></tr>
<tr><td rowspan="5">《甲骨文动词语法研究》</td><td rowspan="3">1 及物动词</td><td>A 体宾动词</td></tr>
<tr><td>B 谓宾动词和能愿动词</td></tr>
<tr><td>C 体谓宾动词</td></tr>
<tr><td rowspan="2">2 不及物动词</td><td>A 有补动词</td></tr>
<tr><td>B 无补动词</td></tr>
<tr><td>《甲骨文动词断代研究》</td><td colspan="2"></td><td>《甲骨文攻击类动词研究》
《甲骨文取予类动词研究》
《甲骨文祭祀动词专题研究》</td></tr>
</table>

（三）花东卜辞中的动词研究

随着1991年H3花东甲骨坑的发现，尤其是《殷墟花园庄东地甲骨》（2003）一书的出版，关于花东卜辞的研究逐一展开，其中也涉及到了对花东卜辞动词的研究。比如孟琳的《殷墟花园庄东地甲骨词汇研究》（2006）确定动词数量为174个，同时将动词根据意义分为行为动词、生活动词、生产动词、军事动词、休咎动词、天象动词、祭祀动词、贞卜动词八大类，然后又在各类下面进行更细致的划分共分为十八小类。曾晓鹏的《殷墟花园庄东地甲骨词类研究》（2006）首先将花东卜辞分为实词和虚词两大类，然后再分章进行研究，其中动词除了分类还探讨了它的语法功能等。

此外，还有一些关于花东卜辞动词的专题研究，比如齐航福的《花东卜辞中的祭祀动词双宾语句试析》（2010）、邓统湘的《〈殷墟花园庄东地甲骨〉非祭祀动词双宾语句型研究》和《〈殷墟花园庄东地甲骨〉祭祀动词双宾语和三宾语句型研究》（2011）、韩春梅的《〈殷墟花园庄动词甲骨〉动词汇释》（2012）等等。

三

总体来说，关于殷墟甲骨文动词的研究已经初具规模，并且取得了丰硕的研究成果。学者们或者从语法的角度入手，或者从词汇语义的角度入手，但是将二者结合起来进行甲骨文动词研究的却相对较少，尤其是从语法、语义、语用三个层面进行研究的少之又少。而且，很多现代汉语的新的理论方法尚未运用到甲骨文动词的研究中。此外，殷墟甲骨文新的研究成果也并未被充分利用起来，这些都有待我们进一步思考研究。

就目前而言，首先，需要结合最新的缀合成果搜集整理丰富翔实的资料，通过对殷墟甲骨文材料进行封闭性穷尽性地测查与研究，从词类划分的角度确定殷墟甲骨文动词的数量，即进行定量研究。其次，运用义素分析法进行词义分析，系统地确定单义词与多义词、近义词与反义词，整理出聚合关系。再次，除了对动词本身进行研究，还要对与动词有关的成分进行研究，也就是从语用的角度对动词进行静态动态相结合的研究。最后，将殷墟甲骨文动词与金文、先秦典籍中的动词进行纵向比较，试图发现动词的发展变化，从而补充完善汉语的动词体系等等。正如前面所述，甲骨文是研究上古汉语非常重要的语料，而动词又是一个句子的核心。只有把甲骨文动词研究透彻，才能为我们全面深刻地研究甲骨文打下坚实的基础。

参考文献

[1] 陈年福．甲骨文动词词汇研究［M］．成都：巴蜀书社，2001.
[2] 陈梦家．殷墟卜辞综述［M］．北京：中华书局，1998.
[3] 管燮初．殷墟甲骨刻辞的语法研究［M］．北京：中国科学出版社，1953.
[4] 裘锡圭．裘锡圭学术文集［M］．上海：复旦大学出版社，2012.
[5] 于省吾．甲骨文字释林［M］．北京：中华书局，1979.
[6] 郭凤花．甲骨文谓宾动词研究［D］．重庆：西南师范大学汉语言文献研究所，2003.
[7] 郑继娥．甲骨文动词语法研究［D］．重庆：西南师范大学汉语言文献研究所，1996.
[8] 陈年福．甲骨文动词词汇研究［D］．重庆：西南师范大学汉语言文献研究所，1996.
[9] 沈林．甲骨文动词断代研究［D］．重庆：西南师范大学汉语言文献研究所，1998.
[10] 贾燕子．甲骨文祭祀动词句型研究［D］．重庆：西南师范大学汉语言文献研究所，2003.
[11] 朱习文．甲骨文位移动词研究［D］．重庆：西南师范大学汉语言文献研究所，2002.
[12] 韩剑南．甲骨文攻击类动词研究［D］．重庆：西南师范大学汉语言文献研究所，2006.
[13] 陈练文．甲骨文心理动词研究［D］．武汉：武汉大学，2005.
[14] 王绍新．《甲骨刻辞时代的词汇》．见：程湘清．先秦汉语研究．第1版．济南：山东教育出版社，1982.

[15] 赵诚. 甲骨文简明词典 [Z]. 北京：中华书局，1988.

[16] 孟琳. 殷墟花园庄东地甲骨词汇研究 [D]. 重庆：西南师范大学汉语言文献研究所，2006.

[17] 曾晓鹏. 殷墟花园庄东地甲骨词类研究 [D]. 重庆：西南师范大学汉语言文献研究所，2006.

[18] 韩春梅.《殷墟花园庄动词甲骨》动词汇释 [D]. 大连：辽宁师范大学，2012.

[19] 齐航福. 花东卜辞中的祭祀动词双宾语句试析 [J]. 古汉语研究，2010 (1).

[20] 邓统湘.《殷墟花园庄东地甲骨》祭祀动词双宾语和三宾语句型研究 [J]. 南昌航空大学学报（社会科学版），2011 (1).

[21] 邓统湘.《殷墟花园庄东地甲骨非祭祀动词双宾语句型研究》[J]. 宁夏大学学报（人文社会科学版），2011 (5).

[22] 贾燕子. 甲骨文单祭祀动词句型定量研究 [J]. 漳州师范学院学报（哲学社会科学版），2006 (3).

[23] 贾燕子. 甲骨文多祭祀动词句定量研究 [J]. 周口师范学院学报，2006 (6).

[24] 贾燕子. 甲骨文单祭祀动词句型断代研究——单祭祀动词句结构分布与甲骨文分期的关系 [J]. 怀化学院学报，2006 (9).

[25] 喻遂生. 甲骨文动词和介词的为动用法 [J]. 汉语史研究集刊，1999.

[26] 郑继娥. 殷墟甲骨卜辞祭祀动词的语法结构及其语义结构 [D]. 成都：四川大学，2004.

[27] 张玉金. 甲骨文语法学 [M]. 上海：学林出版社，2001.

[28] 张玉金. 20世纪甲骨语言学 [M]. 上海：学林出版社，2003.

[29] 李 曦. 殷墟卜辞语法 [M]. 西安：陕西师范大学出版社，2004.

[30] 向 熹. 简明汉语史 [M]. 北京：高等教育出版社，1993.

（张亚南　首都师范大学文学院2015级博士生　指导教师：黄天树）

试论程乙本《红楼梦》中子尾词的分类

孙可依

摘　要：《红楼梦》是清代北京话代表著作之一。在红楼梦中，出现了大量的子尾词和儿尾词，这些词是对北京话在清代的使用情况的书面记载。本文以日本关西大学学者伊地智善继在其论文《试论北京方言中的词尾“－儿、－子、－头”》中将有关子尾词的词分为的八种类别为基础，并根据程乙本《红楼梦》中特有的词汇特点对这八种分类进行更为合理的调整和补充，将程乙本《红楼梦》的子尾词分为十二种类型。并且在一些伊地智善继已有的分类层次的第二级分类基础上，根据程乙本《红楼梦》子尾词的特点进行了种类扩充与调整。

关键词：程乙本；红楼梦；北京方言；子尾词

北京方言（又称“北京话”）是现代汉语普通话的直接基础，它在汉语的诸方言中具有其他方言无法替代的作用。以北京话为中心的北方方言在几百年前就已经成为汉民族共同语的基础。到了《红楼梦》所在时期，曹雪芹用纯熟的北京口语来刻画人物，这是在语言运用方面一个很大的突破。随着这部伟大文学作品的广泛流传，北京口语里的一些方言词逐渐为人们所熟悉，并且不断进入书面语言。所以《红楼梦》作为北京话代表著作之一，对于北京话的研究有着无可替代的作用。

《红楼梦》作为北京方言的代表著作是由于其具备北京方言的代表性——有大量的子尾词和儿尾词。在程乙本《红楼梦》中，据统计子尾词共608个，其中重读子尾词69个，轻读子尾词539个。在这539个轻读子尾词中，《倒序现代汉语词典》与《北京话词语》中收录的有307个，有232个词未被收录进《倒序现代汉语词典》与《北京话词语》。由于重读子尾词并不具备北京方言的典型特点，所以本文着重对程乙本《红楼梦》中轻读子尾词进行分类与研究。

一、《程乙本》红楼梦中的词汇总览

首先，先总览研究的词汇数据。在程乙本《红楼梦》中，经统计，重读子尾词与轻读子尾词共计609个。其中重读子尾词69个，轻读子尾词540个。这69个重读子尾词按音序排列为：

爱子、帮夫助子、才子、才子佳人、缱子佳人、赤子、赤子之心、次子、弟子、凡夫俗子、父子、附子、高魁贵子、公子、瓜子儿、瓜子皮儿、关夫子、桂子、国子、佳人才子、家生子儿、训子有方、姬子、教子有方、结子、仙子、警幻仙子、神妃仙子、君子、君子竹、孔夫子、孔子、孔子庙、浪子、莲子、孟子、母子、男子、男子汉大丈夫、南柯子、逆子、娘子、孽子孤臣、女子、棋子、亲养子、犬子、獳子、辱师责子、死了子、生子、生了子、石子、双生子、死子儿、天子、西子、仙子、潇湘子、孝子、养子、一个子儿、长子、稚子、朱夫子、朱子、庄子、杩子。

在程乙本《红楼梦》中，这540个轻读子尾词按音序排列为：

八瓣子、白卷子、白沫子、拜把子、班子、（一班子）、板子、一半子、（几半子）、梆子、包子、雹子、薄片子、杯子、背子、倍子（三四倍子，两倍子）、*辈子、（一辈子）、（两三辈子）、本子、鼻子、鼻子眼（儿）、篦子、边上子、鞭子、辫子、脖子、簿子

槽子、草根子、*册子、（花名册子）、叉巴子、茶吊子、茶缸子、茶炉子、茶面子、肠子、车子、（两车子）、陈谷子烂芝麻、呈子、池子、虫子、绸子、出门子、厨子、串门子、*串子、（香串子）、窗屉子、窗子、床腿子、槌子、磁瓦子、醋罐子

打结子、大伯子、大家子、大舅子、呆根子、呆子、*带子、（系带子）、*担子、（生意担子）、单子、胆子、掸子、蛋黄子、*档子、（一档子）、刀子、戳子、笛子、底子、地子、地埂子、地租子、*点子、（这点子）、（一点子）、（花点子）、垫心子、吊子、铞子、碟子、顶子、钉子、锭子、冻猫子、豆子、豆腐干子、肚皮子、肚子、缎子、对子

儿子、二大舅子、耳刮子、耳挖子

筏子、法子、马贩子、方子、房子、妃子、榧子、分子、坟圈子、风炉子（风炉子儿）、疯子、缝子、*袱子、（经袱子）、（蟒袱子）

竿子、羔子、膏子、篙子、稿子、鸽子蛋、槅子、根子、钩子、姑子、谷子、骨子、褂襟子、褂子、拐棍子、拐子、罐子、柜子、棍子、*果子

*孩子、（孩子们）、（小孩子）、（小孩子家）、海沿子、汉子、汗巾子、行子、蒿子、蒿子杆儿、*耗子、（耗子精）、（小耗子）、（老耗子）、盒子、猴子、狐媚子、胡子、鹄子、蝴蝶（儿）结子、瓠子、花样子、花园子、花障子、花子、划子、话口袋子、黄子、幌子、*会子、（这会子）、（那会子）、（一会子）、（过会子）

畸角子、*家子、（一家子）、（合家子）、（满家子）、（几家子）、夹道子、夹子肉、*架子、（紫檀架子）、（空架子）、笺子、剪子、件子（两件子）、姜汁子、嚼子、角门子、角子、轿子、金锞子、金子、襟子、尽子、镜子、句子、绢子、卷子（三声）、卷子（四声）

锞子、空心子、空子、*口子（两口子）、裤子、筷子

拉锁子、*辣子、（凤辣子）、*篮子、（小篮子儿）、劳什子、老辈子、老鸹子、老奶奶子、老头子、老子、老子娘、勒子、楞子眼、里子、栗子、*帘子、（打帘子）、脸子、林子洞、绫子、柳条子、聋子、笼子、楼子、篓子、芦苇子、*炉子、（一炉子）、卤子、乱子、骡子、络子

妈妈子、马鞭子、杩子、幔子、帽子、妹子、*门子、（门子（门童之意））、三门子、四五门子、门坎子、绵子、面条子、*面子、（绿豆面子）、抿子、命根子、模子、木屐子

奶妈子、奶子、脑杓子、脑子、脑袋瓜子、娘母子、娘子儿、钮子、奴子、女孩子、女婿子

沤子

帕子、牌子、盘子、膀子、胖子、狍子、袍子、盆子、片子、票子、*瓶子、儿瓶子、两瓶子、*婆子、(婆子们)、(老婆子)、(老婆子们)、铺子、(鸡肉) 脯子

妻子、脐子、签子、腔子、茄子、茄子干子、磬槌子、曲子、圈子、全挂子、*裙子、(一裙子)

人牙子、*日子、(捱日子)、(好日子)、褥子、软翅子

腮帮子、塞子、嗓子、骚鞑子、*嫂子、(大嫂子)、(二嫂子)、(嫂子们)、杀鸡儿抹脖子、沙屉子、沙子、沙子灯、纱窗子、*傻子、(大傻子)、山子、山子洞、山子匠、山子石、山子野、衫子、扇子、身子、*婶子、(好婶子)、(琏二婶子)、绳子、虱子、*狮子、(石狮子)、(大石狮子)、石磴子、使绊子、手脚子、手帕子、书本子、书呆子、书箧子、书子、树林子、树叶子、树枝子、刷子、摔脸子、穗子、*孙子、(孙子媳妇)、*锁子、(锁子棉)、(锁子甲)

獭子皮、胎子、台阶子、*坛子、(一坛子)、探子、绦子、套子、藤屉子、梯子、*蹄子、(小蹄子)、(小蹄子们)、屉子、田埂子、条子、帖子、贴子、亭子、挺腰子、筒子、骰子、兔子、团子、*腿子、(小腿子)、托子、驮子

袜子、外孙子、外围子、弯子、丸子、碗片子、忘八羔子、围子、苇子坑、尾巴梢子、蚊子、*屋子、(空屋子)、杌子

席子、戏子、*媳妇子、(小媳妇子)、系子、瞎子、匣子、下巴颏子、*下子(几下子)、(一下子)、(两下子)、馅子、香饼子、香球子、*箱子、(箱子底)、硝子石、弦子、小阿子、小泵子、小粉头子、小伙子、*小家子、(小家子气)、小舅子、(两) 小篓子、小叔子、小小子、*小丫头子、(小丫头子)、小姨子、*小子、(小子们)、(好小子)、小崽子、鞋帮子、鞋面子、心眼子、杏树子、*杏子、(杏子红)、*性子、(使性子)、(煞性子)、袖子、旋子、靴掖子、靴子

丫头子、鸭子、牙子、胭脂膏子、檐子、眼皮子、眼珠子、燕子、秧子、样子、咬舌子、药吊子、鹞子、叶子、一把子、一包子、一拨子、一鼻子、一场子、一程子、一搭子、一出子、一串子、一碟子、一肚子、一股子、一裹脑子、一罐子、一盒子、一混汤子、一伙子、一块子、一门子、一抿子、一起子、一套子、一洼子、一屋子、一箱子、一桌子、椅子、阴子、银吊子、银子、引子、影戏人子、影子、柚子、玉带版子、园子、院子、箧子 (簧子)

崽子、簪子、扎窝子、渣子、宅子、毡子、獐子、仗腰子、帐子、账篇子、爪子、罩子、褶子、榛子、汁子 (醋汁子)、枝子、纸钱子、锺子、种子、重孙子、肘子、珠子、珠子儿花、竹信子、*竹子、(竹子根儿)、主子、柱子、箸子、庄子 (轻读)、状子、锥子、坠子、桌子、*镯子、(金镯子)、粽子、租子、收租子、*嘴巴子、嘴头子、嘴子

二、程乙本《红楼梦》子尾词的分类研究

日本关西大学学者伊地智善继在他的论文《试论北京方言中的词尾“－儿、－子、－

头”》中将有关子尾词的词分类分为八类。这八类分别为：名词性语素＋子、名词性语素＋子/儿、名词＋子、形容词＋名词/名词性语素＋子、名词＋名词/名词性语素＋子、动词＋子、名词＋动词＋子、形容词＋子。这八种分类方法有其合理的依据。但因为伊地智善继关于子尾词所分的这八种类别是通观北京方言而总结提出的，所以它不能完全代表《红楼梦》子尾词的构词规律。所以我在伊地智善继先生提出的这八种的基础上，依据程乙本《红楼梦》子尾词的特点，增加了四种新的类别，且在某些类别之下的小类别中进行了增补，并且附上每个词在程乙本《红楼梦》中的代表例句。

下面是我对于程乙本《红楼梦》中子尾词的分类。

（一）名词性语素＋子

在第一类“名词性语素＋子”这种子尾词的构成中，伊地智善继将其分为了A－G共7组，分别从动物（A组）、植物（B组）、服饰（C组）、房屋（D组）、器具（E组）、身体（F组）、人的名称（G组）这七个方面来对北京话的子尾词分类。通过对于《红楼梦》子尾词的统计与研究，我认为还应该将食物当列为一组，作为第H组。另外，B组我认为应更名为植物与植物的果实更为恰当，D组更名为建筑更为恰当。其余不值得划归一类的词列为I组其它。

在A组动物中，有以下几种动物在程乙本《红楼梦》中出现：

羔子、耗子、鸽子、骡子、狍子、虱子、狮子、蚊子、鸭子、燕子、鹞子、獐子。

选取这一组中的五个词的例句为例：

1. 耗子：老耗子听了，大喜，实时拔了一枝令箭，问：“谁去偷米?”一个耗子便接令去偷米。又拔令箭，问“谁去偷豆?”又一个耗子接令去偷豆。然后一一的都各领令去了。只剩了香芋，因又拔令箭，问：“谁去偷香芋?”只见一个极小极弱的小耗子应道：“我愿去偷香芋。”

（程乙本《红楼梦》第十九回）

2. 狮子：①看那大燕子回来，把帘子放下来，拿“狮子”倚住。

（程乙本《红楼梦》第二十七回）

②尤氏在车内，因见自己门首两边狮子下，放着四五辆大车，便知系来赴赌之人，向小丫头银蝶儿道：“你看，坐车的是这些，骑马的又不知有几个呢。”

（程乙本《红楼梦》第七十五回）

3. 蚊子：①薛蟠便唱道：“一个蚊子哼哼哼。”

（程乙本《红楼梦》第二十八回）

②难道那些蚊子、虼蚤、蠓虫儿、花儿、草儿、瓦片儿、砖头儿，也有阴阳不成?

（程乙本《红楼梦》第三十一回）

4. 鸭子：①算着连姑娘带姐儿们四五十人，一日也只管要两只鸡，两只鸭子，一二十斤肉。

（程乙本《红楼梦》第六十一回）

②春燕接着，揭开看时，里面是一碗虾丸鸡皮汤，又是一碗酒酿清蒸

鸭子，一碟腌的胭脂鹅脯，还有一碟四个奶油松瓤卷酥，并一大碗热腾腾碧莹莹绿畦香稻粳米饭。

（程乙本《红楼梦》第六十二回）

5. 燕子：①时常没人在跟前，就自哭自笑的；看见燕子，就和燕子说话；河里看见了鱼，就和鱼儿说话；见了星星、月亮，他不是长吁短叹的，就是咕咕哝哝的。

（程乙本《红楼梦》第三十五回）

②宝钗道："双双燕子语梁间。"

（程乙本《红楼梦》第四十回）

在B组植物及植物的果实中，有以下子尾词在程乙本《红楼梦》中出现：

豆子、榧子、谷子、果子、蒿子、瓠子、栗子、茄子、杏子、秧子、柚子、榛子、枝子、种子、竹子。

选取这一组中的五个词的例句为例：

1. 豆子：①还亏是我呢，要是别的死皮赖脸的，三日两头儿来缠舅舅，要三升米二升豆子，舅舅也就没法儿呢。

（程乙本《红楼梦》第二十四回）

②薛姨妈先接过来瞧时，原来是个小匣子，里面装着四副银模子，都有一尺多长，一寸见方，上面凿着豆子大小，也有菊花的，也有梅花的，也有莲蓬的，也有菱角的，共有三四十样，打的十分精巧。

（程乙本《红楼梦》第三十五回）

2. 果子：①这里凤姐叫人抓了些果子，给板儿吃。

（程乙本《红楼梦》第六回）

②说着，又推板儿道："你爹在家里怎么教你的？打发咱们来作煞事的？只顾吃果子！"

（程乙本《红楼梦》第六回）

3. 栗子：①我只想风干栗子吃，你替我剥栗子，我去铺炕。

（程乙本《红楼梦》第十九回）

②宝玉听了，信以为真，方把酥酪丢开，取了栗子来，自向灯下检剥。

（程乙本《红楼梦》第十九回）

4. 茄子：①凤姐儿听说，依言夹些茄鲞送入刘姥姥口中，因笑道："你们天天吃茄子，也尝尝我们这茄子弄的可口不可口。"刘姥姥笑道："别哄我了。

（程乙本《红楼梦》第四十一回）

②茄子跑出这个味儿来了，我们也不用种粮食，只种茄子了。"

（程乙本《红楼梦》第四十一回）

5. 柚子：①忽见奶子抱了大姐儿来，大家哄他玩了一会。那大姐儿因抱着一个大柚子玩，忽见板儿抱着一个佛手，大姐儿便要。

（程乙本《红楼梦》第四十一回）

②众人忙把柚子给了板儿，将板儿的佛手哄过来给他才罢。

（程乙本《红楼梦》第四十一回）

在C组服饰中，由于词数目多，而且类别清晰，所以在这一组之下我又将其细化分组。C1为配饰、C2服饰材质、C3为服饰部件、C4为服饰种类。

C1 配饰：篦子、帽子、帕子、穗子、袜子、簪子、镯子

C2 服饰材质：绸子、缎子、绢子、绫子、毡子

C3 服饰部位：带子、襟子、勒子、里子、络子、绵子、钮子、绦子、袖子、

C4 服饰种类：袄子、褂子、裤子、袍子、衫子、靴子

选取这一组中C1、C2、C3、C4的中各一词的例句为例：

C1：帽子：①吓的李贵忙双膝跪下，摘了帽子碰头，连连答应"是"。

（程乙本《红楼梦》第九回）

②登时林之孝一手整理着帽子跑进来，到了贾珍跟前。

（程乙本《红楼梦》第二十九回）

C2：缎子：①刚才带了人到后楼上找缎子，找了半日，也没见昨儿太太说的那个，想必太太记错了。

（程乙本《红楼梦》第六回）

②宝玉坐在床沿上褪了鞋等靴子穿的工夫，回头见鸳鸯——穿着水红绫子袄儿，青缎子坎肩儿，下面露着玉色绸袜，大红绣鞋——向那边低着头看针线，脖子上围着紫绸绢子。

（程乙本《红楼梦》第二十四回）

C3：袖子：①咱们"胳膊折了，往袖子里藏!"

（程乙本《红楼梦》第七回）

②宝玉笑道："饶你不难，只把袖子我闻一闻。"说着，便拉了袖子，笼在面上，闻个不住。

（程乙本《红楼梦》第十九回）

C4：裤子：①一面走，一面便摘冠解带，将外面的大衣服都脱下来，麝月拿着，只穿着一件松花绫子夹袄，襟内露出血点般大红裤子来。

（程乙本《红楼梦》第七十八回）

②麝月将秋纹拉了一把，笑道："这裤子配着松花色袄儿，石青靴子，越显出靛青的头，雪白的脸来了!

（程乙本《红楼梦》第七十八回）

D组建筑中，因为程乙本《红楼梦》中涉及到房屋的子尾词数量多，且分为两部分。一种是建筑名称命名为D1组，另一种是建筑的组成部件命名为D2组。

D1 组建筑名称：池子、房子、楼子、山子、亭子、屋子、园子、院子、宅子

D2 组建筑的组成部件：窗子、檐子、柱子

选取这一组中D1、D2的中各两词的例句为例：

D1：池子：①要有心欺负你，明儿我掉在池子里，叫个癞头鼋吃了去，变个大忘

八，等你明儿做了一品夫人病老归西的时候儿，我往你坟上替你驼一辈子碑去。

（程乙本《红楼梦》第二十三回）

②翠缕道："这也和咱们家池子里的一样，也是楼子花儿。"

（程乙本《红楼梦》第三十一回）

房子：①偏这拐子又租了我的房子居住。

（程乙本《红楼梦》第四回）

②咱们且忙忙的收拾房子，岂不使人见怪？

（程乙本《红楼梦》第四回）

D2：檐子：帐子的檐子是红的，火光照着，自然红是有的。

（程乙本《红楼梦》第八十五回）

柱子：①忽见堂屋中柱子上挂着一个匣子，底下又坠着一个秤砣似的，却不住的乱晃。

（程乙本《红楼梦》第六回）

②一面说，一面又看见柱子上挂的黑漆嵌蚌的对子，命湘云念道："芙蓉影破归兰桨，菱藕香深泻竹桥。"

（程乙本《红楼梦》第三十八回）

在E组器具中，由于词数目多，而且类别清晰，所以在这一组之下我又将其细化分组。E1为家具、E2为厨具、E3为文具、E4为日常工具

E1 家具：柜子、镜子、帘子、幔子、褥子、杌子、席子、箱子、椅子

E2 厨具：杯子、碟子、罐子、筷子、篮子、炉子、坛子、屉子

E3 文具：簿子、册子、笺子、卷子（四声）、状子

E4 日常工具：梆子、鞭子、槌子、戥子、锅子、竿子、棍子、梯子、锥子

选取这一组中E1、E2、E3、E4的中各一词的例句为例：

E1：柜子：①黛玉道："连我也不知道，想必是柜子里头的香气熏染的也未可知。"

（程乙本《红楼梦》第十九回）

②那柜子，比我们一间房子还大，还高。

（程乙本《红楼梦》第四十回）

E2：杯子：①一面笑，一面慢慢的吃完了酒，还只管细玩那杯子。

（程乙本《红楼梦》第四十一回）

②刘姥姥一看，又惊又喜：惊的是一连十个挨次大小分下来，那大的足足的像个小盆子，极小的还有手里的杯子两个大。

（程乙本《红楼梦》第四十一回）

E3：册子：①遂将这一本册子搁起来，又去开了副册橱门。

（程乙本《红楼梦》第五回）

②宝玉不信，凤姐便叫彩明查册子给他看。

（程乙本《红楼梦》第十四回）

E4：梆子：①正心疼肝断，无计可施，听莺儿如此说，便倚老卖老，拿起拄杖，

向春燕身上击了几下，骂道："小蹄子！我说着你，你还和我强嘴儿呢！你妈恨得牙痒痒，要撕你的肉吃呢！你还和我梆子似的！"

（程乙本《红楼梦》第五十九回）

②直闹到打亮梆子以后才好些了。

（程乙本《红楼梦》第八十三回）

在F身体组中，《红楼梦》有关身体的子尾词按音序排列如下：

鼻子、辫子、肠子、肚子、胡子、脑子、膀子、脐子、嗓子、胎子、蹄子。

选取这一组中的五个词的例句为例：

1. 鼻子：①平儿指着鼻子摇着头儿，笑道："这件事，你该怎么谢我呢？"

（程乙本《红楼梦》第二十一回）

②蜂腰削背，鸭蛋脸，乌油头发，高高的鼻子，两边腮上微微的几点雀瘢。

（程乙本《红楼梦》第四十六回）

2. 肠子：①李嬷嬷听了，又气又愧，便说道："我不信他这么坏了肠子。

（程乙本《红楼梦》第十九回）

②为你这不尊贵，你哥哥恨的牙痒痒，不是我拦着，窝心脚把你的肠子还窝出来呢！

（程乙本《红楼梦》第二十回）

3. 肚子：①倒念了些流言混话在肚子里，学了些精致的淘气！

（程乙本《红楼梦》第九回）

②贾瑞先冻了一夜，又挨了打，又饿着肚子跪在风地里念文章，其苦万状。

（程乙本《红楼梦》第十二回）

4. 脑子：①又催他快说酒底儿。湘云吃了酒，夹了一块鸭肉，呷了口酒，忽见碗内有半个鸭头，遂夹出来吃脑子。

（程乙本《红楼梦》第六十二回）

②你要活人脑子，也弄来给你。

（程乙本《红楼梦》第八十回）

5. 嗓子：①袭人道："我头上发晕，嗓子里又腥又甜，你倒照一照地下罢。"

（程乙本《红楼梦》第三十回）

②不想龄官见他坐下，忙抬起身来躲避，正色说道："嗓子哑了。前儿娘娘传进我们去，我还没有唱呢。"

（程乙本《红楼梦》第三十六回）

G组为人的名称。因为程乙本《红楼梦》中有关的人的名称的子尾词数目多且易分类。我将G组又下分为三类。G1为家庭称谓、G2为社会职业或地位、G3为其他。

G1 家庭称谓：儿子、妹子、妻子、嫂子、婶子、孙子

G2 社会职业或地位：厨子、妃子、姑子、奶子、奴子、婆子、戏子、小子、主子

G3 其他：孩子、汉子、老子、崽子

选取这一组中 G1、G2、G3 的中各两词的例句为例：

G1：儿子：①宁公居长，生了两个儿子。

（程乙本《红楼梦》第二回）

②宁公死后，长子贾代化袭了官，也养了两个儿子。

（程乙本《红楼梦》第二回）

妹子：①薛蟠见妹子哭了，便知自己冒撞，便赌气走到自己屋里安歇。

（程乙本《红楼梦》第三十四回）

②只因那宝玉闻得傅试有个妹子，名唤傅秋芳，也是个琼闺秀玉。

（程乙本《红楼梦》第三十五回）

G2：厨子：①不想荣国府内有一个极不成材破烂酒头厨子，名唤多官儿，因见他懦弱无能，人都叫他作"多浑虫"。

（程乙本《红楼梦》第二十一回）

②那鲍二向来却就合厨子多浑虫的媳妇多姑娘有一手儿，后来多浑虫酒痨死了，这多姑娘儿见鲍二手里从容了，便嫁了鲍二。

（程乙本《红楼梦》第六十四回）

姑子：①若这人死了，再不来了，他情愿剃了头当姑子去，吃常斋，念佛，再不嫁人。

（程乙本《红楼梦》第六十六回）

②惜春笑道："我这里正和智能儿说，我明儿也要剃了头跟他作姑子去呢，可巧又送了花来。

（程乙本《红楼梦》第七回）

G3：孩子：①你还不知，我自革职以来，这两年遍游各省，也曾遇见两个异样孩子，所以方才你一说这宝玉，我就猜着了八九也是这一派人物。

（程乙本《红楼梦》第二回）

②五六岁的孩子，听见带了他进城逛去，欢喜的无不应承。

（程乙本《红楼梦》第六回）

汉子：①一个女儿嫁了汉子，要做忘八，怎么不伤心呢？

（程乙本《红楼梦》第二十八回）

②又怕贾琏走了，堵着门，站着骂道："好娼妇！你偷主子汉子，还要治死主子老婆！

（程乙本《红楼梦》第四十四回）

H 组是依据程乙本《红楼梦》一书中子尾词的需要新添加的分组，组内词汇均与烹调过的食物相关。按音序排列如下：

卷子（上声）、卤子、团子、丸子、馅子、粽子、汁子、肘子。

选取这一组中的五个词的例句为例：

1. 卤子：因此，我劝了半天，才没吃，只拿那糖腌的玫瑰卤子和了，吃了小半碗，嫌吃絮了，不香甜。

（程乙本《红楼梦》第三十四回）

2. 团子：因见宝玉构思太苦，走至案旁，知宝玉只少“杏帘在望”一首，因叫他抄录前三首，却自己吟成一律，写在纸条上，搓成个团子，掷向宝玉跟前。

（程乙本《红楼梦》第十八回）

3. 丸子：①把这四样水调匀了，丸了龙眼大的丸子，盛在旧磁坛里，埋在花根底下。

（程乙本《红楼梦》第七回）

②岂知老佛爷有眼，应该败露了。这一天急要回去，掉了一个绢包儿，当铺里人检起来一看，里头有许多纸人，还见四丸子很香的药。

（程乙本《红楼梦》第八十一回）

4. 馅子：①贾母因问：“什么馅子？”

（程乙本《红楼梦》第四十一回）

②吓得他男人忙跪下，求说：“并不是奶奶的脚腌臢，只因昨儿喝多了黄酒，又吃了月饼馅子，所以今日有些作酸呢。”

（程乙本《红楼梦》第七十五回）

5. 粽子：黛玉笑道：“大节下，怎么好好儿的哭起来了？难道是为争粽子吃，争恼了不成？”

（程乙本《红楼梦》第三十一回）

由于程乙本《红楼梦》里的一些“名词性语素 + 子”类别的词，不好归为以上A——H组之中，若单列一组又没有必要，所以将其归类于I组其他：

雹子、笛子、锭子、筏子、方子、骨子、行子、幌子、锞子、笼子、篓子、模子、抿子、沤子、扇子、篇子、骰子、弦子、样子、渣子、庄子（轻读）

由于I组类别较为复杂，所以并不一一举例。

（二）名词/名词性语素 + 子/儿

这一类子尾词在伊地智善继的分类中是“名词性语素 + 子/儿”。由于考虑到程乙本《红楼梦》中词汇数量大且这一类型词中不仅存在“名词性语素 + 子/儿”的现象，而且存在“名词 + 子/儿”的现象，将“名词与名词性语素 + 子/儿”作为一类，按音序列于此：

班子/班儿、板子/板儿、包子/包儿、背子/背儿、本子/本儿、脖子/脖儿、
槽子/槽儿、场子/场儿、虫子/虫儿、胆子/胆儿、钉子/钉儿、顶子/顶儿、
猫子（冻猫子/猫儿）、稿子/稿儿、槅子/槅儿、盒子/盒儿、猴子/猴儿、
花子/花儿、道子（夹道子/道儿）、畸角子/畸角儿、缝子/缝儿、架子/架儿、
襟子/襟儿、脸子/脸儿、门子/门儿、面子/面儿、牌子/牌儿、盘子/盘儿、
瓶子/瓶儿、铺子/铺儿、腔子/腔儿、曲子/曲儿、裙子/裙儿、日子/日儿、
身子/身儿、书子/书儿、书本子/书本儿、台阶子/台阶儿、
帖子/帖儿、兔子/兔儿、腿子/腿儿、弯子/弯儿、媳妇子/媳妇儿、匣子/匣儿、
性子/性儿、眼皮子/眼皮儿、叶子/叶儿、帐子/帐儿、爪子/爪儿、褶子/褶儿、
锺子/锺儿、珠子/珠儿、箸子/箸儿、坠子/坠儿、桌子/桌儿、嘴子/嘴儿。

在这之中，有两类特殊现象。第一类是在子尾词时，这类词表示某种事物，当它成为儿尾词的时候，在程乙本《红楼梦》文章中表示的是人名。但这些人名也是由物品命名的。即：板子/板儿、坠子/坠儿。第二类是在子尾词时，这类词是由“动词＋名词/名词性语素＋子”构成，其中的“名词/名词性语素＋子”在构成“名词/名词性语素＋儿”也可成词。即：冻猫子/猫儿、夹道子/道儿。这一类词因为子尾词与儿尾词形式并不相同，所以和其他词比起来研究效果不强。

还有一种词是儿尾词时与子尾词是意义完全不同。列举如下：

包子/包儿、钉子/钉儿、花子/花儿、门子/门儿、腿子/腿儿。

选取这一类几个词的例句如下：

儿尾词与子尾词意义相同

1. 脖子/脖儿

脖子

①袭人摘下那“通灵宝玉”来，用绢子包好，塞在褥子底下，恐怕次日带时，冰了他的脖子。

（程乙本《红楼梦》第八回）

②我另说出三件事来，你果然依了，那就是真心留我了，刀搁在脖子上，我也不出去了。

（程乙本《红楼梦》第十九回）

脖儿

傻大舅哈哈的笑着，一扬脖儿，把一锺酒都干了，因拧了那孩子的脸一下儿，笑说道：“我这会子看着又怪心疼的了！

（程乙本《红楼梦》第七十五回）

2. 虫子/虫儿

虫子

①这屋子后头又近水，又都是香花儿，这屋子里头又香，这种虫子都是花心里长的，闻香就扑。

（程乙本《红楼梦》第三十六回）

②今年三伏里雨水少，这果子树上都有虫子，把果子吃的疤流星的，掉了好些了。

（程乙本《红楼梦》第六十七回）

虫儿

荳蔻花开三月三，一个虫儿往里钻。

（程乙本《红楼梦》第二十八回）

3. 胆子/胆儿

胆子

①袭人听了，复又惊慌道：“这还了得！倘或碰见人，或是遇见老爷，街上人挤马碰，有个失闪，这也是顽得的吗？你们的胆子比斗还大呢！都是茗烟调唆的，等我回去告诉嬷嬷们，一定打你个贼死！”

（程乙本《红楼梦》第十九回）

②见贾芸过来，便命人叫住，隔着窗子笑道："芸儿，你竟有胆子在我跟前弄鬼！怪道你送东西给我，原来你有事求我。昨儿你叔叔才告诉我，说你求他。"

（程乙本《红楼梦》第二十四回）

胆儿

这紫鹃因王奶妈有些年纪，可以仗个胆儿，谁知竟是个没主意的人，反倒把紫鹃弄的心里七上八下。

（程乙本《红楼梦》第九十七回）

4. 稿子/稿儿

稿子

①又叹道："我看见哥儿的这个形容身段，言谈举动，怎么就和当日国公爷一个稿子！"

（程乙本《红楼梦》第二十九回）

②这一起了稿子，再端详斟酌，方成一幅图样。

（程乙本《红楼梦》第四十二回）

稿儿

要不犯出来，大家落得丢开手；要犯出来，他心里已有了稿儿，自有头绪，就冤枉不着平儿了。

（程乙本《红楼梦》第六十二回）

儿尾词与子尾词意义不同

1. 花子/花儿

花子

①宝玉道："不好，看仔细花子拐了去。况且他们知道了，又闹大了。不如往近些的地方去，还可就来。"

（程乙本《红楼梦》第十九回）

②黛玉笑道："那里找这一群花子去？罢了，罢了！今日芦雪庭遭劫，生生被云丫头作践了。我为芦雪庭一大哭！"

（程乙本《红楼梦》第四十九回）

花儿

那甄家丫鬟掐了花儿，方欲走时，猛抬头见窗内有人，敝巾旧服，虽是贫窘，然生得腰圆背厚，面阔口方，更兼剑眉星眼，直鼻方腮。

（程乙本《红楼梦》第一回）

2. 门子/门儿

门子

①只见案旁站着一个门子，使眼色不令他发签。

（程乙本《红楼梦》第四回）

②只留这门子一人伏侍。门子忙上前请安。

（程乙本《红楼梦》第四回）

门儿

我一头碰死了，也不出这门儿！

（程乙本《红楼梦》第三十一回）

（三）名词＋子

在“名词＋子”这种子尾词的构成中，伊地智善继将其分为了 A、B 共 2 组。他的分类依据是：A 组的词，不管是否加“子”，都不会发生意义上的改变，但是这类词很少。与此相反，B 类词，意义的改变很大。

A 组：

边上子、车子、重孙子、蛋黄子、刀子、底子、地子、根子、汗巾子、花名册子、角门子、角子、轿子、句子、柳条子、芦苇子、妈妈子、面条子、命根子、奶妈子、娘母子、脑杓子、手帕子、木屐子、女孩子、女婿子、票子、盆子、签子、沙子、绳子、手脚子、外孙子、外围子、碗片子、忘八羔子、下巴颏子、篗子、丫头子、眼珠子、嘴巴子

B 组：

法子、牙子

A 组选取 5 个词的举例，例句如下：

车子：①茗烟进来包书，又得意洋洋的道：“爷也不用自己去见他，等我去找他，就说老太太有话问他呢，雇上一辆车子，拉进去，当着老太太问他，岂不省事？”

（程乙本《红楼梦》第九回）

②登时雇车坐上，又雇了几辆车子，至荣国府角门前，唤出二十四个人来，坐上车子，一径往城外铁槛寺去了。

（程乙本《红楼梦》第二十三回）

刀子：①不和我说别的还可，再说别的，咱们白刀子进去，红刀子出来！

（程乙本《红楼梦》第七回）

②李嬷嬷听了，又是急，又是笑，说道：“真真这林姐儿说出一句话来比刀子还利害！”

（程乙本《红楼梦》第八回）

根子：①是夜，王信到了察院私宅，安了根子。

（程乙本《红楼梦》第六十八回）

②也有根子是南边，生长在北边的；也有生长在南边，到这北边的。

（程乙本《红楼梦》第八十七回）

轿子：①且说黛玉自那日弃舟登岸时，便有荣府打发轿子并拉行李的车辆伺候。

（程乙本《红楼梦》第三回）

②轿子抬着走了一射之地，将转弯时，便歇了轿。

（程乙本《红楼梦》第三回）

木屐子：黛玉道：“跌了灯值钱呢，是跌了人值钱？你又穿不惯木屐子。

（程乙本《红楼梦》第四十五回）

B 组的词例句列举如下：

法子：①我又没有收税的亲戚、做官的朋友，有什么法子可想的？

（程乙本《红楼梦》第六回）

②你教给我这个法子，我大大的谢你！

（程乙本《红楼梦》第二十五回）

牙子：①李纨道："好生着！别慌慌张张鬼赶着似的，仔细碰了牙子！"

（程乙本《红楼梦》第四十回）

②心里再要买一个，又怕那些牙子家出来的，不干不净，也不知道毛病儿，买了来，三日两日，又弄鬼掉猴的。

（程乙本《红楼梦》第四十六回）

（四）形容词＋名词/名词性语素＋子

这一类中，我分为伊地智善继先生的分类足以概括程乙本《红楼梦》中这类词的特点，所以讲分组以及例句罗列其下：

A组是由（形容词＋第2类词）、（形容词＋第3类词）构成的，派生能力较强。在《红楼梦》子尾词中有：

白卷子、白沫子、薄片子、磁瓦子、呆根子、好日子、好婶子、花点子、经袱子、空架子、空心子、空屋子、蟒袱子、软翅子、骚鞑子、纱窗子、小篮子（小篮子儿）、香串子、香瓶子、香球子。

B组的词是由（形容词＋名词性语素）＋子构成的，派生能力较弱。在《红楼梦》子尾词中有：

大伯子、大家子、大舅子、大嫂子、大傻子、大石狮子、辈子、老耗子、老鸹子、老奶奶子、老头子、老婆子、老婆子们、小阿子、小泵子、小粉头子、小孩子、小耗子、小伙子、小家子、小舅子、小叔子、小蹄子、小蹄子们、小腿子、小媳妇子、小小子、小丫头子、小姨子（小姨子/姨儿）、小崽子、小子们、好小子。

A组选取5个词的举例，例句如下：

白卷子：①宝琴笑道："我们自然受罚。但不知交白卷子的，又怎么罚？"

（程乙本《红楼梦》第七十回）

②别到那时交了白卷子惹人笑话，不但笑话我，人家连叔叔都要笑话了。

（程乙本《红楼梦》第一百一十八回）

白沫子：众人听见，点上灯火，一齐赶来，已经躺在地下，满口吐白沫子。

（程乙本《红楼梦》第八十八回）

呆根子：贾母流泪道："我当有什么要紧大事，原来是这句玩话！"又向紫鹃道："你这孩子，素日是个伶俐聪敏的，你又知道他有个呆根子，平白的哄他做什么？"

（程乙本《红楼梦》第五十七回）

空心子：比如人家坟里的大杨树，看着枝叶茂盛，都是空心子的。

（程乙本《红楼梦》第五十一回）

纱窗子：正想着，只听里面隔着纱窗子笑说道："快进来罢。我怎么就忘了你两三个月！"

（程乙本《红楼梦》第二十六回）

B组选取5个词的举例，例句如下：

大伯子：①老太太想一想，也有大伯子的事，小婶子如何知道？

（程乙本《红楼梦》第四十六回）

②这几年因做了亲，我如今立了多少规矩了！便不是从小儿兄妹，只论大伯子，小婶儿，那二十四孝上“斑衣戏彩”，他们不能来戏彩引老祖宗笑一笑，我这里好容易引的老祖宗笑一笑，多吃了一点东西，大家喜欢，都该谢我才是，难道反笑我不成？

（程乙本《红楼梦》第五十四回）

大舅子：①听见我大舅子要进京，若是路上遇见了，便叫他来到咱们这里细细的说。

（程乙本《红楼梦》九十六回）

②哭到天明，即刻打发人去请他大舅子王仁过来。

（程乙本《红楼梦》一百一十四回）

老奶奶子：①又叫道：“周大妈，有个老奶奶子找你呢。”

（程乙本《红楼梦》第六回）

②刘姥姥便又想了想，说道：“我们庄子东边庄上有个老奶奶子，今年九十多岁了。”

（程乙本《红楼梦》第三十九回）

小叔子：①每日偷鸡戏狗，爬灰的爬灰，养小叔子的养小叔子，我什么不知道？

（程乙本《红楼梦》第七回）

②他不论小叔子、侄儿、大的、小的，说说笑笑，就都使得了。

（程乙本《红楼梦》第二十一回）

小姨子：说着，便将自己娶尤氏，如今又要发嫁小姨子一节，说了出来，只不说尤三姐自择之语。

（程乙本《红楼梦》第六十六回）

（五）名词+名词/名词性语素+子

A组的词，可以分析为（名词+名词性语素）+子，也可以分析为名词+（名词性语素+子）。这儿的名词性语素，原来是带“子”以后构成第2类词的。在《红楼梦》子尾词中A类有：

草根子、茶吊子、茶缸子、茶炉子、茶面子、窗屉子、床腿子、醋罐子、垫心子、坟圈子、风炉子（风炉子儿）、褂襟子、蝴蝶结（儿）子、花样子、花园子、花障子、紫檀架子、马鞭子、鸡肉脯子、磬槌子、沙屉子、石（头）狮子、石磴子、书箧子、树林子、树叶子、树枝子、藤屉子、尾巴梢子、鞋帮子、鞋面子、胭脂膏子、药吊子、玉带版子、帐篇子、竹信子。

B组的词，只能分析为（名词+名词性语素）+子。这儿的名词性语素，是不像第1、第2类那样带“子”“儿”后独立成词的。B类有：

地埂子、豆腐干子、肚皮子、姜汁子、门坎子、脑袋瓜子、绿豆面子、人牙子、腮帮子、田埂子、心眼子、杏树子、影戏人子、纸钱子、嘴头子。

有些词既可以是“名词+名词/名词性语素+子”的形式，也可以是“名词+名词/名词性语素+儿”的形式。因这类词并不多，所以不单列为一类，将这类词归属于第五类中。A组中是草根子/草根儿、竹信子/信儿，B组中是人牙子/人牙儿、心眼子/心眼儿。

A组选取5个词的举例，例句如下：

草根子：别说这个，有一年，连草根子还没了的日子还有呢。

（程乙本《红楼梦》第六十一回）

茶炉子：①晴雯一见小红，便说道：“你只是疯罢！院子里花儿也不浇，雀儿也不喂，茶炉子也不弄，就在外头逛。”

（程乙本《红楼梦》第二十七回）

②碧痕道：“茶炉子呢？”

（程乙本《红楼梦》第二十七回）

窗屉子：一语未了，只听窗外竹子上一声响，恰似窗屉子倒了一般，众人吓了一跳。

（程乙本《红楼梦》第七十回）

床腿子：后来洗完了，进去瞧瞧，地下的水淹着床腿子，连席子上都汪着水，也不知是怎么洗的，笑了几天！

（程乙本《红楼梦》第三十一回）

树林子：①我们成日家和树林子做街坊，困了枕着他睡，乏了靠着他坐，荒年间饿了还吃他。

（程乙本《红楼梦》第四十一回）

②贾赦回身查问，那小子喘吁吁的回道：“亲眼看见一个黄脸红胡子绿衣裳妖精走到树林子后头山窟窿里去了。”

（程乙本《红楼梦》第一百零二回）

B组选取5个词的举例，例句如下：

地埂子：刘姥姥只得编了告诉他：“那原是我们庄子北沿儿地埂子上有个小祠堂儿，供的不是神佛。当先有个什么老爷——”

（程乙本《红楼梦》第三十九回）

肚皮子：刘老老道：“姑娘，你那里知道？不好死了，是亲生的；隔了肚皮子是不中用的！”

（程乙本《红楼梦》第一百一十三回）

门坎子：①那小红臊的转身一跑，却被门坎子绊倒。

（程乙本《红楼梦》第二十四回）

②蹬着门坎子，拿耳挖子剔牙，看着十来个小厮们挪花盆呢。

（程乙本《红楼梦》第二十八回）

人牙子：①我即刻叫人牙子来卖了他，你就心净了。

（程乙本《红楼梦》第八十回）

②一面叫人：“去快叫个人牙子来，多少卖几两银子，拔去肉中刺，眼中钉，大家过太平日子！”

（程乙本《红楼梦》第八十回）

心眼子：如今出挑的美人儿似的，少说着只怕有一万心眼子，再要赌口齿，十个会说的男人也说不过他呢！

（程乙本《红楼梦》第六回）

（六）动词+子

少数特定的动词带子尾后变成名词。伊地智善继将“动词+子”分为A、B、C三组。

A组的名词表示具体意义，有时表示动作结果所制成的器具，有时表示动作时所必需的工具。B组的名词表示所动作的人，而且大多数有贬义。C组的名词是表示动作的抽象名词。“拍子”如果指“球拍”，就应该归于A组。

我认为它足以概括程乙本《红楼梦》中“动词+子”这类词的分类，所以将程乙本《红楼梦》中子尾词中属于这一类的词按其分组分类如下。

A组：呈子、担子、掸子、吊子、钩子、划子、系子、剪子、嚼子、圈子、塞子、刷子、锁子、套子、贴子、托子、驮子、围子、旋子、罩子、租子

B组：拐子、探子

C组：引子

选取这一组中A组的中五个词的例句为例：

担子：①只见门上歇着些生意担子，也有卖吃的，也有卖玩耍的，闹吵吵，三二十个孩子在那里。

（程乙本《红楼梦》第六回）

②王夫人看见凤姐照旧办事，又把担子卸了一半。

（程乙本《红楼梦》第九十五回）

掸子：①再者，各处笤帚、簸箕、掸子并大小禽鸟、鹿、兔吃的粮食。不过这几样，都是他们包了去，不用账房去领钱。

（程乙本《红楼梦》第五十六回）

②袭人走着，沿堤看玩了一回，猛抬头，看见那边葡萄架底下，有人拿着掸子，在那里掸什么呢。

（程乙本《红楼梦》第六十七回）

划子：①李纨道：“恐怕老太太高兴，越发把船上划子、篙、桨、遮阳、幔子，都搬下来预备着。”

（程乙本《红楼梦》第四十回）

②麝月笑道：“好姐姐，我铺床，你把那穿衣镜的套子放下来，上头的划子划上。”

（程乙本《红楼梦》第五十一回）

剪子：①说毕，生气回房，将前日宝玉嘱咐他没做完的香袋儿，拿起剪子来就铰。

（程乙本《红楼梦》第十七回）

②黛玉将剪子一摔，拭泪说道：“你不用合我好一阵，歹一阵的，要恼就撂开手！”

（程乙本《红楼梦》第十七回）

嚼子：不就是他们给你嚼子衔上了？为什么你不来告诉我去？

（程乙本《红楼梦》第六十八回）

B 组全部词语例句如下：

拐子：①因那日买了个丫头，不想系拐子拐来卖的。

（程乙本《红楼梦》第四回）

②这拐子先已得了我家的银子，我家小主人原说第三日方是好日，再接入门。

（程乙本《红楼梦》第四回）

探子：贾母道："就忙到这一时？等他家去，你问他，多少问不得？那一遭儿你这么小心来？这又不知是来做耳报神的，也不知是来做探子的。"

（程乙本《红楼梦》第四十七回）

C 组仅有一词例句如下：

引子：①探春见他们来了，便知其意，忙笑道："你们不放心，来查我们来了？我们并没有多吃酒，不过是大家玩笑，将酒作引子。妈妈们别耽心。"

（程乙本《红楼梦》第六十二回）

②又将七味药与引子写了。

（程乙本《红楼梦》第八十三回）

（七（1））名词＋动词＋子

在程乙本《红楼梦》中，这类词有 7 个：地租子、马贩子、海沿子、生意担子；耳刮子、耳挖子、靴掖子。

前三者中的"租子、贩子、担子、沿子"单独成词，可是后三者中的"刮子""挖子""掖子"不能单独成词。

地租子

我们男的只管春秋两季地租子，闲了时带着小爷们出门就完了。

（程乙本《红楼梦》第六回）

马贩子

倘或有事，叫我们女孩儿明儿一早到马贩子王短腿家找我。

（程乙本《红楼梦》第二十四回）

海沿子

贾蓉等忙笑道："你们山坳海沿子上的人，那里知道这道理？

（程乙本《红楼梦》第五十三回）

生意担子

只见门上歇着些生意担子，也有卖吃的，也有卖玩耍的，闹吵吵，三二十个孩子在那里。

（程乙本《红楼梦》第六回）

耳刮子

①他娘也正为芳官之气未平，又恨春燕不遂他的心，便走上来打了个耳刮子，骂道："小娼妇！你能上了几年台盘？你也跟着那起轻薄浪小妇学！"

（程乙本《红楼梦》第五十九回）

②袭人忙拉他说："休胡说！"赵姨娘气的发怔，便上来打了两个耳刮子。

（程乙本《红楼梦》第六十回）

耳挖子

蹬着门坎子，拿耳挖子剔牙，看着十来个小厮们挪花盆呢。

（程乙本《红楼梦》第二十八回）

靴掖子

一面说，一面掖在靴掖子内。

（程乙本《红楼梦》第二十一回）

（七（2））动词+名词+子

学者伊地智善继认为：由（动+名）+子构成的词是非常少的，所以他并没有另立一类。但是程乙本《红楼梦》中，由"动词+名词+子"构成的词存在且有18个，所以有必要将这一类补充上。

在这一类中的18个词按照音序排列如下：

拜把子、叉巴子、出门子、串门子、打结子、打帘子、拐棍子、系带子、拉锁子、话口袋子、夹道子、煞性子、使绊子、使性子、收租子、摔脸子、挺腰子、咬舌子、扎窝子、仗腰子。

在这18个词中，有一类词比较特殊，既可以是"动词+名词+子"的形式，也可以是"动词+名词+儿"的形式，因这类词并不多，所以不单列为一类，将这类词归属于第七（2）中。有这些词：拐棍子/拐棍儿、话口袋子/口袋儿。

选取这一组中的五个词的例句为例：

1. 出门子

薛蝌道："琴妹妹还没有出门子，这倒是太太烦心的一件事。"

（程乙本《红楼梦》第九十回）

人家的女孩儿出门子不是容易，再没别的想头，只盼着女婿能干，他就有日子过了。

（程乙本《红楼梦》第九十回）

2. 打结子

袭人被宝钗烦了去打结子去了。

（程乙本《红楼梦》第二十四回）

3. 打帘子

于是三四人争着打帘子。

（程乙本《红楼梦》第三回）

说着，也不打帘子，赌气往那边去了。

（程乙本《红楼梦》第二十一回）

4. 拐棍子

一面说，一面拉着走，又叫："丰儿，替你李奶奶拿着拐棍子，擦眼泪的绢子。"

（程乙本《红楼梦》第二十回）

我不管是谁，拿拐棍子给他一顿！

（程乙本《红楼梦》第四十四回）

5. 拉锁子

什么扎花儿咧，拉锁子咧，我虽弄不好，却也学着会做几针儿。

（程乙本《红楼梦》第九十二回）

（八）形容词 + 子

在第八类形容词 + 子中，伊地智善继将这一大类分为 A 与 B 两小类。依照它的分类方法，A 组的特点是指具有某种生理状况的人而说，几乎都有贬义。（第 16 类词，不仅指人品，而且还指器具。）

在程乙本《红楼梦》的子尾词中有以下词属于 A 组：呆子、疯子、辣子、（凤辣子）、狐媚子、聋子、胖子、傻子、瞎子。B 组指人物，也指抽象事物。同时我认为不仅指抽象事物，也指具体事物。这组词有：黄子、空子、乱子、阴子。

选取这一类中 A 组的中五个词的例句为例：

呆子：①薛蟠忙笑道："我又不是呆子，怎么有个不信的呢？既如此，我又不认得，你先去了，我在那里找你？"

（程乙本《红楼梦》第四十七回）

②谁知就有个不知死的冤家，混号儿叫做石头呆子，穷的连饭也没的吃，偏偏他家就有二十把旧扇子，死也不肯拿出大门来。

（程乙本《红楼梦》第四十八回）

疯子：吩咐道："你到我那里去，就说我们这里有一个外国的美人来了，做的好诗，请你这'诗疯子'来瞧去。"

（程乙本《红楼梦》第五十二回）

聋子：①宝玉见是个聋子，便着急道："你出去叫我的小厮来罢！"

（程乙本《红楼梦》第三十三回）

②他老婆子又是个聋子。

（程乙本《红楼梦》第四十六回）

胖子：①还剩了一个缺，谁知永兴节度使冯胖子要求与他孩子捐，我就没工夫应他。

（程乙本《红楼梦》第十三回）

②可是人家说的，"胖子也不是一口儿吃的"。

（程乙本《红楼梦》第八十四回）

瞎子：①既是这样，就该干些正经事，也没的说，他素日又和宝玉鬼鬼祟祟的，只当人家都是瞎子，看不见。

（程乙本《红楼梦》第十回）

②薛蟠忙嗳哟叫道："好老爷！饶了我这没眼睛的瞎子罢！从今以后，我敬你怕你了！"

（程乙本《红楼梦》第四十七回）

B 组仅有四个词，现将其例句列举如下：

黄子：①琥珀彩霞二人也斟上一杯送至凤姐唇边，那凤姐也吃了。平儿早剔了一壳黄子送来。

（程乙本《红楼梦》第三十八回）

②鸳鸯等忙高声笑回道："二奶奶来抢螃蟹吃，平儿恼了，抹了他主子一脸螃蟹黄子，主子奴才打架呢。"

（程乙本《红楼梦》第三十八回）

空子：那秦显家的好容易等了这个空子钻了来，只兴头了半天。

（程乙本《红楼梦》第六十二回）

乱子：①饶这么严，他们还偷空儿闹个乱子来，叫大人操心。

（程乙本《红楼梦》第四十五回）

②慌的佩凤说："罢了，别替我们闹乱子。"

（程乙本《红楼梦》第六十三回）

阴子：①宝玉因想道："能病了几天，竟把杏花辜负了！不觉到'绿叶成阴子满枝'了！"

（程乙本《红楼梦》第五十八回）

②因此，仰望杏子不舍。又想起邢岫烟已择了夫婿一事，虽说男女大事，不可不行，但未免又少了一个好女儿，不过二年，便也要"绿叶成阴子满枝"了。

（程乙本《红楼梦》第五十八回）

（九）量词＋子

在日本关西大学学者伊地智善继关于北京话子尾词的八种分类中，并不能完全概括程乙本《红楼梦》中的子尾词分类。在程乙本《红楼梦》中，"量词＋子"的词是一大类别。所以在伊地智善继的八种分类基础上，我认为应该增加第九类"量词＋子"作为一类。

这一类主要是由一下几组词构成。"量词＋子"作为A组。"'一'＋量词＋子"构成的惯用复合词构成，作为B组。另外还有量词为"二——九"之间的数或"几"，作为C组。D组较为特殊，是"量词＋量词＋子"的形式，但因为数量不多所以也归为第九类。E组是"量词＋形容词＋名词＋子"因只有一个，也归为第九类。

"'一'＋量词＋子"的词在程乙本《红楼梦》中共55个，现将这55个词按音序分类。

A组引举如下：

辈子、串子、档子、点子、对子、会子、家子、分子、片子、条子（fen去声，分子/分儿）。这类词虽然是量词＋子，但是有一部分词是有实际意义的。比如串子、对子、片子、条子。

选取这一类中A组的中五个词的例句为例：

串子：①宝钗褪下串子来给他，他也忘了接。

（程乙本《红楼梦》第二十八回）

②扔下串子，回身才要走，只见黛玉蹬着门坎子，嘴里咬着绢子笑呢

（程乙本《红楼梦》第二十八回）

档子：①礼单都上了档子了。

（程乙本《红楼梦》第十一回）

②也说给账房儿里，把这一项钱粮档子销了。

（程乙本《红楼梦》第九十四回）

对子：①你一般也遇见对子了。

（程乙本《红楼梦》第十九回）

②饮了门杯，笑道："这诗词上我倒有限，幸而昨日见了一幅对子，只记得这句，可巧席上还有这件东西。"

（程乙本《红楼梦》第二十八回）

片子：说着，呈上谢宴并请午安的片子来。

（程乙本《红楼梦》第八十五回）

条子：只见袭人坐在近窗床上，手中拿着一根灰色条子，正在那里打结子呢。

（程乙本《红楼梦》第六十四回）

B组列举如下：

一把子、一班子、一伴子、一包子、一拨子、一辈子、一鼻子、一场子、一程子、一搭子、一出子、一串子、一档子、一点子、一碟子、一肚子、一股子、一罐子、一裹脑子、一盒子、一会子、一伙子、一混汤子、一家子、一块子、一炉子、一门子、一抿子、一瓶子、一起子、一裙子、一坛子、一套子、一洼子、一屋子、一下子、一箱子、一桌子

在B组中，有些词既可以是"'一'+量词+子"的形式，也可以是"'一'+量词+儿"的形式。因这类词并不多，所以不单列为一类，将这类词归属于第九类中。有这些词：一点子/一点儿。

选取这一类中B组的中五个词的例句为例：

一把子：①二十年头里的焦大太爷眼里有谁？别说你们这一把子的杂种们！

（程乙本《红楼梦》第七回）

②晴雯等早去瞧了一遍回来，带笑向袭人说道："你快瞧瞧去。大太太一个侄女儿，宝姑娘一个妹妹，大奶奶两个妹妹，倒像一把子四根水葱儿！"

（程乙本《红楼梦》第四十九回）

一辈子：①袭人笑道："这是那里的话！念书是很好的事，不然就潦倒一辈子了，终久怎么样呢？"

（程乙本《红楼梦》第九回）

②湘云笑道："这一辈子，我自然比不上你。"

（程乙本《红楼梦》第二十回）

一鼻子：①秋纹听了，伸了伸舌头，笑道："幸而平姐姐在这里，没得臊一鼻子灰！趁早知会他们去。"

（程乙本《红楼梦》第五十五回）

②赵姨娘来时，兴兴头头，谁知抹了一鼻子灰，满心生气，又不敢露出来，只得讪讪的出来了。

（程乙本《红楼梦》第六十七回）

一场子：索性今儿没了规矩，闹一场子，讨个没脸，强似受那些娼妇的气。

（程乙本《红楼梦》第二十回）

一程子：湘云的脸越发红了，勉强笑道："你还说呢！那会子咱们那么好，后来

我们太太没了，我家去住了一程子，怎么就把你配给了他，我来了，你就不那么待我了。”

（程乙本《红楼梦》第三十二回）

C 组列举如下：

几半子、几家子、、几瓶子、几下子、

两倍子、两拨子、两车子、两件子、两口子、两瓶子、两下子

三门子、八瓣子

选取这一类中 C 组的中四个词的例句为例：

几家子：①不料守备家听见此信，也不问青红皂白，就来吵闹，说：“一个女孩儿，你许几家子人家儿？”

（程乙本《红楼梦》第十五回）

两倍子：②你一个月十两银子的月钱，比我们多两倍子。

（程乙本《红楼梦》第四十五回）

三门子：俗语儿说的好，“朝廷还有三门子穷亲呢”，何况你我？

（程乙本《红楼梦》第六回）

八瓣子：春燕道：“你老人家又使我，又怕，这会子反说我！难道把我劈八瓣子不成？”

（程乙本《红楼梦》第五十九回）

D 组列举如下：

四五门子、两三辈子、三四倍子

D 组仅有三个词，例句如下：

四五门子：凤姐笑道：“怨不得你不懂，这是四五门子的话呢。”

（程乙本《红楼梦》第二十七回）

两三辈子：熬了两三辈子，好容易挣出来你这个东西！

（程乙本《红楼梦》第四十五回）

三四倍子：过后儿又说都是为凤丫头花了钱，使个巧法子，哄着我拿出三四倍子来暗里补上，我还做梦呢！

（程乙本《红楼梦》第四十三回）

E 组列举如下：

两小篓子、二大舅子

E 组仅有两个词，例句如下：

两小篓子：这是你哥哥昨日在门上该班儿，谁知这五日的班儿，一个外财没发，只有昨日有广东的官儿来拜，送了上头两小篓子茯苓霜，余外给了门上人一篓作门礼，你哥哥分了这些。

（程乙本《红楼梦》第六十回）

二大舅子：邢姑娘是我们作媒的，配了你二大舅子，如今和和顺顺的日子不

好么？

（程乙本《红楼梦》一百一十八回）

F 组代词 + 量词 + 子

这点子、这会子、那会子

F 组仅有三个词，例句如下：

这点子：家里这点子衣裳家伙，只好任凭嫂子去，那是没法儿的了。

（程乙本《红楼梦》第一百回）

这会子：旁边一个婆子说道："罢呀！嫂子！这会子你把一个死姑娘卖了一百银便这么喜欢了；那时候儿给了大老爷，你还不知得多少银钱呢，你该更得意了。"

（程乙本《红楼梦》一百一十一回）

那会子：湘云的脸越发红了，勉强笑道："你还说呢！那会子咱们那么好，后来我们太太没了，我家去住了一程子，怎么就把你配给了他，我来了，你就不那么待我了。"

（程乙本《红楼梦》第三十二回）

G 组动词 + 量词 + 子

过会子

G 组仅有一个词，例句如下：

过会子：黛玉道："理他呢！过会子就好了。"

（程乙本《红楼梦》第二十八回）

H 组形容词 + 量词 + 子

合家子、满家子

H 组仅有两个词，例句如下：

合家子：平儿笑道："依我说，你竟别过去罢。合家子，连太太宝玉都有了不是，这会子你又填限去了。"

（程乙本《红楼梦》第四十七回）

满家子：姑娘，你别太张势了！你满家子算一算，谁的妈妈奶奶不仗着主子哥儿姐儿得些便宜？

（程乙本《红楼梦》第七十三回）

（十）区别词 + 子

增加第十类"区别词 + 子"为一类。这类词在程乙本《红楼梦》中并不常见，分为以下两组：

A 组区别词 + 子：

单子、金子、尽子、银子

B组区别词＋名词/动词＋子：

金锞子、金镯子、全挂子、银吊子

A组仅有四个词，例句如下：

单子：①今儿替你开个单子，照着单子和老太太要去。

（程乙本《红楼梦》第四十二回）

②黛玉又看了一回单子，笑着拉探春，悄悄的道："你瞧瞧，画个画儿又要起这些水缸箱子来，想必胡涂了，把他的嫁妆单子也写上了。"

（程乙本《红楼梦》第四十二回）

金子：①你又是个要强的人，俗语说的，"金子还是金子换"，谁知竟叫老爷看中了！

（程乙本《红楼梦》第四十六回）

②这会子又跑出一个偷金子的来了，而且更偷到街坊家去了。

（程乙本《红楼梦》第五十二回）

尽子：①妈妈说我瞎认，不信，说我一天尽子玩，那里认得！

（程乙本《红楼梦》第九十二回）

②谁爱陪芹大爷的，回来晚上尽子喝去，我也不管。

（程乙本《红楼梦》第九十三回）

银子：①幸而士隐还有折变田产的银子在身边，拿出来托他随便置买些房地，以为后日衣食之计。

（程乙本《红楼梦》第一回）

②说了一回话，临走又送我二两银子。

（程乙本《红楼梦》第二回）

B组仅有四个词，例句如下：

金锞子：①平儿素知凤姐和秦氏厚密，遂自作主意，拿了一疋尺头，两个"状元及第"的小金锞子，交付来人送过去。

（程乙本《红楼梦》第七回）

②额外赏了两疋宫绸，两个荷包，并金银锞子之类。

（程乙本《红楼梦》第十八回）

金镯子：①一幅桃花绸被，只齐胸盖着，衬着那一弯雪白的膀子，撂在被外，上面明显着两个金镯子。

（程乙本《红楼梦》第二十一回）

②便在手腕上退下一双金镯子来交给他。

（程乙本《红楼梦》第一百一十三回）

全挂子：都是全挂子的本事！

（程乙本《红楼梦》第十六回）

银吊子：①每日早起，拿上等燕窝一两，冰糖五钱，用银吊子熬出粥来，要吃惯了，比药还强，最是滋阴补气的。

（程乙本《红楼梦》第四十五回）

②宝玉命把煎药的银吊子找了出来，就命在火盆上煎。

（程乙本《红楼梦》第五十一回）

（十一）形如“A 子 B”的形式的子尾词

这类子尾词在程乙本《红楼梦》中数量较多。通常表现为子尾词在词中间出现。或表示“A 子”的 B 部分，或表示 B 是由 A 子作为材质，或表示一类人与一群人，或表示其他。

鼻子眼（儿）、蒿子秆儿、耗子精、老子娘、楞子眼、林子洞、杩子盖、娘子儿、沙子灯、山子洞、山子匠、山子石、山子野、孙子媳妇、锁子棉、锁子甲、獭子皮、苇子坑、箱子底、硝子石、杏子红、珠子儿花、竹子根儿、小孩子家、孩子们、婆子们、嫂子们

例句如下：

鼻子眼（儿）：①这会子躲还怕躲不及，这不是拿草棍儿戳老虎的鼻子眼儿去吗？

（程乙本《红楼梦》第四十六回）

②尤氏乃说道：“一家子养了四个儿子：大儿子只一个眼睛；二儿子只一个耳朵；三儿子只一个鼻子眼；四儿子倒都齐全，偏又是个哑吧。”

（程乙本《红楼梦》第七十六回）

沙子灯：外有虎丘带来的自行人、酒令儿，水银灌的打筋斗小小子，沙子灯，一出一出的泥人儿的戏，用青纱罩的匣子装着。

（程乙本《红楼梦》第六十七回）

小孩子家：兄弟们小孩子家，一半点儿错了，你只教导他，说这样话做什么？

（程乙本《红楼梦》第二十回）

婆子们：一时，宽衣安歇的时节，凤姐在里间，宝玉秦锺在外间，满地下皆是婆子们打铺坐更。

（程乙本《红楼梦》第十五回）

（十二）其他

其他类总共只有四个词，其中有两个是俗语，这单独成类。书呆子是“名词＋形容词＋子”。

陈谷子烂芝麻、劳什子、杀鸡儿抹脖子、书呆子

这四个词的例句如下：

陈谷子烂芝麻：正经说的都没说，且说些“陈谷子烂芝麻”的。

（程乙本《红楼梦》第四十五回）

劳什子：①宝玉听了，登时发作起狂病来，摘下那玉，就狠命摔去，骂道：“什么罕物！人的高下不识，还说灵不灵呢！我也不要这劳什子！”

（程乙本《红楼梦》第三回）

②咬咬牙，狠命往地下一摔，道：“什么劳什子！我砸了你，就完了事了！”

（程乙本《红楼梦》第二十九回）

杀鸡儿抹脖子：一席话，说的贾琏脸都黄了，在凤姐身背后，只望着平儿杀鸡儿抹脖子的使眼色儿，求他遮盖。

（程乙本《红楼梦》第二十一回）

书呆子：何必多费了工夫，反弄出书呆子来？

（程乙本《红楼梦》第七十五回）

以上就是我对程乙本《红楼梦》子尾词的十二类分类。

结　语

本文通过对程乙本《红楼梦》中子尾词的研究，将程乙本《红楼梦》中的全部子尾词以及例句摘录总结，并且在日本关西大学学者伊地智善继提出的北京方言子尾词八种分类方法的基础之上，根据程乙本《红楼梦》子尾词的特点增加至十二类，并且在一些大类下的小组进行了细化。较为系统地分析了程乙本《红楼梦》子尾词的构词法以及词汇类别，并对其子尾词进行了合理的分类，从中总结程乙本《红楼梦》中词的新分类：“A 子 B”式的词，“动词 + 名词 + 子”类的词、“量词 + 子”类的词、“区别词 + 子”类的词。本文的研究是对北京方言子尾词的类型的合理的补充，同时也是对清代子尾词研究的重要材料。

参考文献

[1] 冯蒸．北京方言土语、口语辞书和语汇索引述要［J］．汉字文化，2013（1）．

[2] 林焘．北京话词语［M］．北京：北京大学出版社，1985.

[3] 中国社会科学院语言研究所词典编辑室编．倒序现代汉语词典［M］．北京：商务印书馆，1987.

[4] 高艾君、傅民编．北京话词语［M］．北京：北京大学出版社，1987.

[5] 伊地智善继．试论北京方言中的词尾“－儿、－子、－头”［C］．第一届国际汉语教学讨论会论文选，1985.

（孙可依　首都师范大学 2014 级硕士生　指导教师：冯蒸）

汉语数词“三”意义引申的认知基础和机制探析

赵梦丽

摘　要：数词是意义比较固定的一类词，主要是指具体的数量。但数词的活跃使得它们在许多结构中引申出了除实指数量之外的意义，即数词并非仅仅表示具体数量。意义引申的基础来源于人类的生活实践，而在这个过程中主体的认知发挥着重大作用，其中最主要也是最基本的认知方式是“隐喻”和“转喻”。本文运用认知语言学的隐喻和转喻的理论分析汉语数词“三”的非意义：指“多”、指“少”、代指“整体、全部”、表示“经常”、表示“零散的、短小的”等意义的认知基础，并阐释其引申机制。

关键词：数词“三”；认知机制；转喻；隐喻

一、相关文献综述

（一）数词文化研究中“三”引申义的分析

在数词文化研究中，吴慧颖的《中国数文化》和张德鑫的《数里乾坤》对数词研究比较全面，可谓是集大成之作。两书从哲学、宗教、心理、美学、民俗、文学等不同层面展示出基本数词丰富的文化内涵，揭示了中华民族“三五成群”的语言和文化渊源。谭学纯（1995）对数字“三”“五”崇拜的发生演进进行了阐释；舒志武（2004）、周媛（2008）等对数词“三”的文化意义进行了分析；方忠南（2005）从翻译的角度将汉英数词虚指意义进行了对比，其中涉及含“三”成语的意义分析。此外，胡妍（2005）在《古今汉语数词意义比较》中从语法意义、修辞意义、文化意义三个方面较为全面的对古今数词意义进行了比较，其中也包含了对数词“三”的分析。

（二）本体研究中数词“三”的研究

汉语数词有着悠久的历史，属于汉语的“基本词汇”。吕叔湘先生（1942）论述了汉语数词，谈到了“数量范畴”，并且对其种类进行了详细阐述。但真正把数词作为一个专门的词类进行研究的是从王力先生开始的。在《中国现代语法》（1955）中王力先生把“数词”与“名词”“形容词”“动词”看作实词，用两个小节专门论述数词。在这一阶段，关于数词的专著主要是对数词进行系统的归类整理。

此后关于数词的研究也多是以描写为主并带有解释性的论述。张清常先生的（1990）《汉语的15个数词》着眼于数词的互相组合，较为详细地总结了汉语中15个数词的词汇意义及用法，对数词意义和用法的研究有重要的参考价值；潘洁（2008）对“奇位嵌数”成语的内部结构和外部功能进行了考察，文中对“三”的功能、意义和用法进行了总结；邹卉（2008）也对汉语涉数结构含“三”的结构进行了系统描写，将“三”的引申意义概括为“虚数”；毕野（2013）对含三成语进行了多角度研究，将其意义和用法概括为“实指、虚指、泛指、不表示任何意义”。

近年来，随着认知语言学的兴起与发展，对语言现象的认知解释越来越多，但对数词非“实指”意义的认知研究却很少。程慧英（2007）《汉语数词虚指的认知基础》运用认知语义学的体验观、百科观、隐喻观、整合观等方法，对汉语数词虚指进行了分析，阐释了数词虚指的内在认知机制，指出主体计数能力、文化、心理等对“三”虚指的影响，但对“三”的分析主要是运用百科观理论阐释其认知基础，关于“三”非“实指”意义的引申机制的论述不够详尽、系统。

综上所述，关于汉语数词的研究大都是从语义出发进行描写和阐释其含义及用法，关于数词义虚指的认知研究鲜有涉及，而关于数词“三”引申的认知机制的研究则更显单薄。

二、数词“三”的引申义

数词，又叫数目字、数字词，是人类对数的认识在词汇中的反映，作为一种计数单位，数词的产生是比较早的，且从古至今其本义很少变化，属于基本词汇。《中国现代语法》把数词划分为实词，其他学者大都也将数词列为实词，因为其意义是实在的。然而，数词作为基本词汇之属在汉语词句中是相当活跃的，它的意义也不仅仅是表示实在的数目那样简单，大部分数词如自然数一、二、三、九（从一到十，零作为数词较晚）等都在使用过程中引申出了实在数量之外的意义。数词“三”也一样，除了表示“一和二相加所得的数目”实在意义外，许多情况下还有其他的引申义。

据张清常先生的《汉语的15个数词》整理出数词“三”常见的引申义主要有以下几种：（表示非确指的大概数量如“一去二三里”“三四斤鱼”除外）

（一）指“多数或多次”。《现代汉语词典》（第六版）、《汉语大字典》、《现代汉语规范词典》等将此种意义列为“三”的义项。可见，这是“三”引申义中最为常见的意义。如“三思而后行”“三缄其口”“三番五次”“举一反三”“辞让再三”等。

（二）泛指“全体、全部”，如“勇冠三军”（勇猛全军第一）、“一问三不知”（对某一事情全然不知）；泛指“各种”，如“三亲六眷”“三魂七魄”等，在表示某类事物“各种”意义时，多是由本来有确指、实指事物发展而来的，如三姑六婆（三姑：道姑、尼姑；六婆：牙婆、媒婆、师婆、药婆、虔婆、稳婆。后多泛指不务正业的妇女）、三灾八难（三灾：佛教指水灾、火灾、风灾为大三灾，刀兵、饥馑为小灾；八难：指影响见佛求道的各种障碍。后泛指遭遇各种灾难不幸）、三教九流（三教：儒教、道教、佛教；九流：儒家、道家、阴阳家、法家、名家、墨家、杂家、农家、纵横家。后泛指社会上各种行业或各种各样的人）等等。

（三）表示“经常”，如“三天两头”。

（四）指“少、少数”，如“三家村”“三言两语”“三人行必有我师”等。

（五）表示“简短、少量”，如“三言两语”“三寸金莲”“三块两块凑点钱”等。

（六）表示“零散、稀少”，如“三三两两”“三瓦两舍”等。

数词“三”作为活跃度仅次于“一”的数词，经常用于成语、谚语等习语中，其用法与含义都比较复杂，本文主要依据张清常先生的《汉语的15个数词》中对数词词汇意义和用法的说明，从语义的角度利用认知语言学理论考察数词三的主要非实在意义的引申机制，对“三”比较少见的用法如表示“多余”的“三只手”“小三”等以及“三”与其他语言成分组合衍生出的感情色彩义，朝三暮四（贬义）、三妻四妾（贬义）等意义和用法暂不予考察。

三、数词“三”引申义的认知基础

（一）隐喻和转喻

认知语言学认为隐喻和转喻不仅仅是修辞手法，更是人类认知的重要方式，Richard指出隐喻无处不在，Lakoff指出隐喻是我们赖以生存的基础，可以说隐喻和转喻是人类语言发展甚至是人类思维发展必不可少的方式。它们在人类认知模式中具有基础性地位，且有研究表明“转喻”甚至比“隐喻”更为基础。一般来说，隐喻基于“相似”，从一个认知域向另一个认知域的投射，即从源域到目的域的投射，使可以指称甲的也可以用来指称乙，也就是说甲乙分属于不同的认知域。而转喻基于“邻近、联系”，即甲与乙存在某种关联，可以用指称甲的词代指乙，甲乙处于同一个认知域。

作为人类交际工具的语言是隐喻的（包括转喻），词义的引申发展更加离不开人类的这两种认知方式。一般认为，词义主要是通过隐喻和转喻两种基本认知方式进行引申的。数词“三”非实在意义的引申也离不开隐喻和转喻。

（二）数词“三”引申义的认知基础及认知机制

1.“三”指“少、少数”的转喻认知基础

在使用十进制计数的情况下，在十个自然数中“三”与“六、九”等相比是小的，它与“一、二”一样，其确指的数目是少的，即都具有“小数、少数”的特点，“三”也自然可以用来代指同一认知域——数量域内的“少、少数”。

2.“三”表示“稀少、零散的、短”的隐喻认知机制

隐喻作为一种认知思维方式，是由认知主体基于一种相似性的推理将一个概念域投射到另一个概念域，也就是“认知主体用某一领域的经验来认知理解另一类领域的经验”，从而产生新的意义的认知模式。在含三的结构中，“三”虚指意义有时不仅仅表示数量上的少数，还表示“零散、稀少”的意义。从隐喻角度来看，“三”由于具有与“一、二”一样少的特点，通过转喻实现了“少、少数”意义的引申，而这种“少”的概念从数量域投射到性状域，可以用来形容性状上零散的、稀少的，短小的事物，于是引申出“稀少、零散、短”的意义。如“三寸金莲”中“三”指“脚短小”。又如柳永《夜半乐》“败荷零落，衰杨掩映，岸边两两三三，浣沙游女。”“两两三三”表示“三个一群两个一伙”的零散、稀少之意，与“残荷”相映使作者顿生羁旅寥落的感慨；李白《乐府·采莲曲》“三三五五映垂杨”中“三三两两”有“小簇”的零散之意，表现了采莲女对莲的喜爱以及她轻快的心情。在文学创作中，“三”或与“两”或与“五”组合，表零散状，在文学创作中起到了相当大的作用。

3. “三”指“多数、多次”的转喻认知基础

在现代汉语数词系统中，“三”指“多数、多次”的意义最为常见，虽然其他数词如“九，百，千，万”等也有虚指多的意义，但虚指的程度有所不同，“三”虚指“多数、多次”时一般程度不会很高，如“一而再，再而三”，“三”表示“多”，但不表示非常多、极多。若用数词虚指表示“非常多、极多”的程度或是强调程度上的加强则一般使用“九、百、千”，或是不同数词的组合如“三十六、十八”等，如“九牛二虎之力”“千方百计”“女大十八变，越变越好看”。

“三”引申出“多数多次”意义的过程是一个转喻的认知过程，反映了古代先民计数能力的发展和对宇宙世界的认识。

（1）古代先民计数能力的发展可以说是“三”转喻“多数、多次”的重要基础。《史记·律书》有言“数始于一，终于十，成于三”，汪中《述学》也说“故三者，数之成也”。可见古人认为三是一个成熟的数字。舒志武指出，之所以说“成于三”，是因为在十进制计数过程中，只有一二显然不够，计算大数时，累加一不够经济，累加二或翻倍二只能得到偶数，而累加三或翻倍三可为六九十二、十五、二十四等，这样就大大节省了时间和精力，所以古人认为有了“三”日常基本的计数就够用了。正是由于计数能力的发展，古人们将“三”看作一个的成熟数字，在十进制中所包含的十个自然数中（从一到十，零作为数词较晚）起到承上启下的作用，“三”是“一、二”这类小数字的终点，是“六、九、十”这类大数字的起点，可以用来代指较大的数目，从而可以指多数、多次，换句话说也就是用“三”所表示的数量这一个部分来代替较多的数量这一个整体。

（2）古人将宇宙三分，分为天、地、人，天上的诸如日月星辰归为天，地上的草木鸟兽归为地，人独成一类。这种三分宇宙观反映了古代先民对自然万物的一种认识。也正因如此，“三”便成了囊括万物的神秘数字，上面一横代表天，中间一横代表地，最后一横代表人。既然宇宙这样广阔繁多的事物能用“三”来表示，“三”自然就可以用来指代多数多次。《庄子》作为中国早期哲学的代表作，也反映了这种宇宙观。“道生一，一生二，二生三，三生万物”。既然，“三”可以衍生万物，自然也自然可生“百物、千物”，向后推及可生“十万物、百万物…”，作为万物的“母体”，“三”自然就可以用代指“多”了。

4. “三”指“全部、整体、各种”的转喻认知基础及机制

虽然“三”指多的意义比较常见，但是有的时候，“三”在含三的结构中带有“整体、全部、各种”的意思，如“勇冠三军（全部）”“三亲六眷（各种亲戚）”等。“三”历来被认为是完满、成熟的数字，这种认识也来源与生活生产的实践。如一天可以三分为“早、中、晚”，空间上可三分为“上、中、下”等，这种认识一定程度上这为“三”泛指全部、整体提供基础，而“三”指“全部、整体、各种”也多是指数量意义上的，可以看作是对“三”实指意义的转喻引申，或者是对“三”指多的进一步转喻引申，其转喻机制是用部分代指整体。

四、数词“三”的意义引申过程

转喻和隐喻作为两种认知世界的主要方式，一般来说隐喻更常见，但是认知语言学者的许多研究表明，转喻相对于隐喻更为基础。Grady（1997）指出，很多概念隐喻都可以用经验中的相互联系来解释，Radden 和 Kovecses（1999）论证了转喻更具有本原性，语言本质上是转喻的，很多隐喻都依赖于更早的转喻认知。笔者认为，数词“三”表示“零散的、短小的”的意义就是由指“少”的转喻认知而后由隐喻的方式实现意义的引申的。

本文作者认为可以用下图来说明“三”主要非实在意义的引申过程。

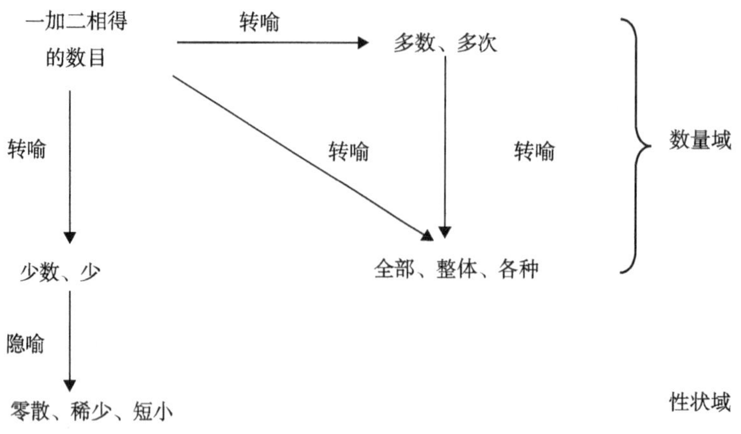

图1 数词“三”意义引申的认知机制

结 语

数词作为产生较早且使用频率高的基本词汇中的一员，其意义的引申虚化是符合语言的经济性原则的。总的来说，数词“三”的主要引申义无外乎指“多”、指“少”，其他如“泛指各种”“稀少、零散”可以视为对这两个意义的进一步引申。原始情况下，数词是确指程度很高的词，有实指的对象——数。但是数词的引申义与其本义并非“一个萝卜一个坑”，比如“三”指多指少的用法并不具有唯一性，其他的数词如“一”可以指少如：“一知半解”“一男半女”，“九”可以指多如：“九死一生”“九教三流”等。这种现象很容易用认知语言学的原型范畴理论解释。原型范畴理论认为，范畴是模糊的，同一范畴内的成员地位不同，它们是以家族相似性划分到同一范畴的，相似性大的则成为该范畴中的典型，即原型，其他成员是非典型成员或者是边缘成员。每个词的所有词义就构成一个范畴，对于词义来说原型就是该词词义的中心义项，其他成员或边缘成员就是该词的其他义项或边缘义项，其他义项或边缘义项也可以根据相似性成为其他范畴的成员。对于数词“三”来说，可以说确指“一加二相得的数目”是其中心义项，而指多、指少等意义则是非典型成员，指多与“九”这个大数有相似性，指少与“一”这个小数有相似性，自然“一”和“九”就与“三”有相重叠的意义。这就是“三”指多指少的不唯一性，事实上，很多数词的引申义也都有所重叠，例如“十、百、千…”等也都有指多的意义。

数词意义的引申是语言运用的必然结果，体现了语言运用的经济原则，实际上不仅仅是汉语，英语中也有数词意义发生引申虚化的现象，比如英语中“three”也有虚指多的情况，但很少，更常见的是用“three”表示“好的”。这说明数词意义的引申是具有人类普遍性的，其引申方式也主要是人类基本的认知方式——隐喻和转喻，只不过由于社会、文化及思维方式的特殊性，引申出的含义往往不同罢了。

注释

①程慧英．汉语数词虚指认知基础［D］．吉林大学，2008.

②邹卉．汉语涉数结构中的数词研究［D］．湖南师范大学，2008.

③方忠南根据《中国成语大辞典》统计出字头为“三”的成语数量仅次于“一”。

④方忠南．《汉语数词虚指意义的理解和翻译》［J］．长沙铁道学院学报（社会科学版），2005（2）．

⑤束定芳．《论隐喻的本质及语义特征》［J］．上海外国语大学学报，1998（6）.

⑥舒志武．数词“三”的文化意义分析［J］．华南农业大学学报（社会科学版），2004（2）．

⑦杨波、张辉．隐喻与转喻的相互作用：模式、分析与应用［J］．外语研究，2008（5）．

参考文献

［1］方忠南．汉语数词虚指意义的理解和翻译［J］．长沙铁道学院学报（社会科学版），2005（2）．

［2］舒志武．数词“三”的文化意义分析［J］．华南农业大学学报（社会科学版），2004（2）．

［3］王纯．中国的数字文化研究［J］．晋图学刊，2002（1）.

［4］胡妍．古今汉语数词意义比较［J］．广州大学学报（社会科学版），2005（2）．

（赵梦丽　首都师范大学 2014 级硕士生　指导教师：江海燕）

·汉语国际教育·

关于北京话“哥们儿”和“哥儿们”的研究
——以CCL语料库为依托

王艾然

摘　要：“哥们儿”和“哥儿们”一组词常被认为是北京话儿化词中的成员，然而各本北京土语词典对它们的解释却各有不同。为了探清二者在使用上的异同，本文以CCL语料库为依托，穷尽式地调查了“哥们儿”和“哥儿们”的全部语料。研究结果表明，语料库中“哥们儿”和“哥儿们”的使用情况远不如词典中收录的词项那样简单，除了有词典中罗列的词义之外，它们还可以用来指称自己、可以在前面加上形容词指称某一群有共同特征的人以及可以在需要的情况下活用为形容词。

关键词：哥们儿；哥儿们；北京话词典；CCL语料库；用法

所谓北京话，是指北京地区的方言土语。基于北京特殊的政治、经济、文化地位，关于北京话的研究历来不少。若论及北京话的特点，轻声和儿化则一直备受关注。但是在阅读了知网中关于“北京话儿化词”分析的诸多文章后，笔者发现，关于北京话儿化的分析主要是从语音角度展开，林焘[1]曾探究过北京话儿化韵个人读音差异问题；而后，林焘、沈炯[2]共同讨论了北京话儿化韵的语音分歧；石锋[3]则从更专业的角度探讨了北京话儿化韵的声学表现。

除了涉及到儿化韵的语音方面问题，对儿化词的研究较多从宏观的角度展开的。王立[4]讨论了北京话儿化成分的语义特点及语素身份；王理嘉[5]分析了儿化词的规范问题，论述了儿化对丰富语言表现力、语体风格色彩的多样化等所起的重要作用；宋孝才[6]研究了具有辨义作用的儿化词语，从词性变化的角度谈及儿化的词汇、语法意义及其变化规律。上述对儿化词研究的文章帮助我们对儿化词有了更加全面的认识，与之不同的是，王静[7]则从一篇京味儿作品——《儿女英雄传》的角度，对儿化词展开了分析，以求窥探北京话中儿化词的发展问题。李晓霞[8]具体分析了老舍《茶馆》中的儿化现象。虽然已从具体作品出发，但我们仍认为对其中所有儿化词进行研究显得略微宽泛。若能从某个具体的儿化词入手，分析其特点，再推而广之了解某一类词汇的演变规律会显得更有意义。

关于儿化词的研究，基于笔者的语感，北京话中出现的儿化词其存在的意义并非都是为了辨别词义、区分词性。更多的时候，它体现的是一种北京人说话的特色，是一种语音上的倾向选择。在选择词语儿化与否，甚至选择双音节或多音节词语的儿化位置时，也都体现了北京话儿化词的研究价值。

在阅读关于北京话儿化词的研究文章时，笔者意外的发现，“哥们儿”和“哥儿们”这两种儿化形式在文章中都有体现，然而只有李金满，王同顺[9]较为细致地以“X们儿”类词为例，分析了它们词汇化和语法化的对接。但文章只按照时间顺序分析了这类词的词汇形式及其演变规律，并未对它们的语义内涵和具体用法进行详细阐述。

根据笔者的语感，“哥们儿”和“哥儿们”在当代北京话中并不都被北京人常用。据关于“哥们儿”和“哥儿们”的使用情况调查问卷结果显示，在所回收的47份有效答卷中，有39人表示他们认为北京话中“哥们儿”和“哥儿们”相比，前者的儿化形式是正确的，占总数的82.98%；而只有8人认为“哥儿们”是正确的儿化形式，占比例的17.02%。在具体涉及到二词使用问题上，有36人表示自己只使用“哥们儿”一词，有8人表示二词都会使用，有2人表示自己都不会使用这两个词，而仅有1人表示自己只使用“哥儿们”。数据表明，北京人对“哥们儿”和“哥儿们”一组词的态度比较明显，即绝大多数人都认为这两个词中“哥们儿”一词是正确的北京话形式，而且也多倾向于使用这种儿化形式。

虽然如此，我们也须承认，有17.2%的北京人表示这两个词都会使用，也就是说，北京人对这两个词的使用也没有一个绝对化的选择，那么“哥儿们”和“哥们儿”这两种形式的词汇在语义和用法上异同何在就成为笔者想要探清的问题所在。

一、字典辞书中关于“哥们儿”和“哥儿们”的阐述

对词汇的研究首先应该尊重字典辞书中对它的阐释。在参阅《现代汉语词典》《北京话词典》和《新编北京方言词典》等北京土语词典后，我们可绘制出下表囊括各词典中对“哥们儿”和“哥儿们”的释义：

表1　北京话词典关于“哥们儿”“哥儿们”的释义汇总

词典名称	哥们儿	哥儿们
《现代汉语词典》[10]437	①弟兄们 ②用于朋友间，带亲热的口气[10]437	①弟兄们 ②用于朋友间，带亲热的口气[10]437
《北京话词典》		年龄相仿，关系较密切，工作性质相同或相近的男子们[11]308
《新编北京方言词典》	［名］社会上青年见的招呼语，用于拉近关系[12]160	［名］兄弟[12]160
《北京话儿化词典》	①兄弟辈 ②同辈男子见亲昵诙谐的称呼[13]153	①弟兄们 ②小伙子，指单数 ③朋友、伙伴间的称呼[13]269
《北京土语词典》	①同“哥儿们” ②社会上青年间的称呼 ③流里流气的人用此词表示臭味相投的亲近关系[14]145	兄弟之间的关系[14]145

且不论各本词典对“哥们儿”和“哥儿们”的释义是否准确、完整，除去《现代汉语词典》认为“哥儿们”完全等同于“哥们儿”，其余我们考察的北京土语词典均表明，“哥们儿”和“哥儿们”在词义上存在差别。只不过各个词典对二词的差异所持观点并不

相同。

大致归纳一下，差异可体现在如下方面：

其一，“哥们儿”和“哥儿们”哪个词更常用在表示兄弟之间的关系（此处所言的兄弟多指带有血缘关系的一族）。

其二，“哥们儿”和“哥儿们”除了用于社会上青年见的招呼语，是否还表示一种臭味相投的亲近关系，诸如“哥们儿义气”之类。

其三，“哥儿们”和“哥儿们”是否可以用于表示指称单数的小伙子（这里，指称单数的小伙子也可以理解为对陌生的或不熟悉的社会上青年男子的称呼）。

为了探究清楚上述问题，以求对“哥们儿”和“哥儿们”这组词的意义和用法有更全面、准确的认识，本人调查了CCL语料库中相关的现代汉语所有语料，力求通过语料印证词典中释义的准确性，或是通过数据统计，为词典的释义提供更好地解释。因为词典中对这组词的释义并不十分清晰，对二者的差异也是各执已见，所以我们将字典中收录的“哥们儿”和“哥儿们”的所涉猎的义项进行编号，希望通过语料分析对他们的使用情况有更细致的了解：

1. 用于表示“弟兄们”（带血缘关系）
2. 用于朋友间，伙伴间的称呼，带亲热的口气
3. 社会上青年的招呼语，用于拉近关系
4. 流里流气的人用此词表示臭味相投的亲近关系（如哥们儿义气）

下文我们将从词典释义入手，对语料进行具体分析。

二、基于CCL语料库的数据统计

CCL语料库中共可检索到“哥们儿”现代汉语语料505条，“哥儿们”现代汉语语料327条。其中除去“在纨绔子弟和公子哥儿们的心目中自然是备受崇拜的维纳斯”之类的“公子哥儿们”似语料19条，“哥儿们”有效语料308条。

下文我们的分析全部基于505条“哥们儿”语料和308条“哥儿们”语料展开。从上文所列词典义项入手，我们可以得到如下数据：

（一）用于表示带有血缘关系的“弟兄们”含义的语料统计

在全部“哥们儿”语料中，未发现表示血缘关系兄弟义的语料。而在“哥儿们”语料中，发现了三条符合这一含义的语句。如下所示：

1. 我没哥儿们，独门儿。

——王朔《橡皮人》

2. 都是一边儿高，一样的大手大脚，好象伦敦的巡警都是一母所生的哥儿们。

——老舍《二马》

3. 范掌柜的和马老先生已经成了订好的朋友，真象亲哥儿们似的。

——老舍《二马》

（二）用于朋友间，伙伴间的称呼，带亲热口气的语料统计

虽然并不是每一本词典都收录了“哥们儿”和“哥儿们”的这一义项，但是通过数据统计结果显示，“哥们儿”和“哥儿们”用于朋友间的称呼，并表示亲昵之意是其最突出的用法。

在“哥们儿”的数据统计中，有294条语料用于亲昵的表示朋友间的称呼，占总数的58.22%。例如：

1. 我从与我合租的一个“哥们儿”谢云那儿得知，做群众演员的第一步，是找一家应试培训公司报名。

——中国北漂艺人生存实录

2. 我只在学校里边有几个哥们儿，别的谁也不认识。

——完美大学必修课

3. 此时，吴乾福不再海口，正领着一班“哥们儿”开车到深圳游玩去了。

——1994年报刊精选

而在“哥儿们”的数据统计中，有179条语料用于亲昵的表示朋友间的称呼，占总数的58.12%。例如：

1. 这几个铁哥儿们也是通过我互相认识的。

——1994年报刊精选

2. 然而，就在这么恶劣的环境中，邓朴方和他“第4病室”里的“哥们儿”一起劳动，用铁丝编字纸篓赚钱，一天编12小时，每编一个赚4分。

——读者（合订本）

3. 留下来的“老哥儿们”只有徐承宗和张道士。

——陈建功《皇城根》

通过数据统计我们可以发现，不论是“哥们儿”还是“哥儿们”，他们有超过半数的几率是用于朋友间的称呼，用“哥们儿”（“哥儿们”）代替“朋友”，语气更加亲昵，关系好像也更加紧密一些。因为“哥们儿”比“朋友”更加热情，关系更近，所以人们还经常在“哥们儿”前加上一“铁”“好”或“老”字，组成“铁哥们儿、老哥们儿、好哥们儿”等短语，使得这种亲昵意加倍。

（三）用于拉近关系的社会上青年的招呼语语料统计。

“哥们儿”和“哥儿们”除了用于朋友间、伙伴间的称呼外，也经常用于称呼社会上的青年男子，这种称呼多半是对陌生人或者关系不太亲近的朋友，以便拉近彼此的距离。

在“哥们儿”的数据统计中，用于指称陌生小伙子或社会上青年的招呼语共有44条语料，占总数的8.72%。例如：

1. 穿着劣质衣裳的青年男子，他们向我走来，压低声音问：“哥们儿，要不要碟片？看了很过瘾的哟，买几张看看吧！”

——中国北漂艺人生存实录

2. 音箱以11500元成交，超底价一倍多，场内突然冒起一声：“哥们儿，我卖你新的算了！”

——1994年报刊精选

3. 其中有一个人大喊了一声:“哥们儿爷们儿！豁出命来吧!”

——刘流《烈火金刚》

在“哥儿们”的数据统计中，用于指称陌生小伙子或社会上青年的招呼语共有49条语料，占总数的15.91%。例如:

1. 甚至有陌生人在餐馆里公开表扬刘效松，觉得这哥儿们够棒。

——1994年报刊精选

2. 正在就餐的顾客不解地看着这一幕，一个站起来问道:“哥儿们，干嘛呢，是不是拍电影?”

——1993年人民日报

3. 扣车处理，那个司机有些慌了，忙从兜里掏出一叠钱塞给赵新:“哥儿们给一次机会，这是一点小意思。”

——1994年报刊精选

由此可见，“哥们儿”（哥儿们）用于陌生人间拉近关系的用法虽然不如用于表示亲昵朋友的用法那么常见，但在语料库中也有10%左右的用例不容忽视。而二者相比，“哥儿们”比“哥们儿”的这一用法在用例上更有优势。

（四）流里流气的人用此词表示臭味相投的亲近关系（如哥们儿义气）的语料统计。（这一说法沿用《北京土语词典》中的义项，但依笔者所看，这一分析仅概指借“哥们儿”或“哥儿们”表示一种亲近的关系。其语意重点未将“哥们儿”看作指人名词，而看作对“关系”的认同。）

虽然“哥们儿”的这一用法只在《北京土语词典》中有所收录，但是在语料分析时我们却意外的发现，这种用“哥们儿”（哥儿们）一词表示一种关系的用法其实很是常见。

有时，人们会单独用“哥们儿”一词表示这种关系，如:

1. 第一种是传统人际关系中发展起来的小团体，比如同学、亲戚、哥们儿、战友。

——名家对话职场7方面

2. 他当团省委副书记，团员和青年们说人人不像官，像“哥们儿”。

——1994年报刊精选

有时，人们会用“哥们儿义气”表示这种关系，如:

1. 近些年，哥们儿义气开始在校园滋长，一些学生烧香磕头拜把子，组成“同龄会”。

——1996年人民日报

2. 干部不再任劳任怨地当好“拓荒牛”，而是热衷于跑门子拉关系，讲哥们儿义气。

——1996年人民日报

汇总上述用法，“哥们儿”用于表示一种亲近关系的用法共可搜集到语料53条，占总数的10.50%。同理，用“哥儿们”表示这种亲近关系的用法也可找到语料32条，占总数的10.39%。如：

1. 犯罪团伙是为了攫取更多的经济利益，而不是出于“哥儿们义气”。

——1994年报刊精选

2. 是哥儿们义气害了我。

——1993年人民日报

3. 还有些党员、干部之间互称什么哥儿们、姐儿们，头儿们……使革命队伍例染上了一股江湖气。

——2000年人民日报

至此，我们基于北京土语词典的词汇义项分析了CCL语料库中所收录的“哥们儿”和“哥儿们”的语料，为了便于比较与考察，我们可将上述分析汇总至如下表格中：

表2 “哥们儿”“哥儿们”释义数据统计

词汇义项	“哥们儿”语料数量	比例	“哥儿们”语料数量	比例
1. 血缘关系的弟兄们	0	0%	3	0.97%
2. 朋友间的亲热称呼	294	58.22%	179	58.12%
3. 社会青年的招呼语	44	8.72%	49	15.91%
4. 表示一种亲近关系	53	10.50%	32	10.39%
总计	390	77.24%	261	84.74%

基于上表所示，我们可以发现，字典中关于“哥们儿”和“哥儿们”的释义在语料库中都有所印证，用于表示朋友间的亲热称呼是这组词的常用义项。此外，在表示一种亲近关系，组成“哥们儿义气”等短语的统计上，二者也近乎没有差别。但是，我们可以从语料统计中发现，“哥儿们”可以用于表示带有血缘关系的弟兄之义，这符合《北京土语词典》和《新编北京方言词典》对词语的分析。虽然《北京话儿化词典》中说明“哥们儿”可用于表示“兄弟辈”的含义，但是在语料中却未曾找到这一用例。由此可见，词典中呈现的义项和语料展示的事实在某些方面存在矛盾。

在此我们仅依据词典的义项分析了“哥们儿”和“哥儿们”的使用情况，但从数据统计上来看，我们共有505条“哥们儿”的有效预料，至此只分析了其中的391条，还有114语料没有涉及。“哥儿们”的语料也是如此，现在我们分析的语料仅有261条，与总有效预料的308条相比，还有47条语料未被分析。这些没有被分析的语料并非不值得探讨，相反，笔者发现关于这些剩余语料非常值得研究。

根据笔者的分析，除去前文我们涉及到的4种释义以外，关于“哥们儿”和“哥儿们”至少还有以下三种用法非常值得关注。为便于和上文区分开，我们继续将这三种用法编号为5－7。

5. 用于指称自己，可理解为“我”或“我们”。

6. 名词“哥们儿”和“哥儿们”活用为形容词。

7. 用来指称某群有共同特征的人，倾向于转化为某种专有名词。

关于上述5－7的释义在词典中都未曾收录，在已有的关于“哥们儿”等词的文献分析中也未曾提及。但是大量的语料均证实上述用法在语料库中并非个例，而只是一直被大家忽视而已。这也正使得我们的研究变得更为有意义。具体来说，结合语料分析如下：

（五）用于指称自己，可理解为“我”或“我们”的语料统计

结合上下文分析，在“哥们儿”的全部语料中，有75条用于表示指称自己，可理解为“我”“我们”“咱们”等。例如：

1.“哥们儿跟你开玩笑的，别当真，大胖，你不是小心眼的人啊，心宽体胖嘛！”

——赵奕然《懒人瘦身法》

2.“没问题，没问题，哥们儿特天才。差一月俩月的课我一晚上就能补上。”

——不光《闯西南》

3.陆涛一手拉一个，不让华子和向南走：“哎，哎，别散啊，你们走了哥们儿怎么办啊？”

——石康《奋斗》

在“哥儿们”的全部语料中，有29条有类似用法，用于指称自己，如：

1.“我有钱！”那不是假话，有一个独生子已经有六百多元存款了，“够哥儿们花的”——他得意洋洋地说。

——《读者（合订本）》

2.叶陶，别怪哥儿们不提醒你，她要像你说的，又有本事挣钱，又长得不丑，她干吗跟你好。

——李可《杜拉拉升职记》

3.六哥你上那边睡去，哥儿们给你铺了褥子。

——兰晓龙《士兵突击》

以上六条例句中的“哥们儿”和“哥儿们“都可以理解为“我”，用它们代替“我”更显口语色彩，亦更能拉近言者和听者的关系。用“哥们儿”或“哥儿们”指称自己，代替“我”，是这组词的第一个特殊用法。除此之外，“哥们儿”和“哥儿们”作为名词，还曾多次活用为形容词，这种名词活用为形容词的现象也很值得关注。

（六）“哥们儿”和“哥儿们”名词活用为形容词语料分析

1.晚上就住到了朋友这儿，然后逢人就说留他吃饭住宿的这位朋友够哥们儿，让人家不好意思再赶他走。

——中国北漂艺人生存实录

2.老代理们一见我们这么讲义气，够哥们儿，他们都很感动，都把自己当成了洛阳肉联厂的人。

——1993年人民日报

如上述语料所示，名词“哥们儿”近乎活用为形容词，语料库中共有12条语料，占总数的2.38%。相比之下，“哥儿们”活用为形容词的用例较少，仅有5条，占总数的1.62%。如：

1. 余爱军从不催促还钱，吴黎宏感到余讲义气，够哥儿们。

——1994 年报刊精选

2. “嗬，还挺硬，够哥儿们，别人不仗义咱不能不仗义。”

——王朔《橡皮人》

“哥们儿”和“哥儿们”由名词活用为形容词的用法比较特殊，这里的“哥们儿”和“哥儿们”并不是指称某个人，而是形容这个人够仗义，用于表示一种仗义的感情，表示对他人的称赞。

（七）用来指称某群有共同特征的人，倾向于转化为某种专有名词的语料分析

通过对语料的检索，我们发现，有些特殊的形容词，如“黑、穷“等，加上“哥们儿”或“哥儿们”组成“黑哥们儿、穷哥们儿”等词组后，这个词就被赋予更丰富的内涵。虽然还没形成固定的专有名词，但是在语义上“黑哥们儿”并不只是“黑”的“哥们儿”，它可能特指煤矿工人（如例句1，2）或者黑人（如例句3）。例如：

1. 新分配来的艺术院校毕业生或新学员，来团后必须到井下看一看“黑哥们儿”，体验一下煤矿工人的生活。

——1996 年人民日报

2. 我们每年都要为“黑哥们儿”演出上百场，为他们演出我们特别卖力气。

——1996 年人民日报

3. 白人，跟我们不好的，都叫鬼子；黑人、衣不蔽体还挺亲切，可称黑哥儿们。

——王朔

再如，“穷哥们儿”也不等于“穷”的“哥们儿”，更多的时候，它有更广泛的含义，表示穷人。如：

1. 其实，世界第一，全国第一，都不只是规模概念，更是效率概念、效益概念，如果不能联合成最先进最强大的生产力，穷哥们儿加在一起还是穷哥们儿。

——1998 年人民日报

2. 泉镜花对受尽欺凌压迫的下层人民怀有深切同情，他在早期的中篇小说《贫民俱乐部》（一八九五）中塑造了一个浑身侠骨的女乞丐阿丹的形象。她处处替穷哥们儿打抱不平，伸张正义。

——报刊\读书\vol－042

通过对语料的分析，我们发现，这种用“形容词＋哥们儿（哥儿们）”来指称有共同特征的人的用法不容小觑，“形容词＋哥们儿”的用法在语料库中共出现27 例，占总数的5.35%；“形容词＋哥儿们”的用法在语料库中共出现 11 例，占总数的 3.57%。同样我们也意识到，并非所有的“形容词＋哥们儿（哥儿们）”都属于现在我们所讨论的范围，像“铁哥们儿（哥儿们）、好哥们儿（哥儿们）”等仍属于用法 2 的范围。用法 7 中我们讨论的形容词大体上有一个特征，就是这里所涉及的形容词都带有一定的消极意义，如“黑、穷、苦”等。只有这种消极意义的形容词加上“哥们儿（哥儿们）”才属于这类特殊的用法。

三、总结

综上所述，我们又分析了语料库中余下的所有语料，并将他们的用法进行了归纳总结，最终我们可以结合北京各土语词典的释义以及对语料的再分析，将“哥们儿”和“哥儿们”的具体用法收录在下述表格中：

表3　“哥们儿”“哥儿们”释义情况总结

词汇义项	“哥们儿”语料数量	比例	“哥儿们”语料数量	比例
1. 血缘关系的弟兄们	0	0%	3	0.97%
2. 朋友间的亲热称呼	294	58.22%	179	58.12%
3. 社会青年的招呼语	44	8.72%	49	15.91%
4. 表示一种亲近关系	53	10.50%	32	10.39%
5. 用来指称自己	75	14.85%	29	9.42%
6. 名词活用为形容词	12	2.38%	5	1.62%
7. 用来指称某群有共同特征的人	27	5.35%	11	3.57%

至此，我们可以结合全部的语料数据对“哥们儿”和“哥儿们”的用法做一总结分析：

首先，这组词最常用的用法是表示朋友间的亲热称呼，这一用法“哥们儿”和“哥儿们”并无大不同。

其次，在用“哥们儿”和“哥儿们”表示一种亲近关系时，二者也无太大差异。

再次，“哥们儿”和“哥儿们”最明显的差别应属“哥儿们”可以用于表示带有血缘关系的兄弟，而语料库中的语料显示“哥们儿”没有这种用法。

最后，“哥们儿”和“哥儿们”的词义和用法远不如各本北京土语词典中收录的那样简单，他们除了有词典中收录的义项和用法外，还可以用来指称自己、可以在前面加上形容词指称某一群有共同特征的人以及可以在需要的情况下活用为形容词。虽然二者在这些用法的使用频率上有些不同，但大体来说，未有一方属于绝对弱势，因此，我们认为上述用法都可归于“哥们儿”和“哥儿们”的常规用法之列。

四、字典释义之我见

根据我们的分析和数据统计，现行的各本北京方言词典对这组词的解释都不够完备，因此笔者拟根据数据统计的结果以及它们在使用上的频率，给“哥们儿”和“哥儿们”拟定一个新的词典释义，以便学习者能够更好地理解和使用该词。

【哥们儿】gēmenr〈名〉①朋友间的亲热称呼：陈东东和丁满是十几年的铁～。②用来指称自己：哟，～还以为是一古董呢！③表示一种亲近关系：他就知道讲～义气。④社会上青年间的招呼语，用于拉近关系：～，咱们谁跟谁呀！⑤用来指称某群有共同特征的人：我们每年都要为“黑～”演出上百场（黑哥们儿指煤矿工人）。⑥〈形〉用来形容一种仗义的感情，表示对他人的称赞：向南，你真够～。

【哥儿们】gērmen〈名〉①朋友间的亲热称呼：他的周围总有一大帮铁？~。②社会上青年间的招呼语，用于拉近关系：~，干嘛呢，是不是拍电影？③表示一种亲近关系：~义气害死人。④用来指称自己：够~花的。⑤用来指称某群有共同特征的人：黑人、衣不蔽体还挺亲切，可称黑~。⑥指有血缘关系的弟兄们：我没~，独门儿。⑦〈形〉用来形容一种仗义的感情，表示对他人的称赞：够~，别人不仗义咱不能不仗义。

上述关于“哥们儿”和“哥儿们”的词典释义虽然略显繁琐，但却为不了解北京话的朋友在阅读京味儿文章时提供了更多的参考，这也是本人对这组词进行深入分析的初衷所在。

结　语

以上就是笔者对北京话“哥们儿”和“哥儿们”的分析。通过分析我们发现，“哥们儿”和“哥儿们”的用法都较词典中收录的内容复杂。

依语料库显示，“哥们儿”最常用的三种用法是：1. 用于朋友间的亲热称呼；2. 用来指称自己；3. 表示一种亲近关系。然而根据问卷调查人们对“哥们儿”一词常用义项的选择，最常用的三种用法为：1. 朋友间的亲热称呼；2. 活用为形容词，形容一种仗义的感情；3. 表示一种亲近关系。由此可见，语料库和当代北京人对于“哥们儿”一词用法的选择存在差异，语料显示“哥们儿”经常用来指称自己，而在口语表达中人们却少用这种用法。活用为形容词表示仗义情感之意广泛为人们所用。

“哥儿们”一词在语料库中最常用的三种用法为：1. 朋友间的亲热称呼；2. 社会青年的招呼语；3. 表示一种亲近关系。而根据问卷调查显示，人们认为“哥儿们”一词常用义项排名前三位的为：1. 朋友间的亲热称呼；2. 社会上青年见的招呼语；3. 表示一种亲近关系。关于“哥儿们”的选择，语料库和问卷呈现结果一致，虽然当代北京人已经很少使用这一词语，但关于它的研究却不能就此止步。

基于语感对“哥们儿”和“哥儿们”的分析可能过于狭隘。语料库的数据让我们对这组词有了更深入的了解，问卷的结果也让我们接触到当代北京人对这组词的看法，这两方数据呈现的差异更为我们日后的研究提供了可能。

参考文献

［1］林焘．北京话儿化韵个人读音差异问题［J］．语文研究，1982（2）.

［2］林焘，沈炯．北京话儿化韵的语音分歧［J］．中国语文，1995（3）.

［3］石锋．北京话儿化韵的声学表现［J］．南开语言学刊，2003（00）.

［4］王立．北京话儿化成分的语义特点及语素身份［J］．语言文字应用，2001（4）.

［5］王理嘉．儿化规范综述［J］．语言文字应用，2005（3）.

［6］宋孝才．北京话中起辨义作用的儿化词语的词性变化［J］．理论月刊，2013（6）.

［7］王静．《儿女英雄传》儿化词浅析［J］．安庆师范学院学报（社会科学版），2010（4）.

［8］李晓霞．《茶馆》中的儿化［J］．郑州航空工业管理学院学报（社会科学版），2014（1）.

［9］李金满，王同顺．词汇化和语法化的接口——“X们儿”的演变［J］．当代语言学，2008（1）.

［10］中国社会科学院语言研究所词典编辑室．现代汉语词典（第6版）［Z］．北京：商务印书馆，2012.6.

［11］高艾军，傅民．北京话词典［M］．北京：中华书局，2013.

[12] 董树人. 新编北京方言词典 [M]. 北京：商务印书馆，2010.
[13] 贾采珠. 北京话儿化词典 [M]. 北京：语文出版社，1990.
[14] 徐世荣. 北京土语词典 [M]. 北京：北京出版社，1990.

（王艾然　首都师范大学2014级硕士生　指导教师：王伟丽）

介词“为”“为了”基本用法及留学生习得中的偏误分析

郑维维

摘　要：介词“为”和“为了”在汉语中使用频率极高，两词虽都有相同的词根，但其意义和用法却并不完全相同，且留学生容易混淆两个词的基本用法。本文通过CCL语料库的语料对两个词的基本用法进行了分析，总结了两个词的基本用法，且通过北京语言大学的动态作文语料库对留学生在这两个词上存在的偏误进行了分析，根据分析结果提出一些合理化的教学建议。

关键词：为；为了；基本用法；偏误分析

“为”和“为了”这组近义虚词在汉语中的使用频率极高，二者可以互换，但却存在差异。对于外国留学生来说，在学习汉语的过程中，必定会学习这组虚词。通过HSK动态语料库的检测，“为”使用了2674条，“为了”使用了4396条，由此可以看出留学生对两词的使用频率比较高，其中“为”存在的偏误有312条，“为了”存在的偏误有166条，两词的偏误率分别是11.66%、3.77%，这种使用频率和偏误率都高的词有必要对其进行探讨。

在词典释义方面，吕叔湘在《现代汉语八百词》中这样解释了“为”和“为了”：

为：

1. 引进动作的受益者；给

（1）为+名

（2）为+动词/小句

2. 表示原因、目的。可加“了、着”；“为了…”“为着…”可在主语前，有停顿。

（1）为+名词

（2）为+动/小句

（3）为+动/形+起见。用在主语前，有停顿；“为”不能加“了、着”；“为”后不能用名词。

（4）为…而…。“为”不能加“了、着”。

（5）为了…而…。前后用意义相反的两个动词，表示转折；“为”后必须加“了”[1]。

从词典的解释中，我们可以看出吕叔湘在解释这两个词表示原因和目的时，把二者的用法完全等同了；再者，对这两个词的解释存在一些不正确的地方，如“为＋动/形＋起见”“为…而…”这样的固定结构中“为”不能加“了、着”，通过对CCL语料库的分析，我们可以发现这种说法是不正确的。因此，笔者认为有必要对其基本用法再进行简要的探讨，并且能通过两词的基本用法来分析留学生的偏误。

一、“为”和“为了”的基本用法

（一）语料分析

根据CCL语料库①现代汉语的检索，带“为”字的有接近180万条，“为了”有13万多，据不完全统计，除去读阳平的“为”，“为”剩余语料还有90万。

针对庞大的数据，笔者采取等量抽样的方法各抽取了500条语料，对其进行分析，总结了“为”“为了”的基本用法，分析时主要针对语义特征、用法总结及可以进入的框架结构，下面将对这两个词分别进行探讨。

1. “为”的语义特征及用法

1.1“为$_1$”引进动作的受益者。例如：

（1）这天，夏东海给她做按摩的时候，她突然偷偷地想，要是有一天夏雪能[为]自己按摩，让自己享受享受女儿带来的慰劳，那该多幸福啊。

（当代\电视电影\文艺\家有儿女.txt）

（2）因为，在这段时间里，毕竟学习探索了一定的工业经验，培养了人才，而且形成人工的投入，[为]社会带来就业机会。

（当代\报刊\人民日报\2000年人民日报.txt）

（3）一次偶然的机会，他来到浙江舞蹈家协会，[为]协会主席抄写文件。

（当代\史传\谁认识马云.txt）

（4）采取大迂回战术，歼灭敌军1个兵团部、5个军部、14个师，合计5万余人，[为]迅速解放福建全省创造了有利条件。

（当代\报刊\人民日报\2000年人民日报\2000年人民日报.txt）

上面的例子都是“为”的第一种用法，即引进动作的受益者。（1）中“按摩”的受益者是“自己”，（2）中“带来就业机会”的受益者是社会，（3）中“抄写”的受益者是“协会主席”，（4）中“创造有利条件”的受益者是“迅速解放福建全省”。

在“为”的这个语义特征中，“为”后面所能接的成分是不受限制的，如代词“自己”，名词“社会”，名词短语“协会主席”，动词短语“迅速解放福建全省”。

1.2“为$_2$”表示目的 。例如：

（1）[为]巩固自己的势力，夺取霸主地位，诸侯们往往通过盟誓活动团结文臣武将，巩固内部，打击敌人。

（当代\应用文\自然科学\中国儿童百科全书.txt ）

（2）[为]进一步了解思佳，记者赶到哈师大外语系，与课间休息的英语进修班

---

① CCL语料库是由北京大学中国语言学研究中心建立的语料库，本文主要使用的是语料库中的现代汉语语料库。

的同学们开了个座谈会。

（当代\报刊\1994 年报刊精选\04. txt）

（3）［为］简单起见，只就区间来讨论，对于讨论完全一样。

（当代\CWAC\SMT0481. txt）

上面的例子都是“为”的第二种用法，即表示行为的目的。（1）中“诸侯……”的目的是“巩固自己的势力……”，（2）中“记者……”的目的是“为进一步了解思佳。”（3）中“只就……”的目的是“为简单起见”。

在“为”的这个语义特征中，“为”后面接的成分的谓词性成分，如动词短语“巩固自己的势力”“进一步了解思佳”，形容词“简单”。在笔者分析的 500 条语料中没有“为”后接名词性成分。

1.3“为$_3$”表示原因。例如：

（1）我在这十年我写了不少的东西，可能也给大家带来了一些快乐，［为］此我很知足了，真是很知足了。

（当代\口语\电视访谈\鲁豫有约《沉浮》. txt）

（2）今天严知孝生气，也不只［为］严萍的事情，第二师范解散，要另起炉灶重新招生，重新招聘教职员，他还没有接到聘书。

（当代\文学\大陆作家\梁斌《红旗谱》. txt）

（3）［为］怕惹出更大的祸，他有时候懊睡一整天。

（当代\文学\大陆作家\老舍《骆驼祥子》. txt）

（4）依芙琳一见妮浩伤心，就会哼起歌来，谁都知道，她一直［为］妮浩没有嫁给金得而耿耿于怀。

（当代\文学\大陆作家\迟子建《额尔古纳河右岸》. txt）

上面的例子都是“为”的第三种用法，即“为”引进动作的原因。（1）中，“我很知足”的原因是“此”，（2）中，“严之孝生气”的原因是“为严萍的事”，（3）中，“他有时候懊睡一整天”的原因是“为怕惹出更大的祸”，（4）中，“耿耿于怀”的原因是“妮浩没有嫁给金得”。值得注意的是“为”表示原因时，谓语动词大多是表示心理活动或感受义的动词，如上面的知足、生气、懊、耿耿于怀。

在“为”的这个语义特征中，“为”后面接的成分是不受限制的，如代词“此”，名词短语“严萍的事情”，动词短语“怕惹出更大的祸”，小句“妮浩没有嫁给金得”。

1.4 小结

从上面的例子来看，“为”有三个义项分别是引进动作受益者；表示目的；表示原因。引进动作受益者和表示原因时，后面可以接的成分是不受限制的，而表示目的时一般只接谓词性成分。

下表统计了各义项使用频率：

表1 介词“为”的使用频率

义项	引进动作受益者	目的	原因
数量	277	181	42
百分比	55.4%	36.2%	8.4%

由此表可以看出，“为”主要作用的引进动作受益者，其次是表示目的，表示原因的频率较低。

2. “为了”的语义特征及用法

2.1 “为了$_1$”表示目的。例如：

（1）我国的《统计法》已经颁布实施十多年了，但有的地区、有的部门，[为了]个人或小团体的利益，不惜置法律于不顾，弄虚作假，其危害之大，腐……

（当代\报刊\1994年报刊精选\06.txt）

（2）在那腥风血雨的战争年代，[为了]山河的光复，民众的解放，多少战友、英烈血染热土，为国捐躯。

（当代\报刊\作家文摘.txt）

（3）[为了]避免不必要的重复，笔者先后两次修改写作计划。想不到从当初酝酿到…

（当代\CWAC\SGB0432.txt）

（4）在说明问题时，[为了]周到或强调起见，往往也从正反两方面阐述表达。

（当代\CWAC\ALJ0043.txt）

（5）他们中许多人本来都不该死，但[为了]自己的亲人能够安全回到祖国，又不得不选择了死亡的道路。

（当代\报刊\1994年报刊精选\01.txt）

上面的例子是“为了”的第一种用法，即表示目的。（1）中“不惜置法律……”的目的是“为了个人或小团体的利益”，（2）中“多少战友……”的目的是“为了山河的光复……”，（3）“笔者先后……”的目的是“为了避免不必要的重复”，（4）中“往往也从……”的目的是“为了周到或强调起见”，（5）中“有不得不选择死亡的道路”的目的是“为了自己的亲人能够安全回到祖国”。

在“为了”的这个语义特征中，“为了”后面接的成分是不受限制的，如名词短语“个人或小团体的利益”，动词短语“避免不必要的重复”，形容词“周到或强调”，小句“自己的亲人能够安全回到祖国”。为了表示目的时，既可以放在主语的前面，如例（2）（3），也可以放在主语的后面，如例（1）（4）（5）。

2.2 “为了$_2$”表示原因 。例如：

（1）…不同了，她赶走了安娜，她必然心里很难过，她一向死要面子，她是[为了]面子，才忍痛把安娜赶走的。

（当代\文学\香港作家\岑凯伦《合家欢》.txt）

（2）…的军用望远镜（外公的奖品）和刚从流动商店买来的一只书包，可是[为了]这二件宝，他和外公受了多少苦啊！

（当代\应用文\社会科学\《当代世界文学名著鉴赏词典》.txt）

(3) [为了] 这再来的春天，我有点忧郁，有点寂寞。

(当代\文学\沈从文《老伴》.txt)

上面的例子是“为了”的第二种用法，即表示原因。(2) 中，“他和外公受苦”的原因是“为了”这二件宝，(3) 中“我有点忧郁，有点寂寞”的原因是“为了这再来的春天。”

值得注意的是 (1) 这个例子，从不同的角度看，可以有不同的语义特征，可以的因为“面子”也可以是目的是为了“面子”。由此可以看出“为了”表原因时，有时也可看作是兼表“目的”。通过 CCL 检索到表原因的语料中，“为了“表原因时大都出现在一些文学作品中，在报刊、人大报告这种正式的语体中没有的，都是用“因为”来表示。“为了”表示原因使用频率较高的是建国初期，建国后几乎不使用，一般使用“因为”来表示原因[2]，且《现代汉语词典》在“为了”项直接释义为表示目的，指出表示原因一般用“因为”不用“为了”[3]。

在“为了”的这个语义特征中，“为了”后面可以接的成分主要是名词性成分和小句。如“面子”“这二件宝”及“这再来的春天”。

1.3 小结

从上面的例子看，“为了”有两个义项：表示目的和表示原因，表示原因时主要接名词性成分，具体使用频率如下表：

表2　介词“为了”的使用频率

义项	目的	原因
数量	470	30
百分比	94%	6%

从表中可以看出，“为了”主要用于表示目的，表示原因较少。

3. 固定搭配

3.1 为

“为”可以进入三种框架，“为的是”“为…而…”“为…起见”，主要的表示目的，“为…而…”也可以表示原因，或兼表原因目的。具体如下：

为的是：

《大观》一书罗列、疏通了这些精华之流脉，为的是引起国人对传世之宝的珍视。(目的)

(当代\报刊\人民日报\1994 年人民日报\第 4 季度.txt)

为…而…：

…企图遏制发展中国家的发展，为其进一步掠夺发展中国家的丰富自然资源而作各种尝试。(目的)

(当代\CWAC\CPJ0229.txt)

为其学说得以开南方一脉而深感欣慰。(原因)

(当代\报刊\人民日报\1993 年人民日报\6 月份.txt)

朱益老头、王先生、许达伟、张南奎都十分紧张，他们要为保卫住房而奋斗，要

和汪永富一比高低。(原因/目的)

(当代\文学\大陆作家\陆文夫《人之窝》.txt)

为…起见：

我们采用皮卡（Picard）的逐步逼近法来证明这个定理。为简单起见，只就区间来讨论，对于的讨论完全一样。(目的)

(当代\CWAC\SMT0481.txt)

3.2 为了

"为了"可以进入两种框架，"为…而…""为…起见…"，主要用于表示目的。

为了…而…：

这是美国为了表彰杰出的科研成就而颁发的最高奖。1959年由美国国会设立，每…

(当代\应用文\自然科学\《中国儿童百科全书》.txt)

注：此结构前后可用意义相反的两个动词，表示转折。

为了前进而后退。

为了…起见：

在说明问题时，为了周到或强调起见，往往也从正反两方面阐述表达。

(当代\CWAC\ALJ0043.txt)

(二) 用法总结

根据上面基于CCL语料库作出的分析，我将这两个词的用法总结如下：

第一引进动作受益者时，只能用"为"，为：为+受益者（代/名词/NP/VP）；

第二表示目的时，"为"和"为了"都可以用，为：为+VP/形容词；为了：为了+NP/VP/形容词/小句（注：都可用"X…而…""X…起见"；"为了…而…"可接意义相反的词表示转折）；

第三表示原因时，"为"和"为了"都可以用，为：为+NP/VP/小句，为了：为了+N/NP（注：只有"为"可用"X…而…"）。

二、留学生使用"为"和"为了"的偏误分析

(一) 偏误统计

通过检索HSK动态作文语料库①，笔者分别对检索到的"为"和"为了"出现的各种偏误进行了统计，具体如下表：

① HSK动态作文语料库是由北京语言大学崔希亮教授主持的一个国家汉办的科研项目，是母语为非汉语的外国人参加高等汉语水平考试（HSK高等）作文考试的答卷语料库，收集了1992－2005年的部分外国考生的作文答卷。

1. 为

表3 介词“为”的偏误分析

	总数	原因	错误数量	比例
多词	79			
缺词	73	引进动作受益者，无介词“为”	30	9.61%
		多项并列，只有第一项加了介词“为”	3	0.96%
		表示原因时未加介词“为”	10	3.2%
		表目的时未加介词“为”	10	3.2%
		固定结构“为……而”无介词“为”	5	1.6%
错词	160	表引进动作受益者用成介词“为了”	33	10.57%
		表引进动作受益者用成介词“对”	16	5.12%
		表引进动作受益者用成介词“向”	5	1.6%
		表引进动作受益者用成介词“给”	8	2.56%
		表引进动作受益者用成介词“让”	5	1.6%
		表引进动作受益者用成介词“使”	3	0.96%
		“以……为”用成“为……为”	4	1.28%
		表原因时“为”和“因为”“因”混用	5	1.6%
		表目的的“为”和“为了”混用	3	0.96%
		其它	9	2.8%
误加	73	语义重复	16	5.12%
		句式杂糅	26	8.33%
		句法结构有误	31	9.96%
错序	16	“为”构成的介词短语错放在谓语动词之后	16	5.12%

2. 为了

表4 介词“为了”的偏误分析

	总数	原因	错误数量	比例
多词				
缺词	33	表目的时未加	24	14.45%
		并列成分只加第一个	9	5.42%
错词	73	表示目的的“为”和“为了”之间的混用	21	12.65%
		错用“为了”来表示原因	35	21.68%
		表对对待、涉及、针对对象的词用“为了”来表示	7	4.21%
		“为的是”用成“为了是”	1	0.65%
		其它	9	5.42%

3. 小结

从上面表格中进行的统计我们可以看出，留学生主要存在的偏误为以下几条：

第一遗漏介词“为”“为了”；

第二介词“为”和“为了”之间误用：误用“为了”引进动作受益者；误用“为”来代替“为了”表目的；

第三误用介词“为了”表示原因。

（二）偏误分析

基于上面主要的偏误类型，笔者将结合“为”和“为了”本体的语义和用法对其偏误进行分析，找出其出现偏误的原因。

1. 遗漏

遗漏介词“为”和“为了”，如：

（1）＊妈妈虽然是日本人，但是｛CJ + zhuy 她｝｛CJ - sy 做出了｝贡献｛CJX｝｛CQ① 为｝中国［C］解放，参加｛CQ 了｝抗日斗争。（日本 初级）

（2）＊我在高中时，我们班决定｛CD 了｝开｛CJX｝｛CQ 为｝｛CJ + sy 有｝一个同学｛CD 的｝生日晚会。（日本 中级）

（3）＊如果｛CQ 为了｝解决眼前的问题而用化肥和农药的话，没有作用的土地越来越多，后来更多的人类［B 娄］挨饿。（韩国 中级）

上面的例子（1）（2）都缺少引进动作受益者的介词“为”；（3）是缺少引进目的的介词“为了”。

汉语主要用虚词和语序来组织句子结构。修饰性的成分定状补一般需要介词、连词、助词等来连接。如例2：主语是“我们班”、谓语是“开”、宾语是“生日晚会”。“一个同学”显然是动作的受益者，需要用介词引进。加入介词构成介词短语之后要调整语序，放在动词的前面。

2. 介词“为”和“为了”之间的误用

2.1 误用介词“为了”引进受益者

（1）＊于是［BD、］我要知道各种各样的事情，［BC。］为｛CC1② 为了｝客人讲一讲我知道｛CQ 的｝全部的事情。（日本 初级）

（2）＊但是只要我们有为｛CC1 为了｝别人服务是伟大的事情｛CJ - zxy 的思想｝，就能做到｛CD 的｝。（韩国 中级）

（3）＊虽然大部分的人不会为｛CC1 为了｝他们的孩子选｛CD 了｝这种教育方式，［BC、］｛CQ 但是｝我们的英国贵族还是选择男女分班的教育｛CJ - zxy 方式｝。（英国 中级）

以上偏误中，介词引介的都是动作行为的受益者。“讲一讲”“服务”“选”的对象分别是“客人”“别人”“他们的孩子”。是为1的用法，这里应该把“为了”改成“为”。

产生偏误的原因有以下几方面：一是学生在学习这两个词时，没能分辨“为”和“为了”的义项，误认为“为了”可也以用来引进动作是受益者。即泛化了“为了”的用

① 根据《HSK 动态作文语料库语料标注及代码说明》｛CQ｝是遗漏标记，用于标示文章遗漏的词。

② 根据《HSK 动态作文语料库语料标注及代码说明》｛CC｝是误用标记，用于标示文章用错的词语。

法。二是可能和教材有关系。如：杨金华《速成实用汉语》解释“为”时：for；解释“为了”时：for；with regard to. 因此可能会让留学生认为“为了”包含“为”的意思，用“为”的地方也是可以用“为了”，所以，用“为了”来引进动作受益者。

2.2 误用“为了”代替“为”表示目的

（1）＊禁烟的目的有三种，［BC。］即为了｛CC2 为｝吸烟者的健康、其他人的健康以及公共场所的卫生。（日本 中级）

（2）＊为了｛CC2 为｝我们的后代，［BC。］农业从事者和科学家一起合作［BQ，］把我们的社会变成更好。（韩国 初级）

（3）＊所以为了｛CC2 为｝土地不应该使用｛CJ－by 农药｝。（日本 中级）

（4）＊…希望［C］全世界的人都不抽烟，为了｛CC2 为｝青少年养成一个好习惯，也［C］为了健康，大家都把烟毫不客气地｛CC 的｝扔掉吧…（韩国 中级）

根据前面基于 CCL 语料库的分析可知道，“为了”可以接名词性成分、小句；而“为”却一般不接名词性成分，如果后面有名词性成分，但其着眼点大多是其后的动词性成分，且“为”一般不接小句。（1）～（4）都是误用“为”来接名词性成分，（5）误用“为”来接小句。应该为“为了”。

产生偏误的原因主要是本体研究不足造成的。现代汉语中，一般把表目的的“为”和“为了”等同起来，认为其是可以替换的，但是实际的语言中，二者也有一点小的区别。

3. 误用“为了”来表示原因

（1）＊她们之中｛CD 的｝有的人因为｛CC 为了｝无聊去游泳、［BC，］去卡拉OK，随便用自己的时间。（日本 中级）

（2）＊我的祖父因为｛CC 为了｝当时中国海南岛生活条件艰苦不得已往南洋去。（新加坡 中级）

（3）＊我对太太解释，因为｛CC 为了｝我童年的失落，不忍让他们度［B 渡］过像我一样｛CC 类似｝的童年…（印尼 高级）

（4）＊虽然这世界依然存在着贫［B 贪］困地区，但我们不应该因为｛CC 为了｝一些地区的落后，而停止发展的趋向｛CC 走向｝。（韩国 中级）

上面例子中，“因为”后面接的词是消极意义的，是存在的一种不好的状态，发生的不好的事情。如“无聊”“生活艰苦”“我童年的失落”“世界依然存在贫困地区。”但是通过 CCL 检索到的表原因的“为了”后面接的名词性成分是没有这样的特征，“为了”表示原因的例子很多也可兼表目的，其原因通常的好的方面，是希望发生的。所以这里不应该用“为了”而要用“因为”。

且现在表原因的句子，一般用“因为”，而不用“为了”。“为了”主要是表示目的。

（1）＊人们玩足球只是因为｛CC 为了｝喜爱这项运动而玩。（越南 中级）

（2）＊加上［BD，］因为｛CC 为了｝我喜欢听流行的歌曲［BQ，］所以也爱上｛CQ 了｝歌星。（越南 初级）

在这两个例子中，都是固定搭配出现错误，“为了”只在表目的时和“而”搭配，不和“所以”搭配，这些都是“因为”的用法。

产生偏误的原因可能是教师在教授“为了”的用法时告知其有原因的用法，学生误把“因为”和“为了”等同，泛化了“为了”的用法。

三、教学建议

针对留学生出现的偏误，我们认为在教学时首先要把“为”和“为了”的基本用法讲解清楚，在讲解“为”和“为了”这两个词时还要特别注意以下几点：

第一强调“为”引进动作受益者，“为了”没有这个义项，这是两个词语的主要差别；第二在引进动作受益者这个义项的教学时特别注意与“对”“给”“向”“让”等词进行辨析，留学生在用这个义项时容易与别的词语的相关意义混淆；第三“为了”不要讲解表示原因的义项，“为了”讲解原因义很容易与“为”混淆，留学生容易在这方面混淆；第四不能简单的把表目的的“为”和“为了”等同，要讲解其不同点，即“为”表目的时，一般不可引进名词性成分、小句，要注意“为”和“为了”的细微差别，虽然两个词语都有相似的意义，但是同样存在差别。

结　语

“为”和“为了”是意义相近的介词，外国留学生在使用这两个词时往往存在偏误。本文通过 CCL 语料库从总结出了“为”和“为了”的基本用法，通过 HSK 动态语料库总结出了留学生使用“为”和“为了”的偏误类型，并根据留学生的偏误给出一些合理性的教学建议。希望通过本研究能为第二语言学习者提供及对外汉语的虚词教学提供帮助。但由于“为”“为了”的语料较多，在进行本体研究时只能采用抽样调查，所以两个词的具体的细微差别还有待进一步研究。

参考文献

[1] 吕叔湘．现代汉语八百词（增订本）[M]．北京：商务印书馆．1999.

[2] 李丹．现代汉语中“为了”表原因用法多角度考察 [J]．现代语文．2014（6）．

[3] 中国社会科学院语言研究所字典编辑室．现代汉语词典 [M]．北京：商务印书馆．2005.

（郑维维　首都师范大学 2014 级硕士生　指导教师：戴雪梅）

韩国全罗南道小学生汉语声母韵母感知习得情况

——以宝城南小学为例

黄　静

摘　要：本文主要考察了韩国小学生对汉语声母、韵母的感知、理解和输出，并试图对其发音的偏误进行描写和解释，以期对在韩国本土小学生语音教学有所启示。笔者对宝城南小学的18名小学生的发音进行了录音，使用听辨法、偏误分析法对语音样本进行分类和描写；使用统计法对偏误率进行统计分析，分出了偏误率高低的声母和韵母。结论得出，韩国小学生习得r、ü、ao、ing最难，中年级（3、4年级）的习得效果最好，男生和女生之间的习得效果差异不大。

关键词：韩国小学生；声母；韵母；感知；偏误

一、选题依据

（一）声母、韵母教学的重要性

随着中国综合国力和国际地位的不断提高，国家汉办对汉语的大力推广，韩国也逐渐意识到中国以及汉语的重要性。2011年11月，中国和韩国签订了《韩中教师交流合作协议》，成立了CPIK[1]（Chinese Program In Korea）教学项目，笔者有幸作为CPIK汉语志愿者于2015年2月份赴韩国全罗南道进行汉语教学。

在教学以及与其他汉语志愿者交流的过程中，笔者发现韩国小学生汉语发音并不太标准，尤其是声母和韵母偏误很多，这里面肯定有课时量少、没有目的语学习环境、母语负迁移等因素的影响。那么是不是还有韩国小学生对汉语声母、韵母感知理解的因素在里面？韩国小学生是否能感知母语和汉语声母韵母的区别，以及母语中没有而汉语中出现的新的项目，并且进行正确的输出？

然而当前的语音教学对在华大学生、研究生等成人研究成果比较丰富，对在母语环境中学习汉语的韩国小学生的情况调查得较少。故而笔者调查了全罗南道宝城南小学的小学生汉语声母韵母的习得状况，希望从他们对汉语声母韵母的感知理解和输出情况来找出偏误所在，进行分析和解释，找出韩国小学生学习汉语声母韵母的难点，提出建议，并对汉语教师在教授汉语发音时有所助益。

众所周知，语音是一门语言的物质外壳，语言是人类感知、交流和思考的基本工具。鲁健骥[2]（2010）谈到我们不赞成夸大语音的作用，认为语音不好就学不好语言；也不能因此得出忽视语音的结论，相反应该重视语音的训练，尤其对将来准备从事汉语教学和口头翻译的学生提出更高的语音要求。如此看来，声韵母的教学还是很有必要性的，并且要依靠《汉语拼音方案》，教会学生发音的方法，培养学生独立自主学习的能力。实际上，不管是作为第一语言还是第二语言来学习，任何一门语言都离不开发音。所以在汉语教学中，完全抛弃拼音学习是行不通的，忽视拼音的教学也不利于正确发音习惯的养成。汉语中一共有 22 个辅音、39 个元音，孙德金[3]（2006）提到，据《现代汉语规范词典》统计，汉语中能够进行声韵拼合的音节一共 408 个，再加上依附其上的 4 个声调和轻声音节等构成的发音系统中一共有 1313 个有意义的音节。一旦发音过程中有增音、减音和错音的现象，都可能给交流带来麻烦，如“shǎ”和“sǎ”、“kuài”和“kuà”等，由此可见辅音和元音学习的重要性。

（二）对韩国学生汉语声母韵母的习得研究

哈尔滨师范大学外事处汉教中心的宋春阳[4]（1998）在《谈对韩国学生的语音教学——难音及对策》中列出了韩国学生在学习汉语拼音时的难点，他通过自己的实际教学经验以及对汉语和韩语字母表的对比分析发现，韩语中一共有 19 个辅音，汉语中能做声母的有 21 个辅音，其中有 7 个辅音在韩语中找不到对应项，分别是 f、j、q、x、zh、ch、sh，因而对他们来说是一个难点；还有 2 个是相似而又有区别的辅音，分别是 h、r，学生也比较难学；韵母中，韩语没有 ü［y］［ʅ］［ʅ］，而且［ʅ］［ʅ］只有在拼合的时候才出现，此外在学习 uo、ou、ui、iu、ün 时学生容易停顿过长分裂音节或者发音过快丢音，因而也是难点。上海交通大学国际文化学院的林倩如[5]（2015）通过随机抽取了本学院 30 名本科生和研究生进行语音测试的研究得出，辅音中偏误最多的是 z、c、s 和 zh、ch、sh，r、l 次之，b、p、m 的偏误最少；元音中 e、o 不分，还有 kuai 省略韵头及 ka 添加韵尾 i 的偏误。北京语言大学汉语水平考试中心的文艳[6]（2009）在总结了大量前人基于非实证性资料或基于数量化分析的资料，系统地归纳出了韩国人学习汉语声母、韵母方面的难点。比如最易发生偏误的声母有 f、zh、ch、sh、r、z、c、s、j、q、x、h、p、b、d、g、n、l，偏误发生频率较高的是 f、zh、ch、sh、r、h、p；偏误较突出的韵母有 ü、e、o、ou、ui、un、ün、üan 以及 an 和 ang、en 和 eng、in 和 ing、un 和 iong。

二、研究方法、过程及解释

（一）对采集的 18 名韩国小学生语料的分析

1. 实验设计

研究目的：通过调查全罗南道宝城南小学小学生对汉语声母韵母的感知理解和输出的发音情况，找出韩国小学生自然习得汉语拼音中声母和韵母的难点所在，分析他们发音偏误的原因，以便在实际教学中有的放矢。

学校详情：宝城南小学位于韩国的南端——全罗南道的宝城郡，这里的汉语志愿者是来自中国传媒大学的在读研究生周婷，她的普通话水平等级是一级乙等，她此前并没有对外汉语的教学经验，但是经过了北京语言大学一个月的赴任前汉语教学培训，她性格活泼开朗，她的汉语课程也很受学生的欢迎。宝城南小学全校一共六个年级，11 个班，每个班 20 人左右，每个班每周下午安排一节汉语课。宝城南小学没有专门的中文教室，没有

合作教学的韩国籍中文老师，由汉语志愿者老师到各个班级的教室独立授课；学校也没有可供学生用的中文课本，周婷从笔者处借用了一本中韩合作编写专门为韩国儿童设计的《好棒儿童中国语》（《하오빵어린이중국어》），然后根据学生的程度对内容有选择性地进行调整，做好课件，平均两节课完成一次课的内容。拼音在最开始的一节课老师进行了大致的介绍，之后每次新课随文认识 3 到 4 个声母或韵母，并进行声韵调的拼合练习，没有利用专门的课程来训练。

发音人条件：由于条件有限，笔者对参加周婷 2016 年汉语冬令营的三个班共挑选了 18 名同学（共 8 男 10 女）进行录音。这些学生都学过了周婷这一年的汉语课。这三个班分别代表了三个学段，1 班（低段）由一二年级学生组成，随机挑选了 6 名学生；2 班（中段）由三四年级的学生组成，随机挑选了 4 名学生；3 班（高段）由五六年级组成，随机挑选了 8 名学生。低段的学生是 8－9 岁，中段学生是 10－11 岁，高段是12－13 岁。

这些学生开学伊始在老师的介绍下都初步了解了汉语拼音，但是没有专门的拼音课程，每周都有一次汉语课，每次随着新课学习 3 到 4 个声母或者韵母，并进行拼合的练习。学生们在本年度学完了《好棒儿童中国语》的第一册以及老师补充的课文题目，词汇量在 100 个以内，学了简单的基本句式，未曾学过语法知识。学生们词语和句子都能记住，但是发音总是不太标准，声母和韵母并不能准确到位。

发音材料：汉语拼音方案中的声母表和韵母表[7]。21 个声母，不包括不能作声母只能充当鼻韵母韵尾的 ng［ŋ］；35 个韵母，不包括汉语拼音方案没有列出来的不能单说只能在音节中与声母拼合的［ɿ］［ʅ］、必须带韵头存在的 ê［ɛ］、只有零声母音节的 er［ɑ］。

录音设计：正式录音之前，发音人充分熟悉了发音材料，再在笔者（普通话二级甲等）的带读下进行感知和发音。由于条件有限，使用手机进行录音储存。

研究方法：（1）听辨法。由笔者对声音样本进行听辨，对发音正确和错误的项目进行分类。[8]（2）统计法。[9]统计学生各个项目发音的偏误率。该方法建立在预设韩国小学生发音时的偏误率越高，那么他们感知和输出的情况越不好，声母或韵母的难度就越大。（3）比较法。对采集的语音样本进行内外比较，外部比较是指学生和汉语普通话发音标准的母语者之间进行比较，我们将对全体学生的偏误率进行统计，对偏误率继续排序。内部比较是指比较各类别学生之间的发音差异和共性，我们将分学段（低段、中段、高段）和性别（男生、女生）进行对比，以观察学段和性别是否对学生的声母韵母的感知输出有影响。

2. 发音人声母偏误的分析

全体发音人一共 18 名，其中 1 班（低年级）6 人，2 班（中年级）4 人，3 班（高年级）8 人。表格中括号外的数字是指产生偏误的人数，括号里的百分数是发音偏误人数占该类总人数的百比率。

所有声母中，b、d、t、l、g、j、x、s 这 7 个声母未出现偏误。

表1　发音人声母偏误统计

错误率 学生 声母	全体（18人）	1班（6人）	2班（4人）	3班（8人）	男生（8人）	女生（10人）
p	1（5.6%）	1（16.7%）	0	0	0	1（10%）
m	2（11.1%）	0	0	2（25%）	0	2（20%）
f	5（27.8%）	1（16.7%）	0	4（50%）	4（50%）	1（10%）
n	3（16.7%）	1（16.7%）	0	2（25%）	0	3（30%）
k	1（5.6%）	1（16.7%）	0	0	0	1（10%）
h	4（22.2%）	2（33.3%）	1（25%）	1（12.5%）	1（12.5%）	3（30%）
q	3（16.7%）	1（16.7%）	1（25%）	1（12.5%）	1（12.5%）	2（20%）
z	5（27.8%）	2（33.3%）	1（25%）	2（25%）	3（37.5%）	2（20%）
c	3（16.7%）	0	1（25%）	2（25%）	2（25%）	1（10%）
zh	4（22.2%）	0	0	4（50%）	4（50%）	0
ch	5（27.8%）	2（33.3%）	0	3（37.5%）	2（25%）	3（30%）
sh	2（11.1%）	0	0	2（25%）	2（25%）	0
r	6（33.3%）	2（33.3%）	1（25%）	3（37.5%）	3（37.5%）	3（30%）

（1）全体发音人的声母偏误率统计及分析

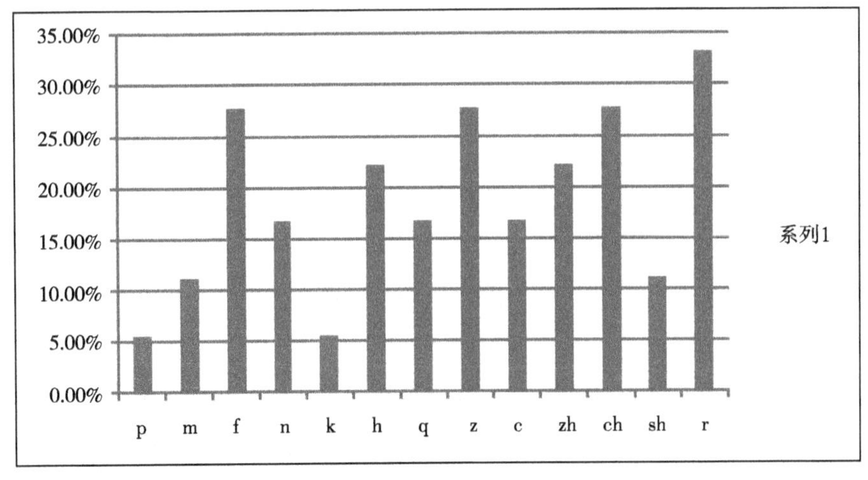

图1　声母偏误率

从图1的声母偏误率柱状图来看，我们可以根据偏误的比率将声母分为四档，主要利用偏误分析的方法来解释其中的偏误。

第一档高偏误率声母（>30%）。这一档中，只有r，共有6个人错了。这6个人中有4个人将r发成了l，因为在韩语中没有舌尖后浊擦音r［ʐ］，但有相似的“ㄹ［r］”，它在韩语中做韵尾（收音）时发音接近英语的［l］，做声母时发音接近汉语的边音［l］，所以我们可以把这里的偏误解释为母语的负迁移。有1个人的舌位太过靠后，听起来不自然，有1个人发成了卷舌元音er，这应该是学生过度发音的学习策略导致的。

第二档较高偏误率声母（30%>声母>20%）。这一档中，有f、h、z、zh、ch。f［f］

是韩语中没有的轻唇音，所以学生都发成了 b［p］、p［p'］。h 在韩语中有类似的喉壁音“ㅎ［ɦ］”，学生能够体会其中的差异，但是准确发音比较难，会发成 g［k］、k［k'］。z［ts］的偏误在于学生发音时容易将轻音浊化，或者与 j［tɕ］混淆，或者与 zh［tʂ］混淆。zh［tʂ］、ch［tʂ'］的偏误在于这是母语中没有的新的知识点，学生不容易掌握，zh［tʂ］容易发成 z［ts］，或者被浊化；ch［tʂ'］容易发成 c［ts'］或者 q［tɕ'］。

第三档较低偏误率声母（20% > 声母 > 10%）。这一档中有 m、n、q、c、sh。m［m］在汉语和韩语中对应的“ㅁ［m］”都是鼻音，在韩语中有的人发音时鼻音就不明显，所以听起来像 b［p］。n［n］的偏误主要在于和 l［l］的混淆，此外也有 1 个学生气流不是主要从鼻腔而是从口腔出来，发成了 d［t］。c［ts'］和 q［tɕ'］因为都是送气音，学生都容易发成不送气音。sh［ʂ］因为学生掌握不好舌尖上翘的技巧，容易发成 s［s］。

第四档是低偏误声母（10% > 声母 > 0%）。这一档中有 p、k。这两个辅音声母都是送气音，发音人发音偏误在于没有送气，巧合的是这两个偏误都是由同一个 1 班的小学生犯的，她在发其他的送气音 q［tɕ'］、ch［tʂ'］时也不送气。

（2）班级声母偏误率统计及分析

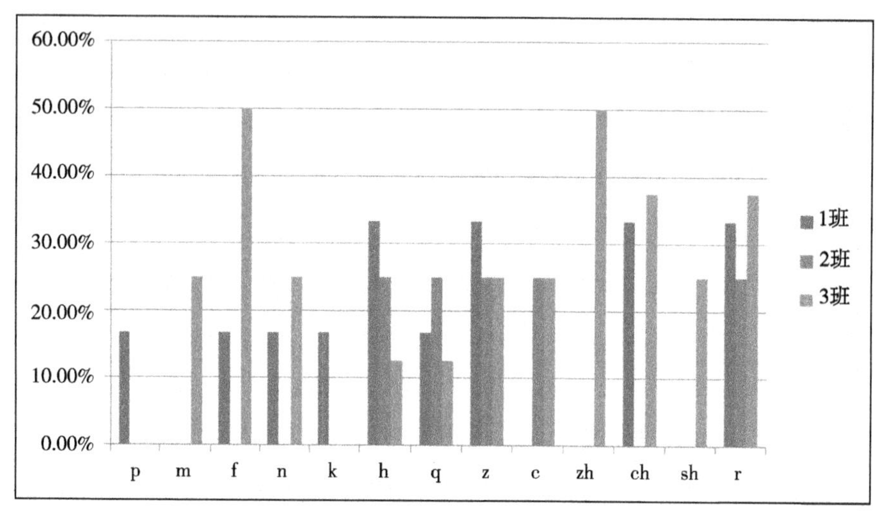

图 2　班级声母偏误率对比

从图 2 中我们可以看到，在 13 个辅音声母中，1 班（低年级）在 8 个项目上有偏误，5 个项目上偏误率最高；2 班（中年级）在 5 个项目上有偏误，2 个项目上偏误率最高；3 班（高年级）在 11 个项目上有偏误，在 8 个项目上偏误最高。

可见在声母习得上，习得效果排名是中年级 > 低年级 > 高年级。

（3）男女生声母偏误率统计及分析

从图 3 中我们可以看出在全部 13 个辅音声母中，女生在 11 个项目上有偏误，7 个项目上偏误最高；男生在 9 个项目上有偏误，6 个项目上偏误最高。

可见在声母习得效果上，男生 > 女生。

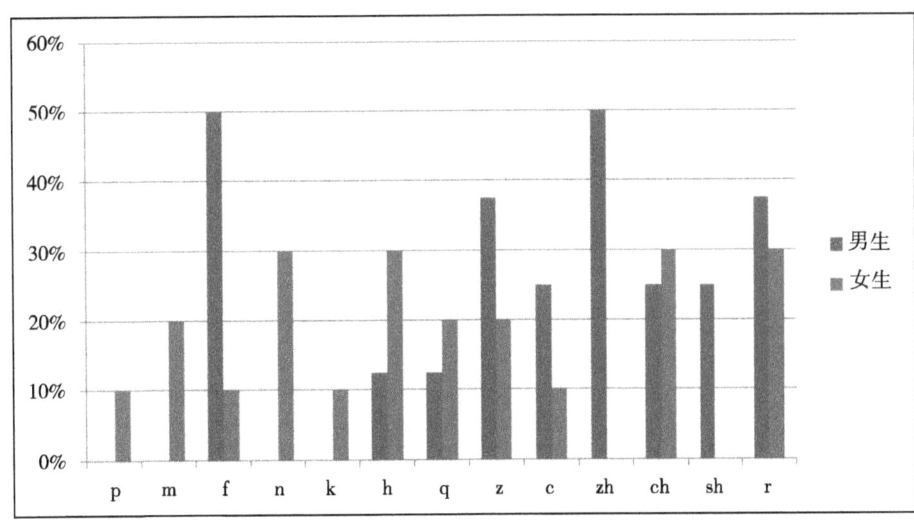

图3　男女生声母偏误率对比

3. **单韵母偏误的分析**

由于韵母的数量太多，无法在一张图上予以全部显示，故而笔者按照黄伯荣廖旭东《现代汉语》（2007）将其分为了单元音韵母、复元音韵母和鼻音韵母三类，并进行分类分析。

单元音韵母一共考察了6个，其中e、o未出现错误。

表2　单元音韵母偏误率

学生 / 偏误率 / 韵母	全体（18人）	1班（6人）	2班（4人）	3班（8人）	男生（8人）	女生（10人）
a	2（11.1%）	1（16.7%）	0%	1（12.5%）	2（25%）	0%
i	1（5.6%）	1（16.7%）	0%	0%	1（12.5%）	0%
u	4（22.2%）	3（50%）	0%	1（12.5%）	1（12.5%）	30%
ü	9（50%）	4（66.7%）	0%	5（62.5%）	5（50%）	40%

（1）全体发音人的单韵母偏误率统计及分析

从图4我们可以观察到单韵母可以分为四档。

第一档是高偏误率单韵母（>30%）：这一档只有，达到了50%。ü［y］学生容易读成［iu］［io］［wi］，［wi］的读音可见受到了母语“ᅱ［wi］”的影响；［iu］［io］的发音意味着学生已经意识到两种语言之间的差别，知道从i［i］带出ü［y］，但是仍然不能很好的控制嘴部的肌肉。

第二档是较高偏误率单韵母（30%>单韵母>20%）：这一档只有u。u［o］的偏误在于唇形过大，受母语的“ㅗ［o］”影响，发音接近［o］。

第三档是较低偏误率单韵母（20%>单韵母>10%）：这一档只有a。a［A］偏误一在于发音位置偏后，发成了［ɑ］；偏误二在于加了卷舌音，发成了［ɑr］，这也是受母语“알［ar］”的影响。

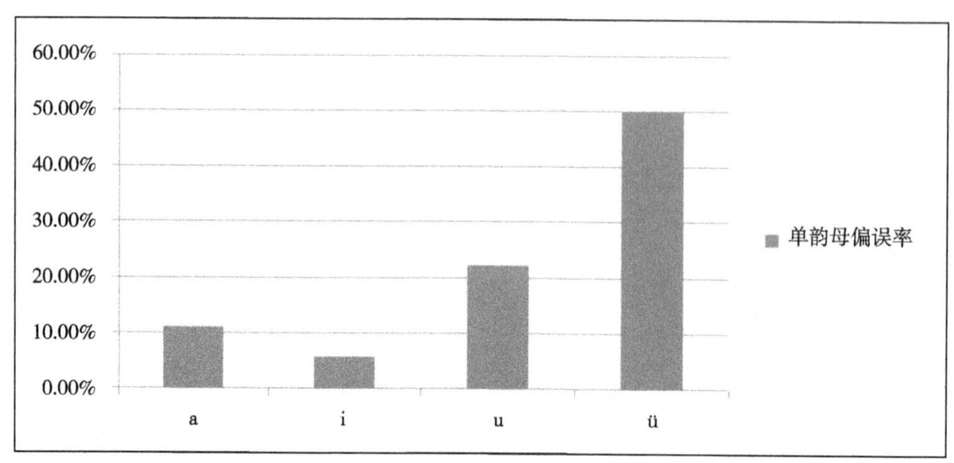

图4 单韵母偏误率

第四档是低偏误率单韵母（10% > 单韵母 > 0%）：这一档只有 i。i［i］的偏误在于发成了 ei［ei］，鉴于所有人中只有一个同学发音错误，所以我们猜测可能是学生一时的发音错误，或者学生习惯性地在发元音前加一个喉塞音。

（2）班级单韵母偏误率统计及分析

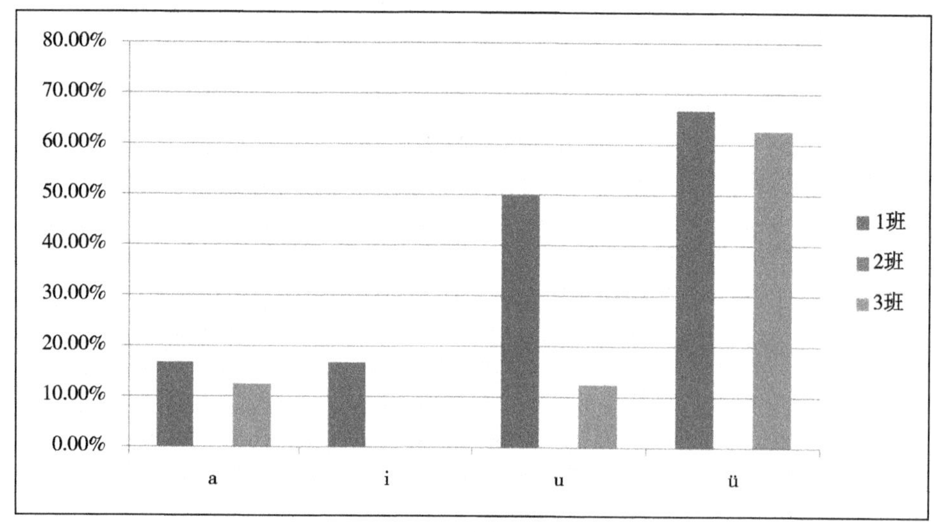

图5 班级单韵母偏误率

从图5中可见观察到，4个单元音韵母中，1班（低年级）在4个项目上都有偏误，而且在4个项目上的偏误率都是最高的；2班（中年级）没有出现偏误；3班（高年级）在3个项目上有偏误。

可见，单韵母的习得效果是中年级 > 高年级 > 低年级。

（3）男生女生单韵母偏误率统计及分析

从图6中可见观察到，4个单元音韵母中，男生在4个项目上都有偏误，在3个项目上偏误率是最高的；女生在2个项目上有偏误，1个项目上的偏误率最高。

可见，单韵母的习得效果是女生 > 男生。

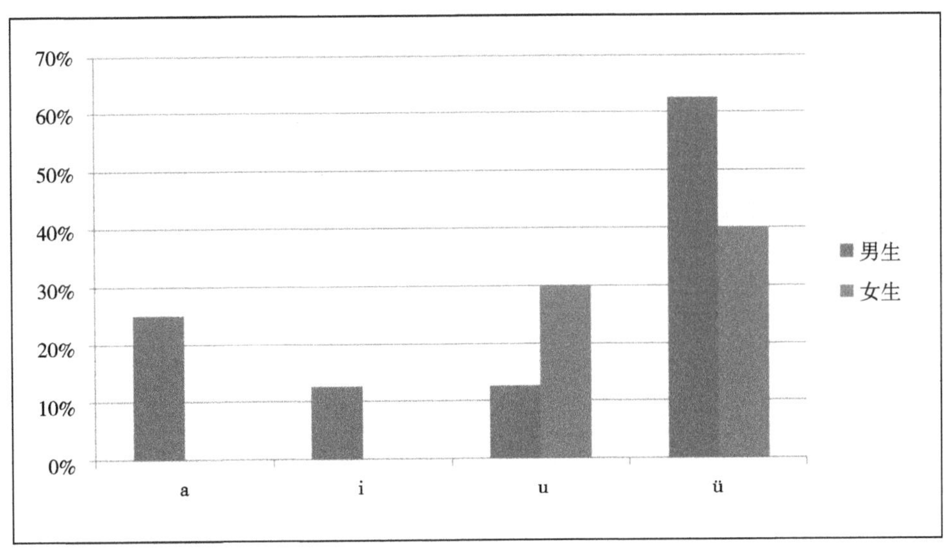

图 6　男生女生单韵母偏误率

4. **复韵母偏误的分析**

复韵母一共考察了 10 个，其中 ei、ua、uai 没有出现过偏误。

表 3　复韵母偏误率

偏误率 \ 学生 韵母	全体 （18 人）	1 班 （6 人）	2 班 （4 人）	3 班 （8 人）	男生 （8 人）	女生 （10 人）
ai	1（5.6%）	1（16.7%）	0%	0%	0%	1（10%）
ao	6（33.3%）	3（50%）	0%	3（37.5%）	3（37.5%）	3（30%）
ou	1（5.6%）	1（16.7%）	0%	0%	0%	1（10%）
ia	1（5.6%）	0%	1（25%）	0%	1（12.5%）	0%
ie	3（16.7%）	0%	1（25%）	2（25%）	2（25%）	1（10%）
iao	1（5.6%）	1（16.7%）	0%	0%	0%	1（10%）
iu	1（5.6%）	0%	0%	1（12.5%）	1（12.5%）	0%
uo	1（5.6%）	0%	0%	1（12.5%）	1（12.5%）	0%
ui	2（11.1%）	0%	0%	2（25%）	2（25%）	0%
üe	3（16.7%）	0%	2（5%）	1（12.5%）	3（37.5%）	0%

（1）全体发音人复韵母偏误率统计及分析

从图 7 的偏误率来看，我们可以将复韵母分为四档。

第一档是高偏误率复元音韵母（>30%）。这一档里面只有 ao［ɑu］。学生的偏误也可以分为两类，第一类是 a 的开口度太小，听起来像［ou］；第二类偏误是从 a 过渡到 u 时，唇形过大没有变小，导致 u 的音不清楚。这也是由于韩语中“ㅏ［a］”的开口度比汉语中 a 的小，ㅗ的开口比［u］大。

第二档是较高偏误率复元音韵母（30%>复韵母>20%）：无。

第三档是较低偏误率复元音韵母（20%>复韵母>10%）。这一档里面有 ie［iɛ］、ui

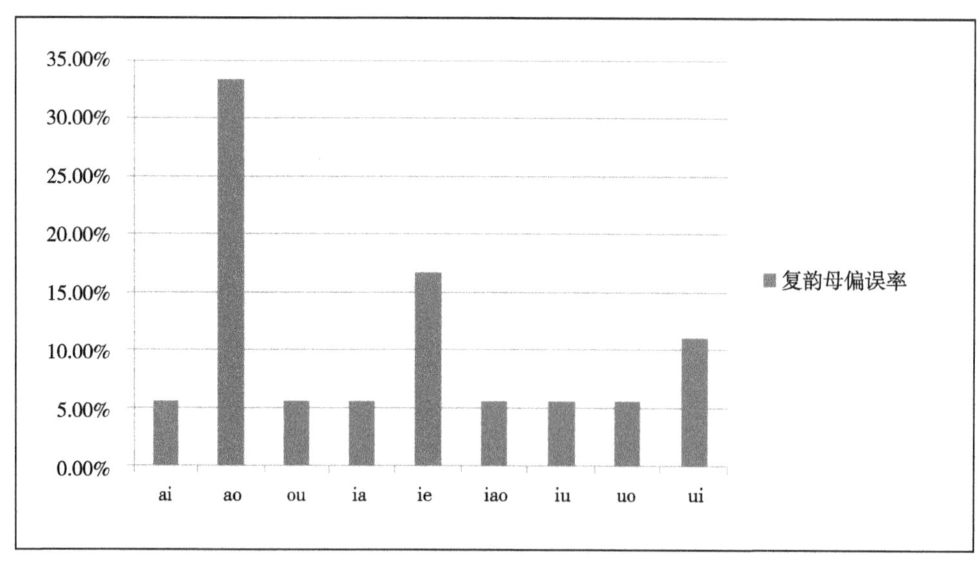

图7　复韵母偏误率

[uei]。ie [iɛ] 的偏误一在于带了前鼻音，发成了 [iɛn]；偏误二在于发成了 [i]。ui [uei] 的偏误都在于忽略了韵腹 [e]，发成了 [wi]。

第四档是低偏误率复元音韵母（10% > 复韵母 > 0%）。这一档里面有 ai、ou、ia、iao、iu、uo，每一项都只有 1 个人发生偏误。ai [ai] 的偏误是韵尾 [i] 不明显，ou [ou] 的偏误是韵尾 [u] 不明显，ia [iA] 的偏误是带了前鼻音发成了 [iɛn]，iao [iɑu] 的偏误是韵尾 [u] 不明显，iu [iou] 的偏误是丢失了韵腹 [o]，uo [uo] 中韵头 [u] 不明显。这一组偏误的韵母有两个三合元音韵母 iu [iou] 和 iao [iɑu]，而在韩语中是没有三合元音的，所以作为新的发音项目，它们对小学生是难的。另外，[u] 的发音不明显，也是学生的一个比较普遍的问题。而鼻音与非鼻音，学生们似乎也不能很好地进行区分。

（2）班级复韵母偏误率统计及分析

从图 8 中可见观察到，10 个复元音韵母中，1 班（低年级）在 4 个项目上有偏误，在这 4 个项目上偏误率都是最高；2 班（中年级）在 3 个项目上有偏误，在这 3 个项目上偏误率也是最高；3 班（高年级）在 6 个项目上有偏误，在 4 个项目上偏误率最高。

可见，复元音韵母的习得效果是中年级 > 低年级 > 高年级。

（3）男女生复韵母偏误率统计及分析

从图 9 中可见观察到，10 个复元音韵母中，男生在 7 个项目上有偏误，这 7 个项目的偏误率都是最高的；女生在 5 个项目上有偏误，其中 3 个项目上的偏误率是最高。

可见，复元音韵母的习得效果是女生 > 男生。

5. 鼻音韵尾韵母偏误的分析

鼻音韵尾韵母一共考察了 11 个，其中 ian、iang、iong、uen、üan 没有出现偏误。

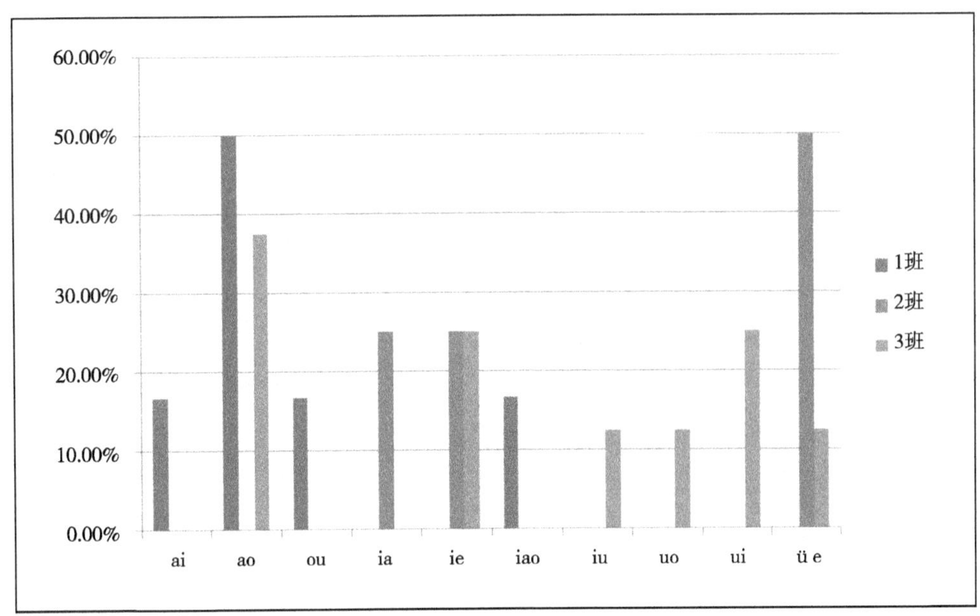

图 8　班级复韵母偏误率

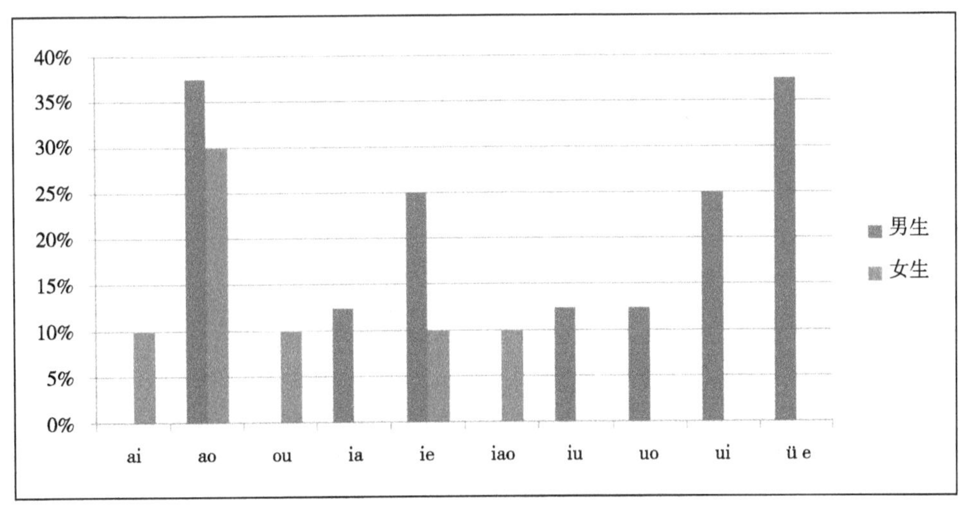

图 9　男女生复韵母偏误率对比

表 4　鼻音韵尾韵母偏误

学生 偏误率 韵母	全体 （18 人）	1 班 （6 人）	2 班 （4 人）	3 班 （8 人）	男生 （8 人）	女生 （10 人）
an	2（11.1%）	1（16.6%）	0%	1（12.5%）	2（25%）	0%
en	1（5.6%）	1（16.6%）	0%	0%	0%	1（10%）
ang	5（27.8%）	4（66.7%）	0%	1（12.5%）	1（12.5%）	0%
eng	4（22.2%）	1（16.6%）	1（25%）	2（25%）	2（25%）	2（20%）
ong	1（5.6%）	1（16.6%）	0%	0%	0%	1（10%）

续表

韵母 \ 偏误率 \ 学生	全体（18 人）	1 班（6 人）	2 班（4 人）	3 班（8 人）	男生（8 人）	女生（10 人）
in	3（16.7%）	1（16.6%）	1（25%）	1（12.5%）	1（12.5%）	2（20%）
ing	10（55.6%）	4（66.7%）	1（25%）	5（62.5%）	4（50%）	6（60%）
uan	2（11.1%）	1（16.6%）	1（25%）	0%	2（25%）	0%
uang	2（11.1%）	1（16.6%）	1（25%）	0%	2（25%）	0%
ueng	3（16.7%）	1（16.6%）	1（25%）	1（12.5%）	1（12.5%）	2（20%）
ün	1（5.6%）	1（16.6%）	0%	0%	0%	1（10%）

（1）全体发音人鼻音韵母偏误率统计及分析

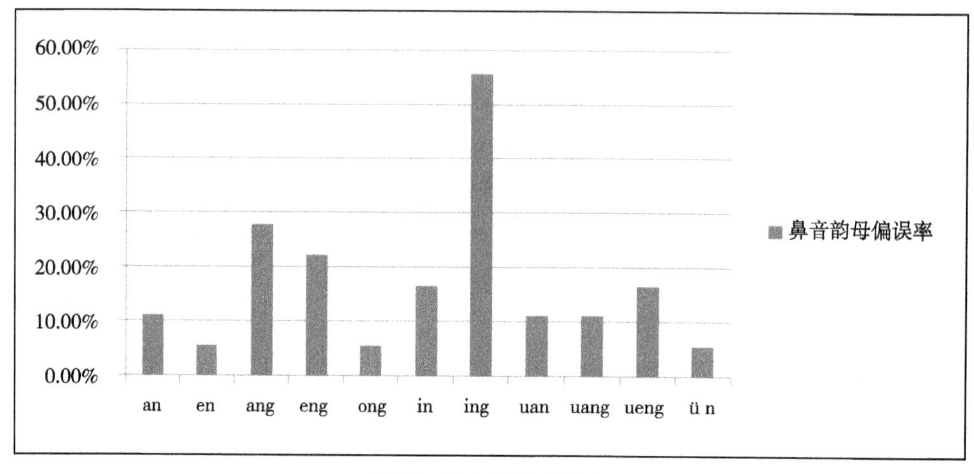

图 10　鼻音韵母偏误率

从图 10 偏误率柱状图来看，我们可以将鼻音韵母分为四档。

第一档是高偏误率鼻音韵母（>30%）。这一档只有 ing，共 10 个人出现了偏误，偏误率达到了 55.6%。所有的偏误都是 ing［iŋ］发成了 in［in］，说明韩国小学生对后鼻音和前鼻音的辨别能力比较弱，而在韩语中，有时候前鼻音和后鼻音并不是一个区别特征。比如韩语的你好“안녕하세요”中的“안［an］”，从音标上看是前鼻音，但是在实际发音中偏向于后鼻音［ɑŋ］，介于两者中间。

第二档是较高偏误率鼻音韵母（30% > 鼻音韵母 > 20%）。这一档有 ang、eng。ang［ɑŋ］一共有五个人出现偏误，其偏误一是因为［ɑ］的开口度太小，一共有 3 例；偏误二是 ang［ɑŋ］发成了 an［an］，后鼻音没有到位，一共有 2 例。eng［əŋ］的偏误一共有 4 例，都是发成了前鼻音［ən］。可见学生们对于前后鼻音的辨别不是很明显。

第三档是较低偏误率鼻音韵母（20% > 鼻音韵母 > 10%）。这一档有 an、in、uan、uang、ueng。an［an］的偏误一是发成了［ai］，偏误二是［a］的开口度太小了。in［in］的偏误是发音前会带一点喉塞音。uan［uan］的偏误一是发成了［uai］，偏误二是韵头［u］脱落发成了［an］。uang［uɑŋ］的偏误一是发成了前鼻音［uan］，偏误二是韵头［ɑ］的开口度太小。ueng［uəŋ］的偏误是发成了前鼻音［uən］。

第四档是低偏误率鼻音韵母（10% > 鼻音韵母 > 0%）。这一档有 en、ong、ün。en

［ən］的偏误在于误加了后鼻音发成了［əŋ］。ong［uŋ］的偏误在于后鼻音发成了前鼻音。ün［yn］的偏误在于鼻音脱落，发成了［ye］。

（2）班级鼻音韵母偏误率统计及分析

从图 11 中可以看出，1 班（低年级）在 11 个项目上有偏误，在 6 个项目上偏误率是最高的；2 班（中年级）在 6 个项目上有偏误，5 个项目上偏误率是最高的；3 班（高年级）在 6 个项目上有偏误，在 1 个项目上偏误率最高。

可见鼻音韵母学习效果是高年级 > 中年级 > 低年级。

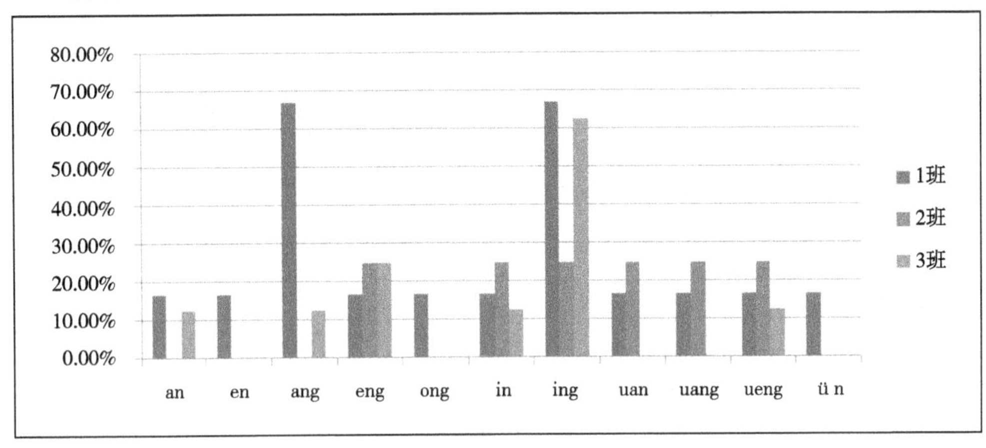

图 11　班级鼻音韵母偏误率对比

（3）男女生鼻音韵母偏误率统计及分析

从图 12 中可见观察到，11 个复元音韵母中，男生在 8 个项目上有偏误，5 个项目上的偏误率是最高的；女生在 5 个项目上有偏误，其中 3 个项目上的偏误率是最高。

可见，鼻韵母的习得效果是男生 > 女生。

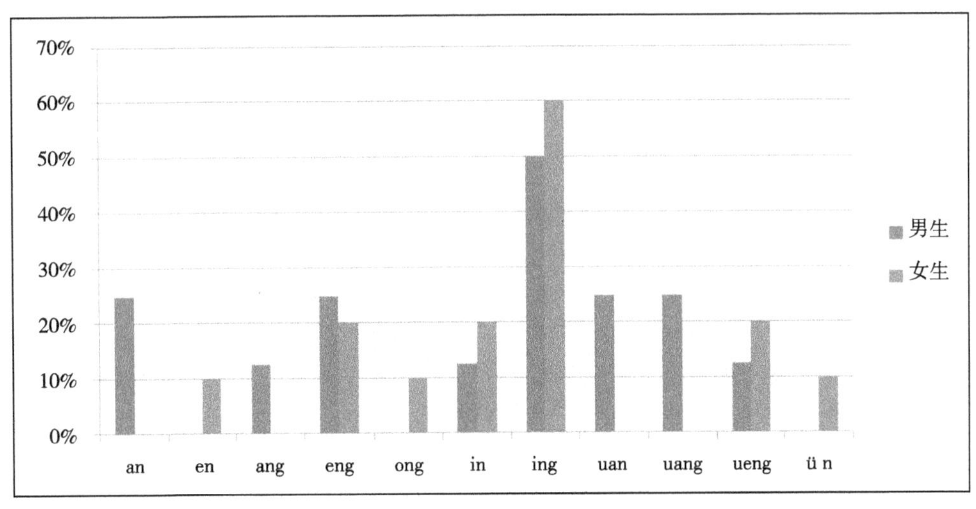

图 12　男女生偏误率对比（鼻音韵母）

三、结论

（一）声母韵母偏误率差异

第一档高偏误率的声母韵母（偏误率 >30%）：r、ü、ao、ing

第二档较高偏误率的声母韵母（30% > 偏误率 > 20%）：f、h、z、zh、ch、u、ang、eng

第三档较低偏误率的声母韵母（20% > 偏误率 > 10%）：m、n、q、c、sh、a、ie、ui、an、in、uan、uang、ueng

第四档低偏误率的声母韵母（10% > 偏误率 > 0%）：p、k、i、ai、ou、ia、iao、iu、uo、en、ong、ün

无偏误的声母韵母：b、d、t、l、g、j、x、s、e、o、ei、ua、uai、ian、iang、iong、uen、üan

（二）班级习得效果差异

声母：中年级 > 低年级 > 高年级

单元音韵母：中年级 > 高年级 > 低年级

复元音韵母：中年级 > 低年级 > 高年级

鼻音韵母：高年级 > 中年级 > 低年级

结论：中年级的学生习得效果最好，高年级的习得效果略好于低年级。

（三）男女生习得效果差异

声母：男生 > 女生

单元音韵母：女生 > 男生

复元音韵母：女生 > 男生

鼻音韵母：男生〉女生

结论：男生和女生在习得声母、韵母时，差异并不太明显。

参考文献

[1] CPIK 教育项目官方网站：http//cpik. go. kr/

[2] 鲁健骥．对外汉语语音教学几个基本问题的再认识［J］．大理学院学报，2010（9）．

[3] 孙德金．对外汉语语音及语音教学研究［M］．北京：商务印书馆，2006.

[4] 宋春阳．谈对韩国学生的语音教学——难音及对策［J］．南开大学学报（哲学社会科学版），1998（3）．

[5] 林倩如．韩国留学生汉语语音习得状况与偏误分析［J］．现代语文：语言研究，2015（3）．

[6] 文艳．韩国人汉语语音偏误研究概述及命题要点［J］．现代语文：语言研究，2009（7）．

[7] 黄伯荣，廖旭东．现代汉语［M］．北京：高等教育出版社，2007.

[8] 辛亚宁．意大利学生习得汉语声调的实验研究．［D］．北京语言大学，2007.

[9] 施家炜．外国留学生 22 类现代汉语句式的习得顺序研究［J］．世界汉语教学，1998（4）．

附录一：声母测试材料

b p m f d t n l

g k h j q x

z c s zh ch sh r

附录二：韵母测试材料

a o e i u ü

ai ei ao ou

ia ie iao iu

ua uo uai ui üe

an en ang eng ong

ian in iang ing iong

uan uen uang ueng

üan ün

（黄静　首都师范大学2014级硕士生　指导教师：王伟丽）

《刚才你去哪儿了》教学设计及分析

孔　明

摘　要：对外汉语教学设计，在某种程度上是为了将对外汉语教学理论顺利地应用于课堂实践所做的策划方案，也是对外汉语教学理论向教学实践转化的有效途径。本文在依据对外汉语教学设计的理论基础和遵循其原则的前提下，应用对外汉语教学方法系统地对《汉语口语速成》入门篇（下）的第十七课《刚才你去哪儿了》进行课堂教学设计和分析，在一定程度上丰富了教学设计理论的研究。

关键词：对外汉语；《刚才你去哪儿了》；教学设计；分析

优秀的教学设计可以大大提高课堂教学效率，使教学效果达到最优化，从而实现对外汉语教学的最终目的：汉语学习者可以准确得体地运用汉语进行交际。

对外汉语口语教学既不同于对汉语母语者的口语教学，也不同于对外汉语的其他技能的教学，它的教学目标、教学方法随着汉语学习者年龄、学习动机、学习方式的变化而发生改变。这就要求对外汉语教师从思想上重视汉语口语教学，以教学设计思想为指导，不断分析汉语学习者的身心发展因素，从汉语和其母语的差异中寻找教学重难点，完成整体的教学设计。

一、《刚才你去哪儿了》教学设计分析

1.1 学习环境分析

学习环境是影响学习者学习的外部环境，是促进学习者主动建构知识意义和促进能力生成的外部条件，主要包括：物理学习环境、资源学习环境、技术学习环境、情感学习环境。

笔者所带的班级是外国留学生中国暑期班，处于目的语的学习环境，这就为学习汉语提供了大量天然的资源，本课在设计练习和活动时也尽量创设真实的交际情境，帮助同学们练习口语。另外，学习的教室是专门的语言教室，用学生祖国和中国的元素进行了布置，教室多媒体教学设备齐全。

1.2 教材分析

所用教材是2004年由北京语言文化大学出版社出版，马箭飞主编，苏英霞、翟艳编

著的《汉语口语速成》，本文所选课文为《汉语口语速成》入门篇（下）第十七课。

《汉语口语速成》是为短期来华留学生编写的、以培养学生口语交际技能为主的一套系列课本。全套课本包括入门篇、基础篇、提高篇、中级篇、高级篇五本，分别适应具有“汉语水平等级标准”中初、中、高三级五个水平的留学生的短期学习需求。这套教材一改之前汉语教材罗列系统语言知识的作风，转而以满足短期外国人交际需要为重点，在编写体例、重难点选择、话题选择、练习形式等方面具有较强的实用性。入门篇主要适用于零起点或初级汉语学习者，共 30 课。1 ~ 5 课为语音部分，6 ~ 30 课为课文部分，每篇课文按照生词、课文、注释、语法、练习的顺序展开，表现出教材编写的独特性。

1.3 课型分析

本课的课型是汉语口语课。口语课是对外汉语教学中一门非常重要的科目，其宗旨就是让学生运用所学的语言知识讲话，以提高语言交际的实际能力。对于任何一种语言的学习，都是由听和说开始的，这就决定了口语教学的重要地位。特别是像对外汉语教学这种第二语言的教学，学生对语言学习的实用性要求更高。而且，我们通过对口语的教学，也有助于提升其写作能力、阅读能力。

1.4 教学对象分析

1.4.1 学生的基本情况

笔者所在班级共有 17 个学生，其中 14 个韩国学生，2 个加拿大学生，1 个法国学生。学生的年龄都在 17 到 20 岁之间，来中国之前大概接触过 3 个月左右的汉语，这次在华将进行为期一个月的汉语学习。

1.4.2 学生的学校特征及风格分析

韩国学生性格较为腼腆，较少提问问题和找中国学生交流；加拿大和法国的学生性格比较外向，课堂发言积极。学生学习汉语都是出于对中国感兴趣，或者是先感受一下汉语，再为之后的选择做打算。

个别学生反应比较慢，需要耐心引导。学生们都喜欢活泼生动的课堂，比如视听手段的运用和丰富多彩的课堂活动。同学们都喜欢在学习过程中受到鼓励。

1.5 应遵循的教学原则

1.5.1 以学生为中心、教师为主导

学生是语言学习的主体，因此应重视情感因素，充分发挥学生的主动性、创造性。在教学目标的制定上以及教学方法的选择上都应该重视学生的主体性地位。在本课的教学设计中，始终坚持以学生主体、教师为主导，将教师的主导作用与学生主动性、自觉性相结合，通过做丰富的活动调动学生的学习的积极性，通过分组学习启发学生学习的主动性、自觉性、积极性，并高效率的完成教学任务。这条原则体现了教学过程中教师与学生关系的规律。

1.5.2 精讲多练，以言语技能和交际技能为中心

处理好讲与练的关系就是处理好知识和技能的关系。在本课的教案设计中，生词 24 个，补充生词 2 个，因此在讲解过程中，不可能做到面面俱到，必须要有所侧重，有效的利用课堂时间。每讲完一个知识点，要紧跟着巩固练习，学生只有进行大量的操练，才能熟练地运用汉语交际并不断提高交际能力。

1.5.3 交际性原则

指汉语口语教学要以理论为指导，把汉语知识与技能传授给学生，同时要结合学生的

实际需要，引起学生的学习兴趣，营造良好的口语教学氛围，培养学生用汉语进行交际的能力。这一原则是对外汉语教学的总则，既体现了语言教学的原则，也体现了汉语作为第二语言教学的原则。交际性原则要求教师在汉语口语教学过程中强化学生对汉语语音、词汇、语法的学习，力求做到规范，并能根据需要完成思想表达；选取贴近学生生活、时代的语言材料，给教学创造真实的语言环境；精讲多练，注重听说，把成句表达、成段表达提到技能训练的具体目标上来，进行大量综合性、交际性练习与操练；句型本位，例句示范，不过多讲解语法点，尽量少使用专业术语；有任务、有重点地开展汉语口语教学，灵活处理课文内容，适当延伸会话范围。

1.5.4 情境性原则

汉语口语教学需要充分尊重教学的一般步骤，提供大量的材料和形象生动的语言，让学生整体感知汉语口语；引入教学情境，结合学生的学习需要、学习动机，促使学生理解汉语口语知识，掌握汉语口语技能；根据学生的实际生活、工作需要，充分运用汉语进行交际。每个学生都不是空着脑袋进入教室的。他们可以在原有的知识结构和经验中构建、生长出新的知识。但是这一过渡需要教师提供具体的情境，以形象生动的语言、具体可感的教学模具、丰富多彩的图片帮助学生建立新旧知识之间的联系。

1.6 教学策略分析

1.6.1 教学组织策略

基于对外汉语教学“以教师为主导，以学生为主体”的教学原则，根据本课课文内容的特点和学习环境的现状，本设计采取如下组织形式：（1）小组讨论。理由是：在讨论中学习，学生可以各抒己见，取长补短，同时也促进了学生之间的情感交流。学生通过参与小组活动，充分发挥了其主体认知作用。（2）角色扮演。理由是：在情景对话中，沉浸式的角色扮演，有助于学生更快更好地理解和掌握所学内容，为以后在日常生活中运用汉语扮演好自己的真实角色奠定了基础。（3）集体讲授。理由是：新的语言知识的导入、讲解和指导学生如何运用，以及什么学习阶段哪个教学环节适合培养学生何种学习策略，都需要教师发挥好其“导”的作用。

1.6.2 教学管理策略

在本课设计中，教学管理中涉及到的教学进度管理、教学资源管理和教学活动的控制管理的管理者都由教师来承担。因学生的汉语基础不同，认知能力不同，学习风格各异，面对不同层次的汉语学习者，为了兼顾汉语水平稍差的学生和汉语水平较高的学生的不同学习需求，合理地安排好教学进度的任务由老师来完成。在教学资源方面，除教材外，教师根据学生的学习需求，还利用了适量网络资源辅助教学。

1.6.3 具体的教学方法

讲解词汇时主要采用图片展示法、情景法、搭配法等；讲解语法时主要采用归纳法和演绎法，或者两种方法交替使用；练习的环节交替使用填空法、替换法、情景表演等方法。

1.7 教学时数的安排

本课计划分为两讲，每讲两个课时，共四个课时。第一讲学习生词、语法和课文，第二讲重点复习巩固前一讲所学内容，安排大量的练习和有意义的活动。这样安排是充分考虑到口语课的特点和要求以及学生对生词和语法点的接受能力，由于本文出现的生词并不算很多，主要是重点生词的掌握，所以就安排和语法、课文一起用两个课时，并加大了练习和互动问答的比例，讲练结合避免枯燥的学习带来的疲劳。第三、四课时以练习、巩固、总结为主，同时为了增加课堂趣味性和学生学习积极性，配以角色扮演小环节，可以在轻松的环境中复述课文内容。旨在帮助学生巩固前一讲时所学知识，并查缺补漏察疑纠错，使学生真正的理解、掌握并运用。总的来说，这四课时内容讲练结合，交叉进行，以口语的操练为重点，目的是取得最好的学习效果。

1.8 教具的开发

幻灯片课件。将本节课所需要的字、词、音、短语、句子、图片等内容做成 PPT，为学生演示，辅助教学。这样不仅节省了时间，还可以在教学过程中给学生直观的感受，更有利于学生的记忆。

生词卡。生词卡正面写拼音，反面写相对应的生词。在生词学完后使用，用于巩固复习。目的是通过反复、多次的操练，使学生能牢牢地掌握。

二、《刚才你去哪儿了》具体的教学设计

课型：初级汉语口语课

教材：《汉语口语速成》入门篇（下）

教学对象：汉语初级水平的留学生

教学目标：

1、语言知识目标：

（1）能够掌握 24 个生词，对重点生词能够熟练使用。

（2）能够熟练掌握课文中的重点句型。

①“了”表完成

②…了…就…

（3）能够熟练地朗读三段课文。

2、技能目标：

（1）能够熟练地使用新学的单词进行对话和造句。

（2）能够掌握重点的语法，并且运用于交际。

（3）能够叙述出课文的主要内容。

教学内容及要求：

1、掌握 24 个生词

要求：熟练掌握重点词语用法；了解 2 个补充词汇的用法。

2、三个课文

（可以不读，用生词直接带出课文，采用问答形式讲生词串联起来讲，自然的连成课文中的句子）

要求：学生能够流利地说出课文中的句子，并且在实际生活中可以学以致用，鼓励学生在生活中使用课文中的句子。

3、语法点和句式

（1）“了”表完成

（2）…了…就…

教学的重点和难点：

1、句式："了"的用法

2、交际任务：留学生可以表达不同时间段所做的事情。

教学方法：

1、课堂教学应该循序渐进，按照"生词－语言点－课文－练习－汉字"的顺序进行。

2、可以使用直观的教学手段，比如多媒体（PPT、图片、音乐等）。

3、可以组织小组活动。

4、精讲多练。可以交替使用填空法、替换法、情景表演等方法。

教学时间安排：

本科分两讲，一讲用2课时。

1、第一讲：第1、2课时

（1）生词讲练1－24

（2）语法讲解：（有的可以在讲解生词前，根据不同的情况调整）

（3）课文讲练：课文1、2、3

2、第二讲：第3、4课时

（1）复习：语法、课文和重点生词

（2）课后练习

（3）活动

教具准备：

1、实物类：预习单、练习纸

2、图片类：生词图片

3、媒体类：多媒体课件PPT

教学具体的环节和步骤：

第1、2课时

一、组织教学

面带笑容，与学生交流，问候其生活学习情况，让学生的注意力转移到课堂上来，为正式上课做好充分的准备。教师点名，检查学生出勤情况，询问迟到、旷课的原因，保证较高的出勤率。

二、复习旧课

（一）生词（16课）

用PPT课件展示部分生词，利用闪读的方式，让学生回忆并巩固这些生词。

（二）看图对话（课文内容）

三、学习新课

（一）生词1－6

1、导入

今天，老师带你们去逛商店吧！我们看看商店里都有什么东西！

2、PPT给出图片

衬衣、裙子、帽子、裤子、衣服、鞋（PPT给出拼音和数量词）

（二）“去 + V. + O.”“V.. + O. + 去”讲练

A：一会儿你做什么？

B：一会儿我去看电影。

=一会儿我看电影去。

A：一会儿你去哪儿？

B：一会儿我去买水果。

=一会儿我买水果去。

（PPT 给图片：吃饭、玩电脑、喝啤酒，小组问答）

（三）语法讲解

（昨天）S + V…… + 了。

1、提问：

昨天你来教室了吗？——昨天我来教室了。

早上你吃饭了吗？

2、给公式：（昨天）S + V…… + 了。

3、练习：前天你来学校了吗？你吃午饭了吗？

4、否定：S + 没有 + V……。

今天早上你吃饭了吗？

昨天你去超市了吗？你去超市买什么了？

昨天上午你做什么了？昨天你吃烤鸭了吗？

5、学生互动，按照昨天、今天、明天的顺序进行练习。

（四）语法 + 课文一

（昨天）S + V. + 了 + …… + O.

1、PPT 给图片带出课文句子

2、提问：

他们昨天去哪儿了？

他们买东西了吗？

3、学生一问一答练习

4、提问（课文内容）

直美买了什么东西？（直美买什么了？）（ppt 给出拼音和词）

她买的多不多？

问学生你买了什么东西？

5、练习：

你吃了什么东西？吃了多少？

你来中国带了什么东西？（PPT 行李）

昨天你们学了几个课文？

你们昨天用了多少钱？

6、领读课文

7、自读课文

8、学生复述课文内容

（五）生词二（7－12）
领读、自读、指读、齐读
重点讲解：
1、陪：～朋友、～父母、～男朋友看电影
2、风景：你觉得哈尔滨的风景怎么样？
3、特别：哈尔滨的天气怎么样？
锅包肉好吃吗？
4、烤鸭：一只烤鸭
你的国家有烤鸭吗？
课文语言点：那还用说；当然；还没
（问韩国人）你会说韩语吗？你们吃中国菜了吗？你们知道北京吗？
练习：PPT
（六）课文二
上周末你做什么了？
1、导入（PPT 图片：长城、颐和园、全聚德）
长城你知道吗？
在你的国家，有没有这样的地方？
2、PPT 课文图片（师问，引导出课文内容）
猜一猜他们做什么了？
莉莉去哪儿了？
颐和园的风景怎么样？
3、课文：领读、齐读、两人一组自由读
4、分角色表演课文
（七）语法：还没……呢
S＋V1 了……就 V2……。
V1……S 就 V2……。
1、导入：
下课以后，你们做什么？——下课以后，我去食堂。
2、给出公式
3、先下课，再去食堂
我下了课就去食堂。
下了课我就去食堂。
4、PPT 出图片练习：
洗了澡就睡觉。
吃了早饭就去上课。
到了中国就给父母打电话。
5、加上时间，练习
每天我洗了澡就睡觉。
我常常吃了早饭就去上课。
上星期到了中国就给父母打电话。

明天……
6、P20 配套练习，完成句子
7、引导说出句子。到了北京，想做什么？
（八）生词三（13－17）
领读、自读、齐读
重点讲解
1、病：病了、生病、有病了。
2、抽时间：你最近特别忙，朋友来看你，你跟他见面吗？
我们抽时间见朋友。
3、看：看朋友、看老师
4、已经：现在上课了吗？——现在已经上课了。
你们来中国了吗？
你们学习第十六课了吗？
（九）课文三
1、给叙述体，学生读
2、提问
小雨怎么了？
英男他们打算做什么？
他们明天有课吗？
他们什么时候去？
小雨知道他们去吗？
3、两人一组，学生对话练习（英男和保罗）
4、领读课文

第 3、4 课时

（省略了组织教学和复习检查的环节，同 1、2 课时）
（十）生词学习（18－24）
领读、自读、齐读
重点讲解：
1、以前：以前你来过中国吗？
2、上：上个月、上星期
3、洗：洗衣服、洗澡、洗脸
4、衣服
5、枝：一枝花
6、洗澡
7、玩儿：你明天出去玩儿吗？
你去哪儿玩儿？
四、新知识练习（PPT）
（一）“不”和“没”的练习
（二）课后练习 P19

PPT 给出图片，老师引导学生说出答案，然后给时间写在树上。

（三）“还没……呢”练习

（四）“了……就”练习

（五）综合练习 P21

给出保罗的问题：师生问答、生生问答

给出英男的问题：师生问答、生生问答

五、布置作业

（一）做完课后练习作业

（二）模仿课文，写一写你一天不同时间段所做的事情，要用到本课所学的句式和语法点。

结　语

对外汉语教学设计是连接教师与学生、实现教学目标的纽带和桥梁，它既有固定的范式，又融合了教师的专业理念、专业知识、专业技能与专业自我。在进行对外汉语教学设计时，教师需要充分调动教育学、心理学、文化学、社会学等相关学科的理论知识，结合外国学生的身心发展情况，整合教材内容，完成教学任务，促使学生获得全面发展。本文结合笔者实习期间的课堂教学，以《汉语口语速成》中的一篇文章《刚才你去哪儿了》为基础分析了一次口语课的教学设计，以期对丰富对外汉语口语课的课堂设计有一定的借鉴作用。

参考文献

[1] 姜丽萍．对外汉语教学论［M］，北京：北京语言大学出版社，2008.

[2] 徐子亮．汉语作为外语的口语教学新议［J］．世界汉语教学，2002（4）.

[3] 盛群力等．教学设计［M］．北京：高等教育出版社，2005.

[4] 夏侯命河．《汉语口语速成》教学设计研究［D］．南京：广西民族大学，2014.

[5] 刘爽．《我看见了飞碟》教学设计［D］．开封：河南大学，2012.

[6] 伍群．《把吸尘器递给我》教案设计［D］．长沙：中南大学，2013.

[7] 刘珣．对外汉语教育学引论［M］．北京：北京语言大学出版社，2000.

[8] 徐剑．对外汉语口语课教学设计研究［J］．内蒙古师范大学学报（教育科学版），2008（9）.

（孔明　首都师范大学 2014 级硕士生　指导教师：史金生）

“依据”的词汇化与语法化

郑海香

摘　要：介词研究一直都是语言学界关注的重点之一，学界对于单音节介词历时研究的文献很多，对于双音节介词的衍变却较少涉及。最早的介词基本上都是从单音节动词虚化而来的，而双音节介词的产生发展和单音节介词的衍化也有着重要关系。现代汉语双音节介词“依据”是词汇化和语法化双重作用的结果，本文通过大量语料分析，探索了“依据”产生和发展的道路。

关键词：依据；据依；词汇化；语法化

一、引言和文献综述

汉语词汇化和语法化一直以来都是学术界研究的重点，对“依”和“据”的研究著作也不在少数，然而对“依据”一词的讨论却寥寥无几。“依据”的介词地位目前也没有统一的定义。

《现代汉语词典（第五版）》对“依据”的解释如下：1、介词，表示以某种事物作为论断的前提或言行的基础。2、名词，作为论断前提或言行基础的事物。3、动词，以某种事物为依据。但是在相关的汉语虚词词典中，除朱景松《现代汉语虚词词典》（2007）收录了“依据”以外，如：吕叔湘《现代汉语八百词》（1999）、王自强《现代汉语虚词词典》（1998）、北京大学中文系 1955、1957 级语言班《现代汉语虚词释例》（1982）、李晓琪《现代汉语虚词手册》（2003）、中国社科研究所的《古代汉语虚词词典》（1999），许多常用的虚词词典均没有收录该词。

深究介词定义，《现代汉语词典（第五版）》将介词解释为：“用在名词、代词或名词性词组前，合起来表示方向，对象等的词。”①

吕叔湘《现代汉语八百词》（1999）认为介词是：“加名词构成介词短语，主要用途是修饰动词。”②

李晓琪《现代汉语虚词手册》（2003）中的表述是：“介词的作用主要是用来引出与

---

① 现代汉语词典（第五版）[M]. 北京：商务印书馆，2005.

② 吕叔湘. 现代汉语八百词 [M]. 北京：商务印书馆，1999.

动作行为相关的时间、处所、方向、对象、依据以及原因、目的等。”①

王自强在其《现代汉语虚词词典》（1998）中论述为：“用在词或词组前面，跟它合起来，一同表示动作行为的方向、对象、处所、时间等的词。”②

综合上述的定义，“依据”均符合其定义和用法，所以本文肯定依据的介词地位，并对其词汇化和语法化进行探索。本人主要探讨的是“依据”的衍生与发展，基于前人的研究基础，从历时的角度初步的探索其语法化和词汇化的道路。

二、“依据”的来源

（一）研究基础

“依”和“据”的历时研究已经有众多的先贤前哲研究过了，但是“依据”的研究还相对较少。本人主要根据张成进《现代汉语双音介词的词汇化与语法化研究》中所提出，但并没有详细论述的“依据”的来源进行该词语的词汇化和语法化探索。张成进提出“依据”的来源可能有三条：

（1）由单音节介词“依”和“据”经词法途径直接复合而成双音节介词“依据”；

（2）由动词“依”和“据”先复合为一个动词“依据”再经过语法化途径，虚化为同形双音节介词；

（3）由动词“依”和“据”结合成为一个并列短语“依据”，后词汇化为同形的动词，在经语法化途径虚化为同形的介词。

张成进虽然提出了“依据”来源的三条道路，但却没有明确指出其具体衍化、发展路径，这为本人的研究提供了空间。

（二）“依”和“据”的语法化

通过学习和总结前人的著作，可初步看出“依”和“据”的语法化历程如下表：

表1　“依”和“据”的语法化历程

	依	据
《说文》	依，倚也	据，杖持也。
清代陳昌治刻本『說文解字』	【卷八】【人部】依倚也。从人衣聲。於稀切	【卷十二】【手部】据（據 jù）杖持也。从手豦聲。居御切
先秦	依＋NP1＋（而/以）＋V2（＋NP2）宾语是人或事物	据＋NP1＋（而/以）＋V2（＋NP2）语法化准备阶段
西汉	依＋NP1＋（而/以）＋V2（＋NP2）抽象宾语为主	连动结构居多，介词据萌芽
东汉	完成了从动词到介词的转变	
六朝	介词依发展成熟	介词据史书中处于主导
唐五代		据后可接宾语小句，消息来源
宋代		据…看/说　据…说表示消息来源

① 李晓琪．现代汉语虚词手册［M］．北京：北京大学出版社，2003.

② 李自强．现代汉语虚词词典［M］．上海：上海辞书出版社，1998.

续表

	依	据
元代	依介引评说，议论主体的用法	据侵占了凭的义域
明，清	依……说/说起来	出现据说
现代	依XX看中“XX”指人名词或代词虚化为非人名词或名词性短语	据+V（其中V可以无标记转为名词）

根据上表的对比，简单归纳“依/据”的语法化历程为：

依/据 + N_1（N_1为具体的宾语，人或事物）

↓

依/据 + N_2（N_2可为具体宾语也可是抽象，虚化的宾语）

↓

依/据 + N_3 + V_2 + N_4（连动结构）

↓

依/据 + N_3 + V_2（+ N_4）（依/据已虚化为介词）

根据洪波（2000）的意见“汉语实词虚化的机制主要包括两个方面：其一是认知因素，其二是句法语义因素。”① 笔者认为这两个方面是不能完全割裂的，“依”和“据”的虚化根据其历史进程来看，两方面均对其产生了影响。“依”和“据”最开始是肢体倚靠义，“依”为水平方向的依靠，“据”为垂直方向的依靠。后宾语虚化引申出动作性相对较弱、意义相对抽象的“依赖、仰赖”义。不表示具体动作，而表示的是生活或经济上依赖于某人。这是就其认知因素方面而言的。但是“依”和“据”的虚化机制主要是由于第二方面的影响，在汉语的句子当中，一般来说是旧信息在前，新信息即焦点信息在后。“依/据”的连动结构中“依/据”处于V1位置，而V2往往才是句子的中心。长此以往，连动句的V1位置弱化了单独做谓语时的动词性特征，最终“依/据”成为介词。

通过“依”和“据”的使用演变，不难发现“依”和“据”在意义与用法上具有高度的一致性，很强的替换性。

搜索北京大学CCL语料库可以发现用“依”和“据”同义对举的用例一直存在。在2986条同时含有“依”和“据”的文章语料中，同义对举的有112条。如：

（1）子曰：「志於道，据於德，依於仁，游於艺。」（春秋\论语.txt）

（2）夫绛侯即因汉藩之固，杖朱虚之鲠，依诸将之递，据相扶之势，其事虽丑，要不能遂。（东汉\全汉文.txt）

以上为均动词的用法。

介词用法在南朝刘宋时期的历史学家范晔编撰的《后汉书》中就已经出现，而六朝期间正是“依”和“据”的介词用法成熟阶段：

（3）昊据卢校改。按：卢依通典改。（二十五史\03后汉书.txt）

（4）若据伊尹之言，必及七世，则子昭孙穆，不列妇人。若依郑玄之说，庙有亲称，妻者言齐，岂或滥享？（二十五史\07南齐书.txt）

（三）“依据”的出现

在以上用例中“依”和“据”实词意义相同，分布的句法语义环境也相同，发生了相同方向的虚化，这说明了它们的虚化正是平行虚化。他们词汇化成“依据”之前两者还常常处于同一小句中，更证明它们存在于相同的句法语义环境。

① 洪波．论汉语实词虚化机制［M］．北京：语文出版社，1998.

如：《北齐书》中出现的“今依礼据律处游道死罪”，《唐代墓志汇编续集》中常出现的“依仁据德”，《大唐西域记》中的“依川据险”等。由于汉语有双音节化的趋势，“依”和“据”又具有高度的相似性，在双音节化趋势的影响下，很容易将二者结合。

董秀芳认为：“双音词有三个主要来源：一是从短语变来，这是双音词最主要的来源；二是从由语法性成分参与组成的句法结构固化而来；三是由本不在同一句法层次上而只是在线性顺序上相邻接的成分变来。”① 笔者认为“依据”的衍生和发展遵循第一个来源。按照董秀芳[9] 57 - 63 在《动词性并列式复合词的历时发展特点与词化程度的等级》（2000）中的分类，“依据”应属于第一小类，即“存在一个同义的单音形式，但组成成分不能换序”类。

但是“依”和“据”可能出现的双音节化情况为“据依”与“依据”两类。检索北大 CCL 语料库中古代汉语部分（排除《册府元龟》与《兵家——百战奇略》）对比“据依”和“依据”，结果如下：

表 2 “据依”和“依据”检索情况

	数量	首次出现时代	最后出现时代
据依	68	春秋	清
依据	180	东汉	民国

“据依”首次出现的用例为：

（5）出令不信，刑政放纷，动不顺时，民无据依，不知所力，各有离心。上失其民，作则不济，求则不获，其何以能乐，三年之中，而有离民之器二焉，国其危哉！”（《周语下》P. 125）（春秋\国语 . txt）

“依据”首次出现的用例为：

（6）《白虎通》云：“所以有主者，神无依据，孝子以继心也。主用木，木有始终，又与人相似也。”（东汉・班固《白虎通》转引\十三经注疏\《礼记正义》. txt）

根据上述的例证，检索北大 CCL 语料库发现，在春秋时期就已经出现了“据依”，而“依据”在东汉一例之后直到六朝才又开始使用。同时语料库也证明了，“据依”在清朝之后便已经消失，“依据”至今仍在使用。二者在古代汉语部分的最后用例如下：

（7）特无成本据依，则搜采费时，且难征信。（清\小说\太平天国战记 . txt）

（8）太后明知其无所依据，变幻取笑，而其心窍之玲珑，大可激赏。（民国\小说\十叶野闻 . txt）

王力[10]（1999）认为：“汉语双音词大部分经过了同义词的临时组合阶段，在最初的时候，只是两个同义词的并列，还没有凝结成为一个整体，一个单词”。根据董秀芳（2000）提出的“有没有换序形式”② 来判断并列短语和动词性并列复合词的方法，说明“据依”和“依据”在初始的时候为短语而非并列复合词。这也是根据乔姆斯基的观点——句法规则不涉及词内部结构的任何方面——提出的。既然词的内部是不允许换序，那么“依据”和“据依”意义与用法相同，只有形态上顺序颠倒，即使它们呈现双音节但均不为词，而是短语。

在北大 CCL 语料库古代汉语的朝代部分，它们的关键时间点如下：

① 董秀芳 . 词汇化：汉语双音词的衍生和发展［M］. 成都：四川民族出版社，2002.

② 董秀芳 . 词汇化与语法化的联系与区别：以汉语史中的一些词汇化为例［M］. 北京：商务印书馆，2006.

表3 “依据”和“据依”的关键时间点

	首次出现时间	最后出现时间	介词用法出现时间	词汇化
依	周	现代	东汉	
据	周	现代	西汉	
据依	周	清	旧唐书	
依据	东汉	现代	六朝	民国

语法化并非词汇独有的，“据依”和“依据”虽然仅为短语，它们的发展也存在语法化的现象：

（9）敕今年礼部所放进士，据依去年人数外，更放两人。（二十五史\16旧唐书.txt）

（10）此郑据依常者而言。（十三经注疏\《周礼注疏》.txt）

此时的短语“据依”已经带有介词的性质，只是在汉语经济原则的影响下，它在后期与“依据”的竞争中逐渐失败，最终消失。“依据”占据上风延续至现代汉语。

三、依据的“词汇化”和“语法化”

彼时“依据”还没有成为词，短语“依据”的发展也能看出其符合介词形成的路径与特点：

依据 + N1

↓

依据 + N2 + V2 + N3→依据 + N2 + V2（+ N3）

↓

依据 + N4 作句首状语

（11）上《官司论》七篇，依据典故，议所因革。（六朝\史书\华阳国志.txt）

（12）援引古今，依据经礼，非唯中朕之病，抑亦成朕之躬。（\二十五史\16旧唐书.txt）

（13）毛当有所依据而言，未必与郑同也。（\十三经注疏\《毛诗正义》.txt）

（14）学校不传其讲习，志乘不治其部次，则文章散著，疑似两淆，後世何所依据而为之考定耶？（清\文史通义·清·章学诚.txt）

（15）依据《临时约法》第二十八条，将前时参议院解散，因即至参议院中，行解散礼。（民国\小说\明史演义.txt）

“据依”和“依据”的同时存在既说明彼时它们还没有固定成词语，但是由此也可以看出“依据”的语法化道路上经历了一段“依据”“据依”并存的时期，说明了“依据”的衍化、发展遵循“从短语来”的原因。这是因为短语和复合词是两个原型范畴，“依据”从短语走向词，经历了两个原型的过渡。

至此，“依据”的词汇化和语法化路径也初步显现出来：

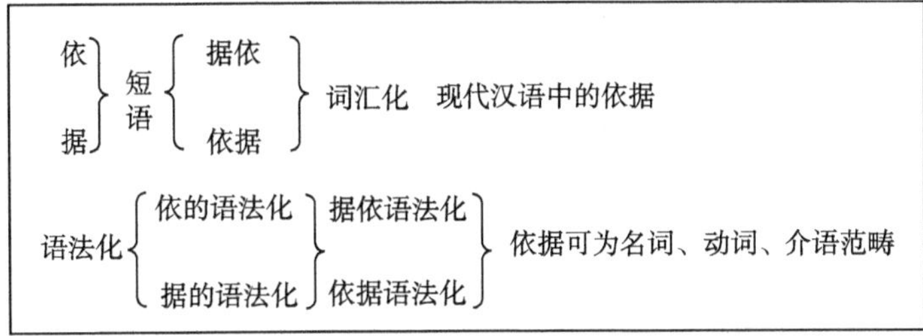

图1 “依据”的词汇化和语法化路径

上图将“依据”的词汇化和语法化路径分开是为了便于理解，但是实质上这两个方面是不可分离的。

笔者仅按照北大 CCL 语料库中古代汉语部分检索，共得到语料 180 条，“依据”的词性变化如下：

表 4　“依据”的词性变化

依据	名词	动词	介词
东汉	1		
六朝	4	6	2
北朝	2	5	2
唐	2	14	1
后晋	4	3	2
北宋	7	15	
元	7	2	
明	2		
清	13	32	6
民国	11	17	27

从上述几个表格中可以看出，依据介词用法在六朝已有，北宋时期动词用法活跃，介词用法沉寂，直到清朝恢复，民国时期介词用法开始大放异彩，高达 49.1% 近乎半数。

（15）阗笑曰：“士但可因亲旧而已乎？”慈明曰：“足下相难，依据者何经？”（六朝\小说\世说新语.txt）

（16）上《官司论》七篇，依据典故，议所因革。（六朝\史书\华阳国志.txt）

（15）、（16）分别为“依据”在短语时期的用法。（16）虽然带有介词的色彩，但是此时仍处于“据依”“依据”并存阶段。

…及诸兄。少朗叹之曰：“但可私亲而已。”慈明答曰：“足下相难，	依据	何经？“少朗曰：“方问国土，始及诸兄，是以尤之。”慈明曰：“普…
…祀六世，此前代之成法也。惟明皇立九室，祀八世，事不经见，难可	依据	。今若以太祖、太宗为一世，则大行皇帝祔庙之日，僖祖亲尽，当迁于…
问：「春间所论致知格物，便见得一个是非，工夫有	依据	。秋间却以为太迫切，何也？」曰：「看来亦有病，侵过了正心、诚意…
…尽说与人，终不似夫子立得根本住。所以程子谓『其才高，学之无可	依据	』。要之，夫子所说包得孟子，孟子所言却出不得圣人疆域。且如夫子…
…亦是立一个则例与学者学道用力处，故程子以为学者须学颜子，有可	依据	，孟子才大难学者也。」曰：「然。」祖道。
…圣坚大段易做，全无许多等级，所以程子云：『孟子才高，学之无可	依据	。』」道夫。
『孟子才高，学之无可	依据	』，为他元来见识自高。颜子才虽未尝不高，然其学却细腻切实，所以…
禁问：「『孟子无可	依据	，学者当学颜子。』如养气处，岂得为无可依据？」曰：「孟子皆是要…
禁问：「『孟子无可依据，学者当学颜子。』如养气处，岂得为无可	依据	？」曰：「孟子皆是要用。颜子须就已做工夫，所以学颜子则不错。」…
…涉财赋，则关过户房。逐月接续为书，史官一阅，则条目具列，可以	依据	。又以合立传之人，列其姓名于转运司，令下诸州索逐人之行状、事实…
…、闾阎之中，教习无成，愕不知音。议乐之臣以《乐经》散亡，无所	据依	；秦、汉之后，诸儒自相非议，不足取法。乃博求异人，而以汉津之名…
…无非是礼，所谓『三千三百』者，较然可知，故于此论说其义，皆有	据依	。若是如今古礼散失，百无一二存者，如何悬空于上面说义！是说得甚…
…。东汉称为上公，后世易为三师，皆是意也。使西汉明见周官，有所	据依	，必不若是舛矣。」又按：汉书百官表中却曰：「太师太傅太保，是为…

图 2　“依据”和“据依”在北宋时期朝代部分的检索结果

上图是“依据”和“据依”在北宋时期朝代部分的检索结果。“据依”的使用例只有 3 例，“依据”的用例则有 10 条，其中动词短语用法为 9 条。

至于清朝“据依”的用例大多出现在赵翼的《廿二史劄记》与皮锡瑞的《经学历史》中，其中皮锡瑞的著作《经学历史》《经学通论》中同时出现了“据依”和“依据”的用法：

（17）皇帝诏书，群臣奏议，莫不援引经义，以为据依。（清\经学历史·清·皮锡瑞.txt）

（18）寻其依据，犹可征验。（清\经学历史·清·皮锡瑞.txt）

（19）此朱子矜慎之处，亦由未能专信《公》，故义例无所依据也。（清\经学历

史・清・皮锡瑞.txt)

《经学通论》中“据依”仅有一例，“依据”的用法已经呈现出名词，动词和介词的用法。

(20) 且一以为出荀卿，一以为不出荀卿，一以为河间人，一以为鲁人，展转傅会，安所据依，岂非汉书自言子夏所传一语，已发其覆乎（清\经学通论・清・皮锡瑞.txt)

(21) 孔子所未言，汉儒所不晓，邵子生于数千载之后，全无依据，而以数推知之，岂可信乎（清\经学通论・清・皮锡瑞.txt)

(22) 如依杜说，此十有一年之传，为先后何经，依错何经耶，甚矣其惑也，后儒不察，乃反依据杜本妄议左氏之书。(清\经学通论・清・皮锡瑞.txt)

(23) 依据故书，如周礼之类，创为新说…（清\经学通论・清・皮锡瑞.txt)

根据北大 CCL 语料库的检索结果显示，虽然到民国时期“依据”才真正的“独立”，但是所有研究语言变化的文献资料是有限的，并不能全面反映语言的状况，实际语言中发生的变化有可能并没有在书面文献中留下痕迹，书面文献所反映出的变化往往滞后于口语。因此，在文献资料上分不出先后顺序的两个现象不一定就是共时层面产生的。同时，由于词汇化和语法化在本质上是相通的，二者是平行的或相交的，而不是对立的。

另一方面从“依据”本身来看，动词性并列复合词和并列短语之间的界限是模糊的。按照原型范畴理论，“依据”从短语原型中过度到词汇原型，在没有成为其典型成员之前均带有短语的性质。本人同意董秀芳（2000）的观点：“这类复合词的词化程度是比较低的，与短语相区别的特征很少。可以认为，这类复合词是相应的单音词在韵律和风格上的互补形式，一般要求与复音词搭配，具有庄重的书面语色彩。由于他们只是作为一种风格变体存在于语言中，因为在词汇系统中的地位要比其他复合词次要一些，处于复合词集合的边缘位置。”① 所以可以认为“依据”在清至民国的阶段也产生了动词到连动结构的变化：

(24) 程子若无所依据，岂肯轻议魏征之事？(清\小说\野叟曝言.txt)

(25) 学校不传其讲习，志乘不治其部次，则文章散著，疑似两淆，後世何所依据而为之考定耶？(清\文史通义・清・章学诚.txt)

语法化后介词用法：

(26) 乃令众僧依据科仪，建立法事，立尊者为班首。(清\小说\东度记（上).txt)

(27) 日本表示放弃德国依据一千八百九十八年三月，中德条约所取得之供给人才、资本、材料之优先权。(民国\小说\民国野史.txt)

综上所述，“依据”词汇化和语法化虽然不能划分出确切的时间点，但是也经历了从实物宾语到抽象宾语再到连动结构的过程，总结其语法化路径为：

依
据 } 短评依据→【词汇化】动词依据→带有依据的连动结构→介词依据

四、结论

本文通过思考前人对“依”和“据”的研究，借助北京大学 CCL 语料库中古代汉语

① 董秀芳.动词性并列式复合词的历时发展特点与词化程度的等级［J].河北师范大学学报（哲学社会科学版)，2000，(01)：57－63.

部分语料探索介词“依据”的词汇化和语法化过程。通过对大量语料的分析，笔者发现“依据”的形成是由“依”和“据”的双音节衍化而来，期间经过了“依据”和“据依”并存的短语阶段，直到民国时期“依据”才完全取代“据依”从短语范畴走向了词的范畴。本文同时论证了词汇化和语法化在本质上是相通的，二者是平行的或相交的，而不是对立的，即“依据”在还是短语时就已经开始了语法化的过程。“依据”的语法化过程为：“依”和“据”总是处在意义相同的同一位置，被结合成短语“依据”。此时的“依据”为动词用法，形成了“依据”位于 V1 位置的连动结构。长久以往，V1 项动词性弱化，“依据”虚化为介词。

本文对北大 CCL 语料库中古代汉语部分含有“依”和“据”的语料进行了详细分析，但是仍存在以下局限性：

（一）研究语言变化的文献资料是有限的，语言发展变化的实际情况很有可能没有记载。同时，由于书面语滞后于口语，所以即使在文献上不分先后的现象也可能反映的是不同时期的语言变化。

（二）在语言使用上，文献著作者有较强的主观性。难以判断当时的语言现象是著作者偏好的使用用法还是当时社会的普遍用法。

文章虽还有一些不足和局限性，但已经初步绘制了“依据”词汇化和语法化的道路，旨在为以后的研究探索提供思路。

注释

古文例子（1）－（27）均摘自北京大学 CCL 语料库古代汉语部分。

参考文献

［1］现代汉语词典（第五版）［M］．北京：商务印书馆，2005.

［2］吕叔湘．现代汉语八百词［M］．北京：商务印书馆，1999.

［3］李晓琪．现代汉语虚词手册［M］．北京：北京大学出版社，2003.

［4］李自强．现代汉语虚词词典［M］．上海：上海辞书出版社，1998.

［5］张成进．现代汉语双音介词的词汇化与语法化研究［D］．合肥：安徽大学，2013.

［6］洪波．论汉语实词虚化机制［M］．北京：语文出版社，1998.

［7］洪波．论平行虚化．汉语史研究集刊［C］．成都：巴蜀书社，2000.

［8］董秀芳．词汇化：汉语双音词的衍生和发展［M］．成都：四川民族出版社，2002.

［9］董秀芳．动词性并列式复合词的历时发展特点与词化程度的等级［J］．河北师范大学学报（哲学社会科学版），2000（1）．

［10］王力．古代汉语：校订重排本［M］．北京：中华书局，1999.

［11］董秀芳．词汇化与语法化的联系与区别：以汉语史中的一些词汇化为例［M］．北京：商务印书馆，2006.

（郑海香　首都师范大学 2014 级硕士生　指导教师：汪大昌）

以英语、韩语为母语背景的中、高级水平留学生使用介词“在”的对比分析
——以《青蛙，你在哪里》为例

刘　畅

摘　要：本文主要探讨以英语、韩语为母语背景的中、高级水平的留学生对介词“在”的掌握情况。根据本文搜集的图画书《青蛙，你在哪里》的口语材料，以 19～23 岁，学习汉语 2～3 年的留学生为研究标准，采用对比分析的研究方法，通过统计不同偏误类型出现的频率，得出他们相应的掌握情况，并给出教学建议。

关键词：偏误类型；对比分析；教学策略

一、研究对象

本文以图画书《青蛙，你在哪里》为例，共收集了 57 份口语材料。以留学生的母语背景为第一划分标准，其中以英语为母语的留学生最多，有 17 名；以韩语为母语的留学生次之，有 14 名。在此基础上，为保证调查结论的有效性，尽可能地减少变量，对受访者学习汉语的时间和年龄进行进一步界定。14 名韩国留学生中，除去一名学汉语 1 年的留学生、一名学汉语一年半的留学生、三名分别学汉语 4 年、5 年、7 年的留学生和一名年仅 13 岁学汉语 3 年的留学生，所以符合本文研究标准的以韩语为母语背景的口语材料有 8 份。再看 17 名以英语为母语背景的留学生，除去一名学汉语一年零三个月的留学生、一名学汉语 4 年的留学生以及一名 32 岁，学汉语 2.5 年，在中国生活 4 年的英国人，所以，符合本文研究标准的以英语为母语背景的口语材料有 14 份。

总之，本文的口语材料以留学生母语背景为第一标准，遵循样本量足够大，语料尽可能多的原则，抽取数量排列第一的英语母语背景和排列第二的韩语母语背景。在此基础上，遵循减少变量的原则，增强数据报告的可控性和结论的有效性，界定留学生学习汉语的时间为 2～3 年。

二、研究内容

在考察 22 份口语材料的过程中，发现关于介词的使用留学生出现大量偏误，且出现了系统性的偏误。于是笔者决定以留学生出现的介词偏误为大范围，收集数据，抽取口语材料中出现频率高，属于系统性偏误的介词进行具有调查可行性的留学生介词偏误

研究。

《汉语语法趣说》（邵敬敏 2011）一书中介绍，介词可以分为四大类：引进动作的施事或受事，引进动作影响的对象或范围，引进动作的工具、方式或目的，引进动作的时间或处所。以这四大类为标准，分别以最常用的介词为调查对象，调查它们在口语材料中出现的频率。

（一）以韩语为母语背景的口语材料 8 份

1. “从、在、到”在原始语料中出现的次数

从 16	在 79	到 66
10	74（除去“现在”）	41（除去“到处”）

16、80、66 这三个数据表示将原始材料收集（原始材料为留学生口语材料和转写者的标注），用“查找”工具统计出的三个词在原始材料中出现的总次数。

10 表示除去了转写者标注之后“从”出现的次数；54 表示除去了转写者标注和“现在”之后“在”出现的次数，41 表示除去了转写者标注和“到处”之后“到”出现的次数。

2. “跟、和、对、为”在原始语料中出现的次数

跟	和 23	对 5	为 6
24（基本没错误）	19（基本没错误）	2	0 除去“因为”

“跟”一共出现 24 次，且基本上没有错误；同样，“和”一共出现 23 次，除去转写者标注之后共出现 19 次，基本上没有错误；“对”一共出现 5 次，除去转写者标注之后只有 2 次；“为”一共出现 6 次，全部都是“因为”，所以作为介词的为出现次数为 0。

3. “叫、让、给”在原始语料中出现的次数

叫 7	让 4	给 3
——	——	——

三个词出现的频次分别为 7、4、3，不具有研究价值。

4. “用、以、为、为了、按照、通过”等表示引进动作的工具、方式或目的的词语有，都不属于最基本的介词，口语材料中出现频次很低，不作为研究对象。

（二）以英语为母语背景的口语材料 14 份

1. “从、在、到”在原始语料中出现的次数

从 10	在 273	到 178
——	248（除去“现在”）	——

“从”一共出现 10 次，次数较少，没有研究价值。

“在”“到”在原始材料中分别出现 273、178 次，可以作为研究对象。

2. “跟、和、对、为”在原始语料中出现的次数

跟 20	和 70	对 26	为 72
——	65（基本没错误）	8（除去口语中语气词表示“突然想起来”；正确；“对面、对于”）（基本无错误）	1（除去“为什么、因为、以为、应为、认为、可能为”）

“跟”在原始材料中出现 20 次，平均一份材料出现不到量词，出现频率低，且基本上没有错误；“和”原始材料中出现 70 次，筛选之后仅在留学生口语中出现 65 次，大多都表示引进对象，基本上没有错误，同时，改动较少也与基本上无错误相吻合；“对”原始材料中一共出现 26 次，频率低，仅在口语材料中出现的表示引进对象的“对”只有 8 例，且基本上无错误；“为”在口语材料中表示引进对象的只有 1 例。

3. “叫、让、给”在原始语料中出现的次数

叫 23	让 18	给 5
1（除去“叫什么”；喊叫）	——	——

“叫”只有 1 例“我叫他李小龙”符合条件；“让、给”频率太低，不作进一步考察。

4. 引进动作的工具、方式或目的的词语，出现频次低，难度较大，不作为研究对象

综上，本文探讨的主要内容是以英语和韩语为母语背景的 19 ~ 23 岁的留学生在学习汉语 2 ~ 3 年后对介词运用情况的对比分析，常量为年龄和学习汉语时间，变量为母语背景，因变量为研究内容，即介词运用情况的对比分析。所以，需要选取两种母语背景都出现较多问题的介词，才能满足样本量足够大的原则。所以，本文以时间和处所介词“在”为研究对象，考察两种母语背景的留学生对其的运用情况，并进行对比分析。本文采用的研究方法，主要是描写分析法和对比法。基于录音转写的语料对留学生介词运用情况进行描写分析，在此基础上对偏误进行分类、然后进行偏误频率对比，得出结论。

三、数据分析及结论

（一）韩语背景的留学生口语语料分析

在以韩语为母语背景的留学生口语语料中，“在”一共出现 79 次，除去 5 个“现在”，还剩下 74 个“在”。在这 74 个“在”中，10 个“在”作动词；0 个“在”作时间副词；还有 64 个“在”。在这 64 个“在”中，有 5 个“在”作为介词使用正确，所以还剩 59 个“在”。经统计，59 个“在”一共有 40 个介词“在”出现 43 次偏误，主要包括以下情况：其一，有 3 个“在”的使用出现了偏误标准中的两种偏误；其二，话语重复。如下图所示：

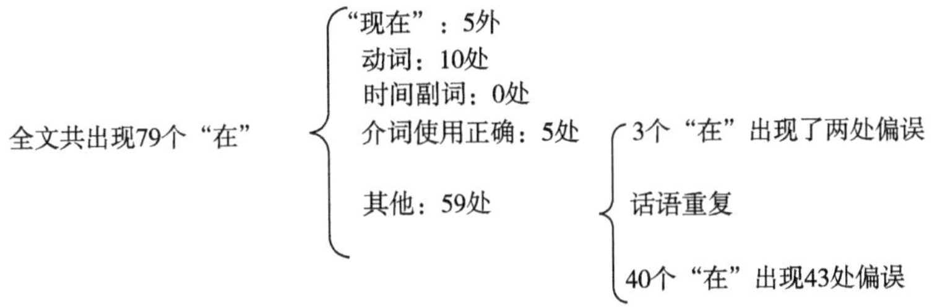

因此，一共有 40 个“在”出现偏误，而且一共有 45（40 + 5 = 45）个介词“在”，所以总的偏误率为 40/45 = 88.89%。

为了统计每一项偏误出现的次数占介词总偏误次数的比例，以文中所出现的每一项偏

误为标准，具体的统计数据如下：

用法	偏误次数	偏误次数百分比（%）
1. 方位名词搭配错误	3	6.98
2.1 缺少动词	4	9.30
2.2 结构不完整	1	2.33
2.3 框式介词缺少呼应	7	16.28
2.4 体貌标记多余	1	2.33
第二类		30.23
3.1 结构错位	3	6.98
3.2 介词结构位置不当	2	4.65
4. 冗余	7	16.28
5. 混用	8	18.60
6. 漏用	7	16.28
动词	10	–
介词正确	5	–
时间副词	0	–
总计（介词总偏误次数）	43	100.01

这些偏误可以分为六大类：

1. **第一类：方位名词搭配错误，如：**

ⅰ这个男孩儿［＊PHO nǎn ér］在地［＊PHO dǐ］下喊［＊PHO hān］（“在地下喊”应该为“在树下喊”）

ⅱ他们在，［在2］山里，叫青蛙，还是找不到［＊SYN 找青蛙］（“在山里”介词宾语搭配不当）

ⅲ那个小孩子在一个大的树里，哦，找青蛙［＊SYN 那个孩子在一个大树里找青蛙］（“在一个大的树里”介词宾语搭配不当）

2. **第二类：除介词“在”之外的结构不完整，如：**

（1）缺少动词：

ⅰ他们在树干的时［他们在树干的时2］候，［＊SYN 他们趴在树干上的时候］看起来［＊LEX 看到］一些青蛙（“他们在树干的时候”缺少动词“趴在”）

ⅱ小孩［＊PHO ái］［小孩1］子在［在1］小动物［＊SYN 小孩子和小狗小青蛙在一起玩耍］（“小孩子在”缺少动词“玩耍”）

（2）缺少“把”：只是［＊SYN 缺少把］他放在自己的头上，然后跑了（“只是他放在自己的头上”缺少“把”）

（3）缺少呼应：他们找一找在房间［＊SYN 他们在房间里找］（“他们找一找在房间”缺少呼应；而且介词结构出现的位置不当）

（4）体貌标记多余：所以他在树的后面听着他［＊SYN 代词“他”误加］这个声音［体貌标记错误］（在树的后面听声音，去掉“着”）

3. **第三类：结构错位，如：**

（1）介词结构与主语位置错位：在石头上他喊［＊PHO hán］了（在石头上他喊）

（2）介词结构与谓语位置错位：一个小孩子，在，呃，养#一只青蛙在罐子里［＊SYN 在罐子里养了一只青蛙］

4. **第四类：冗余，如：**

ⅰ然后他在他这个声音从这个一个树［＊PHO shú］后面出来了［＊SYN 杂糅］

（“然后他在他这个声音”，介词“在”冗余）

ⅱ和他的狗#看着他们的青蛙，. 青蛙在一个瓶子里。呃，（应为“看着瓶子里的青蛙”，补语、定语位置颠倒；“在”冗余）

5. 第五类：混用，如：

ⅰ在［＊LEX 对着］一个地［地 2］上的洞，他#这个男孩喊了［＊SYN 删除“了”］（“在”“对着”介词混用）

ⅱ但是这个青蛙突然在杯子里出来［＊SYN 从杯子里跑出来了］（“在”“从”介词混用）

6. 第六类：漏用，如：

ⅰ那，小狗［＊PHOgòu］［＊SYN 在］水里游。.（“在”介词漏用）

ⅱ但是小动物［小动物 1］跟一起家人［＊SYN 小动物跟家人在一起］（“在”介词漏用；语序错误）

（二）英语背景的留学生口语语料分析

在以英语为母语背景的留学生口语语料中，“在”一共出现 272 次，除去“现在”25 次，“在”一共出现 247 次。在这 247 个“在”中，有 32 个“在”作动词；16 个“在”作时间副词；还有 43 个“在”作为介词，使用正确，动词、时间副词和使用正确的介词“在”一共有 91 个。

247 个“在”减去 91 个“在”，还剩下 156 个“在”。这 156 个“在”中共出现了 114 次偏误。导致出现 114 次偏误的原因主要有以下三个方面：其一，有 6 出使用“在”的时候，同时出现了统计偏误标准中的两处偏误；其二，有大量的“在”是话语重复，统计为一处偏误；其三，运用“查找”工具统计“现在”有 25 处，还有“现［……］在”类似的形式，即中间插入标注，也不是偏误。如下图所示：

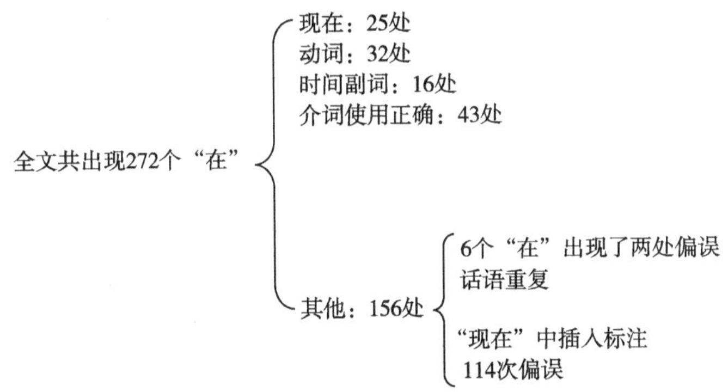

因此，一共有 108（114－6＝108）个“在”出现偏误，而且一共有 151（108＋43＝151）个介词“在”，所以总的偏误率为 108/151＝71.52％。

为了统计每一项偏误出现的次数占介词总偏误次数的比例，以文中所出现的每一项偏误为标准，具体的统计数据如下：

用法	偏误次数	偏误次数百分比（％）
1. 方位名词搭配错误	4	3.51
2.1 缺少动词	12	10.53
2.2 结构不完整	2	1.75
2.3 框式介词缺少呼应	46	40.35
2.4 结构助词多余	1	0.88
第二类		53.51
3.1 结构错位	6	5.26

续表

用法	偏误次数	偏误次数百分比（%）
3.2 介词结构位置不当	14	12.28
4. 冗余	6	5.26
5. 混用	18	15.79
6. 漏用	5	4.39
动词	32	–
介词正确	43	–
时间副词	16	–
总计（介词总偏误次数）	114	100

这些偏误也同样分为六大类：

1. 第一类：方位名词搭配错误，如：

ⅰ但是，在地［＊PHO 阴平 33］下［＊PHO 阴平 33］，只是一个，另一个动物［＊PHO 阴平 33］，不是他青蛙［＊LEX 他的青蛙］（“在地下”改为“在树下”）

ⅱ在土里，．然后，那个老鼠现在正有意思地看他们，．（“在土里”改为“在地洞口上”）

2. 第二类：除介词“在”之外的结构不完整，如：

（1）缺少动词：

ⅰ鹿，他在鹿上，不知道为什么，（（提示他））鹿的头上（缺少“骑”在）

ⅱ可能它怕男生，．但是不知道怎么走了，．因为男生还在自己的脸［＊SYN 还在自己的脸上找］，．所以这只鹿就随便跑步［＊SYN 跑了］（还在自己的脸上“找”）

（2）结构不完整：

ⅰ所以，一个青蛙在那个瓶子的里面［＊SYN 少了存现动词“有”，修饰青蛙的量词应该用“只”］．

ⅱ嗯#，放他在，放他们在［＊PHO 阴平］［＊SYN 把他们放在］（缺少“把”）

（3）缺少呼应：

ⅰ一个小［＊PHO xiāo］孩子，小孩子跟他的两个动物在他的卧室。．（缺少“里”）

ⅱ男生和狗狗在公园继续查找［＊LEX 找］青蛙，（同上）

ⅲ我不知道那个男生会让青蛙住在这条河或者带青蛙回去男生家里（同上）

（4）结构助词“的”多余：．在森林的里面［＊PHO mián］，他找到了一个洞［＊PHO dóng］，．

3. 第三类：结构错位，如：

（1）ⅰ在后面木［＊PHO 阴平］头［＊PHO 阴平］树［＊PHO 阴平 x 的发音有问题］［＊LEX 枯树］［＊SYN 在枯树后面］（改为“在木头后面”）

ⅱ可是他，额，跳#额，在水##额，然后在水里他想找他的，额，他的七［＊PHO 青］，青蛙．（改为“他想在水里找”）

（2）ⅰ他们都在树后面隐藏［＊SYN 隐藏在树的后面］

ⅱ还有那个小狗，找在那个瓶子里［＊SYN 在那个瓶子里找］

4. 第四类：介词冗余：我们可以看看在这有一个［＊LEX 棵］树

5. 第五类：介词混用

ⅰ现在，所以我觉得可能是在他休息的时间，（“在”改为“到”）

ⅱ看外面在他们的窗户（改为“从他们的窗户看外面”）

6. 第六类：介词漏用

ⅰ李小龙还［＊PHO 阴平］［＊LEX 还在］［还 2］找［＊PHO zh 的发音有问题］

他的小狗 [* PHO 阴平] . ("还在")

ⅱ因为它们都 [* PHO 阳平] 笑 [* PHO 阳平] [* SYN 在笑] . ("都在笑")

(三) 对比分析

依据上述数据进行分析:

第一,从总的偏误率来说,以韩语为母语背景的口语材料中介词"在"的偏误率为88.89%,而以英语为母语背景的偏误率71.52%,所以,从总体来说,英语者比韩语者对介词"在"的用法掌握得更好。

第二,从宏观上看,韩语者的偏误率比较平均,"缺少呼应""介词冗余""介词混用"和"介词漏用"这四项的偏误率基本相同,说明韩语者掌握介词"在"容易出现这四方面的偏误,总体难以掌握的偏误类型较多。相对的,英语者的偏误率比较集中,"缺少呼应"和"介词混用"是最大的两项偏误,且"框式介词缺少呼应"几乎占一半的偏误率,所以总体来说,偏误集中,重点突出,对介词"在"的运用相对较好。

第三,从微观看第二大类"除介词"在"之外的结构不完整",韩语者第二大类的总体偏误率为30.23%,英语者总体偏误率为53.51%。表明英语者更难以掌握汉语的"在"字结构,而韩语者在"在"字结构的完整性上,掌握相对较好。

第四,在"介词冗余""介词混用""介词漏用"方面,相同之处:二者在"介词混用"上偏误率大致相同,都较高。而且韩语者在三个方面偏误率都维持在较高水平,掌握难度都较大;而英语者只是常常"介词混用",这与汉语的介词词义较虚,介词数量较多,难以掌握密不可分。

第五,结合第三和第四点,相同之处:英语者和韩语者英语者在"缺少动词"的偏误项上大致相同。而从韩语者偏误类型内部看,韩语者在"缺少呼应""介词冗余"和"介词漏用"上都容易出现问题,且偏误率相对平均。而从英语者偏误类型内部看,在"在"字结构上,常典型地出现"缺少呼应"的问题,但是"介词冗余"和"介词漏用"掌握相对较好,所以,进一步地说,英语者在结构的掌握方面,应着重注意"缺少呼应"的问题;而韩语者在结构掌握方面出现偏误率相同的三项偏误,偏误率一共为48.84 (16.28 + 16.28 + 16.28 = 48.84),在掌握包括介词"在"的结构的问题上与英语者偏误率大致相同,且具体的问题更多。

第六,在"方位名词的搭配"上,韩语者掌握较好。

第七,在第三大类中,关于结构顺序的问题上,韩语者总体偏误率为11.63,英语者总体偏误率为17.54,韩语者掌握明显好于英语者,这与他们的母语的语序有关。

(四) 原因探讨

关于韩语者和英语者在掌握韩语介词"在"的原因上,很多学者作过理论上的分析。崔立斌(2006)指出"韩语是黏着语,助词和词尾很丰富。助词放在体词性成分后面表示处所、时间、对象等语法意义。汉语是孤立语,用介词表示相关的语法意义,而且介词都位于名词的前面,跟名词组成介词词组;整个介词词组大多在句子谓语的前面做状语"。此外,还有丁安琪、沈兰(2001)中所做的分析等。

还有英语者掌握汉语介词"在"的原因,崔希亮(2005)简单指出,因为汉语语法的结构方式在很多方面有别于印欧语系的语言,所以出现诸多问题,并尝试通过认知图式阐释结构和语义问题,从而辅助教学。吴继峰(2012)通过分析偏误类型和英汉介词的不同,来阐释造成偏误的原因。

笔者认为,通过语言的对比找到出现偏误的原因固然重要,更重要的是找到偏误出现的规律并提出有效的教学策略,并且将教学策略反映在教材中。

(五) 教学策略

基于上述分析,笔者提出以下几点教学建议:

第一,非国别化教学中,应侧重"框式介词的呼应"以及"介词混用"这两点,这是英语者和韩语者学习介词"在"共同出现的偏误率较高的问题。

第二,国别化教学中,韩语学习者对介词的掌握明显较难,"介词冗余"和"介词漏用”也较多出现。在教学过程中，可以通过让同学说句子的方式，来不断地强化用法、排除问题。而且，一定要注重教学中的校正问题。

第三，国别化教学中，英语学习者对介词的掌握除了“介词呼应”和“介词混用”之外，还难以掌握结构的语序问题。所以，教学过程中，可以切断句子，然后打乱顺序，让留学生重新排序，来强化用法。

结　语

本文主要研究以韩语和英语为母语背景的留学生对介词“在”的掌握情况，通过分析描写介词“在”的偏误类型，对比韩语者和英语者出现偏误率的侧重点，找到不同的母语背景的留学生掌握介词“在”的异同之处，以及难点所在。在此基础上，简要论述了前人关于韩语者和英语者习得介词“在”时容易出现偏误的原因，并提出针对性的教学策略。对外汉语教师在操练留学生介词使用的时候，应该重点突出，重点突破，不可一刀切。但是，本文只是通过《青蛙，你在哪里》这一篇的口语语料所做的微观分析，样本量还不够大，语料有限，如果要深入探讨介词“在”的其他规律，还需要运用大量的数据进行进一步的调查分析。

参考文献

[1] 吴漪萍．韩国留学生使用介词“在”的偏误分析及教学对策［D］．扬州：扬州大学，2013.

[2] 丁安琪，沈兰．韩国留学生口语中使用介词“在”的调查分析［J］．语言教学与研究，2001（6）.

[3] 崔立斌．韩国学生汉语介词学习错误分析［J］．语言文字应用，2006（2）.

[4] 权宁美．汉语空间介词“从、由、在、到”与韩语相应表达方式的对比［D］．大连：辽宁师范大学，2011.

[5] 黄理秋，施春宏．汉语中介语介词性框式结构的偏误分析［J］．华文教学与研究，2010（3）.

[6] 赵葵欣．留学生学习和使用汉语介词的调查［J］．世界汉语教学，2000（2）.

[7] 范继淹．论介词短语“在十处所”［J］．语言研究，1982（1）.

[8] 赵娜．面向对外汉语教学的空间介词“在”“从”汉英对比分析［D］．济南：山东师范大学，2015.

[9] 崔希亮．欧美学生汉语介词习得的特点及偏误分析［J］．世界汉语教学，2005（3）.

[10] 吴继峰．英美学生使用汉语介词“在”的相关偏误分析［J］．云南师范大学学报：对外汉语教学与研究版，2012（6）.

[11] 刘瑜．中、高级学生介词“在”习得情况考察及分析［J］．海外华文教育，2007（1）.

[12] 邵敬敏．汉语趣说丛书·汉语语法趣说［M］．广州：暨南大学出版社，2001.

[13] 现代汉语词典（第6版）［M］．上海：商务印书馆，2012.

（刘畅　首都师范大学2014级硕士生　指导教师：史金生）

基于语料库的易混淆词辨析及留学生使用情况分析

——以“发现”“发觉”为例

杨彩影

摘　要： 留学生对混淆词的习得一直是个难点，经常出现误用的情况，借助一般的词典也不能完全解决他们的问题。本文以“发现”和“发觉”为例，利用语料库的统计属性，通过对比母语语料库和中介语语料库的相关语料，从前后搭配、句法功能、语用功能等方面分析二者的异同，并讨论了母语者和二语者习得的差异、产生的原因及教学建议。

关键词： 语料库；心理动词；发现；发觉；习得

随着语料库语言学的发展和各类语料库的建立，在汉语作为第二语言的习得研究中，越来越多的学者重视运用语料库来进行相关研究。近些年来中介语对比分析（CIA）的方法已成为汉语习得研究的一个重要方法。南旭萌①对现代汉语语料库和汉语中介语语料库中常用动词的句法功能进行了对比分析；李芬芬②对现代汉语语料库和汉语中介语语料库中的常用形容词的句法功能进行了对比分析；蔡北国③对比了现代汉语语料库和汉语中介语语料库中动作动词的使用情况，发现中介语中存在常用词语过度使用，而非常用词语使用不足或者不会用的现象等；邢红兵、辛鑫④提出来基于中介语对比分析方法的词汇知识框架和词汇知识对比的主要指标；张博⑤指出对外汉语教学界所辨析的近义词已超出了本体研究中近义词的界限，主张改用“易混淆词”。“发现”和“发觉”作为一组极易混淆的动词，对于留学生来说很难区别。前人对于二者的比较研究很少，于峻嵘、柴秀敏⑥通过对二者的语法语义进行研究，对辞书编纂提出了一定的建议。之前的研究并没有采用语料库的方法进行研究，也未结合留学生的习得偏误进行研究。

本文基于前人的研究成果，借助三个语料库，即国家语委现代汉语语料库，北京语言大学的“中介语语料库”和“HSK 动态作文语料库”，对“发现”和“发觉”在现代汉语语料库和中介语语料库的使用分布情况进行统计和描写，以期发现二者的分布特征，并

① 南旭萌．留学生常用动词句法功能的统计分析［D］．北京：北京语言大学，2008.

② 李芬芬．留学生甲级形容词句法功能的统计分析［D］．北京：北京语言大学，2008.

③ 蔡北国．中介语动作动词混用的调查与分析［J］．世界汉语教学，2010，(10)：526－535.

④ 邢红兵，辛鑫．第二语言词汇习得的中介语对比分析方法［J］．华文教学与研究，2013（2）：64－72.

⑤ 张博．同义词、近义词、易混淆词：从汉语到中介语的视角转移［J］．世界汉语教学，2007（3）：98－107.

⑥ 张博．同义词、近义词、易混淆词：从汉语到中介语的视角转移［J］．世界汉语教学，2007（3）：98－107

以此为据，考察留学生使用这两个词的具体情况，分析母语者与留学生的习得差异、产生的原因及相关教学建议。

笔者在现代汉语语料库中检索“发现”和“发觉”，各得到例句4821例和168例；在“中介语语料库”和“HSK动态作文语料库”中各得到例句1012例和78例。下面进行具体分析。

一、基于语料库的“发现”与“发觉”统计分析

在《现代汉语词典》（第5版）中，“发现”的解释是：①经过研究、探索等，看到或找到前人没有看到的事物或规律；②发觉。“发觉”的解释是“开始知道（隐藏的或以前没注意到的事）。词典中的解释只是从二者的概念上进行了阐述，但并不能让人很清楚地理解二者的具体用法。各类近义词词典中也未对此进行辨析。为了清晰的呈现二者的不同，笔者从语料库的角度，对二者进行搭配分析。

（一）“发现”与“发觉”前搭配分析

“发现”与“发觉”均为动词，动词前面大多受副词修饰。因此，笔者对“发现”与“发觉”在现代汉语语料库中前接副词的情况进行了考察，发现“发现”搭配频率最高的副词分别是“才”“就”“忽然”“突然”“却”“一旦”“终于”，我们以“发现”所搭配的高频副词为基础词，分别考察这些副词同“发觉”的搭配情况，以及在中介语语料库中同“发现”与“发觉”的搭配情况。相关统计数据如下：

表1　“发现”与“发觉”前接副词情况统计表（单位：例）

左搭配副词 / 词语	才	就	忽然	突然	一旦	终于
发现（现汉语料）	150	72	55	47	26	24
发觉（现汉语料）	34	6	4	5	2	0
发现（中介语语料）	20	15	4	3	0	0
发觉（中介语语料）	13	4	1	1	1	0

从搭配的情况来看，“发现”与“发觉”所出现的语境多包含“心理时间”，二者不仅能搭配“事情发生得晚”的副词，还能搭配“事情发生得早”的副词。从表中可以看出，无论是在现代汉语语料库还是中介语语料库，副词“才”的搭配频率都是最高的，这样我们可以发现，“才”表示说话人认为“发现”的情况的时间晚，说明了“发现”出现的语境最倾向于表达说话人对于超出角色所想的主观的态度。通过进一步分析“忽然”“突然”及“一旦”这些高频的搭配副词，我们可以看出，“发现”与“发觉”搭配的语义上倾向于表达一种“非常态”义，表示未按照本应该正常的逻辑进行的意义。如：

（1）听到这个突如其来的甜蜜的声音，苏明下意识地抬起头来，这才发现一双水灵灵的姑娘的眼睛正在盯着他。

（2）我轻轻吐了口气，这才发觉已时近中午，有同志喊我们吃饭了。

（3）程保生突然发觉话题偏了，自己的要求尚未得到答复。

（4）他正在着急时，忽然发现了远处有亮光，原来是宁家湾的群众打着手电，漫

山遍野地找他来了。

例（1）中“听到甜蜜的声音”才发现的一位姑娘盯着他，根据上下文看出，苏明本应该发现这个姑娘，却只当在听到声音的条件下才发现，表达一种“非常态”的意义；例（2）中时间是客观的进行的，“才发觉”表示本应知道将近中午了，却未发觉，也表达一种“非常态”义；例（4）例（5）中，“突然”与“忽然”就表示出乎意料的意义，很容易看出说话人无意的情况下，表达的一种“非常态”义。

虽然“发现”和“发觉”都表示“非常态”义，但还是有差异的，从搭配的数量上来说，人们更多的使用“发现”，因而同副词“才”“突然”“忽然”搭配的比重相对较高。从表示“非常态”义的程度上来说，“发现”所表达的程度更高，“发觉”次之。通过考察大规模语料库中二者的使用情况发现，“发现”更强调感官上的直接的感受，“发觉”更强调内心的间接感受。

笔者通过考察中介语语料库中提取的“发现”和“发觉”前接“才”“突然”和“忽然”的例句，发现二者前搭配词的语义上也倾向于表达“非常态”义，如：

（1）来中国以后我才发现的所有点的菜是让大家共享的。

（2）正当我想检票时，突然发现自己的钱包不见了，当时我真是着急了，一下子都不知如何是好。

（3）走在一条很熟悉的马路上，忽然发现以前没见过的一家小商店那么洋溢着具有异国情调的气氛，十分吸引我。

（4）我们平时交流时看不到的同学们的个性，那时我才发觉到了。

（5）妈妈打开缝衣机要缝几件小弟的衣服时，突然发觉线团不知为什么断成一段段的，不能用了。

（6）一个复杂东西的外貌有的时候看起来简单，但是你一打开这个东西就看到内容是怎回事，你忽然发觉实在不简单。

从上述中介语中的例子可以看出，虽然留学生在使用“发现”和“发觉”的过程中有些偏误，但从左搭配的情况来看，对于二者前搭配语义的习得效果很好。对于偏误的情况随后进行分析。

我们上文分析了“发现”和“发觉”搭配副词“才”“突然”和“忽然”的情况，此外副词“就”的搭配频率也非常高，通过考察二者同“就”的搭配得出，“就”表示①很短时间内即将发生；②强调在很久以前已经发生；③表示两件事紧接着发生等意义。“就”本身所表达的意义多与时间紧密相关，包括事情发生的时间短，时间久及紧接发生，我们可以看出，“就”能与“发现”和“发觉”形成状中搭配关系，表明二者之间有一个共同的属性，就是表示一种时间长短、早久的属性，如：

（1）还在他当副指导员的时候，就发现战士们有时听课兴趣不大。

（2）我无意朝煮馍的大锅那里溜了一眼，立刻就发现金斗在捣鬼。

（3）但自从抽上那些令他意醉神迷的“毒烟”后，他就发觉身体上的变化了。

例（1）中表示“发现”的情况发生的时间早；例（2）中表示“发现”的情况发生

的时间短；例（3）中表示“发觉”的情况的时间早。而《现代汉语词典》中对于“发现”的解释是：“经过研究、探索等看到或找到前人没有看到的事物或规律”，“研究”和“探索”一般都是需要花费大量时间的，而在语料库却发现，“发现”同“就”搭配的频率很高，“就”搭配的意义即可表示时间短，又可表示时间长，有从这种角度来看，词典中的释义是否有些欠妥，有待进一步研究。

（二）“发现”与“发觉”后搭配分析

笔者通过统计“发现”与“发觉”的后搭配发现，最高频的词语都是动态助词“了”，“发现”后接“了”的情况共725例；“发觉”后接“了”的情况共20例。除了“了”之外，就是“的”“在”等极度高频的词。从最高频的词“了”来看，“发现”与“发觉”所表达的动作的实现，即已经成为事实。通过考察大量语料发现，与“了”搭配的同时，二者前面都有表“被动态”的词修饰，其中725例含有“发现了”的例句中，有14例被表“被动态”的词修饰；20例含有“发觉了”的例句中，有10例被表“被动态”的词修饰，都强调二者动作的施出者。因此，可以说二者多用于表达一种完成义，其中“发现了”的搭配强调它们后面发现的情况；“发觉了”的搭配，由于前面大量的被“被动词”修饰，则更强调动作的施出者，并且对动作的施出者表达一种不如意的主观情感，如：

（1）在这一天，美籍中国物理学家丁肇中领导的小组发现了一种新的基本粒子，被命名为“J”粒子。

（2）后来，法国大化学家拉瓦锡发现了氧和氮这两种气体，空气的真相才开始暴露。

（3）他从敌人机枪阵地的侧面迂回过去，在离敌人只有三十来步的地方，被对方发觉了。

（4）刚才若不是我将你背进来，如果给鬼子发觉了，那……那一切都完了。

通过考察中介语语料库中“发现”与“发觉”的后搭配“了”情况，发现“发现”与“了”搭配的句子共184例，“发觉”与“了”搭配的句子仅有4例，主要原因是“发现”习得的时间较早，“发觉”习得较晚，加上教师对于二者的讲解不到位，留学生对于二者的区别认识不清，便认为二者使用时无差异，造成了“发现”的大量使用，几乎不使用“发觉”。其中，由于在汉语中，“发现”与“了”的搭配频率非常高。留学生使用“发现”时。则出现了误加“了”的情况，如：

（1）我一走出了饭店，就发现（了）我的车没了。

（2）我们非常好奇地去看看出了什么事儿，才发现（了）跟几个中国人在吵架的那个，就是我们的一个同学。

（3）回宿舍来，我们快到了的时候，发现（了）马路上有几个人好像吵架了。

从中介语中我们还发现不同于母语的是，留学生在使用“发觉了”的搭配时，并不同于母语者大量使用前接“被动态”词的情况，仅发现一例，这说明留学生并没有很好的习得“发觉”的真实用法，而不是留学生对于“发觉”这个词使用频度较少造成的，因为我们发现“发现了”的用法中也未出现误用“发觉”且前受“被动态”词修饰的情况。

（三）“发现”与“发觉”句法功能分析

所谓句法功能，即词的分布功能，主要指词在句中充当什么句法成分，同其他词的搭配能力，能否与其他特殊的句子结构搭配使用。笔者大致从以下五个方面统计了“发现”与“发觉”的应用情况，详见下表。对三个语料库的相关数据进行统计，结果如下：

表2 “发现”与“发觉”句法功能分布

词语＼句法功能	作定语	作定语中心语	单独作谓语	受动词、形容词、副词、介词等成分修饰作谓语	与被字句搭配
发现（现汉语料）	257	454	963	3030	125
发觉（现汉语料）	0	0	151	72	32
发现（中介语语料）	9	2	78	920	3
发觉（中介语语料）	0	0	15	62	1

根据上表的统计，我们发现“发现”在“现代汉语语料库”中可以充当定语、定语中心语，可以单独作谓语，受动词、形容词、副词、介词等成分修饰作谓语，与被字句搭配。其中，第四种功能的使用情况最多，共发现3030例。其次是单独作谓语的功能，共发现963例。通过数据可以看出，“发觉”不能充当定语、定语中心语，这是二者的一个重要区别。从充当谓语的情况来看，“发现”大多受其他词修饰后一起充当谓语，而“发觉”更倾向于单独使用，自己充当谓语。黄振英①认为一个词本身所具有的意义总是对它在句子中的位置或组合功能有着制约作用，这种搭配差异主要是因为“发现”本身含有一定的时间范畴、结果范畴。因此，“发现”的前面常搭配动词、副词等修饰，表示时间、频率、结果等意义。然而，留学生使用“发觉”的情况却不同于母语者，在中介语语料库单独作谓语的使用情况，大大少于受其他词修饰后一起充当谓语的情况，这可能因为受“发现”常受其他词修饰的影响，使得留学生在使用“发觉”时也按照“发现”的使用情况。

二、讨论

经过上面的统计分析，我们发现了“发现”与“发觉”在语义搭配上、句法搭配上的共同属性和差异。下面我们重点讨论留学生使用这两个词的使用情况。母语者使用“发现”与“发觉”的比例为29：1，留学生的使用比例为12：1，虽然留学生使用“发觉”的比例高于“发现”，但留学生出现了一些该用“发现”，却误用“发觉”的情况，如：

（1）在我最喜爱的大海里，我跟她们玩了一天，我很开心，可那天我发觉一件事情。

（2）如果自己发觉了宝物可能很多人都藏起来，独自享受。

（3）忽然，我一仰头就发觉圣诞老人在一个挂钩上把几根毛留下来了。

分析上述偏误的原因，笔者认为主要原因可能：一是受辞书及教材上的解释“发觉”

① 黄振英．词义在句子中的衍射作用［J］．语言教学与研究，1991（2）：123－128.

强调“开始知道隐藏或未注意的事”的影响。如例（2）中“宝物”是隐藏起来的，按照常理，知道“宝物”隐藏的地方，留学生在选词的过程中，则更倾向使用“发觉”，因此产生了偏误。二是从词汇教学的角度讲，从语体方面，由于“发觉”多用于书面语，由于中介语语料库是作文语料，因此，留学生在写作时可能会出现误用的现象。

由于在教学时“发觉”出现在“发现”之后，大部分汉语教师本身对于二者的意义认识不清，教学中常将二者当作同义词进行讲解，并未把“发觉”的意义同“发现”进行区别，造成留学生将“发觉”误用成“发现”。

然而，我们在考察中并未发现留学生出现了该用“发觉”，而误用“发现”的情况，虽然二者的搭配与句法功能不同，这主要是由于“发现”的语义范围包括“发觉”的义项造成的。

三、总结

本文从语料库的角度，分析同义动词“发现”与“发觉”的在三个语料库中，二者前后搭配词的语义特征、句法功能，发现了二者在汉语中的搭配差异。同时对比了母语者同留学生的习得差异，并对差异的原因进行了分析。最后讨论了留学生使用“发现”与“发觉”的偏误情况，分析了偏误产生的原因。通过研究我们发现在对外汉语教学中，要重视二者差异的教学，重视词语搭配教学，让学生掌握词与词之间的搭配关系、功能分布及词语的认知功能，强调词汇知识体系的构建。

参考文献

[1] 南旭萌．留学生常用动词句法功能的统计分析［D］．北京：北京语言大学，2008.

[2] 李芬芬．留学生甲级形容词句法功能的统计分析［D］．北京：北京语言大学，2008.

[3] 蔡北国．中介语动作动词混用的调查与分析［J］．世界汉语教学，2010（10）.

[4] 邢红兵，辛鑫．第二语言词汇习得的中介语对比分析方法［J］．华文教学与研究，2013（2）.

[5] 张博．同义词、近义词、易混淆词：从汉语到中介语的视角转移［J］．世界汉语教学，2007（3）.

[6] 峻嵘，柴秀敏．关于“发现”“发觉”的语法语义研究——兼及《现代汉语词典》释义问题［J］．河北师范大学学报（哲学社会科学版），2008（2）.

[7] 黄振英．词义在句子中的衍射作用［J］．语言教学与研究，1991（2）.

（杨彩影　首都师范大学 2015 级硕士生　指导教师：李子鹤）

· 文艺学 ·

孙文波论

洪文豪

摘　要： 孙文波的诗是当代诗歌研究者需要重新重视与挖掘的诗歌宝藏。本文从诗歌焦虑开始谈他的诗，这一角度可能并非是进入文本的最佳途径，但却能较好地串联起他诗歌中丰富多维的诗歌质素——语言的自我审视性、对传统的智性态度、诗歌与介入现实的微妙关系……

关键词： 孙文波；焦虑；元诗；传统；现实

简略回顾一下中国现代汉诗的发生史，从第一部新诗集即胡适的《尝试集》出版，到不足十年后穆木天、王独清等人对胡适的诘难；从新月派诸君对新诗的诗行诗形的探索，到后来普遍开始重新审视古典诗歌传统的再思考，乃至到后来民谣对新诗的影响，我们不难发现：新诗的诞生与发展是伴随着强大的“歧义”与焦虑的。“歧义”在于新文体的塑造是历史进行时的，不可能是一言堂，诗人与新诗研究者都面临着文体草创之初的自我抉择（诗歌实践与诗学等意义上）。这种不同的选择正是新诗发生史蕴含着巨大张力的原因所在，其中自然又涌动着文学与话语/权力之间颇为复杂的互动。而焦虑则是更为整体性的，可以说，新诗的历史就是一部新诗的焦虑史。这种焦虑当然首先是一种文体焦虑。新诗并非新文类的创立，而是汉语诗歌新文体的创造，却似乎比新文类的创立更为艰难。比照布鲁姆对诗人与传统的关系研究——他把诗人与传统的关系主要看作是一种后者对前者的焦虑——我们可以看到，新诗的文体焦虑首先是面向古典诗歌的。正是这种焦虑使现代诗和古典诗歌保持不可分割的联系（也许直到新诗不再是“新诗”时，这种焦虑才可能消除吧）。反过来我们也可以这样认为：任何一个真正理解新诗、对新诗的焦虑有深刻洞察的诗人，其诗作里必然隐约存在着某种焦虑的影子。更进一步，我们可以从中发现诗人力图摆脱焦虑的方式。

孙文波正是这样一位深刻介入当代诗歌焦虑感中的诗人。他的焦虑嵌在被研究者认为“像树那样稳稳站立”① 的诗行内部，这种焦虑的层次感、丰富度是绝少有诗人能望其项背的。首先，孙文波鲜明的“创造传统”的诗学意识就可以放入新诗焦虑释放的层面考察（虽然诗人自身从不认为这是他写作中的焦虑）；其次，我们大致还可辨认出诗人对语言、叙述与真实、真切的生命体验之间的焦虑，诗歌创作的美学价值、思想价值与介入现实之间的焦虑等等。这带给他诗歌某种口语色彩的哲思化，某种叙事性的繁复化。正如从他最

① 敬文东：诗歌在解构的日子里，北京：北京大学出版社，2008：170.

新的长诗《长途汽车上的笔记——感怀、咏物、山水体之杂合体》中，我们依然能看到诗人一以贯之的诗学态度与自我驳难式的焦虑感。这首现代汉语诗歌中罕见的长篇巨制几乎囊括了诗人所关心的一切诗学命题，以其繁复与醇熟成为诗人创作生涯的高峰，也是诗人迄今为止最具抱负与“野心”的作品。

一、1997：如何进入一座城市

孙文波在当代诗坛是这样一类诗人：很早就享有诗人盛名，但不得不承认对他的诗歌研究却一直处于隐而不发的层面，或者在非常小的范围内获得讨论。而这明显与诗人的外在声名保持着一种不太和谐的关系。孙文波从八十年代中期起一直笔耕不辍，被许多诗评家认为是越写越好。也许比对其具体诗歌评价更为重要的是，从同一位诗人跨越几十年的创作中，我们能发现什么具有历史感的变化？

在孙文波写于一九八八年的诗歌《口腔医院》中，我们可以看到这样的诗句：

我由此想到了一些以说话为业的人：
政客、演员、教师和诗人。他们
中的一些牙齿并非有病，还能称作整齐，
一开口吐字清晰圆润。但他们却使
国家和时代患了病。使文字变得软弱和肮脏，远离了美……

诗人由去口腔医院的经历联想到时代的“口腔病”。这是一次颇为精彩但也并不令人感到意外的联想与比喻。由个人推及时代，这是很能代表八十年代的诗歌风貌乃至文化氛围的联想。可以认为，梁小斌写作于八十年代肇始的诗作《中国，我的钥匙丢了》开启了一种由具体物象出发指向大话语的诗歌写作策略。整整一个时代共享着相同思路的隐喻。这让人联想到雅各布森关于失语症的思考，他认为失语症有两个类型，一个是隐喻失序，一个是转喻失序。如果说九十年代以后无论是文学还是理论界都为某种失语症而焦虑，那么，八十年代一定不属于失语的年代，而恰恰与隐喻失序形成强烈的对比，这是隐喻的畅通无阻（是否也是某种隐喻过当）。正如雅各布森所说，这是一种深刻嵌入人类共通意识的想象模型，无对错好坏之分①。但在文学审美和文学史意义上，我们可以探究这种流行模式为何流行，为何被某个时代的审美标准所推崇，以及这种联想背后的事物链接关系是由怎样的链条、怎样连接起来的。笔者认为，这种诗歌联想的前提是某种价值观的确定性，包括诗人对自身无论是审美抑或道德上的价值确认的确定性。诗人没有过多思考这种联想之间的关系（可能真实也可能虚幻）便熟能生巧、不假思索地运用在一切事物上。到了九十年代，诗歌开始进入到怀疑的领域，无论是所谓的个体诗学、日常审美，都是切断了这种不假思索的联系。

难能可贵的是，在同一首诗中，孙文波以一种怀疑主义的态度向我们丰富了这种联想：

应该怎样对待他们？又有谁是他们的
医生？我不知道。有人说是时间，

① 转引自吴晓东：从卡夫卡到昆德拉，北京：三联书店，2003：102－105.

有人说是历史。但时间和历史怎能让发生了
的事情等于没有发生？我于是不得
不笑那些这样说的人：他们不是医生。
他们的手中缺少器具。历史和时间
他们身在其中，已经是受害者。

在这里，诗人已经开始表达出对历史进步或者说历史公正话语的抵制。可以说，孙文波的诗人气质在这里并不主要体现在那个口腔比喻中，而是体现在一种能一定程度超离当下，从自我体验切入更深刻的人类处境中去的品质。当然，如前所述，诗人还没有对诗歌想象策略本身展开更深刻的解剖与怀疑。这便到了孙文波的九十年代。

从收录诗人九十年代诗作的最重要的诗集《孙文波的诗》（人民文学出版社）中，我需要特地把 1997 年提取出来作为孙文波诗歌风格变化的枢纽之年。这也符合诗人访谈中对自我写作的体认①。但我们也不得不坦白，这些诗作对于诗人的写作生涯是至关重要的，但大多称不上诗人的杰作。在这本诗集中，诗人写于 1997 年的诗作收录最多。我们稍作辨析便不难发现，这一年孙文波的诸多诗作都涉及了相似的主题。诗人在这一年对语言能否反映真实的问题尤其感兴趣，并且用诗作深刻检讨了之前的创作（《改一首旧诗》）。问题与方法是相互生成的，孙文波对真实问题的关注决定了他对诗歌的重新审视，以及由此推演出的诗人的诗歌方法论，这似乎又重新回到诗歌创作最初的问题，即诗人该如何创作？这也许是一个诗人写诗之前就已思考过的问题，又或者诗人之前并没有自觉的思考。那么，孙文波在这里把一个本应是写作之前的问题重新放置到写作之中，又意味着什么？

1997 年的孙文波，开始进入到对语言的自我审视之中。正因如此，一系列诗作如《他削尖了脑袋……》《慌里慌张》《阅读》《关于一部旧小说》等，都不免染上元诗的色彩。在这些诗作里，我们能看到后来被诗人本人认可的“虚无”的影子。诗人由一个词开始思索语言与真实的关系，或者从阅读经验中钩沉语言与记忆/自我之间的相互缠绕、消弭。《母语》中，诗人对我们习以为常的语言运用展开警惕：

譬如现在，我准备写一篇讥讽练习
于是，“某 X 哪，他的皮鞋比他的
文章好。”“她修饰过的脸，让人想到
被拔光了毛的鸡”。我写下这些
完全不用担心别人不懂，我甚至
可以更“邪乎”地写下：“他的眼镜
是我们时代的陷阱”。“他是
一头革命的公牛，正处于发情期”。
……
写下它们，写下它们，在写的过程中
我体会到了快乐。我知道，母语
它不会把我当做它的敌人，使我
尴尬。“噢，这个丫挺的霜雾弥漫

① 孙文波：上苑札记：一份与诗歌有关的问题提纲，诗探索，2001（3）：320－332.

的早晨；噢，这个锤子和镰刀的早晨”。

这不禁让人想到那个维特根斯坦式的疑问：是我们在说语言还是语言在说我们？诗人警惕的是这些语言“不过是傲慢的修辞术和技艺的工匠气”（《改一首旧诗》），它们无法满足诗人想到竭力贴近事物真相的要求，只会满足写作者的虚荣心。诗人在这里向我们毫不讳言地展示了他新的方法论：

从身边的事物中发现需要的诗句，
像“摇晃的公共汽车。”或者“大雪天
冷得人要死。”它们似乎十分平淡，
但只要安排妥当，就会产生惊人
的力量。“清水出芙蓉，天然去雕饰”。

联想到同样写于1997年的诗歌《成都》，诗人最后向自己抛出的那个疑问：“我还能在哪里找到/我需要的，进入……一座城市的……途径？”①。我们可以认为，这既是诗人对自己如何进入真实的焦虑，又是如何用语言开始这趟真实之旅的焦虑。

讨论到这里，我们已经能更为准确地理解诗人以后诸多作品的诗歌策略。以《与……有/无关》为题的作品，诗人作了二十余首；《临时的诗歌观》有十余篇，还有一系列《从……一词开始的诗》等等，诗人立意要用一种顽强的“方法论”来代替东一榔头西一棒子的偶然灵感。从某一个词进入，从语言的自足与不确定性中进入诗歌冥想，诗人的探索为我们刨开了作为表象的世界（叔本华意义上），在这里，语言与生命体验之间有着重重纠缠的关系。诗人首先必须突破语言的迷雾，尽管这可能也仅仅是一个幻想，但从认知迷雾的方向开始进入真实是孙文波坚持的诗歌立场。

二、传统：一份诗学宣言与实践

艾略特说过：“诗歌最重要的任务就是表达感情和感受。与思想不同，感情和感受是个人的，而思想对于所有人来说，意义都是相同的。用外语思考比用外语来感受要容易些。正因为如此，没有任何一种艺术能像诗歌那样顽固地恪守本民族的特征”。② 对于现代汉诗更是如此，这不仅仅是艾略特所言诗歌与民族传统的紧密联系使然，传统更是新诗不断探索的历史过程中必须要借鉴的文化资源。任何一个诗歌态度醇正的当代诗人必须面对如何与传统对话的问题。对于诗人孙文波而言，传统既是一份诗学宣言，也是切实的诗歌实践。

在他最新的长诗《长途汽车上的笔记之八》中，有这样一段诗句：

就像国家找不到自己的魂——
发展经济，房屋建了拆拆了建，事物的保存，
在经济增长的计划中面目全非。以至于一座城市
除了名字还是旧的，早已经成为另外的一座城市。

---

① 孙文波：孙文波的诗，北京：人民出版社，2001：76.

② 转引自李怡：中国现代新诗与古典诗歌传统，北京：北京大学出版社，2008：12.

家国也是另一个了。如果我们还假装
自己是古老民族的后人，身体内还携带着很多
过去；它的骄傲，它的优雅。已经成为
死亡的文字——书写，不过是与痛哭一样的行为。

诗人哀悼城市的面目全非、民族传统血液的流逝，最后又回到书写的问题。“书写，不过是与痛哭一样的行为”，诗人在此直露出他的悲观与虚无。但事实上果真如此吗？没那么简单。孙文波的“无”是一种无中生有。正如加缪表述过类似的观念，认识这个世界是荒诞的，这不是结束，而只是开始。孙文波写作长诗的努力就可以首先视为一次“反抗虚无”的行动。诗人无法直接改变社会，但可以从语言的砥砺中抵达一个民族的深处。

基于此，我们也就不难理解为什么孙文波在多篇诗论文章中谈到传统与现代诗的关系。他回顾传统的坚定态度和对传统定义的开放性之间形成了某种张力。不管是“中国性”也好，传统也罢，孙文波清醒地意识到，传统绝非我们想象得那么简单。对于诗歌而言，传统并非只是或者说绝大程度上不是表面上的形式因素。无论古今，形式皆有通变，但诗歌始终想要传达出个体隐秘的精神空间，而从这种隐秘中又能窥探到一个民族的精神基调。孙文波说：“传统不是历史事件的总和，不是已存的人类历史典籍，传统是一种精神”。① 正是这样，孙文波才展现出作为一位严肃的现代诗人对现代诗面对“传统”的焦虑时既清醒而又豁达的认知。他认为传统的价值在于为我们当今有所借鉴。传统不是像一块僵硬的石头，我们只需要把传统搬过来就行了。“没有‘此时’的需要，或者不能为‘此时’需要，传统的意义何在，它能够存在吗？我们难道不可以说传统是被需要创造出来的？正是从这一点出发，我对继承传统这样的看法不以为然。我宁愿认为传统是被‘此时’创造出来的。”②

前面也提到，越来越多的批评家包括诗人都感知到某种“失语症”的文化症候，继而一些人又提出“中国话语”“中国学派”的命题。暂且抛开个中争议，孙文波以一个诗人的视角为我们描述了这个问题被人们忽视的一个侧面：“如果真要强调‘中国性’，我宁愿将对‘中国性’的强调看作是对‘中国问题’的追寻，即在什么情况，什么意义上，文学解决的问题是迫切的，对一个民族而言是需要的”。③ 这也就逃脱了把继承传统视为“取其精华，去其糟粕”的一分为二的庸俗理论怪圈。孙文波以这种变通的态度对传统做出一份宣言的同时，他的诗也成为将古典传统创造性融入“此在”的诗歌实践，毫无疑问对现代诗的发展具有一定的探索性。

《长途汽车上的笔记》的副标题为“感怀、咏物、山水体之杂合体”。感怀、咏物、山水诗是古典诗歌最常见的题材。“情往似赠，兴来如答”，古典诗人常常需要面对自然才能打通自己的生命体验。“前不见古人，后不见来者。念天地之悠悠，独怆然而涕下”，在咏物、山水的背后是诗人面对浩瀚宇宙时的恍然与悲慨，一种无法言说的失语状态。如果有人说这样的诗其实在古典诗歌中并不常见，咏物、山水诗更多是一种单纯描摹外部世界的感怀之作。但联系到孙文波对传统的真知灼见，我们也就不难理解，传统不是单一的，而且是需要被我们反复激活的。孙文波的这组长诗，如果说在诗歌形式上并无多少继承传

① 孙文波：在相对性中写作，北京：北京大学出版社，2010：42.

② 孙文波：上苑札记：一份与诗歌有关的问题提纲，诗探索，2001（3）：330.

③ 孙文波：在相对性中写作，北京：北京大学出版社，2010：6.

统，那我们应该注意到，更重要的是诗人看到古典诗歌中那种从人与世界的紧密联系中感物体物的精神。因而，副标题看上去像是对古典诗歌的一种戏仿，实则饱含诗人“创造传统”的良苦用心。

这是普遍发生的事。正是这样，入目所见
无论是琼楼玉宇、卧虎坐狮、舞伎乐工
还是黄金面具、玛瑙凤冠、经文碑刻，都是
权力的隐喻。我不得不想到，权力代替着美

《长途汽车上的笔记之三》

所以那些托孤，断桥之吼；那些割袍绝义，
我只能当戏剧观看。八百壮士，百万雄师，
也没有换来一个更加干净的世界。
这种事，就是再问一万次天，仍然得不到答案

《长途汽车上的笔记之八》

诗人在诗中“寂然凝虑，思接千载；悄然动容，视通万里”（刘勰《文心雕龙·神思》），把关于历史与现实、个人与民族的思考融汇在变幻莫测的笔记体诗歌中。就如同长途汽车上的蜿蜒颠簸，整组诗歌都显现出一种绵延、繁复的哲思化风格。诗人在行旅之间不断叩问历史/时代的大命题，也在不断叩问着自身：

也是暗示；暗示我已经很难设计自己的未来
我不想模仿晚年的杜甫。但我很可能
必须像他一样，不停地从一地漂泊到另一地
不得不接受“青山处处埋钟骨”的宿命之命

《长途汽车上的笔记补遗》

三、慢与问：姿势的诗学

贫乏时代，诗人何为？荷尔德林似乎抛给了诗人们一个永恒的疑问。当然，不要忘记，在我们进入诗人何为的思索之前，荷尔德林以自己敏锐的心灵发现了时代的贫乏，诸神的黄昏。孙文波无疑具有相同的气质，在同样是写于 1997 年的《南樱园纪事》中，诗人这样写道：

“告诉你吧，我虽然离这个国家的中心
近了一些，却感到它更加陌生。”
“使我不能想象的是，为什么，即使
出入于文化人中间，感到的仍是
知识的贫乏”

这是贫乏在诗歌中的显影，但是更多时候，对贫乏的感知犹如一块影幕，是诗歌的整体氛围。贫乏有时候转化为一种无力感，诗人把握事物的无力感在诗中成为另一种焦虑。

诗我当然还是在写。只是越写越怀疑

在这边政治的国土上，我的笔到底
能指向多么远？而历史的重负，又有多少
应是诗必须承担的？了解到它有多少官邸
多少错综复杂的机关，我更加觉得
倘若写诗是我注定的命运，那么，
这样的命运一遇上高大的官墙就会碰壁

《给小蓓的骊歌》

一直到现在，这仍是诗人诗歌中处理的重要主题之一：

我们是在修辞的“螺蛳壳里做道场”的人
祭坛上，放不进国家、阴谋、人生变更。
甚至也放不进股票、石油，和房价。
激情澎湃，拳头打棉花，才是现象之秘密。

《长途汽车上的笔记之一》

那么诗人真的只能在语言的狂欢中随意沉浮吗？至少孙文波是不满意的，“而今天，中国的诗人却成为了自己国家的政治、文化领域里的边缘人物，我们几乎没有真正地参与到这个国家的现代化进程中去，更没有发挥出哪怕一点能够影响这个国家的政治、文化生活进程的作用。想起来，这不能不是悲哀的。”① 诗人该如何处理个人与时代的关系？我们从孙文波诗歌中的两种姿态谈起。

慢：孙文波在一次访谈中谈到自己的慢，这种慢不是生活节奏上的，而更多是一种看待世界的方式。这种慢恰好给了诗人稍稍脱离时代的观察视角。当然，完全脱离是不可能的，也是诗人不赞成的（这一点，诗人比任何人都清楚）。在诗中孙文波这样描述自己的慢：

而我仍是埋头苦读，从莱布尼茨的
《中国近事》知道九七年新版地图。
但就是这样，还是赶不上流行的速度，
这里的人早已成为福柯和德里达的信徒

《给小蓓的骊歌》

——我，一个慢人，喜欢悠闲生活；
就像上百年的树，生长的变化不易察觉。

《在成都宽巷子喝茶》

诗人的慢，是沉入心灵思索的必要准备，也使诗人获得不随波逐流的支点。这带给诗人作品两个最显著的特点。一是冥思性，包括诗人在诗中对个人与时代关系的严肃思考。我们可能很难找到诗人与外部变动的联系（但不能否定没有），但不难发现诗人自我诗歌的生长逻辑；二是私密性，诗人竭力在诗歌中重新唤醒自我的生命体验。所以我们看到诗人描述自己的时代时，恰恰不是用最易于理解的公共话语资源，而是从自我最隐秘而真实的生命体验中攫取。这正是诗人《六十年代的自行车》系列诗作中具有的优秀诗歌的品质。也是慢赋予诗人的气质，我们可以称为慢的辩证法。

---

① 孙文波访谈录（答韦白22问），http://blog.sina.com.cn/s/blog_48ecc3b70102er1d.html

问：如果笼统地说，现代诗人不可能像古典时代那样写诗，是因为现代诗人心灵中的确定性早已被打破，诗人的疑惑无时无刻不在咬噬诗人自身。现代诗人笔下的山水再也无法与谢灵运、王维媲美，诗人的笔也难以满意地划下一个个的句号。（虽然古典时代也有诸如屈原的《天问》、张若虚的《春江花月夜》这样的作品，但与浩如云烟的古典诗歌相比，比例少的可怜。）而我们注意到，遍布孙文波诗中的问句已然成为一个具有精神分析色彩的现象。一方面，这当然来自他谨慎、谦和的诗人气质，不愿草率地书写。更重要的是，他是有意识通过疑问来达到诗歌体认事物的纵深，在很多时候我们甚至看到，正是疑问推动了诗歌“叙事”。

他是一只喜鹊。这样一句，
是不是诗？如果他可以在天上飞，
或者，看见他筑巢细细的树梢上
这是不是诗？

《夜读韩愈》

如此一来所谓的思乡、怀友、吟咏河山，
需要另外的解读——“浪淘尽千古风流人物”。
真的淘尽了么？民族的潜意识，到底
存在着什么？作为问题，是不是由这样的东西灌注？

《长途汽车上的笔记之八》

孙文波的诗，可以从焦虑说起，但又奇妙地丝毫没有陷入焦虑的沉滞感中。作为诗人，孙文波身上有某种当代诗人少见的沉着与执拗的气质，这不仅体现在他诗歌创作的坚持上，更体现在他执着于不断探究诗歌与外部关系的诗学追求上。这两点都和他敬佩的诗人杜甫颇为接近。由此，诗人与他那位年代相隔遥远的半个同乡之间获得了某种精神联系。当然，我并非认为这两者之间真是因为什么同乡的精神传承，这是诗人主动选择的结果。另一位使孙文波深受影响的诗人是波兰诗人米沃什。并不意外的是，这位伟大的波兰诗人曾经也对自己质疑过：“诗歌是什么？”“它并不能拯救国家或民族”。也许，诗人孙文波也无法找到一个令自己满意的答案，但我相信，他的诗歌一定会继续抛给我们一个个疑问。这是诗人在价值多元的现代、后现代场域中对诗歌缪斯的持续追寻。课虚无以责有，叩寂寞而求音。我们又可以说，虚无给予孙文波宝贵的馈赠。

参考文献

[1] 孙文波．孙文波的诗［M］．北京：人民出版社，2001.
[2] 孙文波．在相对性中写作［M］．北京：北京大学出版社，2010.
[3] 孙文波．新山水诗［M］．北京：人民文学出版社，2012.
[4] 孙文波．与无关有关［M］．重庆：重庆大学出版社，2011.
[5] 敬文东．诗歌在解构的日子里［M］．北京：北京大学出版社，2008.
[6] 李怡．中国现代新诗与古典诗歌传统［M］．北京：北京大学出版社，2008.
[7] 哈罗德·布鲁姆．影响的焦虑：一种诗歌理论［M］．徐文博，译．南京：江苏教育出版社，2006.

（洪文豪　首都师范大学2014级硕士生　指导老师：王光明）

从《文心雕龙》看嵇诗的艺术特色

何　馨

摘　要： 嵇康是正始文学的代表人物，诗文兼善，傲骨嶙峋，后世文论家对其诗歌的评价褒贬不一。刘勰去魏晋不远，其《文心雕龙》在散见的作家论和选文定篇的过程中，共提及嵇康八次，对其人其诗做出了多层次、多角度的评价，可谓精当而全面。本文致力于从《文心雕龙》的文学观、创作论及其对嵇诗做出的评论出发，辅以嵇康诗歌的本体研究，将“论”与“诗”结合，两相参证，从而分析刘勰的诗观念以及嵇康诗歌的艺术特色。

关键词： 诗观念；老庄；玄学；清远；峻烈

每当提到魏晋风度、名士风流，每当谈到竹林七贤、正始玄学，我首先想到的总是嵇康。他特立独行而又风采卓绝，大批的文人士子追随其后，堪称那个时代的代言人。《世说新语·容止》对其神貌有详细描绘：“嵇康身长七尺八寸，风姿特秀。见者叹曰：‘萧萧肃肃，爽朗清举。’或云：‘肃肃如松下风，高而徐引。’山公曰：‘嵇叔夜之为人也，岩岩若孤松之独立；其醉也，傀俄若玉山之将崩。’”[1]《晋书》载：“康早孤，有奇才，远迈不群。身长七尺八寸，美词气，有风仪，而土木形骸，不自藻饰，人以为龙章风姿，天质自然。性恬静寡欲，含垢匿瑕，宽简有大量。学不受师，博览而无不该通，长好《老》《庄》。”[2]可见嵇康虽不修边幅却丽质天成，不只外表俊美，内在更有一种超然挺拔的飘逸气质，形神俱佳、个性鲜明；且他博览群书，可谓才气高妙，卓绝惊艳。

作为正始文坛的代表，嵇康受到了后世文人的广泛关注，批评家们对他性格和诗才的评价褒贬不一。钟嵘《诗品》批评嵇康诗歌：“过为峻切，讦直露才，伤渊雅之致。”[3]这一评价也成为了后人批嵇诗的主流观点；与《诗品》同时代的、“体大而虑周”[4]的《文心雕龙》，共论及三百余位作家、四百余种作品，其中提到嵇康其诗其文共八次，未尝有批评之语而是加以赞扬。二人对嵇诗态度的差别在于其衡诗标准的不同，我们知道，每位诗论家都有自己的诗学立场，对作家作品的评论势必会与自己的诗学观念一脉相承，刘勰论嵇诗也不外如此。

下面笔者将从刘勰的诗观念出发，分析他对嵇诗的评价，并以嵇康诗歌为例证，从而分析总结嵇康诗歌的艺术特色。

一、《文心雕龙》的诗观念与嵇诗

嵇康是复归自然的玄学思想的典型代表，他以诗文和行动，将老庄超验的哲学理论变成了现实，将理想中的生活状态人间化、实践化，更把玄学人生提高到了诗意人生的境界。他打破了传统学术与礼教的桎梏，引起了后世文论对诗文“纵情任性”的高度重视。嵇康擅琴，工于诗文，诗多四言，文多论玄。现存嵇诗六十首，文十五篇，或怀念亲友、述志抒怀，或批判社会、讽刺时政，或发言玄远、优游于道，充分反映了他的思想性格和生活态度。其诗风格清峻、洒脱自然，包含玄旨、精深幽微，大抵如此。

笔者根据嵇康诗歌的题材和主旨，将其分为抒情诗、述志诗、玄言诗、游仙诗四大类，各类之间稍有交叉，或在谈玄时述志，或于抒情中剖白，或在游仙中述怀等。且笔者并未按照钟嵘的标准，把他所谓的讦直外露、有伤渊雅的诗歌单列出一类并命名为“激愤诗”，因为据笔者统计，这样的峻切之词实在太少，只有数句夹杂在述志诗和抒情诗之中，不能独立成类。在对嵇康诗歌进行分类研究的基础上，立足于刘勰的诗学立场，笔者从以下四个方面来论述嵇康诗歌与《文心雕龙》诗歌理论的契合之处。

（一）言志观

《尚书·尧典》提出的“诗言志”观是中国古代最早出现的、也是最为传统的诗歌观念，形成了后世“言志”与“抒情”的诗观念的对立。刘勰秉承这一观点，认为“诗主言志”[5]22“述志为本”[5]538，诗歌要充分表达作者的志向；然而从他选文定篇时对作品的评价来看，似乎刘勰并不把诗人所言之“志”限定在传统的政治教化的有限范围之内，对一些没有政教色彩的诗文作品也予以赞美之词，那么他所谓的“志”应该是包含日常情志和生活态度的。此外，刘勰还将“言志”与“缘情”折衷，提出“感物吟志”[5]65观，将“志”与“情”有机结合，强调诗歌要在展露政治抱负和表现生活情志的过程中抒发情感，这才是刘勰完整的言志观。

笔者以为，嵇诗正是情志结合的典范。其述志诗，述隐逸出世、超迈流俗之志，希望能全身远祸、顺心随性，如《兄秀才公穆入军赠诗十九首》其一、其十五、其十九，《述志诗二首》，《答二郭三首》其二、其三。他自述理想的人生状态是“抗心希古，任其所尚。托好老庄，贱物贵身。志在守朴，养素全真”“采薇山阿，散发岩岫。永啸长吟，颐性养寿”[6]27,32。嵇康诗歌处处流露出对自然山水的喜爱以及对隐居避世、与道顺化的自由生活的向往，以此构建精神乐园来忘却现实的黑暗。《兄秀才公穆入军赠诗十九首》集中描绘了他所向往的优游于道的诗意人生：

> 息徒兰圃，秣马华山。流磻平皋，垂纶长川。
> 目送归鸿，手挥五弦。俯仰自得，游心太玄。（其十四）[6]27,32

息于兰野，放马青山，射鸟垂钓，栖身自然。于夕阳下远观鸿雁归巢，抚琴弦以自娱，神游八荒、超然外物，一举一动皆自在无拘、合于天道，其内心是何等的清虚玄远与宁静平和。在享受自然的同时，嵇康一再强调自己的志向：

> 含道独往，弃智遗身。（其十七）[6]19
> 身贵名贱，荣辱何在。贵得肆志，纵心无悔。（其十八）[6]20

不慕荣利而抱朴守真、与道顺化，平添超拔傲岸之气，在写景中抒情、于抒情中言志，情景交融而志向全出，可谓“辞约而旨丰，事近而喻远”[5]22。

（二）诗教观

刘勰将其文学观置于以“原道”“宗经”“征圣”为总纲的儒家文论的统摄之下，除了重视诗歌言志的传统外，更重视诗歌“顺美匡恶”[5]65的美刺劝诫作用和“与政序相参”[5]68的风轨教化功能。他要求诗歌继承《诗三百》的风雅精神，能够讽谏王政、教化庶民。而嵇康是一个具有鲜明玄道性格色彩的文人，他“非汤、武而薄周、孔”[6]122“越名教而任自然”[6]234，似乎是激进的反儒家主义者，与温柔敦厚、裨补时政的诗较传统相背离，两人似乎难以统一。实际上，嵇康虽是狂士但更是儒士，本质上是外道内儒的；他挑战礼法，是因为当时社会黑暗、礼乐虚设，由于痛心于此，不忍王道崩殂，便用另类的言行举止对名教进行针锋相对的批驳和反叛，希望以此引起世人对正统礼教的注意，导其回归。他放荡无礼的行为，未尝不是借此衬托出礼教对于社会的重要性，是对儒家精神的一种变相回归，可以说在当时的社会环境中，尤为无礼的嵇康反倒是最为重礼守礼之人。

正因为这样，自诩不为物累、不问世事的嵇康会发出指摘时弊之言，才不会让人觉得奇怪。他身为曹氏宗亲，必然无法真正地做到栖隐山林、脱身政治，于是理想与现实起了冲突；加之目睹乱世弊政、礼坏乐崩，更使他内心忧虑，苦闷不已，充满了心慕太清又求之不得的痛苦，而当这种悲愤达到极致时，峻切之言才冲口而出：

> 良辰不我期，当年值纷华。坎懔趣世教，常恐婴网罗。（其二）[6]63
> 详观淩世务，屯险多忧虞。施报更相市，大道匿不舒。
> 夷路值枳棘，安步将焉如。权智相倾夺，名位不可居。（其三）[6]64
> 大人含弘，藏垢怀耻。民之多僻，政不由己。（《幽愤诗》）[6]28

这简直就是直接批判统治者为政不善，使大道浇薄、社会动荡、民多宵小。在那样一个严酷的政治环境下，嵇康敢发人所不敢言、秉笔直书，可见其非同常人的良知与魄力。他身处乱世，对衰政有切身感受，所以他的讽谏之语才能切中时弊、有的放矢，诗歌情感才能浓烈真切，正如刘勰所云：“盖风雅之兴，志思蓄愤，而吟咏情性，以讽其上，此为情而造文也。”[5]538然而，六十首嵇诗中也就这几句可称为讦直峻切、直刺时弊，更何况这种激愤之情并不是一抒到底、无所顾忌的；虽恨世道险恶、灾祸及身，但诗人接下来笔锋陡转，描述自责自悔之情，真挚深切，并自我宽慰告诫，最后再次述志，希望能隐居避世、栖身自然。

笔者认为，不只是诗人的玄道思想收敛了其愤懑之情而使之不一味抒愤讽世，“发乎情，止乎礼义”[7]272的儒家思想也在更深的层次上起着隐性的作用。嵇康“以诗文节情”，用参玄悟道的方式纾解礼教崩落的悲愤之情，我以为是可以称得上“怨悱而不乱”[8]611的。刘勰必然是看清了嵇康的思想本质，认为其诗合于诗教传统，才以“润”字概括嵇诗的特点，《文心雕龙·明诗》云：

> “若夫四言正体，则雅润为本；五言流调，则清丽居宗；华实异用，惟才所安。故平子得其雅，叔夜含其润，茂先凝其清，景阳振其丽。”[5]67

根据刘勰“文源五经”的“宗经”观念，《诗经》是诗歌的源头，而《诗经》以四言为主，所以四言自然成为最正规的诗歌体制，其后出现的都是变体、“流调”；四言诗以“雅润”为正统风格，“雅”即雅正，“润”即润泽、温润，突出其风雅教化功能。所以首先要明确的是，刘勰所谓嵇诗之“润”，指的是其四言诗的风格而非五言，如《酒会诗七首》其三：

婉彼鸳鸯，戢翼而游。俯唼绿藻，托身洪流。

朝翔素濑，夕棲灵洲。摇荡清波，与之沉浮。[6]74

嵇诗意象多采用《诗经》风物，以比兴手法引出所抒之情志，气体高古、意兴生动，体近风雅而浑然大成。其四言诗另有《兄秀才公穆入军赠诗十九首》，风格皆温润清雅、中正平和，能陶染性情，合于《诗三百》之传统。

（三）体性观

最早将诗文风格与作家个性气质联系在一起的是曹丕，《典论·论文》云："文以气为主，气之清浊有体，不可力强而致。"[9]158 "气"指作品风格或作家个性，是作家个性气质在诗文中的体现。曹丕认为风格源于个性，作品风格与作家个性是统一的，不同的作者个性气质不同，文风也就不同，揭示了文风多样的原因。此外，他还将气分为"清"（阳刚之气）与"浊"（阴柔之气），认为气是先天的，后天难以习得。刘勰继承并发展了曹丕的"文气论"，在选文定篇的过程中经常从作品风格（"体"）和作者性格（"性"）的关系出发，来论述文学作品的风格特色，对文人的性格和文风做出评价；又有《体性》篇专论"才""气""学""习"与文学风格（"八体"）的关系，认为除了后天环境的渐染和学识的影响之外，文人先天之"气"是文学风格的主导成因：

"夫情动而言形，理发而文见，盖沿隐以至显，因内而符外者也。"[5]505

"气以实志，志以定言，吐纳英华，莫非性情。"[5]506

通过"志"这一中间环节，诗人内在的"气"最终决定了外在的"言"，使得表里相符、性格与风格统一。可以说诗人有怎样的个性，诗歌就有怎样的风格，个性气质决定诗文风格，所以刘勰说："叔夜俊侠，故兴高而采烈。"[5]506通过《世说新语》及《晋书·嵇康传》对其言行好恶的记载我们可以看出，嵇康志向高洁、一心体道；外表淡泊从容、放旷不拘，内心实则"刚肠嫉恶"[6]123、峻烈激切。正是这种俊爽豪侠、孤傲清高的性格，才决定了其诗歌旨趣高远、言辞峻烈的风格。嵇康性烈而才隽，龙性难驯、不偶于俗，时常发出"俗人不可亲，松峤是可临"[6]80 "长与俗人别，谁能睹其踪"[6]40的孤标傲世之叹，气志缥缈凌云、诗风纤尘不染，以仙人为喻而并非真欲升仙，只是借此表达清远出尘之志罢了。

（四）自然观

刘勰论文学极为重视自然之道，《原道》云："人文之元，肇自太极"[5]2，他认为文章由自然而生，自然是文学的本源；"心生而言立，言立而文明，自然之道也"[5]1，心而生言、言而成文，这是文学生成的自然而然的道理；所以刘勰继而要求"原道心以敷章，沿神理而设教"[5]2,3，文学创作必须"神理共契"[5]68，符合自然之道。所以落实到在文学创作上，他批评作品内容的"虚伪""深瑕""僻谬""诡诞"[5]31之弊，反对文学内容虚妄夸诞、不真实自然；在遣词造语方面，他强调"高下相须，自然成对"以及"奇偶适变，不劳经营"[5]588，也就是说，语言需根据内容不断调整，行文落笔要自然天成，无生涩斧凿之迹，他反对刻意雕琢、矫揉造作，即使是形式之美也要有自然之致。文学创作在内容和形式两方面都需合于自然，所以刘勰的自然观至少有以下三个方面：

第一，以自然为标准的审美批评方法。"人禀七情，应物斯感，感物吟志，莫非自然"[5]65，刘勰以此来评价诗文作品的优劣，要求抒情写志自然真挚，要"为情而造文""要约而写真"，反对"为文而造情"[5]538的无病呻吟；形式上虽需工整精致，亦要自然圆润。第二，以自然景物为审美观照的对象。自魏晋文学的自觉以来，文人们向外探索自然的美妙，自然风物不再只是起兴的手段和讽喻的载体。诗人们借山水体道参玄，受自然启发；南朝出现的山水诗更是直接以自然景物为描写对象，诗人的主观情绪受自然环境与风物的影响，正如《物色》篇所云“春秋代序，阴阳惨舒，物色之动，心亦摇焉”[5]693。诗人感物起情、心物交感，诗作自然就能达到物我相融的境界。第三，天人合一的最高审美理想。刘勰所谓文学的“自然之道”，在很大程度上是指道家的“自然天道”，是与道顺化、物我合一的诗歌境界，是“神与物游”[5]588、虚静凝寂的创作状态。这样的诗作自然精妙、浑化无迹，人为即是天工，“不知何者为我，何者为物”[10]也。

根据以上分析，笔者以为嵇康的诗歌创作是完全符合刘勰评诗的自然标准的。嵇康的抒情诗，或抒高洁闲适之情，如《兄秀才公穆入军赠诗十九首》其二、其三、其十、其十一；或抒思亲怀友之情，如《思亲诗》，《答二郭三首》其一；或抒人生苦短之情，如《酒会诗七首》其七；或抒知音难觅之情，如《酒会诗七首》其四、其六。然而无论情绪如何变化，其情感的真实深挚、自然流露是一直不变的；《思亲诗一首》是这样描写自己痛失母兄的哀伤之情的：

> 上空堂兮廓无依，睹遗物兮心崩摧。中夜悲兮当谁告，独抆泪兮抱哀戚……诉苍天兮天不闻，泪如雨兮叹青云。欲弃忧兮寻复来，痛殷殷兮不可裁。[6]54、55

诗人深夜睹物思人，悲从中来而无人安慰、无以排遣，只能独自伤怀；诗歌语言质朴而哀思自出，“怊怅切情”[5]66、深婉低徊，刻骨之痛令人感同身受。而嵇康的游仙诗，如“飘飖戏玄圃，黄老路相逢”[6]39一类，写山林之乐、列仙之趣，虽以传说中的仙境、仙人为题材，写神仙意象却淡笔白描、语言自然省净，格调飘逸清举、高蹈出世，完全有别于汉代仙人赋的瑰丽恢弘、虚诞无际，做到了“酌奇而不失其真”[5]48——以奇异为表、真实为里，虽“诗杂仙心”[5]67而暗喻远离俗世罗网之意，最终落到实处。此外，嵇康甚好老庄之学，追慕清静无为的上古社会，以玄言诗表达无欲无求、淡泊名利的生活态度和绝圣弃智、抱朴养生的生活方式，常化用道家典故而浑然天成；谈玄论道时又多融情于景、物我交融，使自然景物饱含人情而又不带人间烟火气。如：

> 寂乎无累，何求于人。长寄灵岳，怡志养神。[6]19
>
> 淡淡流水，沦胥而逝。汎汎柏舟，载浮载滞。
>
> 微啸清风，鼓楫容裔。放棹投竿，优游卒岁。[6]73

在嵇康的抒情写景之作中，充满了“逍遥游太清”[6]5的从容闲适之情，诗语浅净素寡而意蕴全出，整幅画面只有一返璞归真之高士融于自然风物之中，个体消融于自然，游于自然就是优游于道；人与自然相融、自然与天道相符，从而构建出了天人合一的诗歌境界，气韵澄澈清寂，使人读之忘俗去忧。

通过以上分析我们可以看出，嵇康的诗歌创作总体上是符合刘勰的诗学理念的，是契合刘勰的诗学框架的。这也是刘勰把嵇阮并举，以其为正始诗坛杰出代表的原因。

二、嵇诗的艺术特色

《时序》篇云：“正始余风，篇体轻澹，而嵇阮应缪，并驰文路矣。”[5]674学界对“轻澹”一词的理解至今未能达成一致，有的认为是褒义词，有的认为是贬义词。笔者认为，单就四人的诗风来说，“轻”绝不是对应《明诗》篇所说的“浮浅”[5]67“轻浮”之意，而是褒义的“轻举”之意；“篇体轻澹”应是指诗歌体气轻举高远、风格恬淡清疏，刘勰以“轻澹”概括其余三人，尤其是阮籍的诗风，似有不妥之处，但是嵇诗绝对当得起此二字。

上文已经结合诗作，对嵇康的抒情诗、述志诗、游仙诗、玄言诗的内容及特点做了简要分析。笔者在进一步统计嵇康诗歌意象时，得出其突出特点：第一，高洁不群。多用龙凤、兰蕙意象，不偶于俗；诗歌视角高远开阔，常在山顶俯视或眺望，傲岸凌云；多神仙意象，向往天界，摆脱人世。第二，色彩淡雅。多写白云、素水、绿波、清濑，以冷色调为主，清冷淡素。第三，以动衬静。虽有琴音鸟鸣、泛舟渔猎等动态意象，但更加衬托出诗人所处环境的清幽以及心态的宁静平和。第四，文人意气。以琴歌相伴、绘诗酒人生，好用典故，展现出怡然自得、思慕古人、忧生伤时的文人心态。第五，自然玄远。多取景物于自然山水，素笔勾勒；化用玄学意象，营造玄远意境，清雅疏朗，离世出尘。嵇诗气格高古渺远，情辞疏阔淡雅，轻举恬淡，“故能标焉”[5]67。

此外，刘勰在《明诗》篇中拈出“清峻”[5]67二字概括嵇诗的特点，可谓精当而全面，综合以上对嵇康诗歌题材和意象的分析可见，嵇诗确实明显地体现出“峻切”与“清远”两种风格。其“峻切”一格，语言刚烈直质、洒脱清峻，愤世嫉俗、真情流露，自有一股锋芒与正气，极具艺术张力。而其“清远”一格，以“顾兹梧而兴虑，思假物以托心”[6]89为写作手法，开篇多描写山水自然，有所兴寄，而后借景抒情、阐释玄理，形成迁想妙得、清远脱俗之诗境。诗中多飞鸟意象，常化用《庄子》意象和典故，以表达其游于大道、随性无羁之志和高洁傲岸之情；多写兰草、素波、绿林、清风、朗月等景物，意象精致妙丽、清雅出尘，一股空灵幽远、疏散自然之气扑面而来；语多白描，传神写韵、意在言外，秉承了道家“朴素而天下莫能与之争美”[11]463的自然真美观。他于自然之中参玄，达到天人合一、游心玄远之境，更通过兴寄之辞来消解现实中的苦闷人生。这类诗歌笔调轻盈流畅，不饰雕琢而丽质天成，给人一种冲淡清幽、飘逸灵动之美，充分体现了他玄学化的审美追求。嵇康诗歌风格清明、骨力劲健、感染人心，其“清峻”更有“风清骨峻”[5]514之风骨内涵。

然而，无论其诗歌主旨与风格如何，比兴都是其常用的创作技法。开篇多以鸾鸟香兰、山水风云起兴，以引起所咏之志、所抒之情，使得景中含情，托喻深远；其意象与字句、形式与风格都肖似《诗三百》，虽体近风雅但能自抒怀抱，语言清淡省净，意境超尘脱俗，别有一番韵味，《兄秀才公穆入军赠诗十九首》便是典型代表。此外，嵇诗大量用典，共引用历史和传说中的人物共 33 名，自然贴切，扩大了诗歌意蕴含量，曲婉隐微。其意象之清幽高远，情志之清雅淡逸，共同构成了清疏旷远的诗境，体现了嵇康崇尚自然的审美情趣和天人合一的审美体验。其诗歌外在语言秀美，内在情感雅正，文质兼美，符合刘勰“雅丽”“衔华佩实”[5]16的创作标准。

“魏晋浅而绮”[5]520——浮浅而轻绮，这是魏晋诗歌给刘勰留下的整体风格印象，而嵇诗无此弊病。总体来看，嵇诗多清丽明快之作而少激烈狷急之词，风格清远虚寂、秀美超逸。四言诗深受《诗经》影响，善用比兴手法，借景抒情，语言清新质朴；《秋胡行》七首，更是借鉴民歌的歌行体，有意识地进行诗歌形式的创新。嵇诗引用老庄意象与典故，表达对儒家名教、礼法、功业、利禄等外物的鄙弃，自明高洁傲岸之情；常通过体道的方式来超越个体生命的有限性，达到与道同游的无极境界，并以此排遣内心的苦痛焦虑，使人豁然开朗。嵇康的诗歌情感充沛而真切，风格清新而不杂乱，真正做到了“情深而不诡，风清而不杂”[5]23。更重要的是，嵇康时常以诗论玄，皆发言玄远，飘渺难寻，言约旨丰、余味深远；这样的言说方式是对儒家经典话语观的突破与超越，形成了不同于中庸、平和、慎言、尚实的更具诗性色彩的审美观念和风格，将“言意之辨”的古老哲学命题，经由玄学而落实到了诗学之中。

比兴、隐喻、用典等诗歌技法的运用，清虚脱俗的诗歌意境的营造，使得嵇诗在整体上堪称“婉章晦志”[5]22。从诗风上来说，嵇诗清远峻切；从体性上来说，嵇诗清高峻急；从风骨上来说，嵇诗清劲峻拔；从玄学角度来说，嵇诗清而远；从个性角度来说，嵇诗清而傲；从色彩角度来说，嵇诗清而淡；从境界角度来说，嵇诗清而旷。道家强调“淡然无极而众美从之”[11]538，所以无论是在心境上还是诗境上，嵇康其人其诗都较好的秉承了这一自然审美观；其绝大部分诗歌，情感冲淡平和，色彩淡雅清冷，境界空明疏朗，走笔留白，给人极大的艺术想象空间。

通过以上论述，将刘勰的诗学观念与嵇康的诗歌创作两相对举，可见刘勰对嵇康其人其诗的品论，的确十分精当。

参考文献

[1]（南朝宋）刘义庆著.（梁）刘孝标注.余嘉锡笺疏.世说新语［M］.北京：中华书局，2007.

[2]（唐）房玄龄等撰.晋书.［M］.北京：中华书局，1974.

[3]（梁）钟嵘著.曹旭笺注.诗品.［M］.北京：人民文学出版社，2009.

[4]（清）章学诚著.罗炳良译注.文史通义.［M］.北京：中华书局，2012.

[5]（梁）刘勰著.范文澜译注.文心雕龙注［M］.北京：人民文学出版社，1978.

[6]戴明扬.嵇康集校注［M］.北京：人民文学出版社，1962.

[7]（汉）郑玄笺.（唐）孔颖达正义.毛诗正义.［M］.上海：上海古籍出版社，1997.

[8]（清）严可均辑.全上古三代秦汉三国六朝文.［M］.北京：中华书局，1996.

[9]郭绍虞主编.中国历代文论选.［M］.上海：上海古籍出版社，1979.

[10]王国维著.徐调孚、周振甫注.人间词话.［M］.北京：人民文学出版社，2008.

[11]（清）郭庆藩撰.王孝鱼点校.庄子集释［M］.北京：中华书局，2013.

（何馨　首都师范大学2014级硕士生　指导教师：王南）

浅谈《文心雕龙》文体论之不论小说

陈 静

摘 要：刘勰在《文心雕龙》的文体论部分论述了几十种文体，而对于已经出现的志人和志怪两种形式的小说文体却没有单篇论述。这一现象引起后人的诸多猜测，本文将探讨《文心雕龙》中没有辟专篇论述小说的几点思考。

本文从小说概念入手，讨论"《文心雕龙》文体论不论小说"的问题，确定研究范围为《文心雕龙》时期已经出现的类似诸子、杂史、俳优类的小说而非今天具有完整体制的古代文言小说。随后从张开炎教授提出的两种可能性出发，对被其忽略的第一种可能进行了补充，并给出自己的推论：一、认为小说作为一种兼容性很强的浑和性文体，刘勰没有进行专篇论述而是分散在其他各文体的论述中进行论述，这是比较恰当的做法；二、认为这与《文心雕龙》具有很强的现实批判性有关；三、《文心雕龙》之不论小说，与《文心雕龙》之不论陶渊明有某种相似性，应该是多种因素造成的主动选择性地摒弃，而不是一种无意识的疏漏。

关键词：小说概念；宗经思想；浑和性文体；现实批判性；陶渊明

一、小说的概念

《文心雕龙》中唯一一次出现"小说"一词是在《谐隐》中，"然文辞之有谐隐，譬九流之有小说，盖稗官所采，以广视听。"① 这里的"小说"，是指一种与诸子百家相似的一种思想流派。不单是《文心雕龙》，在《文心雕龙》以前的时代，"小说"的概念也和今天的小说概念有着巨大的区别，下面列举一些实例来看一看：

《庄子·外物》："饰小说以干县令，其于大达亦远矣。"② 这里，小说与"大达"对应出现，可以说是一种小道；《汉书·艺文志》在总结先秦思想流派时，分列诸子十家：儒家者流、道家者流、阴阳家者流、法家者流、名家者流、墨家者流、纵横家者流、杂家者流、农家者流、小说家者流。并认为"小说家者流，盖出于稗官，街谈巷语、道听途说

① 范文澜．文心雕龙注［M］．北京：人民文学出版社．1958：272.

② 郭庆藩．庄子集释［M］．北京：中华书局．2012：918.

者之所造也。孔子曰：‘虽小道，必有可观者焉，致远恐泥，是以君子弗为也。’”①这里的小说指的是一种与儒道墨等诸子并列的思想流派；根据《七录》所编的《隋志》：“小说者，街谈巷语之说也……以知风俗……道听途说，靡不毕记……训方氏‘掌道四方之政事，与其上下之志，诵四方之传道而观衣物’，是也。孔子曰：‘虽小道，必有可观者焉，致远恐泥。’……儒、道、小说，圣人之教也，而有所偏。”②

由此可见，现代小说概念与《文心雕龙》那个时代有着巨大的差别，现代小说更加侧重于文学体裁，与戏剧、诗歌、散文等相区分；而《文心雕龙》中的小说概念更多指的是一种侧重思想上与儒道等大道相左的流派或者侧重无关政教社稷的街谈巷语之流。既然要探讨《文心雕龙》文体论为何不辟专篇论述小说，那么我们就有必要弄清这里的小说概念。

华东师范大学谭帆教授在《中国古代小说文体流变研究论略》中认为，古代小说有以下四种最基本的内涵及相关的指称对象：一、一种范围非常宽泛的概念，是相对于正经的著作而言，大凡不能归入这些正经著作的历史传说、方术秘籍、礼教风俗，又以“短书”面目出现的皆称之为“小说”；二、指有别于正史的野史传说，主要指与“杂史”“杂传记”相近而又有所区别的叙事类作品；三、指一种民间发展起来的“说话艺术”；四、指虚构的有关人物故事的特殊文体，主要指少部分文言小说和明清大部分白话通俗小说。③这种小说概念的划定可以看出明显的产生、发展演进脉络的痕迹。对于第四种概念的小说，《文心雕龙》的时代显然还没有出现，讨论它就如同讨论《文心雕龙》为什么没有论述戏剧一样，没有任何意义。既然有“文心雕龙为何不辟专篇论述小说”一问，那么这里的小说指的应该是当时已经出现并且取得至少与《文心雕龙》论述过的其他文体对等地位的前三种小说概念。

二、《文心雕龙》之不辟专节论述小说

对于《文心雕龙》为什么没有辟专节论述小说，张开焱先生给出了两种猜测：一是“刘勰的文学观相对保守，因而认为不值得列入文体论之中加以描述讨论”；二是在当时“小说并不是一种文体，因而无法将其作为文体来描述”。并且认为：“第一种可能可以排除，因为《文心雕龙》文体论所收录的文体可以‘低级’到连民谚也不遗弃的程度，小说如果是一种文体，那刘勰就绝无弃之不顾的可能。因而，唯一的可能是第二种，即小说在那时还不是一个文体概念，还没有一种叫作小说的文体。”④在论文中，张开焱先生对于第二种可能的论述已经非常详尽。但是，对于第一种可能，张开焱先生认为“没有必要讨论，是绝对不可能的”，我认为这是存在问题的。

首先，《文心雕龙》并没有辟专篇论述“民谚”，对于民谚的论述只是有所提及，在理解第一个问题的基础上，我们认为《文心雕龙》也论及了小说。比如《辨骚》中对于

① 班固、颜师古．汉书［M］．北京：中华书局．2005.

② 欧阳修、宋祁．新唐书［M］．北京：中华书局．1975.

③ 谭帆、王庆华．中国古代小说文体流变研究论略［J］．上海：文学理论研究．2006（3）.

④ 张开焱．魏晋六朝文论中的小说观念与潜观念－以《文心雕龙》的文体论为例［J］．广东：暨南学报（哲学社会科学版）．2007（5）.

“诡异之词也……橘怪之谈也……捐狭之志也……荒淫之意也：摘此四事，异乎经典者。”① 刘勰对这“四异”的态度，实际上是对小说“荒诞性”的论述；《谐隐》篇：“然文辞之有谐隐，譬九流之有小说，盖稗官所采，以广视听。”实际上是对作为思想流派的小说体用的评论；《史传》篇其实是对小说叙事性的论述。由此可见，《文心雕龙》中有关具有小说性因子的论述，甚至是比民谚更加丰富的，刘勰看待这些具有小说性的因子也是比民谚重要的。所以，从逻辑关系上来讲，张开焱先生认为民谚比小说“低级”，既然《文心雕龙》谈到了民谚，就应该为小说辟专节论述，这样的推论是不成立的。

其次，张开焱先生以“民谚”为例，实际上是有学者认为小说比《文心雕龙》辟专节论述的一些文体更为重要的一个具体化。在今天看来，小说的确是一种极为重要的文体，绝对比《文心雕龙》中专篇论述的颂、赞、祝、盟、铭、箴、哀、吊、诔、碑、诏、策、章、表、奏、启、议、对等文体要重要得多，但是在《文心雕龙》的时代就并非这样。贾奋然在《六朝文体与儒家礼教文化》一文中认为：“六朝众多文类萌生、发展于儒家礼制、礼仪的需要中，文类之下隐藏着权利意志和礼教精髓。诸如颂、赞、祝、盟、封禅等文类与吉礼；诔、碑、哀、吊、墓志、祭文等与凶礼；诏、策、制、救与人君之礼；章、表、奏、启与人臣之礼；誓词、檄文与军礼、诗与礼制都具有紧密的关联性。”②而儒家礼教文化在封建社会的六朝时期的影响是不言而喻的，所以与儒家礼教文化相关的这些在今天看来似乎没有什么实用价值的文学形式，在刘勰的时代才是最具有影响力的。而当时不管是作为思想流派的小说，还是具有小说性的文学形式，都被认为是与儒家礼教文化相左而遭到边缘化。所以，认为小说比颂、赞、祝、盟、铭、箴、哀、吊、诔、碑、诏、策、章、表、奏、启、议、对等文体“高级”，对这些文体都有专篇论述，如果小说是文体，就绝不可能不对小说辟专篇论述的观点是不成立的。

再次，辽宁大学马骁英在论文中说道：“《文心雕龙》所诞生的魏晋南北朝时期，……，这一时期的中国古典小说，数量远迈前代，题材广泛多样，现实性和时代感大大增强，想象力和表现力显著提高，开始出现较为完整的情节结构，开始注意人物性格的生动刻画。”③ 鲁迅称那时小说“粗陈梗概”，并将之口为志怪小说和志人小说两大类。④ 就连张开焱先生本人也承认：“从魏晋到隋唐，小说创作却并不沉寂，不仅出现了大量中国古代编撰学和文献分类学意义上的小说，也出现了不少文学性小说，如志怪小说、志人小说。”⑤

当时，虽然小说作为一种文体还不够成熟，但是出现了中国古代小说史上的两座历史性丰碑——东晋干宝《搜神记》、南朝刘宋刘义庆《世说新语》，二者皆为炳耀当时、沾溉后世的千古杰作，后人按其内容将其概括为志怪小说与志人小说两大类。张开焱先生也认为，虽然魏晋南北朝时期的中国古代小说批评史陷入沉寂，但小说的创作并不沉寂，不仅出现了大量中国古代编撰学和文献分类学意义上的小说，也出现了不少文学性的小说，

---

① 范文澜．文心雕龙注［M］．北京：人民文学出版社．1958：46－47．

② 贾奋然．六朝文体与儒家礼教文化［J］．山东：孔子研究．2003（5）．

③ 马骁英．《文心雕龙》小说论琐议［J］．辽宁：辽东学院学报（社会科学版）．2015（4）．

④ 马骁英．《文心雕龙》小说论琐议［J］．辽宁：辽东学院学报（社会科学版）．2015（4）．

⑤ 张开焱．魏晋六朝文论中的小说观念与潜观念－以《文心雕龙》的文体论为例［J］．广东：暨南学报（哲学社会科学版）．2007（5）．

如志怪小说和志人小说。① 有关《文心雕龙》的成书年代，学界说法不一，大致集中于齐末、梁一代，这就是说，刘勰应该是能够看到这两部巨著的。另外，在《文心雕龙·史传》篇中，刘勰提到了干宝的《晋纪》（干宝述纪，以审正得）②，由此可见，刘勰从时间上来看是可以看到同出于干宝的《搜神记》的，即使囿于体例所限，入宋作家作品不作具体论述，即使不论《世说新语》，至少《搜神记》所表现出的特殊性是刘勰不能回避的。那么，刘勰在《文心雕龙》中没有对小说辟专篇论述，应该说是一种主动选择的回避，而并非是一种无意识的疏漏。

另外，张开焱先生说："这一时期几部重要的理论著作如曹丕的《典论·论文》、陆机的《文赋》、挚虞的《文章流别论》、钟嵘的《诗品》，以及葛洪、沈约、江淹、裴子野、萧氏诸人的有关文论著作中，不仅没有专谈论小说的文字，甚至很少出现小说的概念。"③ 但曹丕、陆机、挚虞早于刘勰，也早于《搜神记》，而与刘勰《文心雕龙》同时代的钟荣的《诗品》，顾名思义品评的是诗，对于小说没有评论是无可厚非的。所以这些也并不能作为证明在当时小说还不是一种文体的证据。

上面是对张开焱先生推论的一种补充，下面我将进行自己的推论。

首先，贵州师范大学王澍教授认为，中国古代文体的发展是从单纯性文体发展到浑和性文体的过程，单纯文体是文体的原初形态，因只具备某一种文体的最低限度的体制特征，故称单纯文体。"浑和文体是指两种或两种以上的文体浑合而成的新文体。"④ 而发展到《文心雕龙》时期的具有小说性因子的文学形式就可以看作是一种浑和性文体。就连张开焱先生本人也认为小说是一个兼容性极强的文学形式："这意味着小说就其内容和话语形式而言是相当驳杂不纯的，它具有极大的兼容性和多样性，这是小说与其它文体的根本不同之所在，而恰恰是这一点，为许多研究者所忽视。"⑤ 因此，作为一种兼容性极强的浑和性文体，而当时还没有成熟到有一种专门的文体名称能够跟当时小说形式相匹配，小说是一种特殊文体形式的存在，刘勰没有超出时代的限制，为这种具有后来意义上的小说作专论是可以理解的。并且刘勰把这种浑和性的文体分化到各篇专论当中，作一种分散性的论述，这是非常妥当和符合当时的时代背景的。

其次，我们都知道《文心雕龙》的写作具有很强的批判性，是针对当时的浮艳文风和清玄之气的一种针砭时弊的文学理论改革，而正如第一个问题中我们确定的那样，小说在当时只是小道、杂史、俳说，虽然有一定的影响，但对于儒道等正统思想不足以构成威胁。所以，刘勰将这些文学形式中最不符合征圣、宗经思想的虚构性在《辨骚》《史传》《论说》诸篇中多次提出批驳，没有必要进行专论了。

再次，《文心雕龙》有意识地忽视小说，与对待陶渊明的问题存在一定的相似性。《文心雕龙》作为体大虑周的一部鸿篇巨制，论及的作家和作品不可胜数，东晋论及 11 个

---

① 张开焱．魏晋六朝文论中的小说观念与潜观念－以《文心雕龙》的文体论为例［J］．广东：暨南学报（哲学社会科学版）．2007（5）．

② 范文澜．文心雕龙注［M］．北京：人民文学出版社．1958：285.

③ 张开焱．魏晋六朝文论中的小说观念与潜观念－以《文心雕龙》的文体论为例［J］．广东：暨南学报（哲学社会科学版）．2007（5）．

④ 王澍．论中国古代小说文体的浑和性生成［J］．湖北：中南民族大学学报（人文社会科学报）．2013（6）．

⑤ 张开焱．魏晋六朝文论中的小说观念与潜观念－以《文心雕龙》的文体论为例［J］．广东：暨南学报（哲学社会科学版）．2007（5）．

人，然而除了《隐秀》有所提及陶渊明外，整体上没有论陶渊明。对于这个问题，也有几种猜测：1、体制原因，湛之先生云："《文心雕龙》一书有自己的体例，它不批评宋以后的作家。""现在有些报刊论文以《文心雕龙》不提及陶渊明为书中一疵，那是不明了刘彦和著书的体例和齐梁当时人的看法的缘故。"① 2、陶渊明偏好平淡质朴，与当时的浮艳文风格格不入，没有引起刘勰的足够的重视。3、陶渊明思想偏重道家，而与刘勰征圣、宗经思想背道而驰，被刘勰刻意排除在外。

分析小说和陶渊明被《文心雕龙》所忽视的原因可以看到，这两者之间存在很大的相似性。那么，这是不是从一个侧面反映了刘勰选录《文心雕龙》时，个人喜恶也可能是其中不可忽视的原因？

三、余论

基于以上论述，笔者认为《文心雕龙》之所以没有对小说辟专篇进行论述，张开焱先生所提出的两种可能性都应该是存在的：第一种是刘勰比较保守，对于小说这种文体，刘勰认为它不符合《宗经》标准，没有引起刘勰足够的重视；第二种是当时小说还没有作为一种成熟的文体的概念进入刘勰的视野，而且小说特性又具有很强的兼容性，所以对于具有小说性的文学形式在其他文体中做了论述。张开焱先生对于第二种可能性的论证是非常有力的，但第一种可能性绝不像他说的那样轻描淡写、可有可无的。另外，刘勰个人好恶也可能是其中的一个原因。总之，《文心雕龙》没有辟专篇论述小说，应该是多方面的原因共同促成的，并非如张开焱先生所言，是单方面的原因，而其他原因根本不可能。

参考文献

[1] 谭帆、王庆华. 中国古代小说文体流变研究论略 [J]. 文学理论研究. 2006 (3).

[2] 张开焱. 围巾六朝文论中的小说观念与潜观念 – 以《文心雕龙》的文体论为例 [J]. 暨南学报（哲学社会科学版）. 2007 (5).

[3] 贾奋然. 六朝文体与儒家礼教文化 [J]. 孔子研究. 2003 (5).

[4] 马骁英.《文心雕龙》小说论琐议 [J]. 辽东学院学报（社会科学版）. 2015 (4).

[5] 鲁迅. 中国小说史略 [M]. 北京：人民文学出版社. 1952.

[6] 王澍. 论中国古代小说文体的浑和性生成 [J]. 中南民族大学学报（人文社会科学报）. 2013 (6).

（陈静　首都师范大学 2014 级硕士生　指导教师：贾奋然）

① 湛之. 读《陶渊明研究资料汇编》[N]. 北京：光明日报. 1962。

·比较文学与世界文学·

《包法利夫人》的小说叙事与文化跨界

毕湘英

摘　要： 福楼拜的代表作《包法利夫人》是西方现代小说的奠基之作。这部小说在出版后的一百六十年间，始终保持着旺盛的生命力。本篇论文从故事再生产的角度出发，分析以福楼拜小说为蓝本，创作出来的多部影视作品和故事新编。通过分析福楼拜小说的语言特色与故事媒介转换之间的关联，从而发现《包法利夫人》这一蓝本故事的生命力所在。

关键词：《包法利夫人》；故事；媒介

1856 年 10 月，《包法利夫人》的删节版开始在《巴黎杂志》（Revue de Paris）上批载，随即福楼拜被控告有伤风化受法庭传唤。1857 年 1 月，当局宣告作者胜诉，随即《包法利夫人》第一卷出版，不日成为畅销书。这样一本带有现实主义光环，描写一个堕落女人的故事，时至今日，在全球范围内仍保持着一定的活力。

1857 年之后，《包法利夫人》的故事被搬上了舞台，随着卢米埃尔的《工厂大门》的打开，1932 年美国导演阿伯特·雷（Albert Ray）所导的《不圣洁的爱》（Unholy Love）成为包法利故事的第一部影视改编作品。小说非凡的创造性改编从此后的八十多年持续至今。据不完全估计，至少有 11 个国家参与了改编，影视作品改编不少于 18 次，还出现了相应的故事新编和漫画改编。

持续受到关注的其中一个原因在于小说丰富的主题：比如小说以一个社会称呼来命名，主人公爱玛小姐从第四章开始就成了包法利太太，因此有人认为是 19 世纪乡村女性的普遍婚姻问题和女性生活的困境带给了爱玛悲剧；比如有人看到了小说中不切实际的包法利主义（Bovarysme）①，《堂吉诃德》的主人公由于读书而变得发狂，他只能通过引述来说话，爱玛也因读书染上了神经质，沉浸于幻想的浪漫故事之中却不能清楚表达自己的想法，与自己丈夫无法沟通；再比如信贷问题成了女主角最终自杀的导火索，也从侧面反映了过量的消费主义对乡村普通资产阶级的摧毁。

不同时期和地区都参与过对《包法利夫人》的故事再生产，一些主题在特定时空背景

---

① “包法利主义”是文学史上的一个专有名词，从福楼拜的小说《包法利夫人》而来。现在用这一名词指平庸卑污的现实和渴望理想爱情、超越实际可能的幻想相冲突的产物。

下被着重刻画，也通过时空的变化产生了迥异的改编或变体。《包法利夫人》在很长时间里甚至今日仍在各地保持着生命力和创造力，这与大师的非凡创作有关，也与当时当地的文化环境息息相关。

一、小说叙事与媒介转换

《包法利夫人》被誉为“现代小说的开山之作”，其重要特征之一在于它卓越的叙事手法。小说在第一章第一句话就抛出了作者非同寻常的叙事技巧：

> 我们正上自习，校长进来了，后面跟着一个没有穿制服的新生和一个端着一张大书桌的校工。[1]1

读完第一句话，读者发现“我们”可能是整个故事的叙事主体，而“我们”作为一个复数主体存在于作者的同学之中，不属于独立个体，复数主体不能发出一个独立的声音，这明显不符合标准的第三人称叙事。但随着篇幅的增多，读者发现“我们”消失了。随之代替的是一个全知视角，在告诉读者查理早年的家庭情况、所受到的教育和第一段不幸的婚姻，通过这一视角，读者知道了比爱玛更多的信息。在第五章，爱玛变成了包法利夫人，跟随查理回到道特开始婚姻生活后，读者又读到了女主人公内心的渴望，这又是查理所不知道的。之后作者又用同样的叙事方式向读者披露了郝麦的私心，莱昂的追求和鲁道尔夫的诡计。米克·巴尔认为，在叙述层次中，自由间接言语（free indirect discourse）是个人语言和非个人语言情境的中间形式。[3]作者混淆了全聚焦叙述人和内聚焦叙述人的声音，展开在读者－人物－叙事主体之间自由流动，这有别于巴尔扎克式的作者评论凌驾于人物和读者之上，因此“我们”的声音主体并没有消失，或者说一开始“我们”的声音就混入了作者的声音。

承认作者在《包法利夫人》频繁使用自由间接话语之后，我们来回答第二个问题：为什么这一叙事手法促进了故事的媒介转换？

> 医生理会：卢欧先生一定是一位最富裕的农民。
>
> 他走进拜耳斗，马一害怕，来了一个大闪失。
>
> 这是一家外表殷实的田庄。马厩敞开，从门上望过去，就见耕田的大马，安安静静，吃着新槽的草料。沿房有一大堆肥料，直冒水汽，五六只孔雀——苟这地方田家的奢侈品，站在上头，在母鸡和火鸡当中，啄东西吃。羊圈长长的，仓库高高的，墙光溜溜的，就像人手一样。车棚地下放着两辆老大的打车、四把犁，还有鞭子、套包、全副马具，楼上谷仓落霞浮尘，污了马具的蓝羊毛。院子越上越高，种着行列整齐的树木，池塘附近，响彻一群鹅的欢叫。
>
> 一个年轻女人，穿着镶了三道花边的“麦里漏斯”蓝袍，来到房门口接住包法利先生，让到厨房坐。厨房生着旺火，伙计的早饭，盛入高低不齐的小闷罐，在四周沸滚。[1]15

这是爱玛在小说中的第一次出场时的描写。“医生理会：卢欧先生一定是一位最富裕的农民”是自由间接话语，它作为一种个人语言指涉叙述者自身，又与行动者（查理）

相接触，并且医生的猜想是有把握的（“一定是”），于是出现了两个叙述层次的“混合”，即文本互渗（text interference）。因此在接下来的景物描写中，聚焦不但跟随的是叙述人的视角，更是通过查理·包法利的视角在移动。同时，这也是爱玛的第一次出场，因此爱玛是通过查理的眼睛登场的。这依靠电影手法中的主观镜头可以得到实现。

聚焦首先被定义为叙述者与他的人物之间的一种“认知”关系。然而，热奈特在阐述过程中还考虑到另一种因素：“观看”。[6]他说道：“《包法利夫人》里的马车场面完全是根据一种外部的和无知的见证人的视点来讲述的。”他又明确指出，内聚焦“严格地意味着焦点人物绝不从外部被描述、被表示。”在查理去拜耳斗给卢欧老爹看腿的路上有一段诗意描写：

> 雨已经不下了；天开始发亮，有些鸟动也不动，栖在苹果树的枯枝上，晨风峭厉，敛起它们的小小羽毛。平原展开，一望无际，田庄周围，一丛一丛树木，远远隔开，在这灰灰的广大地面，形成若干黑紫点子。地面在天边没入天的阴暗色调。[1]13

查理是这段话中的行动人，读者通过查理的眼睛“观看”。不可思议的是，这一场景富有动态美和生命力：天气的变化、鸟儿的动作、光线的转移，读者仿佛从平面的阅读中看到了全景式的画面。通过电影在旅行中平移镜头的手段，能很好地吸收了空间移动的形象，而电影发明最初的作用便是“展示”（showing）功能。

福氏小说语言的影像化倾向还表现在场景的选择上。米克·巴尔认为福楼拜的《包法利夫人》具有反高潮的效果。许多人们会期待作为戏剧性高超来表现的事件被迅速地加以概略。小说在第七章末尾时说道“在爱玛的生活中出现了一件大事：昂戴尔维利耶侯爵邀她去渥毕萨尔。”[1]48这不但对爱玛是一件大事，对整个乏味的乡村故事也是一个转折点，小说离开了乡村场景，进入到一个更复杂广阔，充满可能性的空间之中。读者对侯爵与包法利夫妇的关系一定很感兴趣，但作者一笔带过他们的机缘结识直接切入舞会场景，后来成为爱玛心心念念的子爵自始至终也没有出现过一句对话，在爱玛生命中极为重要的渥毕萨尔只有区区四页。反之，日常琐事，如餐桌场景在书中重复描写，每一场都以夫妻双方交流上的失败终结，每一场都加重了爱玛的绝望，平庸的日常如同骆驼身上的稻草与日俱增，表现了人物存在的空虚、无聊和乏味，女主人公越想要从玻璃窗和餐桌前挣脱出去，越能体现日常循环的悲剧。同时，场景的重复避免了读者由于密集阅读带来的疲惫，这种传统节奏的颠倒十分自然地适合于这样一种素材，在这一意义上，米克·巴尔认为“小说是现实的，节奏与内容相适。但是，预期节奏的颠倒也可开始思考这一小说的非现实诗学。它甚至于可以具有（原）后现代的结果。”[3]但电影时间有限，无法对餐桌场景的次数完整表现，仍会回归密集展现。但奇特的是，在众多的电影改编版中，尽管对原著的忠实程度天差地别，但餐桌场景几乎出现在每个改编版中。

二、变化中的《包法利夫人》

在安·瑞格蕾的论文中[7]，她将改编理解为故事从一种媒介到另一种媒介的转码。在改编的这一更宽泛地概念中，仍不明晰的是，组成文化记忆的复制、选择和变换的原则。由于这些过程是人类主体部分转换的反射行为的结果，古老故事的复制加变换，可以从生产和接受两个方面得到解释。“生产性的接受”意味着古老叙事的新版本既是回忆的方式也是重新加工早先故事的方式。在此意义上，生产性接受是文化记忆的连接组织。

安·瑞格蕾将“改编”模式分为再生产、翻译、媒介转换，以及文化跨界。毫无疑问，在全球化时代和世界范围内引起的经典改编潮中，我们更加关注当故事受到特定时空影响而产生的复制和变换，即一个脍炙人口的故事经过不同国家的改编发生了什么变化？

1932 年阿伯特·雷（Albert Ray）导演的《不圣洁的爱》（Unholy Love）是《包法利夫人》的第一部影视改编作品，但它并不是一部与原著重叠率较高的改编版，莉拉·李（Lila Lee）扮演的雪拉（Sheila）是爱玛的化身，她是一位园丁的女儿，同父亲的医生秘密结婚，但婚后对丈夫忙碌的工作不满又结交上了当地的无赖，最后被始乱终弃，痛苦欲绝的雪拉无法忍受社会舆论，开车坠入大桥。这部 30 年代的早期美国电影，似乎在利用一个经典的故事，责备婚外情的女人，正如片名所引导的，其在制定婚姻道德准绳。

1949 年文森特·明奈利（Vincente Minnelli）版本的《包法利夫人》是早期好莱坞对经典的一次改编。它与 1932 年的版本一样充满道德感地讲述了一个堕落的故事。1930 年海斯法案的颁布初步制定了一套电影拍摄指南，在电影分级制度形成以前对美国电影产生了很大影响。明奈利的改编版更像是一部教科书式的电影，践行海斯法案。

1969 年西德和意大利的合拍片《裸露的包法利夫人》（Die nackte Bovary）对原著进行了很大的挪用和创造性改编，甚至改写了女主人公的结局。爱玛的扮演者艾德薇姬·芬妮齐（Edwige Fenech）出生于法属埃尔及利亚，是一位混血儿。在影片的开头，爱玛几乎已经是位堕落的女人了。小说中的商人勒乐变成为了爱玛的疯狂追求者，甚至改名换姓变成了阿道夫（Adolphe），时装商人委托的信贷人也变成了卢米埃尔（Lumière）。这部合拍片创作于敏感的时空背景下，不禁令人想到在同年曾出现过一部伟大的纪录片马塞尔·奥菲尔斯（Marcel Ophüls）的《悲哀和怜悯》（Le chagrin et la pitié），影片针对法国人，真实记录下了当时法国维希（Vichy）政府和纳粹合作，被沦陷的法国人则懦弱地沦为法奸或者为德国人工作。如果我们将同年的这两部电影作为互文本关照会发现，导演顶着骂名将大师作品改编成了低俗电影是出于意识形态的讽刺。

1993 年出现了曼努埃尔·德·奥利维拉（Manoel de Oliveira）导演的《亚伯兰罕的山谷》，导演塑造了一位葡萄牙包法利夫人。为了更好适应葡萄牙取名的发音，导演将女主人公改名成为爱玛（Ema）。故事从永镇嫁接到了圣地亚伯拉罕山谷中，爱玛被改写成了一位身患残疾的美丽女人，叹息自己婚姻的不幸而整日沉浸在幻想之中。导演为了塑造一种神秘沉寂的环境，启用了两名女演员扮演爱玛。

所有的这些改编形式，揭示了它们都是怎样在某种程度上对原作进行了创造性修饰；这一点甚至也适用于再创造的形式——波西·塞蒙（Posy Simmonds）的《新包法利夫人》（Gemma Bovary）连环画，增加了文本的可读性，挖掘了一个经典文本的新的媒介表现空间，吸引了新的读者。通过新的媒介技术（已存在或者新技术），利用不同的感官路径重新进入经典故事，能唤起读者对故事记忆的全新认识，同时更新读者群。关照 1934 年法国导演让·雷诺阿（Jean Renoir）的版本和 1991 年克劳德·夏布洛尔（Claude Chabrol）的版本，直到最近索菲·巴特斯（Sophie Barthes）的版本，从黑白电影到数字摄影，技术发展影响了整个故事的表达方式。除却技术革命带来的故事再创造变革，我们纵观各个国家和地区的变形故事来试图找寻，有哪些元素始终附着在文化记忆之上，在经受了技术与社会的变革后保留了下来？

受到电影时长的控制，我们可以看到几乎所有的影视改编版本都剔除了小说的前两章和最后一章。按照结构主义坚持情节是小说骨架的原则，尽管许多角色和场景都发生了转换，如罗道尔夫变成了爱玛的追求者（Hans Schott－Schöbinger）版，法国乡村变成了葡萄牙的山谷中（Manoel de Oliveira）版。但爱玛的堕落保留在所有的故事之中，它作为故事的转折点对人物的命运有着直接的关联。小说是以X型的叙述方式将故事急转而下，一方面是郝麦的升官加爵，另一方面是爱玛的万丈深渊。

其次，在所有的小说主题中，关于个人的幻想都对艺术家们产生了不可抗拒的诱惑力。福楼拜将爱玛的人生悲剧丝丝相扣，悲剧的起点从爱玛的幻想开始，而女主人公又是读了浪漫小说而产生了幻想。这里列举两个改编文本，尽管由于改动太大，从“忠实度理论”来看，已经很难看到原著的本来面貌了，但无可否认，福氏的小说对它们而言是一个“蓝本”存在。更重要的是，它们继承了福氏的“幻想”精髓，通过导演独特叙事手法的运用，在同类改编中脱颖而出。

1999年英国艺术家波西·塞蒙（Posy Simmonds）出版了一本连环画集，画集名叫《新包法利夫人》（Gemma Bovary），主人公是一位生活在现代诺曼底的面包师，他非常迷恋福楼拜的小说，尤其是《包法利夫人》，直到有一天一对夫妻搬到了他家对面，面包师惊奇地发现他们非常像福氏小说中的人物，更难以置信的是，在他的观察下，女主角一步步向包法利夫人靠近。这部画集在出版前曾在英国《卫报》上连载过一段时间。2014年9月6日安妮·芳婷（Anne Fontaine）带着她导演的同名电影在多伦多电影节参加首映。在这部“超电影”中，福楼拜原著小说的身影反复出现：面包师时常阅读原著小说，和朋友家人评论小说中的主人公，他十分迷恋包法利夫人，因此当电影女主角杰玛·包法利（Gemma Bovary）出现时，他惊讶地发现她和小说主人公是如此得相像，于是他跟踪她，暗恋她。在不断地对比和幻想下，杰玛竟然越来越靠近小说原型，最后在与情夫的纠缠下噎食面包而死。面包师的形象并非空穴来风，在福楼拜的原著小说中有一个隐含视角——来自郝麦的学徒玉斯旦。他深爱着爱玛，这是小说的一条隐含剧情，他同读者一样密切注视着包法利一家的命运，但他构不成故事的行动者，没有对情节发展起到任何干涉。影片的叙事主体是面包师马丁，他是影片开场出现的第一位人物，他甚至频频从电影叙事中跳出来，对着镜头与观众说话。正是由于叙事主体代替了观众，影片中出现了许多偷窥镜头。而他的视角正同于小说中的玉斯旦：他没有搅入主线故事中，但他见证了杰玛的堕落。

影片对福氏的《包法利夫人》并不是简单的引述、复制和移位，而是表现出了“超文本”特性，正如马丁的妻子在床头读弗朗索瓦·莫里亚克的传记，马丁在另一头讲着包法利夫人。爱玛是影片虚构故事层中的人物，杰玛是影片元故事层的人物，两个人原本只是名字相近，有着同样叫查理的丈夫，杰玛甚至是英国人，她与虚构故事层中的女主角并无太多相似，就连马丁的妻子也认为是自己的丈夫想太多。但就在马丁的观察下发现，杰玛厌烦查理，觉得乡村生活乏味，并且开始寻找情人。这时元故事层与虚构故事层的界限变得模糊，正当观众断定杰玛也会吞毒而死时（这也就意味着观众已受马丁即叙事人的掌控），理所当然的剧情急转而下：杰玛不是服毒，而是因为偶发事件噎死的。一时间马丁觉得难以置信，观众也与马丁同样失望。在这部影片中，幻想的对象不再是包法利夫人了，而是面包师马丁。观众一度以为电影发生了“越界叙事”①，正是由于观众站在了“不可靠的叙述人”的视角看故事。影片在结尾处证实了这一点：马丁的儿子骗他说对面搬来了新邻居，是一个俄国女人并且名叫卡列尼娜，马丁一下沉浸到了《安娜·卡列尼娜》的故事之中，等他再次出门时，甚至场景都变成了大雪和红衣少妇，颇具喜剧风采。导演还在演员表中玩了个诡计：扮演杰玛·包法利（Gemma Bovary）的女演员也叫杰玛（Gemma），试图再一次混淆两个故事层。

安妮·芳婷的电影并非“越界叙事”，而同作为的导演的伍迪·艾伦曾对同一题材进行过改写。1977 年伍迪·艾伦在《纽约客》（New Yorker）上发表了一篇短篇故事《库格尔马斯的神奇经历》，并且第二年拿了欧·亨利短篇小说奖。小说讲的是一位大学教授——库格尔马斯厌倦了婚姻生活想要寻找外遇，经人介绍认识了一位魔术师皮条客，每次花 20 元就可以进入到《包法利夫人》的故事中与爱玛进行一段风流艳情。故事通过一个神奇的衣柜完成了现实层和虚构层的穿越（类似于“月光宝盒”）。一开始是库格尔马斯频繁穿越到永镇，随着爱玛对纽约产生了极大的好奇心，魔法师施计将她带到了现实层。热奈特认为，“传统理论只重视探讨转叙术语概念中的上升越界叙事，如作者干预自己的虚构（作为表现其创作能力的修辞法），相反并不重视作者进入自己真实生活之中的虚构。”库格尔马斯从现实层穿越到虚构层，这是从故事回到了元故事中，因为元故事对现实层始终具有影响力，甚至在他进入永镇之后，纽约中学课本《包法利夫人》的插画上多了一位与爱玛拥吻的犹太人。热奈特认为，可以将这一类越界叙事定为反转叙（antimétalepse）。[4]这一策略使故事产生了魔幻效果。从对幻想主题的践行来看，这则短篇故事的幻想对象从主人公转移到了作者的身上，这未尝不是一个转叙故事。八年之后，伍迪·艾伦编导了《开罗紫玫瑰》，一位患有“包法利主义”气质的年轻少妇由于看过多的电影产生了许多不切实际的浪漫情怀，导演为了强调这一情怀的不切实际，特意将影片背景设置在 20 年代大萧条中的美国。影片运用了套层结构，《开罗紫玫瑰》是女主角经常的观看的一部影片。直到有一天，虚构的男主角从银幕中走了出来与现实层的女主角相爱。显而易见，故事到了这里发生了“越界叙事”。更为复杂的是，扮演者得知自己的角色从银幕中逃跑了，也跑来寻找自己的角色。如果说《包法利夫人》讲述了阅读可能带来的危险，那《开罗紫玫瑰》则是讽刺了这类危险。很难界定《开罗紫玫瑰》是否跟福氏的小说直接相关，在 Mary Donaldson - Evans 的书中[8]，她将这部影片归为福氏小说的变体（avatar）。

结　语

上述所提到的改编版和变体都集中在西欧各国和美国，其实 1992 年宝莱坞也曾改编过这个经典的故事，移植进了印度歌舞，带有印度殖民地时期对西方世界的控诉。近年来中国也开始尝试对这一原型故事的再创造，2006 年林奕华导演带着他名著改编版话剧《包法利夫人们——名媛们的美丽与哀愁》进行全国巡演，话剧呈现了在当下这一消费时代中不同女性的欲望和追逐。

---

① 热奈特认为“转喻”修辞的一类表现形式正是“越界叙事”，“越界叙事”通过变换故事层方式来连接小说的真实与虚构，这种写作方式令现代乃至后现代小说表现出某种游戏意味。

我们可以看出，《包法利夫人》作为一个蓝本故事在当下仍具有旺盛的生命力和创造力，传统的经典再塑已经不能满足接受主体的需求，“一个堕落女性”的故事也变得越来越不强调。反而是福氏小说中隐藏的“幻想性”主题正在接受更多改编版的检验。从小说的文体本身来看，虚构与幻想是小说创造的源流，福楼拜的这本小说也是艺术创作的元命题。

参考文献

[1] 福楼拜.《包法利夫人》[M]. 李健吾，译. 上海：三联书店，2014.

[2] 李健吾.《福楼拜评传》[M]. 桂林：广西师范大学出版社，2007.

[3] 米克·巴尔.《叙事学导论（第三版）》[M]. 谭君强，译. 北京：北京师范大学出版社，2015.

[4] 热拉尔·热奈特.《转喻：从修辞格到虚构》[M]. 吴康茹，译. 桂林：漓江出版社，2013.

[5] 热拉尔·热奈特.《热奈特论文集》[C]. 天津：百花文艺出版社，2001.

[6] 戈德罗《什么是电影叙事学》. 刘云周，译. 北京：商务印书馆，2005.

[7] 安·瑞格蕾.《故事的生产性：叙事与文化记忆》[J]. 龙晓滢，译. 昆明：云南大学学报（社会科学版）. 2016（1）.

[8] Mary Donaldson – Evans . Madame Bovary at the Movies. Rodopi，2009.

（毕湘英　首都师范大学2014级硕士生　指导教师：吴康茹）

从《西方正典》看哈罗德·布鲁姆的莎士比亚研究

丁　萍

摘要：哈罗德·布鲁姆（Harold Bloom，1930－）是一位十分高产、有影响力的批评家，几乎他的每一部著作都能引起读者的广泛关注和学者的诸多争议。他的相关理论建构和批评实践对学界做出巨大贡献，特别是他对欧洲文艺复兴时期英国伟大的戏剧家和诗人莎士比亚的重新解读。《西方正典》是布鲁姆90年代出版的一部著作，书中以莎士比亚为中心的经典体系值得我们重视。论文结合布鲁姆的学术经历和时代背景对《西方正典》中关于莎士比亚的内容进行分析，试图了解莎士比亚在其中的特殊地位和作用，以及其中涉及的理论、创新点。

关键词：《西方正典》；莎士比亚研究；重读；地位；意义

一、哈罗德·布鲁姆的学术轨迹

布鲁姆是西方经典作品的执着的捍卫者，他对经典作品的关注和研究从20世纪50年代就已经开始。由于敢于与多个文学批评流派公然作斗争，布鲁姆被多数学者称为保守派。因而，他又是经典作品的孤独的捍卫者，但他捍卫经典作品的决心从未停止。他把自己的所有的时间和精力都拿来阅读经典文学作品，亦非常重视文学经典作品的文学和美学价值，并能够提出自己的独到见解。布鲁姆的批评几乎涉及西方各个国家的所有经典作品。其中，布鲁姆对莎士比亚及其作品的研究主要集中在20世纪90年代以后。从90年代以后的多数作品中，我们可以看到莎士比亚及其作品在布鲁姆心中的独特地位。

莎士比亚的作品几百年来在世界各地以各种形式得到传播、研究和改写。从莎士比亚时代开始，西方学者对莎士比亚的研究源源不断。在不同的文学理论思潮影响下，人们思考作品的方式和想法也在不断发生变化。新时期，随着60年代末“作者”的终结，在女性主义批评、新历史主义、解构主义批评、后殖民理论等各种新的理论思潮驱动下，批评家们不再重视文学作品的文学价值，更多的转向所谓的外部研究。这些批评家将莎士比亚的作品放在政治、历史、性别等社会主题下进行挖掘。针对莎士比亚的作品的这些研究和评论一定程度上反映了当代批评家、学者的政治视野的变化，也为莎士比亚研究提供了新思路新方法。但另一方面，它也让布鲁姆感到深深的隐忧：文学经典的地位是否会动摇。

而且布鲁姆还发现一个非常严重的问题，那就是当今很多人沉迷于快餐阅读或者大众文化，不再有激情和热情去读书，更别说静下心来阅读经典作品。布鲁姆不禁感叹："……电视、电影以及摇滚乐将会取代乔叟、莎士比亚、弥尔顿、华兹华斯以及华莱士·斯蒂文斯。"[1]410

布鲁姆开始研究莎士比亚始于80年代，且涉及到较多的莎士比亚作品。鉴于90年代以后是布鲁姆研究莎士比亚的重要转折期，故本文选取1994年出版的《西方正典》进行重点研究。《西方正典》① 是体现布鲁姆的相关观点的一部非常重要的作品。2005年《西方正典》② 中译本的出版让中国学者感受到文学经典的魅力的同时，也开始了对这一博学批评家的追捧。与此同时，中国学界也开始了对布鲁姆相关作品的研究。不可否认，布鲁姆对莎士比亚太过崇拜，他的很多关于莎士比亚的观点太过夸张和带有主观色彩。但在对莎士比亚的分析、研究过程中，布鲁姆捍卫经典、主张"陌生性"[1]2"审美自主性"[1]7的想法没有发生变化，给读者带来启发和引导。

二、《西方正典》

布鲁姆的著作《西方正典》是奠定莎士比亚地位的一部关键作品。在这部作品中，布鲁姆明确表达了莎士比亚的地位：虽然但丁早于莎士比亚，但布鲁姆将莎士比亚作为贵族时代的第一人，位于全书的序曲和开端。布鲁姆以莎士比亚为经典的核心，而其他的26为作家均与莎士比亚形成紧密联系。布鲁姆把他们当作整个西方经典的代表，共同捍卫他心中的文学经典。

（一）文学批评实践

1. 以莎士比亚为核心阐释经典

布鲁姆在《西方正典》中明确表达了自己的评选标准，即"陌生性""审美自主性"。在他看来，审美不能和社会、政治、经济等任何别的东西联系在一起。莎士比亚和其他26位经典作家的作品都具有巨大的审美价值，他们所写的作品也给我们留下了深刻的印象。布鲁姆对这些作家都进行了深入细致的研读。在布鲁姆看来，"莎士比亚或塞万提斯，荷马或但丁，乔叟或拉伯雷，阅读他们作品的真正作用是增进内在自我的成长。……西方经典的全部意义在于使人善用自己的孤独，这一孤独的最终形式是一个人和自己的死亡相遇。"[1]21

其中，莎士比亚的魅力无处不在。莎士比亚之所以能够成为经典，首先是因为他有一种审美的力量，"这力量又主要是一种混合力：娴熟的形象语言，原创性，认知能力，知识以及丰富的词汇"[1]20。其次，莎士比亚位于经典中心的位置。莎士比亚是非功利的；莎士比亚的作品是审美的，个人的。莎士比亚最大的魅力在于他创造和表现人物及其个性的能力。他创造了各具特色的人物群像：鲍通、夏洛克、福斯塔夫、罗瑟琳、哈姆莱特、奥赛罗、伊阿古、李尔、爱德蒙、麦克白、克莉奥佩特拉、安东尼、科里奥兰……无论是主要人物还是次要人物都具有独特性和丰富性。

虽然布鲁姆将莎士比亚作为经典的中心。但布鲁姆注意到这一经典的中心如今面临巨

---

① Harold Bloom, *The Western Canon: the Books and School of the Ages* [M], New York: River head Books, 1994.

② [美] 哈罗德·布鲁姆. 西方正典 [M]. 江宁康，译. 南京：译林出版社，2005.

大的威胁。早在1994年出版的《西方正典》中，布鲁姆就已经表达了他的不满。他认为受这些思潮影响的形式多样的莎士比亚评论不仅忽视了文学作品的审美性，而且将其作为意识形态的工具。在2005年出版的《西方正典》"中文版序言"中，布鲁姆进一步指出："文学批评如今已被'文化批评'所取代"[1]2。在布鲁姆具体的文本分析中也能够看到：一些优秀的作家的作品总是受到新历史主义者、女性主义者、马克思主义者的随意曲解。莎士比亚的经典地位受到威胁。因而，布鲁姆发出经典的悲歌。在书中，布鲁姆无数次提起莎士比亚作为经典的特殊魅力。布鲁姆运用精湛的语言能力和细腻的感受力分析包括莎士比亚在内的作家及其作品的时候，也是希望引起读者的共鸣。

2. 以莎士比亚为中心建立体系

乔伊斯的小说《为芬尼根守灵》① 的一些结构原则借鉴了维柯的三段循环理论。而《西方正典》也直接借鉴这一理论，将所选的作家分为贵族时代、民主时代和混乱时代。布鲁姆认为莎士比亚是贵族时代的第一人，认定莎士比亚是经典的中心。其他经典作家也都有精湛的作品和突出的人物以及独特的原创性。但我们知道：莎士比亚的另一个特色是普遍性。布鲁姆认为无论哪位作家写出的作品，总能在莎士比亚那儿找出共通性。

（1） 贵族时代

贵族时代主要有但丁、乔叟、塞万提斯、蒙田和莫里哀、弥尔顿、萨缪尔·约翰逊、歌德。布鲁姆认为但丁和莎士比亚都是拥有原创性、陌生性、崇高性的诗人、作家。无论是在语言还是认知、创造力上，莎士比亚和但丁都是经典的中心，超过所有其他西方作家。《神曲》是但丁的杰出代表、贝亚特丽丝是但丁原创性的标志；同时但丁也创造出了最具新意的尤利西斯。虽然但丁和莎士比亚都是经典作家，但丁与莎士比亚又有很大的不同；但丁是在作品中最有活力的人物，有强烈自我的人。乔叟的原创性主要表现在他娴熟的语言和人物塑造上。乔叟的《坎特伯雷故事集》创造了两位最具有内在性和个性的人物，即巴思妇人和赎罪券商。布鲁姆认为莎士比亚笔下的人物福斯塔夫受到了活力主义者巴斯妇人的启发和影响。但与此同时，虚无主义者赎罪券商又与《奥赛罗》中的伊阿古和《李尔王》中的爱德蒙较为亲密。布鲁姆认为莎士比亚和塞万提斯都具有天才的普遍性，他的《堂吉诃德》和莎士比亚的《哈姆莱特》都能引起不同的阐释。塞万提斯笔下的人物堂吉诃德和桑丘给我们留下了深刻印象，也获得了很多读者的喜爱。布鲁姆注意到堂吉诃德和桑丘都是对方理想的谈话伙伴，他们总是互相倾听，但不能自我倾听；而莎士比亚的戏剧及他的诗中的人物都是自我倾听。但这并不影响这两个主人公成为突出的文学人物。蒙田是一位优秀的散文家。布鲁姆认为蒙田的思想丰富、视野广阔，每一位读者都可以通过蒙田及其作品而找到自我。而莫里哀则是一名杰出的喜剧家；他的原创性在于从闹剧中发展出一种讽刺性的喜剧。并且，无论是蒙田的散文还是莫里哀的喜剧，它们所表达的真理总是令人难以把握。他们都在很大程度上堪与莎士比亚相比。弥尔顿是英国十七世纪著名的诗人，布鲁姆认为他的《失乐园》为我们带来莎士比亚之后最具有莎士比亚风格的文学人物——撒旦。布鲁姆认为莎士比亚是弥尔顿诗学焦虑的真正来源，尽管弥尔顿本人不承认。塞缪尔·约翰逊是英国作家、文学评论家和诗人，他的《〈莎士比亚作品集〉序言》（1765）对莎士比亚及其作品做了很多精彩和有价值的评价；他的《诗人传》为50多个诗人写传记，并不为意识形态所累。布鲁姆对约翰逊非常欣赏；布鲁姆认为约翰逊是

① James Joyce, *Finnegans Wake* [M], Penguin Books Ltd, 2000.

一个智慧的批评家，尤其是在评论莎士比亚等作家及其作品时。约翰逊对莎士比亚作品的评价往往能够深入主题，直指关键。因此，几个世纪过去了，他的很多观点一直被广泛引用。布鲁姆认为歌德是具有个人魅力的伟大作家，他创造的诗剧《浮士德》和莎士比亚、但丁、歌德一样敢于打破体裁限制。布鲁姆认为歌德的作品是对莎士比亚作品的戏拟。但相比于莎士比亚，歌德描写的是总体图景。

（2）民主时代

民主时代的经典作家有华兹华斯、简·奥斯汀、沃尔特·惠特曼、艾米莉·狄金森、狄更斯、乔治·艾略特以及托尔斯泰和易卜生。其中华兹华斯是英国浪漫主义文学的先驱。他善于描写大自然以及与大自然息息相关的平凡人，他的感情真挚朴实；惠特曼是美国现代诗歌之父，布鲁姆认为他的《草叶集》注重表现自我（其中的《自我之歌》解说了灵魂与两个自我的关系）塑造了英雄形象也体现美国宗教；“除了莎士比亚，狄金森是但丁以来西方诗人中显示了最多认知原创性的作家。”[1]226艾米莉·狄金森的作品在她有生之年并未受重视，布鲁姆认为批评家低估了这位诗人。狄金森擅长用诗思考，其诗内容艰深，别具一格而具有原创性。布鲁姆尤其重视狄金森的价值。这三位都是19世纪英美两国重要的诗人，在描述自我，发挥想象和创造力以及抒情、用词方面也都十分精湛。而莎士比亚也同样是一个具有沉思和敏感性的诗人。布鲁姆要构建的就是一个从乔叟、莎士比亚、弥尔顿到华兹华斯、雪莱等人组成的浪漫主义传统。在民主时代小说的鼎盛阶段，小说家不计其数。布鲁姆觉得简·奥斯汀对他人和自我都具有独特的感受力，《劝导》是其中的一个；布鲁姆认为狄更斯在19世纪小说家中无人能敌，他的《荒凉山庄》是经典性的代表；而乔治·艾略特将美学价值与道德价值结合，如《米德尔马奇》中细腻的分析。托尔斯泰公开指责和反对莎士比亚，但布鲁姆认为托尔斯泰的《哈吉·穆拉特》体现了莎士比亚的特色，并且托尔斯泰的人物塑造与莎士比亚一样具有变化性。这些小说家在很大程度上拥有和莎士比亚一样无与伦比的才能，为我们塑造出优秀的作品和人物。易卜生是挪威的剧作家，布鲁姆认为《哈姆莱特》《浮士德》等作品对易卜生的影响极大。易卜生创造的彼尔·京特蛮横无理、活力充沛而又情感丰富。易卜生笔下的山妖代表了他的原创性；布鲁姆认为莎士比亚笔下的反派人物都是山妖。

（3）混乱时代

混乱时代选取的人物主要有心理学家弗洛伊德、普鲁斯特、乔伊斯、伍尔芙、卡夫卡、博尔赫斯、诗人聂鲁达和佩索阿、戏剧家贝克特。虽然这些诗人、戏剧家、心理学家属于20世纪的不同流派不同类型，但布鲁姆认为他们仍受到莎士比亚的影响。在具体的分析中，布鲁姆其实对他们有着复杂的态度。弗洛伊德是精神分析学家，常常将莎士比亚作品及其人物作为案例为精神分析学说提供佐证。但布鲁姆本身并不认可他的解读，相反仅仅把弗洛伊德当作作家、散文家。布鲁姆认为弗洛伊德对莎士比亚的作品及其人物所做的分析，就是其受莎士比亚影响的明证。如布鲁姆指出弗洛伊德具有“哈姆莱特情结”[1]295。布鲁姆通过莎士比亚的作品解读弗洛伊德。普鲁斯特的《追忆似水年华》在性嫉妒以及表现悲喜剧方面都与莎士比亚不相上下。但普鲁斯特更加大胆直露，并更实际地告诉我们：性嫉妒是最重要的激励动因，是真正的劝导。乔伊斯的作品《尤利西斯》和《为芬尼根守灵》中的人物都与莎士比亚有着密切关联。布鲁姆指出《尤利西斯》与《哈姆莱特》之间的相通之处；并且，斯蒂芬在《尤利西斯》中的国家图书馆那一幕（第二、第九部分）详细叙述了乔伊斯有关《哈姆莱特》的理论。莎士比亚已内化为乔伊斯的一部分。而布鲁姆认为由于对莎士比亚的嫉妒，乔伊斯的《为芬尼根守灵》变成了一部悲喜剧。伍尔芙被认为是女性主义文学批评的奠基人，但布鲁姆认为伍尔夫对阅读和审美有着超乎寻常的热爱和执着。布鲁姆用实例证明唯美主义和审美的陌生性才是伍尔夫一生的追求。莎士比亚的无功利阅读准则在伍尔芙的《奥兰多》中得到很好的体现。布鲁姆对其他的几位作家的描述太杂，容易让读者产生混乱。但我们仍能感受到这些作家的魅力：卡夫卡所表现出的麻木与绝望；博尔赫斯所热衷的迷宫，“所有作家，包括莎士比亚，都既是众人又什么人都不是，都是一个独一无二的活着的文学迷宫。”[1]372 诗人聂鲁达从沃尔特·惠特曼的创作中找到了自己最倾心的形式，佩索阿则是惠特曼再生。他们都离不开惠特曼。戏剧家贝克特的很多作品受到乔伊斯和普鲁斯特的影响，他的剧作《终局》又有莎士比亚作品的范式。

（二）《西方正典》中的理论与方法

1. 焦虑、竞争与误读

1973 年出版的诗学理论著作《影响的焦虑》① 向我们提出了一个独树一帜的观点：诗人在面对前人的影响的时候，会产生焦虑。如果你是强力诗人，这种焦虑并不会影响你的创造力，相反会使你更有创造力实现创造性的误读。而如果把对象换成作家，理论同样成立。《西方正典》中，“焦虑”的理论随处可见。布鲁姆特别注重莎士比亚与其他 26 位经典作家及其文本的互文关系。布鲁姆认为莎士比亚之后的每一位经典作家都不可避免地受到莎士比亚的影响，他对所有作家及其作品的分析都离不开莎士比亚。布鲁姆强调作家和作家之间，作品和作品之间存在竞争。“经典不仅产生于竞争，而且本身就是一场持续的竞争。”[1]40 布鲁姆将莎士比亚及其作品与其他作家进行比较。他认为正是 26 位经典作家对莎士比亚所做的对抗和竞争才能创造出这么多经典作品。从整本书的论述可以看出，《西方正典》是《影响的焦虑》中相关理论的实际运用。

正如许多批评家、文学家所言，这部颇为畅销的批评著作在重建经典、抨击“憎恨学派”[1]40 的同时，也在很多地方表现出了布鲁姆个人的偏见。相较于莎士比亚对其他作家的影响，布鲁姆对其他作家对莎士比亚的影响提及较少甚至不愿提及。布鲁姆一口咬定莎士比亚就是史以来最伟大的作家，或者说是西方正典的中心，我们并不反对。但是，布鲁姆认为莎士比亚几乎不受他人影响（只受了马洛、乔叟的影响、启发），而莎士比亚之后的其他作家都没有办法逃脱莎士比亚的影响的看法，过于武断。在这里，与其说布鲁姆是一位批评家不如说他是偶像崇拜。在具体的批评实践中，莎士比亚对其之后的二十几位作家有着怎样的具体影响的言论缺乏说服力，有时候甚至有点牵强附会。可以说，为了反击“憎恨学派”和重建经典，布鲁姆已经走向了另一个极端。如：托尔斯泰本来是反对莎士比亚的。但布鲁姆花了很大的篇幅分析托尔斯泰的《哈吉·穆拉特》，只是为了证明即使是反对莎士比亚的托尔斯泰也不可避免受到莎士比亚的影响。但是比起《战争与和平》《安娜·卡列尼娜》《复活》，《哈吉·穆拉特》既不出名，也不新奇出色。如果只是因为《哈吉·穆拉特》是托尔斯泰作品中最具莎士比亚特色的一篇就不太合理了。不过，布鲁姆一直在反省和思考。1997 年出版的《影响的焦虑》② 第二版序言是一个详细而具体的补充。

---

① ［美］哈罗德·布鲁姆．影响的焦虑［M］．徐文博，译．北京：生活·读书·新知三联店，1989.

② ［美］哈罗德·布鲁姆．影响的焦虑（第二版）［M］．徐文博，译．南京：江苏教育出版社，2006.

布鲁姆修正了自己的观点，指出马洛对莎士比亚确实非常重要。布鲁姆花了大篇幅详细论述马洛对莎士比亚的影响，尤其是《帖木儿》《巴拉巴斯》以及《马耳他岛的犹太人》中的英雄兼恶棍形象。从早期的四部曲：《亨利六世》上、中、下篇与《理查三世》到《泰特斯·安特洛尼克斯》，马洛一直困扰着莎士比亚；直到1595年，莎士比亚的《理查二世》战胜了马洛的《爱德华二世》。马洛对莎士比亚的影响长达六年。奥维德、乔叟和马洛共同构成莎士比亚的创作前辈。此外，布鲁姆也提到了莎士比亚对其他作家的这种影响并非表明莎士比亚的无人能敌。只有后辈作家带着对着前辈作家的焦虑进行创造性误读，才能实现经典的创造。以易卜生为例，布鲁姆认为易卜生憎恨莎士比亚的影响，但正是这种对莎士比亚的恐惧和排斥使他实现了最好的易卜生式表达。布鲁姆认为莎士比亚和他的作品对其他作家的影响是潜在的，存在于这些作家的经典作品中。无论莎士比亚死或不死，他的影响一直在。如《群鬼》中的阿尔文太太无法自我实现和获得新生活的悲剧有着莎士比亚作品的悲凉和无奈。

2. 文本阐释的跨学科

布鲁姆是非常大胆和创新的，他大大拓宽了文学的领域，把文学批评、心理学和宗教、哲学著作统统纳入文学阅读的视野，种类包括小说、戏剧、诗歌、心理分析、文学批评等，打破学科、体裁的界限。如他引入了批评家塞缪尔·约翰逊和心理学家弗洛伊德，并将他们的批评性文章作为文学作品来分析。

《〈莎士比亚作品集〉序言》集中了约翰逊对莎士比亚戏剧的评论，也是研究莎士比亚的重要资料。约翰逊对莎士比亚的评价和研究都比较独特。他对莎士比亚的分析往往比较精准、屡出妙语且对一些不实际或不恰当的评论会直截了当的指出。约翰逊心思细腻、思维敏锐，有自己的偏好也常常发现别人没有注意到的东西。布鲁姆认为约翰逊对莎士比亚的评价是公正的、高质量的，“在约翰逊以前，没有人如此表述过莎士比亚那独一无二的压倒性的表现力量，他以敏锐的措辞指出莎士比亚的本质就是区分的艺术，使之与众不同，创造出千变万化。”[1]145虽然约翰逊是一个批评家，但他对莎士比亚的美学价值、莎士比亚的认知感受都进行了细致分析。约翰逊和他的《〈莎士比亚作品集〉序言》如此重要，所以布鲁姆必须把他纳入经典作家的行列。

弗洛伊德虽然是著名的精神分析学家，但他写了很多研究莎士比亚的作品，特别是对《哈姆莱特》《麦克白》《李尔王》等进行了分析。显而易见，布鲁姆对弗洛伊德对莎士比亚的解读并不太赞同，他认为弗洛伊德对莎士比亚的解读和新历史主义、马克思主义和女性主义对莎士比亚的阐释一样不能让人满意。但是另一方面，布鲁姆认为在《释梦》《三个匣子的主题》和《精神分析活动中几种性格类型》及相关信件中，弗洛伊德将莎士比亚的剧作《麦克白》《威尼斯商人》和《李尔王》等中的人物变成精神疾病的案例，且有条理清晰的文本分析，具有文学性。布鲁姆把弗洛伊德当作经典作家，将他的精神分析视为文学。他认为“弗洛伊德实质上就是散文化了的莎士比亚”[1]291。

三、《西方正典》的意义

通过《西方正典》这部著作，我们可以观察到布鲁姆分析莎士比亚时所具有的独特性和创新，如他扩大了文学的范围；布鲁姆也运用了比较文学的相关研究方法。布鲁姆把莎士比亚与从但丁以来到贝克特为止的26位经典作家联系起来研究，也让我们更加明确地看到布鲁姆将影响的焦虑理论与其文本实践相结合的能力。布鲁姆通过跨越时空将莎士比亚及其作品与其他作家及其作品放在一起，指出所有作家在某种程度上都是相互影响的。我们从中看到了莎士比亚的独特魅力和世界影响力。布鲁姆指出："没有莎士比亚就没有经典"[1]29。伟大的文学巨匠——莎士比亚一直在我们的身边从未远去。

《西方正典》是布鲁姆捍卫他心中的西方正典的手段。布鲁姆主要的武器是莎士比亚。书中莎士比亚的比重较大，不得不引起我们的重视。可以说，《西方正典》是奠定莎士比亚的中心地位的一本书。我们要重视《西方正典》的重要地位和意义。但是，布鲁姆不可能仅凭《西方正典》一部著作来穷尽他心中的西方正典。一方面，我们看到了布鲁姆在其批评实践中的偏见和问题。如他把莎士比亚的地位抬得过高，夸大了莎士比亚对其他作家的影响。并且，为了巩固莎士比亚的地位，布鲁姆的一些言论过于牵强。另一方面，布鲁姆对莎士比亚的分析都太过空泛，局限于简单概括。在多数篇章中，布鲁姆并没有展开对莎士比亚作品的具体内容的分析。布鲁姆选取的作家较多，并不能做出更加具体、深入的研究。在《西方正典》之后，布鲁姆的多部作品（如《莎士比亚：人的创造》① 《天才：创造性心灵的一百位典范》② 等）都对莎士比亚及其作品进行了研究。因而，我们要以《西方正典》为出发点，研究布鲁姆的更多作品，更加深入地探讨布鲁姆的莎士比亚研究。

参考文献

[1] [美] 哈罗德·布鲁姆. 西方正典 [M]. 江宁康，译. 南京：译林出版社，2005.

[2] [美] 哈罗德·布鲁姆. 影响的焦虑 [M]. 徐文博，译. 北京：生活·读书·新知三联书店，1989.

（丁萍　首都师范大学 2014 级硕士生　指导教师：胡燕春）

---

① Harold Bloom, *Shakespeare: the Invention of the Human* [M], New York: River head Books, 1998.

② Harold Bloom, *Genius: A Mosaic of One Hundred Exemplary Creative Minds* [M], New York: Warner Books, 2002.

·文化产业、影视文学·

在线漫画的生态学研究

——从汉化组说起

张文乐

摘　要： 国内非官方的日本漫画的汉化活动已经存在了15个年头，大大小小的汉化组难以计数，他们译制的漫画题材包罗万象，数量远远超过国产漫画，可以说正是汉化组的分享活动培养和构筑了国内所谓的二次元市场。自有妖气构建国产漫画原创平台以来，越来越多的大企业试图来切分这块蛋糕，腾讯漫画买下了集英社部分漫画的国内版权，布卡漫画也买下了《百合姬》的国内版权，加之平台化生产的大量国产漫画，正版的异军突起正在为在线漫画的生态结构带来深刻的变革。

关键词： 在线漫画；汉化组；原创平台；小众

2015年11月13日，日本京都府警方的打击网路犯罪科逮捕了涉嫌违反版权法的埼玉县八潮市运输公司员工、嫌疑人日高武久（69岁），以及东京都立川市的中国留学生、嫌疑人史吉辰（27岁）等3人（3人均为中国籍），共计逮捕4人。被捕嫌疑人涉嫌于10月29日，在未经授权的情况下，将刊登于当月2日发售的《周刊少年JUMP》（集英社）上的相同作品的最新话，提前刊登在盗版网站“mangapanda”上。该事件虽然是由英化网站“mangapanda”所起，但被捕的3名图源[①]都是中国人，因此在国内汉化界引发了不小的波澜，漫画汉化组又一次从边缘走进大众的视野。

漫画的汉化活动通常是由生活在日本的图源购买漫画杂志，扫描供组内翻译、修图、嵌字后，本着分享的原则发布在网络上供国内的读者阅读。从2001年最早的jojo热情汉化组①的成立到今天，国内非官方的日本漫画的汉化活动已经存在了15个年头，大大小小的汉化组难以计数，他们译制的漫画题材包罗万象，数量远远超过国产漫画，可以说正是汉化组的分享活动培养和构筑了国内所谓的二次元市场。自有妖气构建国产漫画原创平台以来，越来越多的大企业试图来分这块蛋糕，腾讯漫画买下了集英社部分漫画的国内版权，布卡漫画也买下了《百合姬》的国内版权，加之平台化生产的大量国产漫画，正版的异军突起正在为在线漫画的生态带来深刻的变革。

---

① 同期有《夜露思苦》的汉化活动，具体哪个更早无从考证。

一、在线漫画的生态结构

参与在线漫画生产和传播过程的主要有四种组织：非正式汉化组、聚合型网站、大版权方、漫画自媒体平台。

（一）非正式汉化组

非正式汉化组是由一群热爱漫画的人通过网络聚集在一起，对一些国外的漫画资源进行翻译，并分享给国内不懂外语的受众的网络组织。由于他们的汉化活动是未经原出版发行方许可的私人行为，为避免法律纠纷其译制的作品上均有“分享所用，24 小时之内请删除”的免责声明，所以是一种非正式并且不以盈利为目的的组织。

汉化组聚集了最懂漫画的人才，他们翻译漫画的初衷是兴趣和分享，希望让更多的人看到并喜欢这些优秀的作品，他们本身就是忠实的漫画读者，因此他们的翻译会最大限度还原原著的感觉，同时在分享的过程中获得自我实现的满足感。汉化组的组织非常灵活，基于不同的爱好演化出了各种不同的类型，比如专攻耽美类漫画的 3 年 5 班、专攻星野桂老师作品的黑色教团后勤部、专攻《银魂》的 LAC 汉化组等等，甚至出现了很多以个人为单位的汉化活动。但是需要承认的是有相当一部分的汉化活动并不是从漫画连载之初就开始进行的，例如望月淳老师的《潘朵拉之心》这部漫画，大家最开始接触它是通过台版的 1 -4 卷单行本，潘朵拉兔子窝是从第 19 话开始汉化的，第 23 话开始正式译制杂志的首发版，网络上流传的前 18 话均为台版单行本的扫描版。但是，汉化组的工作存在着不稳定性，特别是对于比较小众的作品，常常无疾而终，漫画译制的质量也是参差不齐。

（二）聚合型网站

聚合型网站是将网络上流传的漫画资源和一部分实体漫画的扫描版收集汇总到一起，分门别类提供给网友阅读的网站。

在相当长的一段时间里，国内的实体漫画市场是由各种盗版翻印的台版漫画所垄断的，在台版漫画的传播过程中聚合型网站起到了非常大的作用，甚至是很多漫画传播的起点，它们拥有不计其数的扫描资源，构成了一个相当庞大的数据库。有很多小众已完结的漫画都能在聚合型网站上找到，且多数为台版漫画的扫描资源。未完结的漫画中，有一部分是前几卷为扫描资源其后是汉化组资源，另一部分则全部是从各种渠道收集来的汉化组的资源。聚合性网站的优点在于漫画数量最多、最全，缺点是速度相对于汉化组发布要延迟一段时间甚至出现不再更新的状况，而且常常因为站点之间存在的竞争，将不同汉化组的资源混合在一起。

聚合型网站和非正式的汉化组在某种程度上是相互依存的，聚合型网站展示了一部分亟待翻译的漫画，促使汉化组去跟踪翻译，汉化组译制的资源反过来又会为聚合型网站提供内容的更新迭代。在聚合型网站看漫画的读者中一部分会为了更及时地追更新而转向汉化组的发布平台，这个发布平台往往是十分隐蔽的，且仅在很小的范围内传播。在这个过程中，受众产生了分化，一部分留在聚合型网站成为了在线漫画市场中的“大众”，一部分分流向了具体的漫画、具体的汉化组和平台，与之前就追随汉化组的读者一同构成了针对某一部或者某几部漫画的“小众”，“大众”和“小众”之间存在相互渗透的动态关系，在很小的程度上可以相互转换，如图 1 所示。

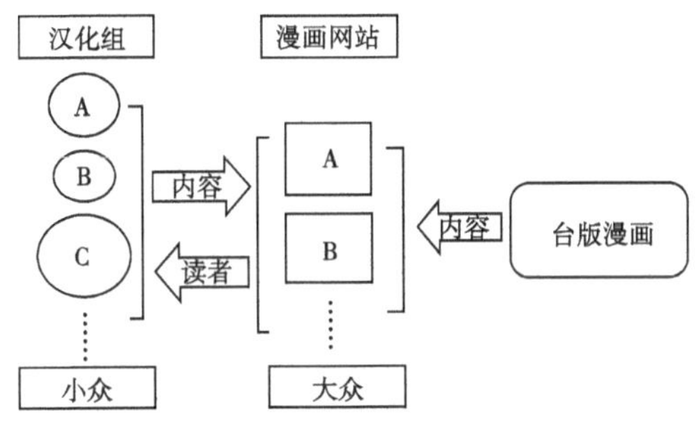

图 1　过去在线漫画的生态结构

（三）大版权方

大版权方是指类似腾讯漫画和布卡漫画这类依靠资本或平台的实力通过购入国外漫画的版权、签约漫画家生产原创内容的方式提供绝对正版的漫画给读者的法人企业。其呈现方式是内容聚合型平台，与聚合型漫画网站相似，都是将站内所有资源分门别类供读者阅读。

然而由于资本对于在线漫画甚至是整个国内漫画市场长时间地不予关注，任其自由发展，汉化组和各大漫画网站凭借数量占绝对优势并且内容质量上乘的国外漫画已经对在线漫画构成了事实上的垄断，塑造了读者的阅读习惯和阅读口味，在这种情况下大版权方只能是作为新的竞争者出现，却在版权之外缺乏竞争力，其处境是相当尴尬的。

图 2　腾讯漫画（左）与鼠绘汉化组（右）跨页对比

图 3　腾讯漫画（左）与鼠绘汉化组（右）画质对比

以腾讯漫画为例，其购买了日本集英社旗下包括《海贼王》《火影忍者》《银魂》在内的20部著名漫画的版权，与汉化组和聚合型漫画网站相比仅仅是九牛一毛，译制质量和发布速度都难以与汉化组相提并论。以《排球少年》为例，从更新速度来看，腾讯漫画比鼠绘汉化组滞后一周。从质量上来看，笔者截取第189话跨页进行对比，如图2所示，腾讯漫画将跨页按页码顺序上下排列，而鼠绘汉化组则将跨页拼成一张图片，还原并超越了纸书的阅读体验。另一方面，汉化组对漫画进行了充分的修图处理，如图3所示，与腾讯漫画的图像质量相比，汉化组的资源画面更干净，线条更清晰流畅。

图4　腾讯漫画与鼠绘汉化组翻译对比

最后从翻译水平来看，笔者截取了第106话的两格进行对比，如图4所示，关键信息翻译都是正确的，问题在于两处语气词“…まあ…”“くそっ…!”，鼠绘汉化组分别译为“…嗯…”和“可恶…!”，而腾讯漫画则译为“…这个么…”和“混蛋…!”。事实上鼠绘汉化组的翻译更符合语境，“…まあ…”在此处是对“俺ってわかるのか”的回应，是对现状的一种承认，潜台词是“是这样的…但是我没有别的意思”，仁花（女孩）在漫画里是胆小的性格，面对火爆的影山（男孩）既不能否认现状又不想引起影山的愤怒，于是弱弱地回应了一个“…まあ…”，后面省略的内容可能是“そうですけど…気にしないでください”（是这样但是请别介意），这个省略进一步弱化了语气，笔者认为汉化组将其译为“…嗯…”是非常符合语境的，而腾讯漫画的“…这个么…”就没有那么贴近语境了，像是仁花在卖关子或者回避问题；再看“くそっ…!”，它是我们非常熟悉的“恶搞（kuso）”的来源，在口语中常常用于发泄对现状的负面情绪，常常是没有具体对象的，所

以汉化组翻译的“可恶…！”比腾讯翻译的“混蛋…！”更贴近原文，“混蛋”的表达常常是有具体对象的，日语中会使用“クソ野郎”（混蛋）之类的说法。

综上所述，大版权方引进了正版漫画并且开放免费阅读，仍然难以吸引漫画的核心读者。另外，大版权方基于成本的问题和题材的限制（青年向和成人向漫画的审查问题）很难在漫画品种和数量上做到多而全，可以说绝大多数国外漫画的传播仍然是由非正式汉化组和聚合型网站所垄断的。

然而少量正版的引进也在客观上对汉化组和各类漫画网站产生了一定的影响，或者说威慑作用。一部分盗版漫画下架，却迟迟没有正版发布，逐步规范的版权环境给汉化组带上了精神的枷锁，打压了他们进行汉化活动的热情。自从三名来自中国的图源被捕之后，各大汉化组纷纷发布公告延迟资源发布时间，缩小资源发布范围，所呈现的结果就是汉化圈子正在开始萎缩。

事实上，在视频网站瓜分国外影视剧动画片版权的过程中，已经实现了对部分字幕组的收编，即与字幕组达成合作，由字幕组来为其购买的正版内容进行翻译并给予字幕组相应的报酬，例如爱奇艺购买了《钻石王牌》的独播权，第一季的翻译工作是由异域字幕组承担的。大版权方开始涉及日本漫画的翻译与发布时，也是非常希望能够收编汉化组为己用的，一方面能缓解双方的竞争，一方面能提高汉化工作的质量，但是从目前的情况来看，汉化组被收编的现象非常罕见。

（四）漫画自媒体平台

漫画自媒体平台是由漫画家或工作室自行创建微博进行漫画创作和传播的主要渠道。

幕星社是最早进行自媒体漫画商业化运营的漫画工作室之一，旗下两名签约漫画家“old 先”和“坛九”分别在自己的微博连载彩色漫画《19 天》和《SQ》，前者是腐向后者百合向，她们凭借成熟的画风、高完成度的质量以及有趣的故事，在微博迅速获得非常大的人气，并于 2015 年 9 月出版《SQ》单行本第一卷。这种自媒体漫画平台最大的优势在于漫画家和读者之间的距离非常近，可以实现直接的沟通与反馈，同时漫画家发布的日常生活也成为读者了解漫画家和与之交流的渠道，这使得读者能够对作品和漫画家保持非常高的忠诚度，有利于工作室进行进一步的商业化运营，幕星社广告部就是一个非常成功的例子，通过漫画的形式将广告商和幕星社进行合作沟通的过程表现出来，夹杂着看似不务正业的两位主笔与广告产品的种种互动，辅以转发抽奖的方式，实现了非常好的推广效果，并且不会让读者对广告产生排斥。

这种漫画自媒体的模式正在迅速成长，但是基于微博的碎片化和浅阅读特点，漫画自媒体对于漫画家的创作提出了不同于传统漫画连载的新要求：第一，符合纵向阅读的分镜设计；第二，单回篇幅要短，阅读时间控制在 1－2 分钟；第三，节奏要快，不能慢热，3 屏左右一个小高潮；第四，格局要小，重点强调人物个性和人物关系；第五，娱乐性为主，故事性为辅。基于这些要求，漫画自媒体平台目前很难进行具有宏大叙事的故事创作，此外，由于读者反馈渠道的便利，使得漫画家不得不进行适当的妥协，例如《19 天》中两位主角在暧昧中缓慢发展的关系由于读者的催促而加快了节奏。

漫画自媒体平台背后的漫画家也是大版权方希望收编的对象，将这些漫画家纳入自己的漫画平台麾下可以为进一步增加网站流量，扩大网站影响力，但是对于这部分漫画家而言，与网站签约创作将会使自己受到非常大的约束，同时大平台也很难把最优质的资源集中在自己的一两部作品上，所以现在越来越多的漫画家自己创建自媒体发布作品，大版权方的原创内容质量在一定程度上受到了影响。此外，漫画自媒体的内容也被部分聚合型漫画网站秘密转载，因为这些内容本身就是免费发布阅读的，所以漫画家和相关工作室很少对此进行维权。

现在在线漫画的生态结构如图 5 所示，大版权方凭借版权优势将大批国外超级 IP 漫画的读者拉拢过来，同时推广独家原创内容，这一举措在一定程度上打压了聚合型漫画网站，几部超级 IP 的读者总量可能与其他漫画读者的总和相当，但由于二者在内容上重合度非常低，聚合型网站目前还不至于被打压至死。另一方面，大版权方对汉化组和漫画自媒体平台有急切的收编意愿，但是收效甚微。聚合型网站凭借持续对汉化组和漫画自媒体的吸血得以苟延残喘。

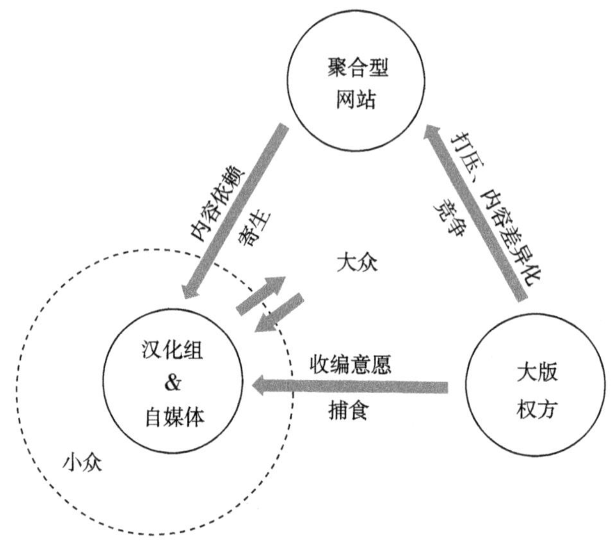

图 5　今天在线漫画的生态结构

汉化组和漫画自媒体平台作为整个市场中最有生命力的部分，将最有价值的受众聚集在它们身边。从文化创意生态学的角度来看，在线漫画作为一个生态圈，其中的生产者是汉化组和漫画自媒体平台，它们是生态圈赖以维持下去的内容的创造者，是整个生态圈中最重要的组成部分；聚合型漫画网站是寄生于汉化组和漫画自媒体平台的，这里的“寄生”与传统生态学意义上的寄生有一定的差异。传统生态学中的寄生概念是寄主从宿主吸取养分，逐渐破坏宿主的生命，最终致宿主死亡，否则寄主就无法存活，聚合型网站从汉化组和漫画自媒体平台吸收精品内容为己用，并不会对汉化组和漫画家造成特别严重的影响，但是没有了内容来源，聚合型网站自身就无法生存；大版权方与聚合型平台都是靠流量为生的，但是由于读者数量的相对稳定，流量是有上限的，为了争取更有利的生存环境，二者形成了一种同类之间的竞争关系，另一方面企图捕食生态圈的内容生产者——汉化组和漫画自媒体平台，捕食是指拥有大平台和资本实力的企业通过签约和收购等方式将创意者纳入自己的内容生产结构中，壮大自身力量。

二、最有价值的“小众”

（一）“小众”和“大众”

基于不同的阅读习惯和消费倾向，漫画读者逐渐分化为“小众”和“大众”。“小众”是指漫画读者中一小部分核心读者，他们主要聚集在汉化组和漫画自媒体平台周围，是一群可以被称为“漫画宅②”的读者。首先，他们对于漫画的阅读其实是一种鉴赏行为，通常会阅读很多遍，对于经典的台词和桥段能够如数家珍、倒背如流，同时对于故事的分镜、伏笔、谜题有自己独到的见解，甚至会整理成文章保存起来，自己构建一门关于某部漫画的学问，这是一种研究式的文化消费行为，因此漫画宅对于漫画投注的精力和研读的态度是旁人难以企及的。其次，核心读者具有非常强的社交属性，他们有很强的围绕作品进行交流的欲望，这是社群得以形成的前提。交流的形式主要是内容、角色的分析讨论和同人作品的创作，在这个过程中，漫画原著得到了升华，它不再是一本没有生命的漫画书，而成为了一个联系拥有相同爱好的人的纽带，它为漫画宅提供了一个完美的空间，让他们的交流欲和创作欲得到释放，不仅扩大了交际圈，还磨炼了写作、绘画、雕刻等等相关的技能。可见，作为漫画核心读者的“小众”最大的特点就是对作品甚至漫画家超强的忠诚度。至此，我们可以将漫画看作是这一小部分人的志业，他们愿意投身到对漫画的迷恋中，无怨无悔。他们付出时间、精力和财力去收集各种资料、信息，不断提高自己对漫画的审美、鉴赏、实践能力，这些活动成为他们生活中的重要主题。[1]“大众”是指游离的读者，对他们来说漫画是一种“阅后即焚”的文化产品，也不会针对漫画的内容和叙述、绘画技巧进行过多的分析和讨论。他们对于漫画的阅读是具有很强随机性的，漫画作为一种文化产品与电影电视剧没有本质的区别，都是娱乐产品，是生活中的消遣，因此这部分读者的注意力是最容易转向别处的，他们对于漫画没有很强的粘性和忠诚度。

（二）“小众”与“大众”的价值分析

在笔者看来，作为“小众”的漫画宅之间的交流是一种非常高级且具有商业价值的交流形式，他们几乎摒弃了一切琐碎的日常，花费大量的时间聚集在一起围绕作品进行讨论、交换情报与感想，他们试图确保自己的每一次交流都是有收获的，不管是交流感想过程中产生的共情（低信息密度的抒情），还是对作者伏笔的预测（高信息密度的讨论）。这使他们成为人形广告牌，他们在日常生活中寻找一切机会见缝插针地向身边的人推荐自己喜爱的漫画家、作品和角色，甚至会为一部很长的作品制作简洁又令人惊叹的介绍，将作品的精华浓缩在其中，形式可能是插画、视频、小说等等。在这个过程中，小众的圈子得以扩大，创造了更多有更强消费意愿的受众。

从消费的层面来看，以日本漫画为例，它的产品结构是金字塔型的，如图6所示：底层是廉价或免费的广泛展示，接着是内容总集，内容总集一方面方便读者查漏补缺和多次阅读，且常常附带杂志和之前放送中没有的新内容，比如漫画单行本会附带角色小剧场、DVD和BD常常会对之前放送的内容进行精修，附加角色访谈等内容，另一方面内容总集也具有一定的收藏意义。从内容总集开始，越往金字塔的顶端走，单品价越贵，对小众消费的依赖性越强，可以说是作为小众的漫画宅们创造了整个金字塔最大一部分的利润。

而“大众”作为游离的读者，其价值在于为聚合型漫画网站和大版权方贡献流量，二者之间的竞争本质上是流量之争，网站的持续运营需要依靠流量进行变现，聚合型网站主

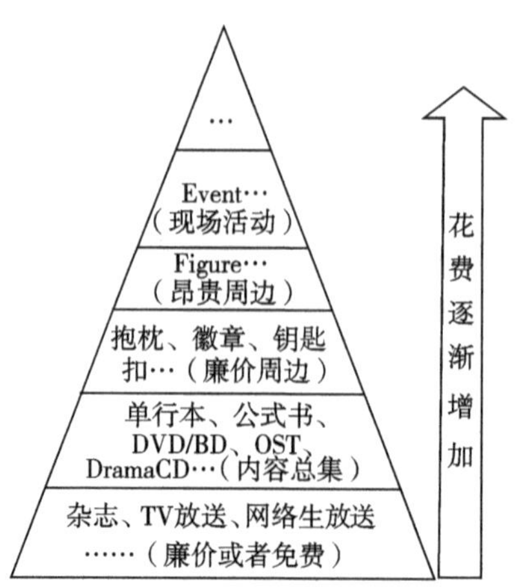

图6　日本漫画贩售的金字塔结构

要是靠出售广告位获利，大版权方则主要依靠读者在网站的消费盈利。读者的消费主要分为两部分，一部分是为查看付费内容进行的消费，另一部分是为喜欢的作品打赏购买“礼物”等道具进行的消费，而这两种消费都依赖“流量转化率”，当流量足够大时，即使转化率非常低也能带来可观的收益。可见，大版权方在进行流量变现的过程中仍然要依赖巨大基数中的少数人的消费，但是这部分人是不适合被称作“漫画宅”的，只能说他们是有潜力成为漫画宅的，他们作为大众和小众的中间地带存在，是两者相互渗透、相互转化的介质。这部分读者对漫画的消费行为与漫画宅存在根本的区别，前者是出于购买和打赏的心态进行消费的，他们的行为是随机的，并且不具有持久的粘性或忠诚度；而后者是出于对作品的膜拜进行消费的，并且会在一段不短的时间内维持较强的粘性和高消费。

三、膜拜的产生：少数人的“神域”

本雅明在《机械复制时代的艺术作品》中指出：复制技术满足了现代人渴望贴近对象、通过占有复制品实现占有本体的欲望，这个过程消解了作品的“光晕”和“膜拜价值”。“光晕”与“膜拜价值”是相伴相生的一体两面，“光晕”是“可以离得很近，却是一定距离之外的无与伦比的意境”，人们可以在物质上无限靠近它，却永远不能消除距离，这种距离是神性的象征，是对一种无法克服之距离的体验。[2]

按照本雅明的观点，诞生于机械复制时代的漫画是从一开始就是不存在“光晕”这种属性的，百万量级以上的发行规模让它变得唾手可得使其不再独一无二，同时消解了其膜拜价值。在笔者看来，首先“光晕”并不是崇高艺术或现场艺术所特有的属性，复制品消解的是载体的独一无二性，而漫画的内容却是独一无二的，漫画家们创造了无数个精神的异托邦③，真实但又难以触及，读者与故事中的世界之间存在绝不可能跨越的距离，从这个角度来看批量复制的漫画是拥有“光晕”的。其次，膜拜价值本身也是与作品的本体和复制品没有直接关系的，它与“光晕”一样是基于接受者的体验而产生的，其本质在于因作品的难以被固定和占有而产生的焦虑。在相当长的一段时间里，机械复制技术确实消解了这种焦虑，但是在全球化日益推进的今天，跨国界的复制品占有仍然是一件不太容易的事情，需要花费巨大的成本，包括学习外语、搜集信息、跨国运输的时间和金钱成本，因此对于国内的日本漫画宅来说，占有复制品已经是一件相当奢侈的事，造成了漫画宅们事实上的焦虑，在这个过程中，膜拜价值被重新构建起来了。另外，商业规则和营销手段也在不遗余力地为重构膜拜价值添砖加瓦，国内的漫画宅面对的复制品也是层层递进的。如图 7 所示，当复制品的来源多元化时，人们倾向于从中找出一个最权威的去实施占有行为，权威性体现在两个方面，一是它的数量相对最稀少，相对的独一无二，二是它从作者创作完成到自己手上经历的环节最少，即更贴近作者，所以国产漫画通过举办少量的签售会构建起了膜拜价值。

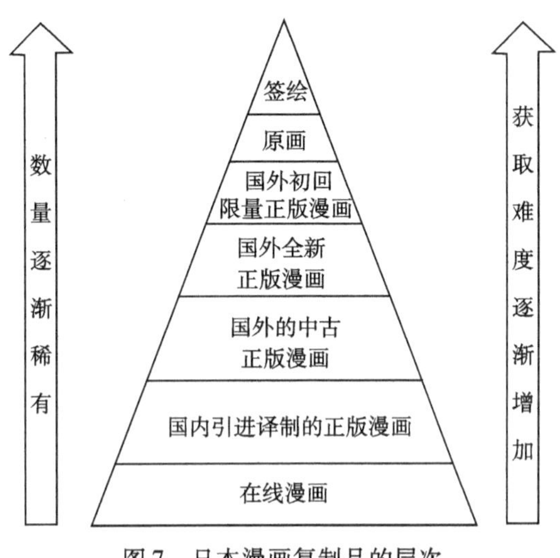

图 7　日本漫画复制品的层次

由此我们可以看到，膜拜是一种需求，机械复制技术创造了一个被称为“大众”的领域，看似消解了作品的“光晕”和膜拜价值，然而人们对“光晕”的挖掘从未停止，在各种“宅”的语境中，“光晕”始终存在。

那么最强消费能力的少数人对于作品的迷恋和膜拜究竟是怎样产生的？笔者认为主要有两个关键的环节。

第一个环节是接触。漫画宅的这种虔诚与迷恋源于漫画作品给他们带来种种非常规的生活景观，现代社会生活具有非常强的标准化性质，人们的生活被平淡无奇充满，而漫画以及其他的文化产品为人们提供了关于世界的无限多的可能性，在这里有不顾一切的热血奋斗，有最真挚长久的友情，有面对绝望不肯放弃的垂死挣扎……这些景观补偿了漫画宅们在现实中某些求而不得或不得不放弃的倾向，以震撼的方式重塑了他们的三观，打动漫画宅的是漫画所放大的世界中并不突出的某些作为人的特质或精神，以及某种生活的景观。可以说漫画为他们创造了一片神域，一旦接触到神域就再难回到平凡而无趣的现实。

第二个环节是情感放大。当漫画宅开始自主搜集相关信息，将自身暴露在充满了相关内容的信息场中时，杂乱的信息驱动他们去进行归类整理，丰富的官方与非官方同人作品加深了他们对作品的共鸣，于是进一步沦陷，并逐渐参与到信息场的编织过程中，试图网住更多同类。此外，通过交流形成的群体，在达到信息同步之后，也会产生集体性的空虚，在没有新进成员时他们常常试图制造一种集体的狂欢，在狂欢中短暂忘记无从分享和无法进一步获得作品刺激的寂寞。在这个过程中，漫画宅逐渐产生了无限贴近作品甚至占有作品的需求。

四、未来的趋势与存在的问题

现在由越来越多的资本和人才进入在线漫画这个市场，并为其发展变化添砖加瓦，笔者认为在线漫画市场未来的发展趋势大体如图 8 所示。

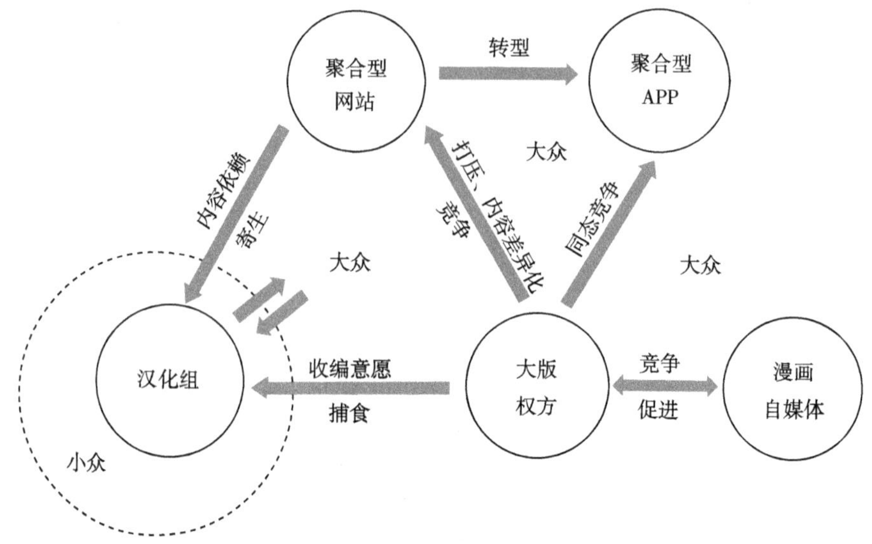

图 8　在线漫画未来发展趋势

首先，对于漫画自媒体平台而言，其发展趋势是与微博等载体的功能构建息息相关的。这一类在线漫画将逐渐从免费阅读与打赏相结合的模式走向由免费到付费的阅读模式，逐渐机构化、组织化。以微博为例，作为一个碎片化阅读平台，它是非常容易通过免费的内容聚集人气的。此外，在线支付方式越来越便利，正在逐渐塑造着人们的在线消费习惯，对于微博而言，开发付费查看微博功能是轻而易举的，为了防止单次付费多次传播，微博也可以像乐乎（LOFTER）一样开发禁止下载图片的版权保护功能。届时，将在微博平台的基础上，形成一个自成一体并开放的在线漫画市场。但是，漫画自媒体平台在成长初期有相当长一段时间是没有任何盈利的，如何获取资金支持撑过这一段时间对于漫画家或工作室而言是一项艰巨的挑战，相比而言签约大版权方进行漫画创作就没有这方面的风险。

其次，对于大版权方而言，漫画自媒体平台的快速发展将迫使大版权方对原创内容的质量提高要求，增加自身原创内容的竞争力。但是，对于急于实现变现的大版权方来说，避免走进经营 IP 符号的陷阱是非常重要的，以腾讯漫画旗下代表作之一的《勇者大冒险》为例，其漫画、动画、手游缺乏深刻的内在联系，仅仅是同样的名字和人物，动画连载中掺杂了大量同名手游的广告，在一定程度上脱离了原作的设定，实际上给受众带来强烈的分裂感，这对作品本身的生命力具有非常严重的影响，对后期的商业价值挖掘非常不利。

另一方面，大版权方与国外漫画出版社的合作会越来越紧密，正版漫画的数量会逐渐增多，同时可能会逐渐开展授权周边产品贩售方面的业务，未来甚至可能会有国外漫画家来中国举办签售会。可以说大版权方是最有潜力通过宏观的商业合作来缓慢消解国内漫画读者对国外漫画产品膜拜心理的机构。

受正版漫画数量增多影响最大的是各种聚合型漫画网站，越是小众的漫画其受众越容易聚集在汉化组身边，大量聚合型漫画网站会逐渐因为流量减少而破产，目前已有的趋势是逐渐向聚合型漫画 APP 转变，抛弃网站，由服务器直接向移动端提供漫画资源，例如现在做的最好的“漫画人” APP。同时，大版权方的多终端发展也会与其构成同态竞争，主要体现在阅读体验的方面。

最后，由于众多难以引进正版的小众漫画的存在，汉化组的活动在相当长的一段时间里将会持续存在下去。但是由于版权环境越来越规范，汉化组的翻译和分享活动也会越来越隐蔽。

注释

① 图源：将原版漫画或杂志扫描后，将原图提供给汉化组进行汉化活动的人。

② 宅：源自御宅族（おたく），一般指对 ACGN（动漫界的总称）具有超出一般人知识面，鉴赏，游玩能力的特殊群体，随着宅文化的发展，各种对其他兴趣爱好的发烧友也被归类到御宅群体中，如偶像宅，模型宅，军事宅等。

③ 异托邦：在所有的文化、所有的文明中可能也有真实的场所——确实存在并且在社会的建立中形成——这些真实的场所像反场所的东西，一种的确实现了的乌托邦，在这些乌托邦中，真正的场所，所有能够在文化内部被找到的其他真正的场所是被表现出来的，有争议的，同时又是被颠倒的。这种场所在所有场所以外，即使实际上有可能指出它们的位置。因为这些场所与它们所反映的、所谈论的所有场所完全不同，所以与乌托邦对比，我称它们为异托邦。（福柯《另类空间》，王喆译，载《世界哲学》2006 年第 6 期）

参考文献

[1] 易前良，王凌菲．御宅——二次元世界的迷狂［M］．苏州：苏州大学出版社，2012.

[2] 方维规．本雅明“光晕”概念考释［J］．社会学论坛（学术评论版），2008（9）．

[3] 陈霖．迷族——被神召唤的尘粒［M］．苏州：苏州大学出版社，2012.

[4] 周志强．浪漫“韩剧”异托邦的精神之旅［J］．文艺研究，2014（12）．

（张文乐　首都师范大学 2014 级硕士生　指导教师：徐海龙）

《太子妃升职记》的性别“狂欢”

李心竹

摘　要：《太子妃升职记》作为当下火热的网络剧，在性别转换题材上颇具颠覆性，“男男 CP”“女女 CP”，营造出了一场性别“狂欢”。而这场性别狂欢，究竟是对符号的消费，还是社会宽容进步的象征？本文将以《太子妃升职记》为文本，分析其中的性别狂欢现象。

关键词：男性；女性；狂欢；亚文化

日前，由网络小说热门 IP 改编的网络剧《太子妃升职记》火爆市场，打破传统自制剧的播放记录，并引起了讨论热潮。《太子妃升职记》改编自鲜橙的网络同名小说，讲述了花花公子张鹏意外穿越，变成了太子妃张芃芃，女儿身男儿心的她为求自保，陷入了太子、九王和赵王夺嫡之争的故事。该剧火爆的最大亮点无异于其在性别转换的题材上走得颇为大胆，“性别互换”“男男 CP”“女女 CP”等多元化的两性关系为观众所津津乐道。

狂欢是人类文化基因中与生俱来的一种价值指向和基本内涵，在文化精神结构中与理性、神性三足鼎立。巴赫金认为，狂欢化作为一种个体生命的存在状态，其渊源就是古希腊与古罗马时期的狂欢节本身。在狂欢节期间，人们放弃教条常规下严肃刻板的生活，打破严格的等级秩序，同一切人随意不拘的交往，随心所欲的装扮自己，狂放不羁的载歌载舞，自由自在地说说笑笑，之前存在的等级关系与官衔差别统统被取消，一种新型的人际关系出现，不论高低贵贱都可以投入到全民狂欢之中。

《太子妃升职记》在多个方面都试图打破常规，颠覆理性，营造出了一种“狂欢化”的现象。本文将从三个角度进行分析。

一、“两性一体”的特殊审美体验

中国文化传统中存在一个由阴阳构成的二元宇宙观。老子曰：“万物负阴而抱阳，冲气以为和”，《易传》中也提到：“一阴一阳谓之道”。阴阳二元是既矛盾对立又和谐统一的辩证关系。现代社会科学的研究表明，每一个人都兼有男性气质和女性气质，只不过存在着性度的差异而已，通常男人更阳刚一些，女人更阴柔一些。[①]而当壁垒森严的性别界限被打破，就会呈现出一种兼具两性气质的独特性别魅力。

当下影视剧中的性别转换可以溯源到中国古典戏曲表演中，梁祝传奇和木兰从军等家喻户晓的故事至今仍是不同的艺术形式所反复吟咏的题材。而与传统的“反串”或“易装”不同的是，穿越剧的兴起为影视剧提供了更为广阔的想象和创作空间。女性穿越为男性，或男性穿越为女性，个体外在性别符号的变化，带来了社会性别角色的改变，在虚幻的影视空间里，性别的转换和超越可以给人以狂欢的快感。这种狂欢的力量在狂欢跨性过程当中将激发性别、性向分割匹配的抗争和重塑。②

在以往的影视剧中，女扮男装或男扮女装是比较常见的现象，但通过“穿越”这种形式实现“女人身男人心”的性别转换在影视剧中还是少有的大胆尝试。在男权制度下，女性是被消费的客体，而男性既是男权社会的统治者，又是男权制度的囚徒，男女双方都有不同的心理诉求。而《太子妃升职记》中的张芃芃一角，集中了两性的优点，将阴柔和阳刚糅合，可以完美满足女性的“男性化心态”和男性的“女性化心态”，从而形成一种统一的审美趣味。

狂欢的另一特征是戏谑，言语嬉笑怒骂，行为滑稽可笑，典型动作如物品反用，反穿衣服，裤子套头等等。《太子妃升职记》中，演员的服装道具可谓引发了广泛讨论，被评为天雷滚滚却又清新脱俗的服装实际上是狂欢的一大体现。太子和九王上半身或黑衣严肃或白衣飘飘，脚下却穿着独具现代特色的绑带凉鞋，古装与现代装的融合，体现了抹去时空性的狂欢。同时，利用男性穿越女性这一契机，将男性的行为举止嫁接到女性身上，男性和女性较为明显的性格特质融合在一人身上时所展现的矛盾和冲突，产生了极大的笑点。如张芃芃召开月事研讨会，将女性最为私密和羞耻的事情放在台面上来，并通过夸张的道具（如月事带）制造笑点，张芃芃本人也言语粗俗，经常挂在嘴边的就是“老子不干了”“去他娘的太子妃”之类的语言，言谈之间对常规充满挑战和反抗。

除却形式和内容上的狂欢化，性别转换的结果所带来的更是精神意味上的狂欢。随着时间推移，张芃芃身上两种性格特质逐渐融合为一体。张芃芃生理性的要求（月事、性关系和怀孕等）让她逐渐开始认同了自己的身份，身份的认同意味着情感追求的开始，在引人发笑之外同时营造了情感上的共鸣。

张芃芃以一个现代男性的身份，跨越了自己生理和心理的障碍，穿越了时间和空间，最终和太子齐晟相爱。这一设计不仅源于国内观众对于两性关系的概念越来越容易接受，还在于抓住了人们内心深处对于至死不渝的爱情的向往。五四运动后，中国的知识分子将骑士式的“浪漫情爱”观念引入国门，成为日后对爱情的经典诠释。在经济高速发展的二十一世纪，物质生活水平大大提高，但现代人的精神生活却逐步空虚和匮乏，房、车、存款等现实生活中爱情的“必需品”成为压在现代人身上的重担，这无疑更加剧了人们对于纯粹感情的向往。当一种“柏拉图式”的精神恋爱不仅仅拘泥于物质基础和性关系，而且能够超越生理性别，穿越重重阻碍的时候，人们往往会认为这种感情更为纯粹，更能被称之为真爱。当下，越来越多的影视人意识到这一市场需求，不断开发出跨越性别，跨越年龄，跨越种族的“真爱”模式，而这种超越一切世俗，颠覆原有规则的模式是狂欢的最好体现。

二、“基腐”风潮下的男色消费

“腐女”一词源于日语，是由同音的“腐女子（ふじょし，fujoshi）”转化而来，为喜爱 BL（Boy’ s Love）的女性的用语。“卖腐”则是指，靠一切美型的男性，以及男性与男性之间不涉及性爱的恋爱感情等断背话题为炒作点吸引眼球的招数。[③]

当下影视作品中，“基情”成为噱头，“卖腐”蔚然成风。友达以上，恋人未满，这种以暧昧为主体的“基腐”文化已然成为当下网络文化的流行趋势。在市场利益的诱惑下，影视作品纷纷以此为炒作点吸引眼球，《让子弹飞》《古剑奇谭》《神探夏洛克》《烈日灼心》《伪装者》《琅琊榜》等诸多影视作品都或多或少掺入了耽美的梗，戏里戏外，角色和演员，真真假假，让人难以分辨，由此产生了如“越苏”“楼诚”“靖苏”“福华”等多元化的CP党。

《太子妃升职记》中，太子睿智俊朗，外冷内热；九王温文尔雅，风度翩翩；杨严活泼机敏，幽默可爱；赵王搞怪深情，忠心体贴……约翰·斯菲克认为，文化商品若要流行，必须要给大众生产意义和快感提供一定的话语空间。它既要有主流意识形态同质化、一体化的力量，又要在主流意识形态缝合时留下一个缝隙，也就是一个断裂地带，这个余地就留给了非主流意识形态。[④]《太子妃升职记》就是利用这种若有若无，似有非有的暧昧状态，塑造出了太子和九王，九王和杨严等多组CP。太子和太子妃这一对本身正常向的关系，也因为张芃芃的性别转换而引人遐想，在最终的两个版本的大结局中，张芃芃最终变回了张鹏，他或是无比留恋穿越的时光，或是遇到了医生版的太子，虽然结局以悲剧收尾，但也留给了观众无限的遐思。

“基腐”文化的盛行与身为受众的“腐女”群体有着密不可分的关系，女性主义批评家劳拉·穆尔维曾表示，“在这个‘由性的不平衡所安排的世界中’，‘看’的快感分裂为主动的男性和被动的女性。”但在女性观众作为主要消费者和传播者的“卖腐”剧中，男性成为了“被凝视”的对象。不以传统的男性视角作为审美出发点，而以女性审美标准进行创作，使女性观众（腐女或非腐女）能够在观看中获得满足的快感。[⑤]

由此可见，观众从影片里的人物、对话、情节等设计中看出的种种惹人浮想的“基情”，其实是影片在消费主义文化的语境下所主动制造出来的一场能指的狂欢。

“卖腐”风潮的盛行，虽然其中不乏商业推动，但在一定程度上对同性恋话题起到了积极作用。人们不再“谈腐色变”，曾经贴在同性恋身上的“艾滋病”“心理变态”等刻板标签在文化传播中逐渐被淡化，这是社会文明进步的一种表现。但就像《太子妃升职记》影片结局所表示的一样，基腐文化毕竟不等同于同性恋文化，“卖腐”这个本身立足于虚构的词汇与现实的对立是无法抹杀的，张鹏在虚幻世界里的穿越之旅最终会回到现实世界，一切在虚幻世界里的意淫都只是黄粱一梦，与现实无关。被消费的同性恋文化，仅仅是对“腐”这个符号的消费，是制片方与受众者之间的交易，是一场脱离与现实之外的网络狂欢。

三、女性的“加冕”与“脱冕”

狂欢节作为一种庆典，其仪式性是非常突出的，而其中最为典型的仪式是笑噱的给国王（小丑）加冕和脱冕，而随着加冕和脱冕活动的进行，主人公的身份在国王（官方社会的最高层）和小丑（官方社会的最下层）之间发生了戏剧性的轮换。巴赫金认为，狂欢节的仪式中的加冕与脱冕代表了狂欢文化的颠覆性与革新性，再生性的二位一体，狂欢节中的诸种仪式都以不同的形式传达了更新交替的不可避免，同时也表现出新旧交替的创造意义。

当下影视作品中，两性关系上出现了诸多加冕与脱冕的颠覆性解读。“女尊文”是其中的典型代表。男权制社会被颠覆，变为女尊男卑，女性高高在上，男性卑躬屈膝。而一些大热的宫斗剧，如《甄嬛传》《金枝欲孽》等，也着力塑造女性形象，提高女性地位，甚至让女性将男性玩弄于股掌之中。《太子妃升职记》中，女性的加冕体现在其与以往不同的独立光辉上，由于上文所提到的“基腐”文化的盛行，导致女性角色的形象能够更加独立，不再依附于男性。在古代男权封建制度下，后宫中的“四妃”（嗑瓜子四人组）虽然身在后宫，但并没有为了争宠而勾心斗角，反而活得潇洒自在；太子妃的贴身丫鬟绿篱也是独立女性的典范，个性娇俏可爱，办事聪明利落，虽然与强公公和赵王有过感情瓜葛，但并不是作为男性角色的附庸而存在。包括张芃芃穿越后“女人身男人心”的表现，独立、顽强、自主，实际上是女性观众想要在恋爱关系中，减轻对于男性的依赖心理。除此之外，片中所出现的“月事研讨会”“轮值”制度等情节，不仅仅是单纯的笑料，也是对于女性解放的一种肯定。

种种表现看似提高了女性地位，使之成为了与男性平等的存在，甚至在张芃芃与太子的两性关系中，还是以张芃芃作为主导。然而仔细思考，就会发现其“加冕”仅仅是一种假象，最终还是要“脱冕”。

其一，满足男性审美的视觉暴力。詹姆逊认为“传统的电影快感观是男人‘有权观看’的权力的象征性表达，它的首要对象是妇女的身体，或者更确切地说，妇女的肉体。”在这种视觉暴力中，男性“是作为他者、压迫者、和一个类似于阶级敌人的统治形式的实践者而存在的。”⑥对女性身体的消费早已经是影视剧中惯用的手段，裸露，情色等镜头成为卖点。在穿越剧中屡试不爽的女主角洗花瓣浴等桥段，通过女性肌肤的裸露，花瓣和水的半隐半现，展示女性身体线条，以满足男性的窥视欲望。《太子妃升职记》中的诸多笑点和爆点，都是通过张鹏的男性视角来“窥视”女人的，与黄良媛的共浴，摸陈良娣的大腿，外表看是 GL 向的撩妹模式，内在却是男人对女人的意淫，种种设计无一不是把女性的价值，等同于物化的商品，是男性欲望的客体。除了身体裸露的视觉暴力外，穿越剧往往还通过女主角对镜梳妆的镜头展现其美丽。《太子妃升职记》中，张鹏到张芃芃过渡最明显的标志就是她对自己的外貌有了要求，对着镜子妩媚的笑，或是为自己长了痘痘而焦虑，这种对美丽的展现仍然是一种对女性美的消费，女性只是男权文化中的“他者”。

其二，花木兰式处境的另类表达。在张鹏穿越前，太子妃是不被太子喜爱的，太子的真爱是赵王的妻子江映月。而当张鹏穿越为太子妃后，由于她种种“男子化”的表现，反而让他引起了太子的注意和喜爱，江映月却被太子所厌弃。如此情节的发展，固然离不开“主角光环”的设置，但同时也表明了当今社会的现状：一个自由解放的女性，进入社会生活的前提，是“化妆”为男性。在一个无论是社会生活还是精神生活，都以男性为标准的社会，女性只能选择成为“花木兰”或是“祝英台”。二十一世纪仍是如此，何况穿越后男权制度更为森严的古代封建社会。

其三，颠覆背后的臣服。张鹏在穿越过后，一举一动都离不开男性的帮助，从开头太子妃落水就是被九王所救，之后张芃芃被太子追杀又是被九王和杨严英雄救美，张芃芃试图反抗太子也是通过联盟九王和赵王，即使结局中她成了太后，她也依旧臣服于整个封建制度。诸多女尊文中，女性的地位取得了翻天覆地的变化，也仅仅是将女性和男性的位置颠倒一番，在两性关系上并没有实质性的改变，因为这一权力结构仍然是由男性创造的。从根本上讲，诸如《甄嬛传》《芈月传》等“宫斗”模式的穿越剧虽然立足女性主义的视角，着力提高了女性角色的地位，但并不能称之为真正的女性主义的觉醒。上文曾提到，阴阳二元是既矛盾对立又和谐统一的辩证关系。一方面阴阳对立构建了男女对立的社会性别秩序，另一方面阴阳和谐统一才有利于社会和谐发展。戴锦华认为，女性主义的觉醒不在于男女平权，更不是两性对抗，而是以女性的整体生命经验作为新的文化资源为世界提供想象力空间和新的创造。因此，类似于《太子妃升职记》的穿越剧，虽然在一定程度上有性别偏向存在，但只是换汤不换药。

四、"狂欢"背后的现实隐忧

虽然《太子妃升职记》在性别上做出了大胆的颠覆和挑战，看似营造出了一种狂欢现象，但实际上这种狂欢仅仅是一种假象。狂欢是一种广场化的庆典，它有着严格的空间限制。小丑剥脱了国王的王位并且自我加冕，被脱冕的国王遭到"新国王"的侮辱，愚弄和殴打。但在游戏的最后，国王又获得了加冕，小丑则被脱冕遭到惩罚。国王和小丑这一隐喻，昭示了男性与女性之间有权者和无权者的权力结构。

"穿越""性别转换"等等热门标签，仅仅是存活于虚拟世界的想象，一旦脱离了剧本本身，这种"狂欢"就不复存在。《太子妃升职记》中所有的性别设置，两性一体、女女、男男等在现实社会中依然是充满重重阻碍的所在。"剩女""娘娘腔""女汉子"等性别标签依然被广泛使用。

梅罗维茨认为："新的媒介样式虽消除了空间的边界，但并未由此而形成空间的融合和同一，而是催生出更为复杂多样的空间形态。现实和虚拟的空间交织，即时的、碎片化的空间体验无处不在"。[⑦]网络亚文化的兴起使现代人的生活逐渐碎片化，现实世界与虚拟世界的界限被不断模糊，从而构建了一种性别混淆、阶级混淆、权力混淆的狂欢盛况。观众之所以对这一题材的影视剧买账，无疑是在这一虚拟的建构中获得了对现实生活的逃避或反抗的心理满足，无论男性还是女性，都可以自由地使用剧中不同于自身性别的语言风格，甚至将其传播成为一种时尚。在这一过程中，观众可以实现由虚拟到现实的完美转换，实现自我表达的个体诉求。然而这种"狂欢"最终还是需要回到现实之中，任何虚拟世界的逆转只能在精神上对人的心理做出抚慰，而无法帮助其根本性解决问题，从一定程度上讲，这一类影视剧的兴盛反映出了当今社会男性和女性在面对社会发展时所产生的重重迷茫和焦虑。

结　　语

基腐成风的网络亚文化时代，网络剧的兴起打破了传统影视剧的发展路径，通过网络的快速传播使观剧群体日益庞大。在《太子妃升职记》等诸多穿越剧中，我们可以看到男权制度的价值观与女性主义的相互妥协和融合，虽然当前仍然存在许多难以避免的矛盾和冲突，但两性和谐发展的尝试是社会文明进步的表现。"卖腐"等情节设计固然存在商业利益的推动，但在一定程度上对社会氛围的宽容和进步起到了促进作用。这一场性别"狂欢"虽然更多的是消费主义的色彩，但其在客观上的积极意义应同样予以肯定。

注释

1. 边静．性别越界的狂欢－华语电影中的易装审美［J］．艺苑．2006（11）．

2. 陈时鑫．60 年代凌波的黄梅调电影：分析其反儒家意志以及跨越性别性欲概念［J］．当代电影．2005（6）．

3. 百度百科．腐女

kb. kkyuyin. com/item/3bbcdf4ccb823a5ee7e24890e648e25d. html? from = smsc&uc_ param_ str = dnntnwvepffrgibijbpr

4. 约翰·菲斯克．理解大众文化［M］．王晓珏等，译．北京：中央编译出版社，2001：34.

5. 女尊文：是指故事背景中，女性社会地位高于男性社会地位的一类文学作品的统称．百度百科．女尊小说．

6. 王进进．劳拉·穆尔维的“凝视理论”探析［J］．电影文学．2010（20）．

7. 梁译尹．从非诚勿扰看消费快感与社会性别重构［J］．中国知网：苏州大学．2011（5）．

8. 约书亚·梅罗维茨：《消失的地域：电子媒介对社会行为的影响》［M］．清华大学出版社．2002：216.

参考文献

［1］朱琳．影视作品中的卖腐风潮－以神探夏洛克为例［J］．试听解读，2014（12）．

［2］吴慧丹．影视剧中基腐成潮的深度解析－以古剑奇谭为例［J］．今传媒，2015（5）．

［3］殷昭玖．论当下国产电影基腐文化的盛行［J］．电影评介，2015（17）．

［4］幸洁．性别表演－后现代语境下的跨界理论与实践［D］．杭州：浙江大学，2012.

（李心竹　首都师范大学 2015 级硕士生　指导教师：徐震）

·课程与教学论·

论“空白”在叙事散文阅读教学中存在的可能

罗曼丽

摘　要：利用文本空白进行个性化阅读教学的实践在小说文本教学中得到了的普及和推广，但在散文阅读教学中却没有跟上步伐。此种状况的最大症结在于长期以来对“文本空白”与散文文体特性这两者关系的误读，或认为二者毫无瓜葛，或认为二者相互矛盾。经仔细琢磨探究，迷雾逐渐拨开，“空白”在散文阅读教学中，特别是叙事散文阅读教学中大展拳脚被认为是极有可能且十分有效的。

关键词：空白；阅读教学；叙事散文

一、“空白”在阅读教学中的意义

“空白”是伊瑟尔接受美学系统理论中的一个重要概念，语文教学研究中对此美学概念的迁移延伸对于实现学生的个性化阅读有着十分关键的作用。在伊瑟尔的接受美学理论中，作品本身具有一定的暗示性作用，但文学作品的意义是由读者决定的，作品意义具有不确定性的同时也在读者阅读过程中在找寻意义“相对”的“确定性”。也就是说文本本身在没有阅读者对其进行阅读的意义赋予时，其本身的价值并没有完全实现，但是脱离文本的、读者的纯主观揣度与思考也不能成为文本的完全价值，要使文本成为一部完整的作品必须要经历读者阅读文本赋予其意义的这一过程。在阅读过程中，读者与文本对话，同时通过文本与作者进行互动。在这种双向多维的交互作用中，读者在实现文本价值的同时自己也能得到认知、感悟、审美等多方面的提高。

语文阅读教学以此为鉴，倡导的通过文本在学生、教师、作者间展开深入的多维对话，以实现学生的高效阅读，而文本中的空白便是找寻文本意义相对确定性、实现读者与文本、与作者进行对话的关键所在，是阅读教学中一笔极其丰富的资源。伊瑟尔曾说“要指望文本与读者的成功交流，文本必须通过某种方式控制读者的行为”，而这种方式则用文本中的“遗漏”引起注意，这种“空隙”吸引读者在对话中对其进行揣摩填补，在这个过程中读者“被牵涉到事件中，以提供未言部分的意义。所言部分只是作为未言部分的参考而有意义，是意指而非陈述才是意义成形、有力；而由于未言部分在读者想象中成活，所言部分也就‘扩大’，比原先具有更多的含义：甚至所写的小事也深刻得惊人”[1]①

也就是说，善于抓住文本空白进行阅读是高效阅读的奥秘所在，若能依行此法，阅读时读出意义、读出领悟、读出深刻也并非难事。空白理论对语文阅读教学的引导并没有止步于高效，它还为个性化阅读指出了一道新出路。由于在读者－文本、读者－作者的双向交流"被置于动态并受到调节的过程，其动力不是既定的法则、而是一种处于内在与外在、隐蔽与显露之间的，既能控制又能扩张的交互作用"[1]②（即"空白"的指引与调节），因此，在弹性极大充裕的空间中读者能动作用获得了一展拳脚的良机。

二、"空白"与叙事散文结合的可能

文本"空白"作为重要的阅读教学资源逐步被承认、重视，但运用范围依旧较窄，多限于小说、诗歌。散文阅读教学长期将"空白"拒之门外，因为运用"空白"的前提是"空白"的存在，而在注重"真""实"的散文似乎难容"虚"的"空白"。但实际上，"空白"与散文，特别是叙事散文间并未相隔千山万水，看不见两者紧握的手是因为被浓雾给遮蔽了。

叙事型抒情散文是散文中的一种，具有散文所共有的特质特征。在近现代以前，散文的范畴是广义的，泛指一切与韵文相对的散体文章；而在近代文学发展后，散文的范畴开始缩小，指与小说、诗歌、戏剧并列的一大文学体裁，包括杂文、报告文学、游记、传记、抒情散文等各种样式；而在五四以后的新文学发展中又产生了更狭义的定义——专指纯文学抒情散文，不包括杂文、报告文学等形式。由于其具有较强的文学艺术性，又常被人称为"美文""小品文"，常通过对现实生活与自然界中人、事、景、物的描写刻画表达自己的深刻感受和真挚爱憎，或写人叙事、或描景状物，但都不是纯粹的叙事、描写，而是以此作为作者自我独特情感抒发的方式。散文具有"选材广阔多样""语言简洁优美""样式灵活纷繁""表达方式不受限制"等共同特点，还有重要的一点——素材的真实性。书写于散文笔端的人、事、景、物都是作者于现实生活或自然界中真实的所见、所闻、所感，来不得半点的虚假造作，著名文学家周立波先生就曾说"散文特写决不能仰仗虚构，它和小说戏剧的主要区别就在这里"[2]③，王安忆也曾阐述自己对此点的看法，她认为"散文在情节和语言上都是真实的"[3]④。

不少人便由此认为：既是写实的文学作品，不同于小说的虚构性，其所述的自然是无可改变的现实，现实是不能虚构、臆断的，而运用空白理论的重要途径就是充分发挥读者的想象力对作品进行填补，如何解释这显而易见的矛盾呢？实际上，产生这种错误认识的原因是对"真实"的理解偏差。散文所追求的真实不仅是表层人、事、景、物的真实，更重要的是追求心理的真实、感情的真实、个性的真实。李素伯就曾明确表达，只有"作者最真实的自我表现与生命力的发挥，有着作者内心的独特的体相，而不是肤浅的描写、无聊的应酬"[4]⑤的散文才能使人共鸣。散文这种极度追求现实和心理的高度真实，通过叙事写人、描景状物最终实现抒情的文体，决定着它的阅读必定是读者与作者通过文本进行的心灵、感情的对话，这种对话无疑是形上的，必须通过调动读者的生活感情经验与文字碰撞从而产生火花。感情本来就是无法名状的无形之物，即使文笔再高妙的圣手也无法直白地定义"感情是什么"，只能通过各种途径与方式进行描述性的表达，这就为读者想象力与体悟感知能力的发挥留下了巨大的空间。而且，即使是在内容素材层次，由于笔墨的有限和散文信笔直书的写作特点，叙事描写必定不能做到面面俱到，甚至很多时候为读者展现的都只是事物的“一鳞一爪”，空白点实际上相比于小说、诗歌则一点不少。

在叙事型抒情散文的阅读中，“空白”的发挥更是具有得天独厚的优势。叙事型抒情散文通过事件的叙述描写表达作者对于其而产生的真实感悟，而事件的叙述通常以人物为中心，大多数叙事散文都兼有记人的特点。叙事散文中的人、事不同于小说中的人、事。小说叙事的情节结构完整而精巧，一般小说的叙事中，情节的开端、发展、高潮、结局都是必不可少，逻辑性严密，作家常技巧性地进行反逻辑停顿、转折，故意制造作品中的空白以吸引读者的思考；小说的人物形象则是在一个或多个事件中将其各方面的个性、特征都突出甚至是夸张的表现出来，形象丰满而生动。叙事型抒情散文中所叙述的事件情节大多不完整，着重叙事描写最打动作者心灵的某些片段或画面，甚至有时只有一段微弱的声音、一句简短的语言，不追求逻辑的严密和结构的精巧。这就使得叙事散文在事件情节上的空白点要比小说多，只是因为叙事描写的感性成分浓烈，空白点的产生往往不像小说一般刻意而为之，因而常常被人们所忽略。叙事型抒情散文中的人物极少有淋漓尽致地刻画，往往只是对人物的某一品质或特征通过片段性事件进行侧面诉说，几乎无法实现人物完整个性的塑造，空白点之多就可想而知了。而这些空白由于充分渗入作者的感情，往往感人至深，也就更耐人寻味了。李素伯曾就这两方面做过经典形象总结——“读者虽不能快意领略到像在小说中所表现的一切可歌可泣可爱可悯的有系统的人生断面；却能出其不意的，找得在人生里随处都散布着的每颗沙砾的闪光，使你惊叹，使你欣喜，以为不易掘得的宝藏”。由此可见，若能充分抓住、利用好叙事型抒情散文中的空白，学生的阅读所得必定是受益无穷的。

因此，在阅读叙事型抒情散文时，为了更好地与作者能通过文本进行深层的感情交流，寻找感情表达中的空白并加以填充是十分有效的方法。也就是说，叙事型散文素材（人物、事件）真实、感情真实而真挚的特点，并非是散文阅读教学中空白理论使用的障碍，它恰恰为空白理论在散文阅读教学的运用提供可能。

三、“空白”在叙事散文阅读教学中的运用

要实现空白理论对个性化阅读实现的有效引导，要迈出的第一步是要让学生学会并善于发现文本中的空白。

针对叙事型抒情散文而言，要让学生对文本空白产生一定的敏感度其实是有训练方法的。我们常常会碰到这样的问题：即使是面对着经典性读本，阅读时依旧没能读出它的动人之处，通常也很少能发现它所存在的各种空白点，这究竟是为什么呢？经典之所以能成为经典必定有其道不尽之妙处，但是很多时候我们的师生在对待经典文本时的态度上就出现了问题——抱着近乎膜拜的心理。当师生们都在潜意识里将文本表达作为不可撼动的权威，将长久以来的大众化解读当作唯一的阅读标准时，就难免产生一种“跪着”读经典的畸形阅读现象。阅读是读者与文本、读者与作者的双向交流对话，交流对话的双方关系应该是平等的，是应该具有问答形式的，一旦“膜拜心理”形成读者就会无条件、无思考地接受经典文本的文字，不对其意义做追问和深究，对其的观察自然也是缺乏慧眼的。所以要发现文本的空白，首先要破除的就是对经典的膜拜心理，要敢于向课文发问。当错误心理得到修正后，老师和学生，特别是老师要引导学生怎样发现文本的空白呢？空白散落在文章的各个角落，但是文本本身是有层次的，教师不妨从文本的层次入手，将每一层次中

的有重要价值的空白点指引学生去发掘。我们不妨借助著名文论家英伽登对文本层次的分析理论，他认为文本的层次一分为五：声音层面、意义单元组合层面、要变现的事物层面、“观点”层面以及“形而上性质”层面。教师在引导学生揣摩空白点时，可先提醒学生多关注关键空白点可能存在的方向（即各个层次），有了方向性的指引往往能够打开思维的缺口，走出思维的固化僵硬模式。而叙事型抒情散文“描绘的每一个对象、人物、时间等等，都包含着许多未确定点，特别是对人和事物的遭遇的描绘”[1]⑥，因此，教师可在学生阅读实践活动开展之前，强调要关注人物、事件——常规人物描写的缺席、事件叙事的空缺遗漏、多种事件详略分布的目的等等都是对理解叙事型抒情散文的关键空白。关注到这些，提升学生对空白点的敏感度，实际上为他们打开了一条有效通往文本感情世界的通道，同时也有效提高了课堂的效率。

然而，语文教师的使命不能在引导学生发现文本空白点就停止，更要使学生学会对空白点进行个性化的填补与建构。那么教师如何在教学中特别是在叙事型散文阅读教学中实现此艰巨的任务呢?

叙事型抒情散文阅读把握的关键便在于一个“真”字，如何利用空白读出真实、读出真挚是我们教师要努力的方向。在众多可选用的策略中改写和补充是最常规也是比较高效的方法。改写要求方式可以是变换人称叙述视角、可以是变换时空环境也可以是角色转换等等，如在《背影》中可让学生以父亲为第一人称、以父亲的视角改写父亲送我上车时一路忙着各种杂事时的心理。在这一段文字中父亲的心理就是《背影》中的空白点，虽未言，但是通过父亲简单的动作、语言描写，再联系上下文学生可对其进行自己个性的填充，学生的表达自然不可能全然相同，但应该都能把握到父亲对于任何关于“我”的事都想要亲力亲为办的苦心。这种出于父爱的苦心通过学生的第一人称叙述进行表达，能够更直观、更感性地让学生了解父爱的深沉。若在阅读教学中加入此环节，要比教师费尽唇舌分析四次背影的含义来灌输给学生“父爱如山”的主题要来得深刻的多。补充的方法对于让学生个性化地建构空白意义也有着很大作用，如在鲁迅先生的《阿长与〈山海经〉》中，可以让学生想象自己是那本《山海经》，表述一下自己如何被没文化的阿长买下和期盼自己已久的作者收到自己时的场景，以第三人称的视角同时感受阿长对作者的关爱以及作者对阿长的怀念。除了改写与补充之外，对于叙事型抒情散文，为了捉住它的真实与真挚，关注陌生化关键词的方法也是十分具有意义的。如杨绛的《老王》中，“活命”一词十分关键，文本中并未明确地道出老王的日子为什么是“活命”而不是“生活”“活命”的状态到底是怎样的，而“活命”为轴心空白点勾连起文章其他空白处——老王和“我”聊天说了什么、老王的一声叹息“唉”中包含了什么等，层层递进地与文本对话后，就能更理解老王“金子般的心”的可贵和“我”惭怍中所蕴含的复杂情感。

综上所述，在叙事型散文阅读教学中，充分把握文本空白引导学生进行高效的个性化阅读是十分可行的且有效的策略。这条新路子不仅能让学生在阅读时能吃透文章内容、把握文章情感，对学生语文能力的培养和语文素养的提高也有着积极的意义。

注释

①②⑥均摘自蒋孔阳主编的《二十世纪西方美学名著选》。

③散文特写选·序言［G］. 北京：人民文学出版社，1963.

④王安忆. 重建象牙塔［M］. 上海：上海远东出版社，1997.

⑤李素伯. 小品文研究［M］. 上海：新中国书局，1932.

参考文献

［1］蒋孔阳，朱立元主编. 二十世纪西方美学名著选［G］. 上海：复旦大学出版社，1987.

［2］散文特写选·序言［G］. 北京：人民文学出版社，1963.

［3］王安忆. 重建象牙塔［M］. 上海：远东出版社，1997.

［4］李素伯. 小品文研究［M］. 上海：新中国书局，1932.

［5］佘树森. 中国现当代散文研究［M］. 北京：北京大学出版社，1993.

［6］伊瑟尔著，陈定家译. 虚构与想象：文学人类学疆界［M］. 长春：吉林人民出版社，2011.

［7］王漫. 重构散文的本体知识与教学知识［J］. 语文教学通讯，2010（8）.

（罗曼丽　首都师范大学 2014 级硕士生　指导教师：朱贻渊）